KB070008

THE
TAKING
OF
ANNIE
THORNE

THE
TAKING
OF
ANNIE
THORNE

애니가
돌아왔다

C. J. 튜더 장편소설

이은선 옮김

C. J. TUDOR

다산
책방

작가들은 직소퍼즐과 같다.
우리에게는 인내와 끈기가 필요하며
가끔은 퍼즐 조각을 찾아주는 사람이 필요할 때도 있다.
나를 완성시켜준 닐에게 이 작품을 바친다.

THE
TAKING
OF
ANNIE
THORNE

프롤로그

게리는 시골집에 들어서기 전부터 불길한 예감을 느낀다.

열린 문 사이로 기분 나쁘게 달짝지근한 냄새가 흘러나온다. 끈적끈적하고 후텁지근한 복도에는 파리 떼가 날아다니고 그것이 이집이 비정상적이라는 결정적 증거, 상상할 수 있는 한도 안에서 가장 심하게 비정상적이라는 확실한 증거가 아닐지 몰라도, 정적이 결정타다.

깔끔한 하얀색 피아트가 진입로에 주차되어 있다. 자전거 한 대가 현관문 앞에 기대어 세워져 있고 장화가 현관문 바로 안쪽에 내동댕이쳐져 있다. 가정집이다. 가정집에서는 비어 있더라도 삶의 메아리가 느껴진다. 이 집처럼 짙고 숨 막히는 정적의 장막으로 덮여 무겁고 불길한 분위기를 풍기지 않는다.

그래도 그는 다시 외친다. "안녕하세요. 아무도 안 계십니까?"

셰릴이 손을 들어 열린 문을 힘차게 두드린다. 그들이 도착했을 땐 문이 닫혀 있었지만 잠겨 있지는 않았다. 그것 역시 수상한 대목이다. 안힐이 아무리 작은 마을이라도 다들 문은 잠그고 지낸다. "경찰이에요!" 그녀가 외친다.

아무 반응이 없다. 희미한 발소리도 삐걱거리는 소리도 속삭임도 들리지 않는다. 게리는 들어가기 꺼림칙한 기분을 느끼고 한숨을 쉰다. 고약한 죽음의 향기 때문만은 아니다. 뭔가가 있다. 원시적인 뭔가가 지금 당장 이곳을 등지고 떠나라고 그를 다그친다.

"경사님?" 셰릴이 연필처럼 가느다란 한쪽 눈썹을 추켜세우고 그를 쳐다본다.

그는 162.5센티미터의 키에 몸무게는 45킬로그램을 간신히 넘는 파트너를 흘끗 쳐다본다. 셰릴이 가녀린 밤비라면 183센티미터에 거의 127킬로그램에 육박하는 그는 발루*다. 외모상으로는 그렇다. 성격적인 측면에서는 게리가 디즈니 영화를 보고 우는 성격이라고 하면 충분할 것이다.

게리는 그녀를 향해 엄숙하게 살짝 고개를 끄덕이고 둘은 안으로 들어선다.

부패된 인간의 강렬한 썩은 내가 코를 찌른다. 게리는 침을 삼키고 입으로 숨을 쉬려고 애를 쓰며, 다른 사람이—다른 *아무라도*—호출을 받았다면 얼마나 좋았을까 생각한다. 셰릴은 구역질 난다

---

* 『정글북』에 나오는 곰.

는 표정을 지으며 손으로 코를 막는다.

이 일대의 조그만 시골집들은 구조가 상당히 전형적이다. 좁은 복도. 왼쪽에는 계단. 오른쪽에는 거실과 그 뒤편에 딸려 있는 조그만 부엌. 게리는 거실 쪽으로 방향을 튼다. 문을 밀어서 연다.

게리는 전에도 시신을 본 적이 있다. 뺑소니차에 치인 어린아이. 농기구에 짓이겨진 10대. 그들도 끔찍했다. 두말할 나위가 없었다. 하지만 이건. 이건 처참하군. 그는 다시 생각한다. 정말 처참해.

"쌍." 셰릴이 속삭이고 게리는 그보다 더 알맞은 단어를 찾을 수가 없다.

그 섬뜩한 욕설 한마디에 모든 게 담겨 있다. 쌍.

여자가 대형 평면 TV를 마주 보고 거실 한복판에 놓인 낡은 가죽 소파에 쭈그리고 앉아 있다. TV 화면은 거미줄처럼 금이 갔고 그 주변을 뚱뚱한 청파리 수십 마리가 느릿느릿 기어 다닌다.

나머지는 여자 주변에서 윙윙거린다. *여자가 아니라 시신이지.* 게리는 바로잡는다. 더는 인간이라고 볼 수가 없다. 시체일 뿐이다. 또 다른 사건일 뿐이다. 정신 차리자.

부패돼서 부풀었지만 여자가 살아생전에는 호리호리했고, 이제는 푸르죽죽한 혈관으로 얼룩덜룩하게 무늬가 생겼지만 피부는 하얬을 거라고 미루어 짐작할 수 있다. 옷차림은 번듯했다. 체크무늬 셔츠와 타이트한 청바지를 입고 가죽 부츠를 신었다. 나이는 짐작하기 어려운 것이, 정수리가 대부분 자취를 감추었다. 뭐, 아예 자취를 감춘 건 아니다. 벽과 책꽂이와 쿠션에 들러붙은 덩어리들이 보인다.

방아쇠를 당긴 사람이 누구인지는 의심의 여지가 별로 없다. 산탄총이 그녀의 무릎 위에 놓여 있고 퉁퉁 부은 손가락이 그 위로 불룩 튀어나왔다. 게리는 어떤 사태가 벌어졌을지 잽싸게 추측한다. 총을 입에 물고 방아쇠를 당기자 총알이 살짝 왼쪽으로 날아가서 그쪽이 가장 심하게 망가졌을 텐데, 총이 여자의 오른손에 쥐여 있으니 앞뒤가 맞는다.

게리는 제복을 입은 경사일 뿐 법의학과는 별 상관이 없지만 「CSI」 애청자다.

아마 부패는 급속도로 이루어졌을 것이다. 이 작은 시골집 안은 후텁지근하다. 사실상 숨이 막힌다. 외부 기온이 23도쯤 되고 창문을 닫아놓았으니 아무리 커튼을 쳤다 한들 32도에 육박할 것이다. 이미 땀방울이 등을 타고 흐르고 겨드랑이를 적시는 게 느껴진다. 동요하는 법이 없는 셰릴도 이마를 훔치며 불편한 기색을 보이고 있다.

"젠장. 엉망이네요." 게리는 그녀가 이렇게 피곤한 목소리로 얘기하는 걸 별로 들어본 적이 없다.

그녀는 소파에 앉은 시신을 쳐다보며 고개를 젓다가 입술을 오므리고 엄숙한 표정으로 거실을 이리저리 둘러본다. 게리는 그녀가 무슨 생각을 하는지 안다. 근사한 집. 근사한 차. 근사한 옷. 하지만 절대 모르는 법이지. 그 속이 어떤지는 아무도 모르는 법이지.

가죽 소파 말고 가구라고는 묵직한 오크 책꽂이와 조그만 커피 테이블과 TV가 전부다. 그는 TV를 다시 쳐다보며 어쩌다 화면에 금이 갔고 파리들이 왜 그렇게 그 위를 기어 다니는지 궁금해한다.

그는 깨진 유리를 밟아가며 몇 걸음 다가가 허리를 숙인다.

가까이서 들여다보자 이유가 파악이 된다. 깨진 유리가 시커멓게 굳은 피로 덮여 있다. 화면을 타고 바닥으로 흘러내린 피가 더 많아서 이제 보니 하마터면 바닥 위로 번진 끈적끈적한 웅덩이를 밟을 뻔했다.

셰릴이 그의 옆으로 다가온다. "저거 뭐예요? 피예요?"

그는 자전거에 대해 생각한다. 장화. 정적.

"집 안의 다른 곳도 체크해봐야겠어." 그가 얘기한다. 셰릴은 심란한 눈빛으로 그를 쳐다보며 고개를 끄덕인다.

계단은 가파르고 삐걱거리며, 시커먼 핏자국들이 기다랗게 남아 있다. 계단 꼭대기가 두 개의 방과 조그만 화장실 하나로 이어진다. 그게 가능한지 모르겠지만 계단 꼭대기의 열기가 더 뜨겁고 냄새도 더 역겹다. 게리는 셰릴에게 화장실을 체크하라고 수신호를 보낸다. 그러면서 언뜻 셰릴이 반항하겠거니 생각한다. 냄새가 방에서 나는 게 분명하기 때문이다. 하지만 셰릴은 이번만큼은 그에게 상관 역할을 허락하고 조심스럽게 계단 꼭대기를 가로지른다.

게리는 첫 번째 방문을 마주하고 입 안에서 씁쓸한 쇠 맛을 느끼며 천천히 문을 연다.

여자의 방이다. 깨끗하고 깔끔하며 아무것도 없다. 한쪽 구석에는 옷장, 창가에는 서랍장이 있고 대형 침대에는 새것 같은 크림색 이불이 덮여 있다. 침대 옆 테이블에는 스탠드와 아무 무늬 없는 나무 액자에 든 사진 한 장이 놓여 있다. 그는 다가가 액자를 집는다. 열 살이나 열한 살쯤 된 작고 강단 있어 보이는 남자아이가 금발을 헝클어뜨린 채 이를 드러내고 웃고 있다. *아, 주님.* 그는 자기도 모르는 새 기도를 한다. *제발 주님, 안 됩니다.*

그가 무거워진 가슴을 안고 다시 복도로 나와보니 셰릴이 핏기 없이 긴장한 얼굴을 하고 있다.

"화장실에 아무도 없어요." 그녀가 말하고 게리는 그녀도 같은 생각을 하고 있음을 알아차린다. 남은 방은 하나뿐이다. 남은 방문 하나만 열면 그랑프리가 그들을 맞이할 것이다. 그는 신경질적으로 파리를 내리친다. 다른 때 같으면 차분하게 심호흡을 했겠지만 냄새 때문에 이미 숨이 막힐 지경이다. 그래서 그는 바로 손잡이를 잡고 문을 밀어서 연다.

셰릴은 워낙 강단이 있어서 토악질을 하지는 않지만 헛구역질을 하는 소리가 들린다. 그도 질세라 위장이 크게 한 번 용솟음치지만 욕지기를 애써 참는다.

처참한 사건이라고 생각했던 건 그의 착각이었다. 이건 염병할 악몽이다.

아이는 오버사이즈 티셔츠와 헐렁한 반바지를 입고 하얀색 스포츠 양말을 신고 침대에 누워 있다. 양말 고무줄이 부풀어 오른 다리 살 속으로 파고들었다.

새하얀 양말, 게리는 거기에 주목하지 않을 도리가 없다. 눈이 부시도록 하얗다. 새것처럼 하얗다. 세제 광고 같다. 아니면 다른 모든 곳은 빨갛기 때문에 그렇게 느껴지는 것일 수도 있다. 짙은 빨간색이 오버사이즈 티셔츠에 줄무늬를 남겼고 베개와 시트 위에 온통 문대어져 있다. 아이의 얼굴이 있어야 할 곳에는 이목구비를 분간할 수 없는 커다랗고 시뻘건 곤죽만 남았고, 시커먼 파리와 딱정벌레들이 엉망이 된 살덩이를 꿈틀꿈틀 바삐 들락거린다.

금이 간 TV 화면과 바닥에 고인 피 웅덩이가 그의 머릿속에 번쩍 떠오르고 문득 눈앞에 그 광경이 펼쳐진다. 아이의 머리를 TV에 부딪치고 또 부딪친 다음 형체를 알아볼 수 없을 때까지, 얼굴이 남지 않을 때까지 바닥에 대고 망치로 내리치는 광경이다.

그는 어쩌면 중요한 건 그거였을지 모른다는 생각을 하며 시선을 들어서 다른 빨간색으로 옮긴다. 가장 눈에 확 들어오는 빨간색이다. 못 보고 지나칠 수 없는 빨간색이다. 아이의 시신 위쪽 벽에 대문자로 휘갈겨 썼다.

내 아들이 아니야

1

절대 돌아가지 마. 사람들은 항상 이렇게 얘기한다. 상황이 달라져 있을 거라고. 기억하는 것과 다를 거라고. 과거는 과거로 남겨두어야 한다고. 물론 맨 마지막 충고는 말처럼 쉬운 일이 아니다. 과거는 자꾸 되살아나는 성향이 있다. 꼭 맛없는 카레처럼.

나도 돌아가고 싶지 않다. 진짜다. 내 위시리스트에는 쥐들에게 산 채로 잡아먹히기나 라인 댄스가 그보다 더 상위에 랭크되어 있다. 내가 나고 자란 거지 소굴을 그 정도로 다시 마주하고 싶지 않다. 하지만 살다 보면 잘못된 선택 말고는 선택의 여지가 없을 때도 있다.

내가 아침 7시를 간신히 넘긴 시각에 노스노팅엄셔의 구불구불한 시골 국도를 따라 달리는 이유도 그 때문이다. 이 길은 오랜만이다. 생각해보니 오전 7시도 오랜만이다.

도로는 고요하다. 고작 두어 대의 차가 나를 추월해 지나가고, 그중 한 대는 경적을 울린다(몇 분 전에 도착했어야 하는 거지 같은 회사로 루이스 해밀턴*처럼 질주하는 중인데 내가 방해하고 있다는 거다). 솔직히 내가 느릿느릿 달리고 있긴 하다. 앞 유리창에 코를 박고 뾰족한 손마디가 새하얘지도록 운전대를 움켜잡고 느릿느릿.

나는 운전을 좋아하지 않는다. 가능한 한 하지 않으려고 한다. 걸어다니거나 버스를 이용하고, 장거리를 갈 때는 기차를 탄다. 안타깝게도 안힐은 주요 버스 노선이 지나는 곳이 아니고 가장 가까운 기차역도 19킬로미터를 가야 한다. 사실상 차를 몰고 가는 수밖에 없다. 다시 한번 강조하지만 살다 보면 선택의 여지가 없을 때도 있다.

나는 깜빡이를 켜고 대로에서 벗어나 그보다 더 좁고 위험한 시골길로 접어든다. 밋밋한 갈색과 지저분한 초록색으로 뒤덮인 벌판이 양옆으로 펼쳐지고, 은빛 자작나무가 자라난 황폐한 잡목림 사이 녹슨 골함석을 얹은 오두막에서 돼지들이 코를 킁킁거린다. 이 잡목림은 셔우드 숲 또는 그 숲의 흔적이다. 요즘에는 로빈 후드와 리틀 존을 만날 수 있는 곳이 다 쓰러져가는 술집의 조잡한 간판뿐이다. 술집 안의 남자들은 그냥 명랑한 정도가 아니라 잘못 쳐다보았다가는 이를 털리기 십상이다.

---

* 영국의 포뮬러원 레이싱 선수.

엄밀히 말해서 음산한 북쪽 *마을*은 아니다. 지옥 같은 M25*를 벗어난 적 없는 사람이 아닌 이상 노팅엄셔가 그렇게 북쪽 멀리 있게 느껴지지 않는다. 그럼에도 시골답지 않게 칙칙하고 지루하고 생기가 없다. 한때 이 일대에 워낙 많았다가 안에서부터 생명력을 잠식당한 광산들처럼 그렇다.

마침내 문명 비슷한 것이나 심지어 맥도날드마저 구경한 지 한참이 지났을 때 내 왼편으로 세월의 풍파를 맞고 비뚤어진 표지판이 지나간다. '안힐은 여러분을 환영합니다.'

그 아래에 유려한 헛소리가 추가됐다. '인생 골로 가기 딱 좋은 곳이지요.'

안힐은 따뜻한 마을이 아니다. 혹독하고 음울하며 시큰둥하다. 폐쇄적이고 방문객을 불신하는 눈빛으로 대한다. 금욕주의적이고 견실한 동시에 지쳐 있다. 누가 들어오면 노려보고, 떠나면 땅바닥에 침을 뱉는 그런 마을이다.

농가 두어 채와 외곽의 오래된 돌집 말고는 예스럽거나 그림같이 아름답지도 않다. 탄광은 거의 폐쇄된 지 30년이 다 됐지만 땅속을 굴러다니는 광석처럼 전설이 계속 끊일 줄 모른다. 초가지붕이나 공중에 거는 화분은 없다. 집 앞에 걸려 있는 것이라고는 빨랫줄과 어쩌다 한 번씩 보이는 잉글랜드 국기가 전부다.

큰길로는 먼지를 뒤집어쓴 똑같이 생긴 벽돌 연립주택이 야트막이 이어지고 허름한 술집이 하나 있다. 러닝 폭스다. 예전에는 안

---

* 런던의 외곽 순환 고속도로.

힐 암스와 더 불, 이렇게 두 군데가 더 있었지만 오래전에 문을 닫았다. 예전에는 (그러니까 내 학창 시절에는) 상급생 몇 명이 여기서 술을 마셔도 집시였던 폭스 주인이 눈을 감아주곤 했다. 지저분한 화장실에서 스네이크바이트* 세 잔과 내장의 거의 전부가 아닐까 싶은 걸 게우고 나와보니 그가 대걸레와 양동이를 들고 앞에 서 있었던 게 아직도 기억이 난다.

그 옆집인 원더링 드래곤 테이크아웃&피시 앤드 칩스 가게도 마찬가지로 현대화의 영향을 받지 않아서 새로 페인트를 칠하지 않았고 장담컨대 새로운 메뉴도 개발하지 않았을 것이다. 완벽하게 소환한 기억에 딱 한 군데 구멍이 생겼다. 어렸을 때 1페니 사탕, 비행접시, 웸 바를 사 먹었던 구멍가게가 없어졌다. 그 자리에 세인스버리 슈퍼마켓이 생겼다. 아무리 안힐이라도 진보의 행진이 끼치는 영향을 전혀 받지 않을 수는 없는 모양이다.

그것 말고는 내가 상상한 최악의 사태가 현실로 이루어졌다. 달라진 게 아무것도 없다. 안타깝게도 모든 것이 내가 기억하는 그대로다.

나는 큰길을 따라 지저분한 어린이 놀이터와 조그만 공터를 지난다. 한가운데에 광부 조각상이 서 있다. 1949년에 벌어진 안힐 탄광 참사 때 목숨을 잃은 광부들을 기리기 위해 만든 조각상이다.

이 마을의 하이라이트를 지나 조그만 언덕을 오르자 학교 교문이 보인다. 요즘은 '안힐 아카데미'고 불리는 학교다. 건물의 외

---

* 맥주와 사과주를 같은 양으로 혼합한 칵테일.

관을 새롭게 단장했고, 예전에 어떤 학생이 꼭대기에서 추락한 적 있는 낡은 영문학관은 허물고 앉아서 쉴 수 있는 곳으로 만들었다. 하지만 아무리 반짝이 위에서 굴려도 똥은 똥이다. 나는 안다.

건물 뒤편의 교직원 주차장으로 들어가 퍼지기 일보 직전인 고물 골프에서 내린다. 주차장에 차가 두 대 더 있다. 빨간색 코르사와 고물 사브다. 여름방학이라도 학교에 아무도 없는 경우는 거의 없다. 교사들은 수업 계획서를 작성해야 하고, 교실 환경 꾸미기를 준비해야 하며, 중재 프로그램을 감독해야 하고, 가끔은 면접에도 응해야 한다.

차 문을 잠그고 절뚝거리지 않으려고 애를 쓰며 앞쪽의 안내실을 향해 걸어간다. 오늘따라 다리가 아프다. 운전 때문이기도 하고 이곳이 주는 스트레스 때문이기도 하다. 어떤 사람들은 편두통을 앓는다. 내 경우에는 다친 쪽 다리로 그에 상응하는 통증을 겪는다. 나는 사실 지팡이를 써야 한다. 하지만 그러기가 싫다. 지팡이를 쓰면 환자가 된 것 같다. 사람들이 나를 딱하게 여긴다. 동정을 받는 건 싫다. 동정은 그걸 누릴 자격이 있는 사람들 몫으로 아껴두어야 한다.

나는 살짝 움찔거리며 정문으로 계단을 올라간다. 그 위에 반짝이는 현판이 걸려 있다. "훌륭하게, 더 훌륭하게, 가장 훌륭하게. 쉼이 없도록 하라. 훌륭함이 더 훌륭해지고 더 훌륭함이 가장 훌륭해질 때까지."

감동적인 문구다. 하지만 호머 심슨의 대사가 떠오르는 건 어쩔 수 없다. "얘들아, 너희는 열심히 노력했지만 비참하게 실패했지.

여기서 배울 교훈은 뭔가 하면 절대 노력할 필요가 없다는 거야."

나는 문 옆에 달린 인터콤을 누른다. 지직거리는 소리가 들리자 그 앞으로 허리를 숙이고 얘기한다.

"프라이스 선생님을 뵈러 왔는데요."

다시 지직거리는 소리와 함께 날카롭게 끽끽거리는 전파 방해 소리가 들리고 문이 웅웅거린다. 나는 귀를 문지르며 문을 열고 안으로 들어간다.

나를 맨 처음 강타하는 것은 냄새다. 모든 학교마다 특유의 냄새가 있다. 오늘날 중등학교에서는 소독약과 스크린 클리너 냄새가 난다. 학생들이 학비를 부담하는 학교에서는 분필과 나무 바닥과 돈 냄새가 난다. 안힐 아카데미에서는 퀴퀴한 햄버거, 변기 탈취제, 호르몬 냄새가 난다.

"아무도 안 계세요?"

짧게 친 회색 머리에 안경을 쓰고 근엄한 분위기를 풍기는 여자가 전면이 유리창으로 덮인 안내실에서 고개를 든다.

미스 그레이슨인가? 당연히 아닐 것이다. 지금쯤이면 그녀도 은퇴했을 나이다. 그런데 그때 내 눈에 그것이 들어온다. 턱에 불룩한 갈색 사마귀가 달려 있고 예전처럼 뻣뻣한 까만색 털이 고개를 내밀고 있다. 맙소사. 정말 그녀다. 그러니까 그 옛날에 내 눈에는 그녀가 빌어먹을 공룡만큼이나 늙어 보였는데, 고작 마흔 살이나 됐을까 말까 했었다는 얘기다. 지금의 내 나이다.

"프라이스 선생님을 뵈러 왔는데요." 나는 했던 말을 반복한다. "저는 조라고 합니다…… 성은 손이고요."

나는 그녀가 알은체하길 기다린다. 하지만 아무 반응이 없다. 하긴 오래전 일이고 그녀는 이 문을 지나다니는 학생들을 숱하게 보았을 것이다. 나는 그녀가 셔츠를 바지에 넣어서 입지 않았다고, 학교 규정에 어긋나는 운동화를 신었다고 아이들 이름을 짖듯이 부르며 혼내는 소리를 듣기 싫어서 너무 큰 교복을 입고 허둥지둥 안내실 앞을 지나가던 예전의 그 조그맣고 삐쩍 마른 아이가 아니었다.

미스 그레이슨이 표독하지는 않았다. 지나가다 보면 힘없고 낯을 많이 가리는 아이들이 손바닥만 한 그녀의 안내실에 앉아 있는 경우도 많았다. 그녀는 보건교사가 자리를 비웠을 때 무릎이 까진 아이에게 밴드를 붙여주고, 선생님과의 면담을 기다리는 아이들을 안내실로 불러 과일 주스를 주거나 서류 정리를 돕게 하는 등 운동장이라는 지옥에서 벗어나 작은 위안이 될 만한 모든 것을 제공했다. 안내실은 자그마한 보호구역이었다.

그래도 나는 그녀를 보면 새파랗게 겁에 질렸다.

알고 보니 지금도 마찬가지다. 그녀는 나 때문에 그녀의 시간과 내 시간과 학교의 시간이 허튼 데 쓰이고 있다는 뜻을 담아서 한숨을 쉬더니 전화기를 집는다. 그녀가 오늘 출근한 이유가 궁금해진다. 그녀는 교사가 아니다. 그렇지만 왠지 모르게 놀랍지가 않다. 어렸을 때 나는 학교를 벗어난 미스 그레이슨의 모습이 상상이 되지 않았다. 그녀는 이 건물의 일부였다. 도처에 존재했다.

"프라이스 선생님?" 그녀가 짖듯이 묻는다. "손 씨가 선생님을 뵈러 왔는데요. 알겠습니다. 네. 괜찮아요." 그녀는 수화기를 내려놓는다. "오신대요."

"아, 네. 감사합니다."

그녀는 나를 본 체 만 체하고 다시 컴퓨터 쪽으로 고개를 돌린다. 차나 커피를 마시겠느냐고 묻지 않는다. 지금 내 모든 신경이 카페인을 달라고 울부짖고 있는데 말이다. 나는 플라스틱 의자에 앉아서 교장 선생님과의 면담을 앞둔 문제 학생처럼 보이지 않으려고 애를 쓴다. 무릎이 후들거린다. 깍지 낀 두 손을 그 위에 올려놓고 손가락으로 은근슬쩍 관절을 문지른다.

창밖을 내다보니 사복을 입은 아이들 몇 명이 교문 근처에서 노닥거리고 있다. 레드불을 마시는 한편, 스마트폰에 뜬 뭔가를 보며 웃고 있다. 기시감이 나를 덮친다. 나는 열다섯 살로 돌아가 저 교문 근처에서 노닥거리며 팬더 콜라를 마시고…… 스마트폰 이전에는 우리가 뭘 보며 키득거렸을까? 아마 《스매시 히츠》와 슬쩍한 포르노 잡지였을 것이다.

나는 고개를 돌리고 내 부츠를 물끄러미 내려다본다. 가죽이 살짝 긁혔다. 닦았어야 했는데. *진심으로* 커피가 간절하다. 더 이상 버티지 못하고 하마터면 커피를 한잔 청하려는 찰나, 잘 닦은 리놀륨 바닥을 찍찍거리며 밟는 구둣발 소리가 들리더니 중앙 복도와 연결된 쌍여닫이문이 열린다.

"조지프 손?"

나는 일어선다. 해리 프라이스는 내가 예상한 그대로인 동시에 그보다 못하다. 말랐고 피곤해 보이는 50대 중반인데 후줄근한 양복에 슬립온 로퍼를 신었다. 듬성듬성한 회색 머리칼을 뒤로 빗어 넘겼고 끔찍한 뉴스를 접하기 직전인 표정을 계속 짓고 있다. 지쳐서 체념한 분위기가 끔찍한 애프터셰이브처럼 그를 감싸고 있다.

그가 미소를 짓는다. 니코틴에 찌든 뻐딱한 미소다. 그걸 보자 내가 맨체스터를 떠난 이래 담배를 피운 적이 없다는 사실이 생각난다. 거기에 카페인 금단 증상까지 합쳐지자 으스러질 때까지 이를 악물고 싶어진다.

나는 대신 손을 내밀고 싹싹해 보이길 바라며 미소로 화답한다. "만나 뵈어서 영광입니다."

나를 잽싸게 평가하는 시선이 느껴진다. 그보다 키는 5, 6센티미터 정도 크다. 깨끗하게 면도를 했다. 비싸게 주고 샀을 법한 고급 양복을 입고 있다. 요즘 들어 다소 희끗희끗해지긴 했지만 머리는 까만색이다. 다소 충혈되기는 했지만 눈도 까만색이다. 사람들은 나더러 인상이 정직해 보인다고 한다. 그걸 보면 사람들이 모르는 게 얼마나 많은지 알 수 있다.

그는 내 손을 꽉 잡고 악수한다. "내 사무실은 이쪽이에요."

나는 어깨에 짊어진 가방을 고쳐 메고 다친 쪽 다리에 제대로 걸으라고 명령을 내리며 해리를 따라간다. 쇼타임이다.

"예전에 재직했던 학교의 교장이 추천서에서 극찬을 늘어놓고 있군요."

그럴 수밖에 없다. 내가 쓴 거다.

"감사합니다."

"사실 여기 적힌 모든 게 아주 인상적이에요."

헛소리가 내 장기다.

"하지만……."

이제 시작이로군.

"일을 쉰 지 제법 되었네요. 12개월이 넘어요."

나는 미스 그레이슨이 결국 내 앞에 쾅 하고 내려놓고 간, 우유를 넣은 묽은 커피 쪽으로 손을 내민다. 한 모금 마시고 얼굴을 찡그리지 않으려고 애를 쓴다.

"네, 음, 일부러 그랬어요. 안식년을 보내고 싶어서요. 15년 동안 아이들을 가르쳤으니 재충전할 때도 됐고요. 미래를 고민하고. 앞으로 뭘 하고 싶은지 결정하고."

"안식년 동안 뭘 했는지 물어봐도 될까요? 이력서상으로는 좀 애매모호한데."

"개인 과외를 했습니다. 지역 봉사활동도 했고요. 잠깐 외국에서 아이들을 가르치기도 했어요."

"그래요? 어디에서요?"

"보츠와나요."

보츠와나? 도대체 어디서 튀어나온 지명일까? 지도를 보아도 어디에 있는 나라인지 짚을 수 없을 것이다.

"정말 훌륭하시군요."

정말 창의적이기도 하죠.

"전적으로 봉사가 목적은 아니었어요. 날씨가 더 좋았거든요."

우리는 같이 웃음을 터뜨린다.

"그리고 이제 다시 정규직으로 아이들을 가르치고 싶다?"

"네, 이제 직업적으로 다음 단계에 도전할 마음의 준비가 되었거든요."

"그렇다면 다음 질문은— 여기 이 안힐 아카데미에서 근무하고 싶은 이유가 뭘까요? 이력서를 보면 아무 학교든 선택할 수 있을 듯한데요."

이력서를 보면 노벨평화상감으로도 손색이 없을 것이다.

"뭐." 내가 얘기한다. "제가 이 동네 출신이라서요. 고향이 안힐이에요. 이 마을에 보답하고 싶은 마음이 있는 게 아닐까 싶습니다."

그는 불편해하는 기색을 보이며 책상 위에 놓인 서류를 정리한다. "어쩌다 이 자리가 공석이 됐는지 알죠?"

"뉴스 봤습니다."

"거기에 대해서 어떻게 생각합니까?"

"비극이죠. 끔찍한 사건이에요. 하지만 비극적인 사건 하나로 학교 전체를 규정해서는 안 된다고 봅니다."

"그렇게 생각하다니 다행이로군요."

나도 답변을 미리 연습한 게 다행이다.

"그래도." 나는 덧붙인다. "다들 아주 심란하시겠어요."

"모턴 선생이 인기가 많았죠."

"그러게요."

"그리고 벤도 음, 아주 전도유망한 학생이었고요."

살짝 목이 멘다. 나는 무감각해지는 데 점점 익숙해지고 있다. 그래도 잠깐 평정심에 금이 간다. 희망으로 가득했던 인생. 하지만 모두의 인생이 그렇다. 희망이다. 확약은 아니다. 우리는 미래에 우리 자리가 마련돼 있다고 믿고 싶어 하지만 예약만 되어 있을 뿐이다. 그 자리가 경고나 환불도 없이, 얼마만큼 가까이 왔는지에 상관없이 당장이라도 취소될 수 있는 게 인생이다. 경치를 감상할 시간조차 없이 달려왔더라도 말이다.

벤처럼. 내 여동생처럼.

정신을 차리고 보니 해리가 계속 얘기를 하고 있다.

"물론 민감한 상황이죠. 여기저기서 질문이 쏟아지고 있어요. 선생 하나가 정신적으로 불안정했는데 학교에서 어떻게 몰랐을 수가 있느냐. 학생들이 위험할 수도 있지 않았느냐."

"압니다."

나는 해리가 자신을 보호해야 하는 딱 한 사람의 손에 얼굴이 함몰돼서 죽은 가엾은 벤저민 모턴보다 그의 입지와 학교를 더 걱정한다는 걸 안다.

"그러니까 내 말은, 후임 선택에 신중을 기해야 한다는 거죠. 학부모들이 믿을 수 있는 인물로요."

"그럼요. 그리고 충분히 이해합니다, 만약 저보다 괜찮은 후보가 있다면—"

"그렇다는 건 아니에요."

그런 후보는 없다. 나는 장담할 수 있다. 그리고 나는 (대체로) 훌륭한 교사다. 사실 안힐 아카데미는 개판이다. 학업 성취도는 미달이다. 주변 평가도 바닥이다. 그도 안다. 나도 안다. 가뜩이나 지금과 같은 '상황'에서 괜찮은 교사를 찾는 건 숲에다 똥을 싸지 않는 곰을 찾는 일보다 더 어려울 것이다.

나는 밀어붙이기로 결심한다. "제가 솔직하게 말씀드려도 될까요?"

솔직하게 대할 생각이 전혀 없을 때 이런 식으로 얘기하면 효과 만점이다.

"저도 안힐 아카데미가 문제가 있다는 걸 압니다. 여기서 근무하고 싶은 이유도 그 때문이에요. 저는 설렁설렁 근무할 수 있는 곳을 찾는 게 아닙니다. 도전할 수 있는 곳을 찾고 있어요. 저는 이 학교를 졸업했기 때문에 아이들의 면면을 압니다. 이 마을도 압니다. 어떤 사람들과 어떤 상황을 상대해야 하는지도 정확히 알고요. 그래서 당황할 일이 없죠. 사실 그런 사람을 찾기가 쉽지 않으실 거라고 생각하는데요."

그가 나의 설득에 넘어왔다는 걸 알겠다. 나는 면접에 능하다. 상대방이 어떤 얘기를 듣고 싶어 하는지 안다. 가장 중요하게는 상대방이 언제 절박한지 안다.

해리는 의자에 기대고 앉는다. "뭐, 더 이상 물어볼 게 없군요."

"네. 만나 뵈어서 영광—"

"아, 하나가 더 있네요."

이런 염병할—

그는 미소를 짓는다. "언제부터 출근할 수 있을까요?"

2

3주 뒤

시골집은 춥다. 한동안 문을 닫아놓고 아무도 살지 않았던 집에서 느낄 수 있는 추위다. 뼛속으로 스며들어서 보일러를 가장 세게 틀어도 사라지지 않는 추위다.

냄새도 난다. 폐가와 싸구려 페인트와 눅눅한 냄새다. 인터넷에 실린 사진은 이 집을 제대로 표현하지 못했다. 그 사진에서는 추레한 세련미를 풍겼다. 예스럽게 방치된 분위기였다. 실상은 초췌하고 다 쓰러져간다. 내가 찬밥 더운밥 가릴 처지는 못 된다. 살 집을 장만해야 하는데 안힐 같은 쓰레기장에서조차 내 형편으로 감당할 수 있는 곳은 이런 시골집뿐이다.

물론 내가 오로지 그런 이유에서 이 집을 선택한 건 아니었다.

"마음에 드세요?"

나는 머리를 뒤로 반지르르하게 넘기고 문 앞에서 서성이는 젊은 남자를 돌아본다. 벨링 부동산에서 나온 마이크 벨링이다. 이 동네 사람은 아니다. 그렇다고 하기에는 너무 번듯하게 차려입었고 말투가 고상하다. 시내의 사무실로 돌아가 반짝이는 까만색 가죽 구두에 묻은 소똥을 닦고 싶어서 안달이 났다는 걸 알겠다.

"제가 생각했던 것과는 다르네요."

그의 미소가 흔들린다. "뭐, 소개하는 글에서도 말씀드렸다시피 최신식 건물이라기보다 전통적인 시골집이고 한동안 비어 있다 보니—"

"그러게요." 나는 애매하게 대꾸한다. "보일러가 부엌에 있다고 하셨죠? 난방을 좀 돌려야겠네요. 안내해주셔서 감사합니다."

그는 어정쩡하게 계속 머뭇거린다. "한 가지 말씀드릴 게 있는데요, 손 씨……."

"뭔데요?"

"보증금 수표 말입니다."

"그게 왜요?"

"착오가 생긴 거겠지만…… 저희가 아직 받질 못해서요."

"그래요?" 나는 고개를 젓는다. "우체국이 어째 점점 전보다 못하네요, 그렇죠?"

"뭐, 괜찮습니다. 지금—"

"그럼요."

나는 재킷 주머니에서 수표책을 꺼낸다. 마이크 벨링이 펜을 빌려준다. 나는 너덜너덜한 소파 팔걸이에 기대고 수표를 쓴다. 수표를 찢어서 그에게 건넨다.

그는 미소를 짓는다. 그러다 수표를 본 순간 미소를 싹 거둔다. "5백 파운드네요. 보증금에 첫 달 월세까지 하면 천 파운드인데요."

"맞아요. 하지만 지금 실제로 이 집을 보고 나니." 나는 좌우를 두리번거리며 얼굴을 찡그린다. "솔직히 돼지우리 같네요. 춥고 눅눅하고 냄새도 나고요. 불법 거주자라도 찾을 수 있으면 다행이겠어요. 그쪽은 내가 도착하기 전에 미리 와서 난방을 틀어놓는 성의도 보이지 않았고요."

"이건 수락할 수 없는 조건인데요."

"그럼 다른 세입자를 찾으시든지요."

엄포가 통했다. 그는 망설이는 기미를 보인다. 절대 약한 모습을 보이면 안 되는데 말이다.

"찾을 수가 없나요? 여기서 벌어진 그 사건 때문에 이 집에서 살겠다는 사람이 없는 모양이죠? 그쪽에서 얘기하지 않고 지나간 그 깜찍한 살인/자살 사건 말이에요."

방금 뜨거운 부지깽이로 엉덩이를 찔린 사람처럼 그의 얼굴에 힘이 들어간다. 그는 침을 삼킨다. "법적으로 고지할 의무는—"

"없겠죠. 하지만 도덕적으로는 미리 알려주면 좋지 않았겠어요?" 나는 서글서글하게 미소를 짓는다. "그걸 감안했을 때 보증금을 상당히 할인해주는 게 최소한의 예의 아닐까요?"

그는 턱을 앙다문다. 오른쪽 눈을 살짝 실룩인다. 그는 싸가지 없게 반박하고 싶을 것이다. 심지어 한 대 때리고 싶을 것이다. 하지만 그랬다가는 1년에 2만 파운드라는 꿈 같은 임대료와 중개업

자라는 일자리를 잃을 텐데 그러면 그 근사한 양복과 반짝이는 까만색 가죽구두를 무슨 수로 장만할 수 있겠는가.

그는 수표를 접어서 서류파일 안에 넣는다. "그럼요. 맞습니다."

짐을 푸는 데 얼마 걸리지도 않는다. 나는 아무 목적 없이 뭘 사서 모으는 성격이 아니다. 장식품을 사는 이유는 한 번도 이해해본 적이 없고 가족이나 아이들 사진은 괜찮지만 내게는 그런 사진도 없다. 옷은 너덜너덜해질 때까지 입고 똑같은 걸로 바꾼다.

물론 이런 원칙에도 예외는 있다. 조그만 여행 가방에서 맨 마지막으로 꺼낸 물건 두 개다. 하나는 나달나달한 트럼프 카드 한 팩이다. 나는 그걸 주머니에 넣는다. 카드를 치는 사람들 가운데 일부는 행운의 부적을 들고 다닌다. 나는 운수를 믿은 적이 없지만 그것도 돈을 잃기 전의 얘기다. 돈을 잃자 내 운수와 신고 다니던 신발과 우라질 별의 배열을 원망하기 시작했다. 나만 빼고 모든 걸 원망하기 시작했다. 카드는 정반대의 의미가 담긴 부적이다. 내 인생이 얼마나 망가졌는지를 끊임없이 상기시키는 도구다.

두 번째 물건은 좀 더 부피가 크고 신문지로 꽁꽁 포장되어 있다. 나는 살아 있는 아기라도 되는 양 그걸 들어서 침대 위에 올려놓고 조심스럽게 신문지를 벗긴다.

짧고 통통한 다리는 위로 뻗었고 조그만 손은 옆구리에서 주먹을 쥐었고 반짝이는 금발은 꾸깃꾸깃하게 곱실거리며 부채꼴 모양으로 펼쳐졌다. 공허한 파란색 눈으로 나를 물끄러미 올려다본다. 적어도 한쪽 눈은 그렇다. 다른 쪽 눈은 뭔가 더 재미있는 걸 포착했는데 귀찮아서 친구한테 굳이 얘기는 하지 않는 듯이 구멍 안에서 덜거덕거리며 엉뚱한 각도를 쳐다보고 있다.

나는 애니의 인형을 집어서 낮이고 밤이고 날마다 그 기우뚱한 시선으로 나를 쳐다볼 수 있게 서랍장 위에 앉힌다.

남은 오후와 저녁 동안에는 어슬렁거리며 몸을 덥힌다. 너무 오랫동안 가만히 앉아 있으면 다리가 쑤신다. 집 안이 춥고 눅눅한 것도 도움이 되지 않는다. 라디에이터가 영 신통치 않아 보인다. 어딘가에 공기가 찼을지 모르겠다.

거실에 장작 난로가 있지만 집 안과 바깥의 조그만 창고를 샅샅이 뒤져도 땔감이나 불쏘시개는 보이지 않는다. 하지만 벽장에 오래된 전기 히터가 있다. 히터 스위치를 켜자 열선이 두툼한 먼지 층을 바삭하게 튀기는 바람에 사방에 탄내가 진동한다. 그래도 상당한 열기를 뿜어낸다. 내가 먼저 감전사하지 않는 게 관건이지만.

조금 망가지기는 했지만 예전에는 아늑한 가정집이었겠다는 느낌이 든다. 화장실과 부엌은 낡았지만 깨끗하다. 뒤뜰은 길고 사방이 뻥 뚫린 시골이라 축구하기 좋겠다. 아이를 키우기에 아늑하고 편안하고 안전한 공간이었을 것이다. 아이가 클 때까지 살아 있지 못했다는 게 문제지만.

나는 귀신을 믿지 않는다. 우리 할머니는 입버릇처럼 얘기했다. "네가 무서워해야 하는 쪽은 죽은 사람들이 아니야. 살아 있는 사람들이지." 거의 맞는 말이었다. 하지만 나쁜 일이 남긴 잔상을 느낄 수 있다는 말은 믿는다. 그것들은 콘크리트에 찍힌 발자국처럼 우리의 현실이라는 천 위에 각인된다. 그 흔적의 원인은 오래전에 사라졌을지라도 남은 자국은 영영 지워지지 않는다.

어쩌면 내가 그래서 아이의 방에 들어가지 않는 건지 모른다. 이 집에서 사는 건 괜찮지만 이 집 자체가 *괜찮게* 느껴지지는 않는다. 어떻게 그럴 수 있겠는가. 이 안에서 끔찍한 사건이 벌어졌고 건물들은 그걸 기억하는데 말이다.

장을 보러 다녀오지 않았지만 배가 안 고프다. 시곗바늘이 7시를 지나자 나는 버번을 따서 잔을 4분의 1만큼 채운다. 아직 인터넷을 연결하지 않았기에 노트북은 쓸 수가 없다. 지금 당장은 가만히 앉아서 새로운 환경에 적응하고, 욱신거리는 다리와 배 속에서 느껴지는 익숙하고 희미한 간질거림을 무시하려고 애를 쓰는 것 말고는 딱히 할 일이 없다. 카드를 꺼내서 커피 테이블 위에 올려놓지만 펼치지는 않는다. 그러려고 들고 온 게 아니다. 대신 휴대전화로 음악을 듣고, 홍보는 요란했지만 결말은 빤한 스릴러물을 읽는다. 그런 다음 뒷문 앞에 서서 잡초가 우거진 뒤뜰을 내다보며 담배를 피운다.

하늘은 지옥의 탄광 구멍보다 더 시커멓고, 어둠을 관통하는 별빛 하나 보이지 않는다. 시골의 어둠이 어떤 식인지 잊어버리고 있었다. 도시에서 산 기간이 너무 길었다. 도시에서는 제대로 어두워지는 법이 없고 이 정도로 고요해지는 법도 없다. 지금 들리는 소리라고는 내 숨소리와 담배 필터가 타들어가는 소리뿐이다.

나는 내가 돌아온 이유가 뭔지 다시 한번 진심으로 고민한다. 그렇다. 안힐은 반쯤 잊힌, 지도상의 외딴 점이다. 하지만 외국이 더 안전했을 것이다. 내가 진 빚과 연패를 달갑게 여기지 않는 사람들과의 거리가 수천 킬로미터로 멀어졌을 것이다. 특히 갚을 능력이 되지 않는 자의 연패를 달갑게 여기지 않는 사람들과의 거리가 말이다.

이름을 바꾸고 어느 바닷가 허름한 술집의 바텐더로 취직할 수도 있었다. 해질 무렵이면 마르가리타를 홀짝이며. 하지만 나는 이곳을 선택했다. 아니, 어쩌면 이곳이 날 선택한 것일 수도 있다.

나는 사실 운명을 믿지 않는다. 하지만 유전자에 입력된 어떤 것들은 믿는다. 우리는 특정한 방식으로 행동하고 반응하도록 설계되어 있고 그것이 우리의 인생을 결정한다. 눈동자 색깔이나 햇볕을 쪼이면 주근깨가 잘 생기는 체질을 바꿀 수 없듯 그것도 바꿀 수 없다.

아니면 그건 다 헛소리고, 내가 저지른 짓에 대한 책임을 회피하려는 간편한 변명일 수도 있다. 사실 나는 언젠가는 돌아올 수밖에 없었다. 이메일 덕분에 결단을 내리기가 쉬워졌을 뿐이다.

그 이메일은 거의 두 달 전에 내 수신함으로 날아왔다. 그런데 놀랍게도 스팸메일함으로 곧장 옮겨지지 않았다.

보낸사람: ME1992@hotmail.com

제목: 애니

나는 하마터면 메일을 당장 삭제할 뻔했다. 본 적 없는 이메일

주소였다. 트롤*일 수도 있고 누가 못된 장난을 치는 것일 수도 있었다. 세상에는 덮어두어야 하는 이야기도 있는 법이다. 그걸 끄집어내서 좋을 게 하나 없다. 메일을 삭제하고 쓰레기통을 비우고 그걸 보았다는 사실조차 잊어버리는 게 상책이었다.

그렇게 결정해놓고 나는 읽기를 클릭했다.

나는 네 여동생에게 무슨 일이 벌어졌는지 알아. 그 사태가 다시 벌어지고 있어.

---

* 고의적으로 선동적이거나 공격적인 글을 인터넷에 게재해 불필요하게 감정을 자극하는 사람.

3

부모는 편애하면 안 된다. 사람들이 늘어놓는 또 다른 한심한 얘기다. 부모들은 당연히 편애를 한다. 그게 인간의 천성이다. 자식들이 요절하던 시절부터 그랬다. 그때부터 가장 튼튼한 아이를 좋아했다. 죽을지 모르는 자식에게 애착을 보일 필요가 없었다. 그리고 솔직히 인정하자, 좀 더 쉽게 마음이 가는 아이도 있지 않은가.

우리 부모님이 편애한 자식은 애니였다. 이해가 되는 결과였다. 그녀가 태어났을 때 나는 일곱 살이었다. 귀여운 꼬맹이 시절은 한참 지난 때였다. 나는 진지하고 삐쩍 말랐고 왜소하며 무릎에는 365일 딱지가 가실 날이 없고 지저분한 반바지를 입고 다니는 아이였다. 더 이상 귀엽지 않았다. 나는 심지어 공원에서 신나게 축구공을 차거나 아빠와 함께 나가서 숲 구경을 하고 싶어 하는 식으로 그걸 만회하지도 않았다. 그보다는 집 안에서 만화책을 읽거나 컴퓨터게임을 하는 걸 더 좋아했다.

그런 나를 보고 아빠는 실망했고 엄마는 짜증을 냈다. "나가서 시원한 공기라도 좀 마시고 와라." 엄마는 내게 도끼눈을 뜨고 말했다. 나는 일곱 살 때부터 시원한 공기라니 오버라는 생각을 했지만 그래도 억지로 나갔고, 반드시 뭐에 걸리거나 들이받거나 넘어져서 흙투성이가 된 채로 집에 들어가 다시 혼이 났다.

그랬으니 우리 부모님이 둘째를 낳고 싶어 한 것도 무리는 아니었다. 분홍색 레이스로 단장할 수 있고 끌어안아도 인상을 쓰거나 꿈틀거리며 빠져나가지 않는 귀여운 딸.

나는 부모님이 둘째를 낳으려고 노력한 지 제법 됐다는 걸 그때는 몰랐다. 동생이라니. 부모님이 베푸는 일종의 특별한 선물이나 혜택 같았다. 나는 동생이 필요한지 자신할 수 없었다. 부모님에게는 내가 있지 않은가. 내가 보기에 둘째는 초과 인원이었다.

애니가 태어난 뒤에도 내 의구심은 사라지지 않았다. 애니는 이상하게 생긴 분홍색 쭈글이였고 얼굴은 온통 짓이겨진 데다 외계인 같았다. 하는 일이라고는 자거나 똥을 싸거나 우는 것밖에 없는 듯했다. 나는 높고 날카로운 동생의 울음소리 때문에 한밤중에 깨면 천장을 물끄러미 쳐다보며 부모님이 개나 하다못해 금붕어를 사주었더라면 얼마나 좋았을까 생각했다.

이런 무관심은 처음 몇 달 동안 계속됐다. 나는 갓 태어난 여동생을 사랑하지도 질색하지도 않았다. 동생이 나를 보며 꾸르륵거리거나 내 손가락을 파래지기 시작할 때까지 움켜쥐어도 아무 느낌이 없었다. 엄마가 좋아하며 어르다가 아빠한테 "빌어먹을 카메라 좀 들고 와"라고 빽 소리를 지를 때도 마찬가지였다.

애니가 기어서 나를 따라오거나 내 물건을 건드리면 나는 더 빨리 걷거나 내 물건을 낚아챘다. 매몰차게 굴었다기보다 그냥 관심이 없었다. 내가 동생을 낳아달라고 한 것도 아닌데 왜 관심을 기울여야 하는지 알 수 없었다.

애니가 한 12개월쯤 됐을 때까지 이런 상태는 계속됐다. 그녀는 첫돌 직전부터 걸으며 말 비슷한 걸 조잘대기 시작했다. 그러자 문득 갓난애라기보다 미니 인간에 더 가깝게 느껴졌다. 좀 더 흥미로워졌다. 외국어 비슷한 말을 횡설수설하며 노인처럼 뒤뚱뒤뚱 걷는 모습이 심지어 재밌기까지 했다.

나는 애니와 놀아주고 몇 마디씩 말을 걸기 시작했다. 동생이 나를 따라 하면 묘한 감정으로 가슴이 벅차올랐다. 나를 빤히 쳐다보며 "조이-이, 조이-이"라고 옹알대면 배 속이 따뜻해졌다.

애니는 어디든 나를 쫓아다니며 내 모든 행동을 따라 하기 시작했다. 내가 우스운 표정을 지으면 웃음을 터뜨렸고 내가 이해하지 못할 말을 늘어놓아도 열심히 귀를 기울였다. 울다가도 내가 한 번 건드리기만 하면 뚝 그치며 다른 속상했던 일들은 당장 잊었다고 오빠한테 알리고 싶어 했다.

그때까지 나를 그런 식으로 사랑해준 사람은 없었다. 심지어 엄마와 아빠도 그랬다. 두 분은 당연히 나를 사랑했다. 하지만 동생처럼 대놓고 흠모하는 눈빛으로 나를 쳐다보지는 않았다. 어느 누구도 마찬가지였다. 나는 동정이나 경멸이 어린 눈빛에 더 익숙했다.

나는 어렸을 때 친구가 많지 않았다. 딱히 숫기가 없어서 그런 건 아니었다. 초등학교 때 어느 선생님이 우리 부모님에게 한 얘기에 따르면 나는 '친구들과 거리를 두는' 편이었다. 나무 타기나 싸움질처럼 따분한 놀이를 즐기는 다른 남자아이들이 재미없고 한심하게 느껴졌던 것 같다. 게다가 나는 혼자라는 데 전혀 불만이 없었다. 애니가 태어나기 전까지는 그랬다.

동생의 세 번째 생일에 나는 용돈을 모아서 인형을 사주었다. 소리도 내고 혼자 오줌도 싸는, 장난감 가게에서 파는 비싼 인형은 아니었다. 아빠 같으면 슈퍼마켓 '떨이 상품'이라고 표현할 만한 인형이었다. 파랗고 냉정한 눈으로 빤히 쳐다보는 데다 입술을 희한하게 오므리고 있어서 조금 못생겼고 오싹한 편에 가까웠다. 하지만 애니는 그 인형을 애지중지했다. 어디든 데리고 다녔고 매일 밤마다 그 인형을 끌어안고 잤다. 이유는 모르겠지만(아마 누군가의 이름을 잘못 들었을 것이다) 애니가 인형에게 지어서 붙여준 이름은 '애비-아이스'였다.

애니가 다섯 살이 됐을 때 애비-아이스는 방 안 선반으로 치워지고 바비와 마이 리틀 포니로 대체됐다. 하지만 엄마가 자선 바자회에 내놓자고 하면 애니는 비명을 지르며 인형을 낚아채 파란색 플라스틱 눈이 튕겨져 나오는 게 아닐까 싶을 정도로 세게 끌어안았다.

애니와 나는 커가는 동안에도 계속 가깝게 지냈다. 같이 책을 읽었고, 카드놀이를 하거나 중고로 산 내 세가 메가드라이브로 컴퓨터게임을 했다. 비가 오는 일요일 오후에 아빠는 맥주를 마시러 나가고 엄마는 다림질을 하느라 바쁘고, 허공은 움직이지 않는 온기와 섬유 유연제 냄새로 가득할 때면 우리는 빈백 위에 웅크리고 앉아서 옛날 영화를 비디오로 같이 봤다. 「E.T.」, 「고스트버스터즈」, 「레이더스」. 가끔은 애니가 보면 안 됐을 수도 있는, 「터미네이터 2」나 「토탈 리콜」 같은 좀 더 어른용 신작을 본 적도 있었다.

아빠에게 그런 영화를 불법 복제해서 50페니에 파는 친구가 있었다. 화면이 좀 흐릿하고 대사가 잘 안 들릴 때도 있었지만 아빠도 입버릇처럼 얘기했다시피 "얻어먹는 놈이 찬밥 더운밥 가릴 수는 없는 법"이고 "남의 호의에 트집을 잡으면 안 되는" 거였다.

나도 우리 집 살림이 넉넉하지 않다는 걸 알았다. 아빠는 예전에 탄광에서 일을 했지만 파업이 벌어진 이후에 회사 측에서 우리 탄광을 당장 폐쇄하겠다고 하지 않았는데도 그만두었다.

아빠는 파업에 동참하지 않은 쪽이었다. 아빠는 거기에 대해 절대 언급한 적이 없었지만 나는 동료와 이웃 간의 갈등과 시비와 악감정이 너무 심했다는 걸 알았다. 그때 나는 아직 어린 나이였지만 엄마가 우리 집 현관문에 적혀 있었던 '배신자'라는 단어를 지우던 기억이 난다. 한번은 우리가 텔레비전을 보고 있을 때 누군가가 벽돌을 던져서 유리창을 깬 적도 있었다. 다음 날 저녁에 아빠는 친구들과 함께 집을 나갔다. 돌아왔을 때는 입술이 찢어졌고 행색이 엉망진창이었다. "다 처리했어." 아빠는 내가 들어본 적 없을 만큼 딱딱하고 엄숙한 목소리로 엄마에게 말했다.

파업 이후에 아빠는 달라졌다. 내 눈에 비친 아빠는 항상 건장하고 키가 크며 숱이 많고 까만 곱슬머리를 산발하고 다니는 거인 같은 남자였다. 파업 이후에 아빠는 쪼그라든 것처럼 느껴졌고 살이 빠지고 등이 굽었다. 웃는 일이 점점 줄었고 어쩌다 한번 미소를 지으면 눈가에 주름살이 전보다 더 깊이 파였다. 관자놀이 근처의 머리카락이 희끗희끗해지기 시작했다.

아빠는 탄광 일을 접고 버스 기사로 재취업 교육을 받았다. 아빠가 새 직업을 좋아했던 것 같지는 않다. 보수는 괜찮았지만 탄광에서 받던 만큼은 아니었다. 아빠와 엄마는 전보다 더 자주 싸웠다. 주제는 대개 엄마가 쓰는 생활비 액수 아니면 커가는 아이들을 먹이고 입히는 데 돈이 얼마나 드는지 아빠는 모른다는 거였다. 그러면 아빠는 술을 마시러 나갔다. 아빠가 가는 술집은 한 군데였다. 일을 마친 다른 광부들도 오는 곳이었다. 안힐 암스였다. 파업에 동참한 광부들은 더 불에서 마셨다. 러닝 폭스는 유일하게 중립지대 비슷한 곳이었다. 거기서 술을 마시는 광부는 없었다. 하지만 몇몇 고학년들은 아빠나 할아버지와 맞닥뜨릴 일이 없다는 걸 알았기에 거기서 술을 마셨다.

엄마, 아빠가 나쁜 부모님은 아니었다. 여건이 허락하는 한도 안에서 최대한 우리를 사랑했다. 두 분이 싸우고 우리에게 시간을 많이 할애하지 못했을지 몰라도 애정이 없어서가 아니라 열심히 일을 해도 남는 돈이 거의 없고 대개 피곤했기 때문이었다.

물론 우리 집에는 TV도 있고 카세트 플레이어도 있고 컴퓨터도 있었지만 우리 스스로 놀거리를 만들 때가 많았다. 나와 애니는 길에서 술래잡기나 축구를 했고, 길바닥에 분필로 그림을 그렸고, 비가 오는 오후면 카드놀이를 하며 시간을 때웠다. 나는 어린 여동생과 놀아주는 걸 귀찮아한 적이 없었다. 그녀와 함께 시간을 보내는 게 좋았다.

토요일 아침에 날이 좋으면(적어도 폭우가 쏟아지지 않으면) 엄마는 과자 사 먹을 돈을 주머니에 넣어주고 나와 애니를 집 밖으로 내보내며 엄마들이 차를 마실 동안 오후 늦은 시각까지 놀다 오라고 했다. 대개는 그러면 좋았다. 우리에게는 자유가 있었다. 상상력이 있었다. 그리고 서로가 있었다.

내가 10대 후반으로 접어들면서 상황이 바뀌었다. 내게 새로운 '친구들'이 생겼다. 스티븐 허스트와 그 일당이었다. 나처럼 어쭙잖은 부적응자하고는 어울릴 일이 없었던 거친 패거리였다.

스티븐이 내 아웃사이더 성향을 터프하다는 증거로 착각했던 걸까. 쉽게 부려먹을 수 있는 아이가 필요했던 걸까. 이유가 뭐가 됐건 나는 그 일당의 일원이 되었다는 데 바보처럼 감사했다. 나는 그때까지 혼자 지내는 데 전혀 문제가 없었다. 하지만 무리에 끼어본 적 없는 10대가 소속 집단을 찾으면 거기에 도취될 수 있다.

우리는 어울려 다니며 10대 남자아이들이 흔히 하는 짓을 했다. 욕을 하고 담배를 피우고 술을 마셨다. 놀이터에 낙서를 하고 그네 체인을 배배 꼬아서 가로대 위로 넘겼다. 마음에 안 드는 선생님의 집에 달걀을 던졌고 정말 싫은 선생님의 경우에는 자동차 타이어에 구멍을 냈다. 그리고 아이들을 괴롭혔다. 우리보다 약한 아이들을 골탕 먹였다. 인정하고 싶지 않았지만 나 같은 아이들을 말이다.

문득 여덟 살짜리 여동생과 노는 게 시시해져버렸다. 아주 쪽팔린 일이었다. 애니가 같이 가게에 가자고 하면 나는 핑계를 대거나 동생의 눈을 피해 집 밖으로 도망쳤다. 새 친구들과 있을 때 동생이 손을 흔들면 고개를 돌렸다.

상처받은 애니의 눈빛과 일그러지는 표정은 애써 모르는 체했다. 집에 가면 그랬던 걸 만회하려고 두 배로 열심히 노력했다. 동생도 내가 오버한다는 걸 알았다. 어린애라고 모르지는 않는다. 하지만 애니는 아무 말도 하지 않았다. 그래서 나는 마음이 더 안 좋았다.

돌이켜보면 바보 같았던 게, 나는 어느 누구보다 애니랑 노는 게 재밌었다. 센 척한다고 센 사람이 되지는 않는다. 열다섯 살의 나에게 그 얘기와 더불어 다른 수많은 얘기를 해줄 수 있다면 얼마나 좋을까. 여자애들은 말없는 남자를 좋아하지 않는다는 것, 얼음으로 마취하고 귀를 뚫으려고 해봐야 부질없는 짓이라는 것, 선더버드는 와인이 아니고 결혼식 피로연 직전에 마실 만한 술도 아니라는 것.

가장 중요하게는 동생에게 사랑한다고 말할 수 있다면 얼마나 좋을까. 그게 가장 간절하다. 동생은 나의 가장 친한 친구였고, 내 본모습을 백 퍼센트 드러낼 수 있는 상대였고, 눈물이 날 때까지 나를 웃길 수 있는 딱 한 명이었다.

하지만 그럴 수가 없다. 내 동생은 여덟 살 때 실종됐다. 그 당시에 나는 그보다 더 끔찍한 일은 없을 거라고 생각했다.

그녀는 그러고 나서 얼마 후에 돌아왔다.

4

나는 평소처럼 안힐 아카데미에서의 첫날을 준비한다. 전날 밤에 과음하고 늦잠을 자는 바람에 알람 시계에 대고 욕설을 퍼붓고 마지못해 투덜투덜 절뚝거리며 계단 꼭대기를 지나 화장실로 간다.

욕조 위에 달린 샤워기를 최대한 세게 틀고—그래봐야 심드렁하게 졸졸거리고 그만이다—안으로 기어들어가 쏟아지는 온수로 몸을 몇 번 축이고 끙끙대며 다시 나와서 수건으로 닦고 깨끗한 옷으로 갈아입는다.

나의 선택은 검은색 셔츠와 짙은 색 청바지와 낡아서 너덜너덜한 컨버스 운동화. 첫날에 걸맞은 깔끔한 면모와 댄스 슈즈를 동시에 갖춘 옷차림이다. 한심한 발상이라는 건 나도 안다. 예전에 한 아파트에서 살았던 브렌던에게 배운 거다. 브렌던은 아일랜드 출신이다. 그 말은 곧, 어떤 상황이든 알맞은 격언이 준비되어 있다는 뜻이다. 대개는 도무지 말도 안 되는 격언이지만 저것만큼은 나도 항상 공감했다. 누구에게나 댄스 슈즈가 있다. 마음을 편안하게 가라앉히고 싶을 때 신는 신발 말이다. 다른 날보다 유난히 그런 신발이 필요한 날도 있다.

나는 머리를 빗고 저절로 마르길 기다리는 동안 블랙커피와 담배를 찾아 1층으로 향한다. 뒷문을 열고 바로 그 앞에 웅크리고 서서 담배를 피운다. 밖이 안보다 아주 살짝 시원한 수준이다. 하늘은 회색의 단단한 콘크리트 조각이고 가늘고 초라한 가랑비가 내 얼굴을 때린다. 태양이 모자를 썼다면 분명 방수 모자다.

꾸준히 이어지는 학생들의 행렬과 함께 9시 15분 전에 교문 앞에 도착한다. 여학생 3인조는 스마트폰의 자판을 두드리며 열심히 편 머리칼을 뒤로 넘긴다. 남학생들은 장난처럼 서로 밀치락달치락하는데 그러다 눈 깜빡할 새 진짜 몸싸움으로 돌변할 수 있다. 이모코어 패션을 추구하는 두어 명은 시커먼 앞머리로 눈을 덮고 권력층을 노려본다.

그러고 잠시 후에 외톨이들이 등장한다. 그들은 고개를 숙이고 어깨를 웅크린 채 걷는다. 걸음걸이가 사형수처럼 느릿느릿하고 기운이 없다. 괴롭힘을 당하는 아이들이다.

그중에서도 한 여학생이 눈에 띈다. 짧고 가늘고 곱슬곱슬한 빨간 머리에 피부가 지저분하고 치수가 안 맞는 교복을 입고 있다. 그녀를 보고 생각난 내 동급생이 있다. 루스 무어. 그녀는 항상 암내를 살짝 풍겨서 아무도 수업시간에 옆자리에 앉고 싶어 하지 않았다. 다른 아이들은 라임을 맞춰서 그녀를 놀려대곤 했다. "루스 무어, 너무 먹어, 공짜 밥 좀 그만 먹어."

아이들이 잔인한 장난을 칠 때는 얼마나 머리가 잘 돌아가는지 알 수 있는 대목이다.

그녀의 뒤로 몇 걸음 안 되는 곳에서 두 번째 희생양이 포착된다. 키가 크고 삐쩍 말랐고 헝클어진 까만 머리가 거의 수직으로 솟은 남학생이다. 안경을 썼고 구부정하게 걷는데, 키 때문이기도 하지만 짊어진 묵직한 배낭 때문이기도 하다. 축구를 비롯해 모든 스포츠에 젬병이지만 플레이스테이션 안에서는 왕중왕일 것이다. 나는 그에게 개인적으로 친근감을 느낀다.

"야, 마커스, 이 쪼다야!"

그의 뒤에서 어슬렁어슬렁 걸어오는 남학생 패거리가 외친다. 모두 다섯 명이다. 11학년인 듯하다. 그들은 거리낌 없이 으스대며 삐쩍 마른 아이 쪽으로 다가간다. 날카로운 이빨을 숨기고 있다. 키가 크고 잘생긴 까만 머리의 리더가 말라깽이의 어깨에 팔을 두르고 뭐라고 얘기한다. 말라깽이는 느긋한 표정을 지으려고 하지만 온몸으로 긴장과 불안을 뿜어낸다. 나머지 패거리는 그 둘을 느슨하게 에워싸고 있다. 도망치는 걸 막고 있다. 학교로 들어가거나 그들로부터 빠져나올 수 없게 길을 차단하고 있다.

나는 좀 더 그 자리에 머문다. 그들은 아직 나를 보지 못했다. 나는 길 건너편에 있다. 그리고 두말하면 잔소리지만 그들은 내가 선생님인 줄 모른다. 그저 더플코트를 입고 컨버스를 신은 꾀죄죄한 인간일 뿐이다. 나는 계속 그런 인간으로 남을 수 있다. 아직은 공식적으로 수업을 시작하지 않았다. 심지어 우리는 교문 안으로 들어서지도 않았다. 게다가 오늘은 나의 출근 첫날이다. 다른 날, 다른 때 이런 문제를 해결할 수 있을 것이다.

나는 말보로 라이트를 꺼내려고 주머니에 손을 넣은 채, 그 패거리가 말라깽이를 벽으로 끌고 가는 걸 지켜본다. 불안한 미소는 어느덧 사라졌다. 그는 반항하려고 입을 벌린다. 리더가 그의 목을 한 팔로 누르는 동안 다른 아이가 배낭을 벗기고, 나머지 아이들이 떠돌이 개처럼 그 위로 달려들어 책과 교재를 끄집어내고 책장을 뜯고 랩으로 싼 샌드위치를 밟는다.

그중 한 명이 희희낙락하며 새로 산 아이폰처럼 보이는 물건을 꺼낸다. 이유가 뭘까? 나는 생각한다. 부모들이 아이들 손에 저런 쓰레기를 들려서 학교에 보내는 이유가 뭘까? 내가 어렸을 때는 못된 녀석에게 빼앗겨봐야 점심 사 먹을 돈 아니면 좋아하는 만화책이었다.

나는 아쉬워하는 눈빛으로 담배를 쳐다본다. 그런 다음 한숨을 쉬며 다시 주머니에 넣고 언쟁이 벌어지는 곳으로 길을 건넌다.

말라깽이가 휴대전화를 빼앗으려고 한다. 리더가 무릎으로 그의 사타구니를 가격하고 친구에게서 휴대전화를 건네받는다.

"오오오, 새 거네? 짱이다."

"이러지 마." 말라깽이는 숨을 헐떡인다. "선물받은 거란 말이야…… 생일 선물."

"우리는 어째 네 생일 파티에 초대를 받은 기억이 없네?" 리더는 친구들을 둘러본다. "우리 초대 받았냐?"

"아니. 초대장이 배달되는 도중에 분실됐나 봐."

"문자도 뭐도 없었어."

리더가 휴대전화를 머리 위로 높이 든다. 말라깽이는 그쪽으로 손을 뻗지만 건성이다. 괴롭히는 상대보다 키가 몇 센티미터 크지만 이미 기가 꺾였다. 내가 아는 표정을 짓고 있다.

리더는 히죽히죽 웃는다. "내가 이걸 떨어뜨리지 않으면 좋겠다만ー"

나는 위로 뻗은 그의 손목을 잡는다. "떨어뜨릴 일 없을 거다."

리더가 고개를 돌린다. "쌍, 당신 뭐야?"

"손, 새로 부임한 너희 영어 담당. 선생님이라고 불러도 좋아."

아이들이 단체로 웅성거린다. 리더의 표정이 흔들리지만 아주 조금일 뿐이다. 그는 이내 미소를 짓는다. 자기 딴에는 매력을 발산하겠다는 심사겠지만 그 때문에 나는 그가 더 싫어진다.

"그냥 좀 놀고 있었던 거예요, 선생님. 장난치면서요."

"그래?" 나는 말라깽이를 쳐다본다. "네 입장에서도 그냥 좀 노는 거였니?"

그는 리더를 흘끗 쳐다보고 조그맣게 고개를 끄덕인다. "그냥 장난치고 있었어요."

나는 마지못해 리더의 손목을 놓고 말라깽이에게 휴대전화를 돌려준다.

"마커스, 내가 너라면 내일부터 이건 집에 두고 다니겠다."

이중으로 혼이 난 그는 다시 고개를 끄덕인다. 나는 리더를 돌아본다. "이름이?"

"제러미 허스트요."

허스트. 내 눈가에서 살짝 경련이 이는 게 느껴진다. 그럼 그렇지. 진작 알아차렸어야 하는 건데. 까만 머리 때문에 생각도 못 했는데 이제 보니 닮았다는 걸 알겠다. 대물림된 잔인한 천성이 그의 파란 눈에서 번뜩인다.

"이제 가도 될까요, *선생님*?"

'선생님'이라는 단어를 강조한다. 비아냥거리며. 내가 미끼를 물길 바라는 거다. 하지만 그렇게 호락호락하게 넘어갈 수는 없다. 나중에. 나는 마음을 다잡는다. *나중에*.

"우선은." 나는 다른 녀석들을 돌아본다. "너희들도 가라. 하지만 앞으로 씹던 껌 한 조각이라도 뱉었다가는 나한테 지독한 성병처럼 시달릴 줄 알아."

두어 명은 참지 못하고 미소 비슷한 걸 흘린다. 내가 교문 쪽을 홱 하고 턱으로 가리키자 그들은 어슬렁어슬렁 걸음을 옮기기 시작한다. 허스트는 가장 마지막까지 서 있다가 결국 몸을 돌리고 태평스럽게 그들을 성큼성큼 따라간다. 마커스는 머뭇거리며 그 자리에 남아 있다.

"너도." 나는 그에게 말한다.

그래도 그는 꿈쩍하지 않는다.

"왜?"

"실수하셨어요."

"그 녀석이 새로 산 네 휴대전화를 박살내도록 내버려두는 편이

나왔다는 거냐?"

그는 피곤한 얼굴로 고개를 젓고 등을 돌린다. "두고 보면 아실 거예요."

5

오래 두고 볼 필요도 없다.

점심시간. 나는 책상에 앉아서 수업 노트를 작성하며 지겨워서
죽으려고 하거나 창밖으로 몸을 날린 학생 없이—나 역시 마찬가
지다—오전을 무사히 보낸 걸 자축하고 있다.

해리가 제대로 지적했다시피 나는 마지막으로 아이들을 가르친
지 좀 됐다. 그래서 솔직히 조금 예전 같지 않은 게 느껴진다. 하지
만 예전에 동료 교사가 했던 말을 떠올린다. 아이들을 가르치는 건
자전거 타기와 같아서 절대 잊어버리지 않는다. 비틀거리거나 넘
어질 것 같으면 나를 비웃고 자전거를 채갈 기회만 노리는 서른 명
의 아이들을 상기하면 된다. 그러니까 어디로 가는지 전혀 모를지
라도 계속 페달을 밟아야 한다.

나는 계속 페달을 밟았다. 오전 수업이 끝날 무렵이 되자 내가 거둔 성과에 상당히 우쭐해졌다.

그렇지만 그 기분을 계속 유지할 수는 없는 모양이다.

교실 문을 두드리는 소리에 이어 해리가 고개를 내민다.

"아, 손 선생? 다행히 여기 있었군요. 별일 없지요?"

"뭐, 수업 시간에 잠든 학생이 없었으니 그렇다고 볼 수 있겠죠?"

그는 고개를 끄덕인다. "좋아요. 아주 좋아요."

하지만 그는 아주 좋은 표정이 아니다. 10파운드짜리 지폐를 잃어버린 데 이어 말벌 집을 발견한 사람 같은 표정이다. 그는 교실 안으로 들어와 내 앞에 어정쩡하게 선다.

"출근 첫날에 이런 얘길 꺼내서 미안하지만 그냥 지나칠 수 없는 얘기가 귀에 들어와서 말이죠."

젠장, 나는 생각한다. *망했다. 뒷조사를 해서 내 정체를 파악한 모양이로군.*

처음부터 도박이었다. 내가 예전에 근무했던 학교의 행정 직원 데비가 나를 약간 좋아했고 비싼 핸드백은 그보다 더 좋아했다. 그녀가 옛정을 생각해서 (그리고 깜찍한 클러치백을 감안해서) 이력을 문의하는 해리의 이메일을 중간에서 가로채 학교 이름이 적힌 용지와 함께 내게 전달했다. 이런 연유로 나를 극찬하는 추천서가 탄생됐다. 해리가 너무 깊이 파고들지만 않으면 괜찮은 전략이었다.

나는 마음을 다잡는다. 하지만 내 예상은 빗나간다.

"오늘 아침에 교문 앞에서 우리 학교 학생과 어떤 사건이 있었던 모양인데요."

"그 '사건'이라는 게 동급생 괴롭히기를 말씀하시는 거라면 맞습니다."

"그러니까 손 선생이 학생을 폭행한 게 아니다?"

"네?"

"제러미 허스트라는 학생이 손 선생한테 폭행을 당했다고 항의를 했거든요."

이런 쥐새끼 같으니라고. 관자놀이를 두드리는 맥박이 느껴지기 시작한다.

"거짓말이에요."

"선생이 자기 팔을 세게 잡았다고 하던데요."

"제러미 허스트와 그 일당이 다른 학생을 괴롭히는 현장을 목격했습니다. 그래서 중재한 겁니다."

"하지만 부당한 폭력을 행사하지는 않았다?"

나는 그의 눈을 똑바로 쳐다본다. "물론입니다."

"알겠어요." 해리는 한숨을 쉰다. "미안해요. 하지만 확인해야 하는 사안이라."

"이해합니다."

"나한테 진작 보고하지 그랬어요. 그랬더라면 내가 싹을 자를 수 있었는데."

"그럴 필요성을 못 느꼈습니다. 문제를 깔끔하게 처리했다고 생각했거든요."

"그랬겠죠. 그런데 사실 제러미 허스트는 조금 민감한 측면이 있어요."

"친구를 괴롭히면서 휴대전화를 부숴버리겠다고 협박할 때는 별로 민감해 보이지 않던데요."

"오늘이 출근 첫날이라 학교의 역학관계에 익숙하지 않을 테고 학교 폭력에 그런 식으로 대처해준 건 고맙게 생각하지만 가끔은 상황이 그렇게 명쾌하지가 않을 때도 있답니다."

"제가 목격한 게 어떤 상황인지는 분명한데요."

그는 안경을 벗고 눈을 비빈다. 그가 나쁜 사람이라기보다 어려운 환경에서 최선을 다하느라 과로로 점점 무너져가는 사람이라는 게 느껴진다.

"사실 제러미 허스트는 이 학교를 대표하는 학생이에요. 축구팀 주장이고⋯⋯."

아니면 단순히 개자식일 수도 있지요.

"그렇다고 해서 학교 폭력과 거짓말을 용서할 수는ㅡ"

"어머니가 암에 걸렸고요."

나는 달리다 말고 끼이익 멈춘다.

"암이라고요?"

"대장암이에요."

나는 하마터면 "젠장"이라고 중얼거릴 뻔했는데, 이 상황에서 그랬더라면 상당히 부적절한 처사가 됐을 것이다.

"그렇군요."

"저기, 나도 제러미의 사회적인 상호작용과 분노 관리 측면에 문제가 있다는 건 알아요ㅡ"

"요즘은 그걸 그런 식으로 표현하는군요."

해리는 서글픈 미소를 짓는다. "하지만 그의 상황을 감안했을 때 조심스럽게 대해야겠죠."

"그러게요." 나는 고개를 끄덕인다. "이제 전보다 조금 더 이해를 할 수 있게 된 것 같습니다."

"다행이로군요. 이런 몇 가지 문제들을 내가 미리 짚어주었어야 하는 건데. 학교 편람이 모든 걸 커버할 수는 없으니까요."

"그렇죠."

정말 맞는 말이라고 나는 생각한다.

"자, 이제 더 이상 방해하지 않겠습니다."

"감사합니다. 제러미 허스트에 대해 알려주신 것도 감사하고요."

"천만에요. 나중에 또 얘기합시다." 그는 말을 멈춘다. "그래도 이건 기록으로 남겨야 합니다."

"네?"

"교원 평가 기록요. 아무리 근거 없는 주장이라도 이런 항의가 접수되면 적어놓아야 해요."

맥박이 더 힘껏 뛴다. 허스트. 빌어먹을 허스트.

"그럼요." 나는 억지로 어색한 미소를 짓는다. "이해합니다."

그는 문 쪽으로 걸음을 옮긴다.

"살날이 얼마 남지 않았나요?" 내가 묻는다. "제러미의 어머니 말입니다."

그는 고개를 돌리고 묘한 눈빛으로 나를 쳐다본다.

"치료는 잘되고 있어요." 그가 말한다. "하지만 이런 종류의 암은 예후가 희망적이지 않죠."

"제러미하고 그의 아버지로서는 힘들겠군요."

"맞아요. 그렇죠." 그는 또 무슨 말을 하고 싶은 듯 잠깐 나를 쳐다보다 다시 어색하게 고개를 끄덕이고 문을 닫는다.

그의 아버지로서는 힘들겠다니. 나는 담배를 꺼내며 미소를 짓는다. 좋았어, 나는 생각한다. 좋았어. 우라질 업보로군.

영문학관은 원래 본관과 구내식당 사이에 있었고, 수업 중간에 숨을 헐떡이고 땀을 뻘뻘 흘리며 이동하는 학생들로 항상 정체 현상이 빚어지고 여름의 하드론 입자 가속기보다 더 덥고 좁은 탯줄 같은 복도가 딸려 있었다. 우리끼리 우스갯소리로 그 안에 너무 오래 서 있으면 짐 베리(우리 학교에 딱 한 명뿐인 혼혈이었다)보다 까매질 거라고 얘기하곤 했다.

그곳의 정식 명칭은 영문학관이었지만 학생들 사이에서는 그냥 '학관'이었다. 4층짜리 흉물스러운 콘크리트 건물이었고 강풍이 불면 흔들리곤 했다.

그 사건이 벌어지기 전부터 학관 수업을 좋아하는 아이는 없었다. 그곳은 항상 추웠고 창문 틈새로 바람이 들어왔고, 유난히 잔인했던 어느 해 겨울에 다들 모자와 목도리를 쓰고 수업을 받았을 때는 유리창 안쪽으로 성에가 꼈던 기억이 난다.

크리스 매닝이 꼭대기에서 떨어진 이후에 그 건물은 폐쇄됐다가 '새로운 안전 조치'를 갖추고서 다시 문을 열었는데, 기본적으로 옥상 문에 확실하게 자물쇠를 채워놓았다는 뜻이었다.

그러다 과거 20년의 어느 시점엔가 철거됐다. 학관이 있었던 자리에 지금은 포장된 조그만 광장이 생겼고, 반쯤 죽은 식물들로 덮인 변변찮은 원형 공간을 중심으로 벤치 세 개가 놓여 있다. 한 벤치에 조그만 명패가 달려 있다. '크리스토퍼 매닝을 기리며.'

나는 다른 벤치에 앉아 담뱃갑에서 담배를 꺼낸다. 한 개비를 손가락으로 잡고 돌리고 보도블록을 빤히 쳐다보며 크리스가 떨어진 지점을 덮고 있는 보도블록은 무엇일지 궁금해한다.

그는 소리를 내지 않았다. 떨어지면서도 그랬다. 심지어 바닥에 부딪혔을 때도 마찬가지였다. 나지막하고 둔탁하게 쿵 하는 소리만 났다. 별로 세게 느껴지지 않았다. 크리스의 몸이 모든 공기가 빠져나간 것처럼 이상하게 납작해지지 않았다면 나는 그가 죽은 게 아니라 거기 누워서 희미해져가는 가을 햇살을 만끽하는가 보다고 생각했을 수도 있었다. 물론 그의 아래에서 서서히 번지던 피가 저물어가는 태양으로 인해 새빨간 그림자를 더욱 길게 드리우기도 했지만.

"엄청 어이가 없죠?"

나는 움찔한다. 까만 머리를 지저분하게 하나로 묶고 양쪽 귀에은 귀걸이를 잔뜩 건 키 작은 여자가 내 앞에 서 있다. 그녀가 다가오는 소리를 듣지도 못했는데, 하긴 워낙 말라서 바람에 날릴 수도 있겠다 싶을 정도다.

나는 잠깐 유난히 되바라진 학생인가 보다고 생각하지만 교복을 입지 않았고 (킬러스 티셔츠와 스키니 청바지와 닥터 마틴이 새로운 교복이 아닌 이상) 첫인상은 어려 보였을지 몰라도 자세히 보니 눈가에 주름이 있다.

"네?"

그녀는 내가 쉴 새 없이 만지작거리고 있는 담배를 가리킨다. "이렇게 완벽한 흡연 공간을 만들어놓고 교내에서는 담배를 피우지 못하게 하다니 우라지게 어이가 없다고요."

"아." 나는 담배를 쳐다보다가 다시 담뱃갑 안에 넣는다. "진정한 비극이죠."

그녀는 씩 웃더니 묻지도 않고 내 옆에 앉는다. 원래 나는 누가 그렇게 일방적으로 친하게 굴면 뚜껑 열리게 짜증이 난다. 왠지 모르겠지만 주렁주렁 피어싱을 한 이 아가씨의 경우에는 그냥 콧김이 나오는 수준이다.

"여기서 뛰어내린 학생도 안타깝고요." 그녀는 고개를 젓는다. "잃어본 적 있어요?"

"학생을요?"

"뭐, 양말은 아니겠죠."

"아뇨, 없는 것 같은데요."

"뭐, 잃었다면 기억하고 있겠죠? 바라건대." 그녀는 폴로 사탕을 꺼내 포장을 벗기고 한 알을 입에 넣는다. 내게도 통을 내민다. 거절하고 싶은데 나도 모르게 하나를 받는다.

"내가 가르친 학생 중에는 죽은 애가 있어요. 약물 과다 복용으로."

"저런."

"그러니까요. 정말 괜찮은 애였거든요. 성실했고. 인기도 많았고요. 모든 게 아무 문제 없어 보였는데……. 파라세타몰* 두 통에 보드카 한 병을 마셨어요. 혼수상태에 빠졌죠. 1주일 뒤에 생명 유지 장치를 제거했어요."

나는 미간을 찌푸린다. "그런 뉴스는 들은 기억이 없는데요."

"뭐, 그랬을 거예요. 줄리아와 벤 모턴에게 묻혔거든요." 그녀는 어깨를 으쓱한다. "늘 더 끔찍한 비극이 벌어지기 마련이잖아요?"

"아마도요."

정적이 흐른다.

"안 물어볼 거예요?"

"뭘요?"

"흔히들 묻는 거 있잖아요. '그 둘이랑 아는 사이였어요? 뭔가 이상한 낌새가 있던가요? 조짐이 보이던가요?'"

"뭐, 그랬어요?"

"잘 아는 사이는 아니었어요. 아니요, 네. 줄리아가 목에 큼지막한 플래카드를 걸고 학교로 출근했거든요. '내 아들을 죽이고 자살할 생각이에요. 좋은 하루 보내세요.'"

"흠, 예의를 갖추는 데 돈이 드는 것도 아니잖아요?"

그녀는 빙그레 웃더니 손을 내민다. "베스 스캐터굿이에요. 미술이고요."

나는 악수한다. "스캐터굿? 진짜예요?"

"그럼요."

---

* 진통제.

"그 이름 때문에 애들한테 놀림 많이 받겠네요?"

"요즘 가장 인기 있는 건 섀그 허 굿*이에요. 그 직전에는 패터 거츠**였고."

"훌륭하네요."

"그러니까요. 애들이란. 그래도 사랑해야죠. 그게 싫으면 다른 번듯한 데 취직하든지."

"나는 조ー"

"알아요. 조 손. 후임."

"후임이라니 양호하네요."

"그래서, 어느 쪽이에요?"

"뭐가요?"

"종착지가 안힐 아카데미인 교사는 딱 두 부류거든요. 변화를 주도하고 싶은 사람 아니면 달리 갈 데가 없는 사람. 그러니까, 어느 쪽이에요?"

나는 망설인다. "변화를 주도하고 싶은 쪽이라고 생각하고 싶은 데요."

"그렇군요." 그녀는 잔뜩 빈정거리는 말투다. "뭐, 만나서 반가워요, 손 선생님."

"고맙습니다. 출근 첫날에 이렇게 용기를 북돋워주셔서."

그녀는 씩 웃는다. "고객의 만족이 우리의 목표거든요."

이제 보니 그녀가 마음에 든다. 필요 이상으로 놀랍게 느껴지는

---

* Shag Her Good, shag는 '성교하다'는 뜻이다.
** Fatter Guts, guts는 '내장'이라는 뜻이다.

애니가 돌아왔다

감정이다.

"그래서, 당신은 어느 쪽인데요?" 내가 묻는다.

그녀는 벤치에서 일어선다. "배고픈 쪽이요. 구내식당 가던 길이었어요. 같이 갈래요? 여기서 아이들을 가르치는 다른 사회 부적응자들을 소개해줄게요."

멀리서부터 구내식당의 소음이 들린다. 또다시 예전 기억이 떠오른다. 튀김 기름 찌든 내와 학교나 요양원의 환풍기에서만 맡을 수 있는 뭔지 모를 냄새가 풍긴다. 한 번도 식단으로 나온 적 없는 뭔지 모를 음식의 냄새다.

내부는 생각 외로 많이 달라지지 않았다. 쪽모이 세공을 한 바닥. 플라스틱 테이블과 의자. 내가 햄버거, 양파튀김, 감자튀김을 먹으려고 줄을 섰던 그 시절 이후에 정비 비슷한 걸 거친 듯이 보이는 주방. 이제는 온통 닭고기와 밥, 채소 파스타와 샐러드 천지다. 제이미 올리버 때문이다.

"우리 멤버 몇 명이 저쪽에 앉아 있네요. 가요."

베스가 저쪽 구석 테이블 쪽으로 앞장선다. 교사용 테이블이다. 네 명이 앉아 있다. 그녀는 재잘재잘 소개한다.

수전 하디—긴 머리는 희끗희끗하고 두툼한 안경을 쓴 왜소한 여자—역사.

제임스 에드워즈—요즘 유행하는 턱수염을 기른 젊은 훈남—수학.

콜린 히버트—턱에 각이 졌고 군인처럼 머리를 자른 여자—체육.

그리고 사이먼 손더스—핑크 플로이드 티셔츠에 빛바랜 코듀로이를 입은 홀쭉이. 점점 벗어져가는 머리를 대충 하나로 묶었다—사회.

왠지 모르겠지만 처음 본 순간부터 그가 마음에 들지 않는다. 그의 첫마디가 이거였기 때문일지 모른다. "어이, 반가워요."

밴드 멤버거나 미국 서퍼가 아닌 이상 '어이'라는 단어를 함부로 쓰면 안 된다. 그러면 밥맛으로 보인다. 벗어져가는 머리를 하나로 묶은 것도 마찬가지다. 거기에 속아 넘어갈 사람은 없다.

내가 자리에 앉자 그가 포크로 나를 가리킨다.

"어이, 낯이 익네요. 우리 구면인가요?"

"아닐걸요?" 나는 조심스럽게 참치 샌드위치 포장지를 벗기며 대답한다.

"여기 오기 전에 어디에서 근무했어요?"

"외국요."

"외국 어디요?"

나는 잠깐 뜸을 들인 다음에야 뭐라고 거짓말했는지 기억해낸다. "보츠와나요."

"그래요? 내 예전 여자친구가 거기서 잠깐 아이들을 가르친 적이 있었는데."

어련하실까.

그는 미소를 짓는다. "*와렝?**"

---

* 영어의 'How are you?'에 해당하는 보츠와나 인사말.

나는 가능성을 따진다. 와렝? 장소는 아니다. 그건 딱 봐도 알 수 있다. 인사말인 게 분명하다. '만나서 반갑다'는 아닐 것이다. 그 인사는 이미 했으니 분명…….

"잘 지내요, 고마워요." 나는 명랑하게 대답한다. "잘 지내죠?"

미소가 그의 머리숱보다 더 금세 사라진다. 나는 샌드위치를 한 입 먹으며 그를 밖으로 끌고 나가서 근처를 지나가는 버스 아래로 내동댕이치면 관심을 보일 사람이 있을지 궁금해한다.

"안힐 출신이라면서요?" 고맙게도 콜린이 화제를 바꾸며 이렇게 묻는다.

"여기가 고향이에요." 나는 대답한다.

"그런데 다시 돌아왔어요?" 제임스가 반 농담식으로 의아하다는 듯이 묻는다.

"지은 죄가 있어서요."

"뭐, 와주셔서 기뻐요." 수전이 얘기한다. "후임을 구하기 어려웠거든요…… 모턴 선생님의 그런 일도 있고 해서요."

"맞아요." 사이먼이 얘기한다. "꼭 미쳐야 여기서 근무할 수 있는 건 아니지만 도움은 되죠." 그는 자기가 한 농담에 자기가 키득거린다.

베스가 냉랭한 눈빛으로 그를 쳐다본다. "줄리아는 우울증이었어요. 정신병이 아니라."

그는 그녀를 보며 비웃는다. "맞아요. 완벽하게 정상이었으니 자기 아이 얼굴을 곤죽으로 만든 거 아니겠어요?" 그는 파스타를 크게 한 입 먹고 요란하게 씹는다.

나는 베스를 돌아본다. "줄리아가 우울증에 걸린 걸 다들 알았어요?"

"꽤 거리낌 없이 공개했거든요." 베스가 얘기한다. "벤의 아빠와 헤어지고 힘든 시기를 거쳤대요. 새 출발을 기약하면서 여기로 왔을 거예요."

상당히 엄청난 새 출발이었군. 나는 생각한다.

"약을 먹고 있었어요." 수전이 거든다. "그런데 끊었나 봐요."

"총은 어디서 구했을까요?"

"가족이 옥스턴 근처에서 농사를 지어요. 아버지 총이었어요."

"물론." 제임스가 얘기한다. "우리 중 아무라도 이상한 낌새를 알아차렸다면ㅡ"

알아차렸다면 뭐? 나는 생각한다. 어떻게 했을 건데? 괜찮으냐고 묻고 아무 문제 없다고 하면 안도의 미소를 지었으려고? 임무 완수. 걱정하는 뜻을 전달했음. 솔직히 진실을 알고 싶어 하는 사람은 없다. 속을 들여다보면 그렇다. 진실을 알고 나면 관심을 기울여야 하는데 그럴 만한 여유가 되는 사람이 어디 있겠는가?

"그랬겠죠." 나는 얘기한다.

사이먼이 손가락을 튕기고 나를 다시 가리킨다. "스톡퍼드 아카데미."

내 속이 요동친다.

"*거기서 본 기억이 나네요.*" 그가 얘기한다. "*2, 3년 전에 임시 교사로 거기서 근무했었거든요.*"

듣고 보니 패션 감각과 입 냄새가 고약했던 말라깽이가 희미하게 기억난다. 우리 둘이 같은 학과는 아니었다. 그래도. 이럴 수가!

"아, 거기는 오래 있지 않아서……."

"네. 좀 갑작스럽게 그만뒀죠. 왜 그랬어요? 꼭지 도는 일이 있었나요?"

"아뇨. 그런 거 아니에요."

꼭지가 돌았다니 천만의 말씀이다.

"그런데 희한하네요." 그는 미간을 찡그리며 내 아픈 쪽 다리를 턱으로 가리킨다. "그때는 다리를 절지 않았던 걸로 기억하는데."

나는 그를 빤히 쳐다본다. "그럼 나를 다른 사람하고 착각한 모양이네요. 나는 어렸을 때부터 다리를 절었거든요."

정적이 살짝 불편해질 수준으로 이어진다. 수전이 끼어든다.

"어쩌다가요? 물어보면 실례일까요?"

그렇다. 하지만 내가 자초한 셈이다.

"열다섯 살 때였어요. 아빠하고 여동생이랑 차를 타고 가다가 교통사고가 났어요. 도로에서 벗어나 나무를 들이받았죠. 애니하고 아빠는 즉사했어요. 저는 다리가 으스러졌고요. 다시 맞추느라 철심을 대여섯 개 박았어요."

"어머나." 수전이 얘기한다. "정말 가슴 아픈 사건이네요."

"고마워요."

"그때 동생이 몇 살이었어요?" 베스가 묻는다.

"여덟 살요."

그들은 안타까워하는 슬픈 눈빛으로 나를 바라보는데, 사이먼만 내 눈을 쳐다보지 못하는 걸 보고 나는 속으로 좋아한다.

"뭐." 나는 얘기한다. "오래전 일이니까요. 그리고 다행히 탭 댄서가 아니라 교사가 되기로 결심해서 이 자리에 올 수 있었고요."

그들은 살짝 어색하게 웃음을 터뜨린다. 화제가 바뀐다. 나는 잘 넘겼다. 나는 좋은 사람이다. 솔직한 사람이다. 비극을 겪고 흉터가 남았지만 그래도 유머 감각을 잃지 않은 사람이다.

그런가 하면 거짓말쟁이기도 하다. 나는 교통사고로 동생을 잃지도, 그때부터 다리를 절지도 않았다.

6

사람들이 말하길 시간은 치유의 힘이 엄청나다고 한다. 이 말은 틀렸다. 시간은 지우는 힘이 엄청날 따름이다. 무심하게 흐르고 또 흘러서 우리의 기억을 갉아먹고, 여전히 고통스럽지만 감당할 수 있을 만큼 작고 뾰족한 조각들만 남을 때까지 불행이라는 커다란 바위를 조금씩 깎아낸다.

무너진 가슴은 다시 맞출 수 없다. 시간은 그 조각들을 거두어 곱게 갈 뿐이다.

나는 시골집의 삐걱거리는 안락의자에 기대어 앉아서 맥주를 크게 한 모금 마신다. 긴 하루였다. 오랜만에 하루 종일 아이들을 가르친 날이었다. 그 정신적, 육체적 여파가 느껴진다. 아픈 쪽 다리가 욱신거리고 진통제를 네 알 먹었는데도 묵직한 통증이 가실 줄 모른다. 오늘 밤에는 잠을 이룰 수 없겠기에 필름이 끊길 때까지 술을 마시기로 한다. 자가 투약이다.

탁자등 하나와 탁탁거리는 장작 난로만 켜놓아서 어두침침하다. 외곽의 슈퍼마켓에 가서 생필품을 잔뜩 쟁여 왔다. 피자, 즉석식품, 커피, 담배 그리고 술. 돌아오는 길에 장작을 파는 농가 겸 민박집을 발견했다. 집 앞에 고물 포드 포커스가 주차되어 있었지만 문을 두드려도 묵묵부답이었다. 뒷좌석에 카시트가 두 개 있고 뒷유리창에 이런 문구가 붙어 있었다. '꼬맹이 괴물들이 타고 있어요.'

장작 옆에 바구니가 있었다. '한 자루당 5파운드—여기에 넣으세요.' 바구니 안에 약 30파운드쯤 들어 있는 것 같았다. 나는 쭈글쭈글한 지폐들을 잠깐 쳐다보다가 카시트를 떠올리고 5파운드를 기부했다. 장작 한 자루를 집고 다시 슈퍼마켓으로 가서 불쏘시개를 샀다.

불쏘시개 대여섯 개를 동원하고 욕을 한 바가지 퍼부은 다음에서야 그 빌어먹을 난로에 불을 붙일 수 있었다. 덕분에 이제, 내가 이사 온 이래 처음으로 거실이 보송보송하고 쾌적한 온기로 가득하다. 벽에서 습기가 사라지는 게 눈에 보일 정도다. 금방이라도 무너질 것 같은 가구와, 개인적인 기념품이 없다는 것과, 두 사람이 여기서 죽었다는 사실만 마음에 걸릴 뿐 거의 내 집처럼 편안하다.

무릎 위에 공책을 펼쳐놓았다. 첫 장에 네 개의 이름을 적고 그 옆에 메모를 끼적여놓았다. 크리스 매닝, 닉 플레처, 마리 깁슨 그리고 두말하면 잔소리지만 스티븐 허스트. 종이 위에서나마 왕년의 패거리가 다시 뭉쳤다. 그 사건이 벌어졌을 때 현장에 있었던 사람들. 그 사건을 아는 유일한 사람들.

알고 보니 닉은 안힐에서 배관 업체를 운영하고 있다. 스티븐은 지역 의회 의원이다. 마리의 정보는 인터넷에서 찾을 수 없었지만 결혼해서 성을 바꿨을지 모른다. 크리스의 이름 옆에는 '사망'이라고만 적어놓았다. 그 단어로는 설명이 부족하지만. 아주 부족하지만.

다음 장의 맨 꼭대기에는 두 사람의 이름이 있다. 줄리아와 벤 모턴. 그 아래에 대부분 인터넷과 신문에서 긁어모은 정보를 적어놓았다. 백 퍼센트 확실하지 않다는 건 나도 안다. 사실이 소설로 변질되는 곳이 신문이라면 인터넷은 소설이 음모론으로 변질되는 곳이다.

내가 아는 사실은 다음과 같다. 줄리아는 우울증을 앓은 전력이 있었다. 그녀는 벤의 아버지와(사무 변호사 마이클 모턴이었다) 이혼 절차를 이제 막 마무리 지은 참이었다. 약을 끊고 얼마 전부터 벤을 학교에 보내지 않았다. 아, 그리고 아들을 때려서 죽인 다음, 총으로 자기 머리를 날리기 전에 벤의 방 벽에 피로 세 마디를 적었다.

내 아들이 아니야.

한마디로 요약하자면— 정신이 멀쩡한 사람의 행동이라고 볼 수 없었다.

나는 사진 두 장을 출력해 공책 안에 클립으로 꽂아두었다. 첫 번째 사진은 줄리아다. 일과 연관 있는 행사장에서 찍은 사진인 듯하다. 깔끔한 정장을 입고 머리는 느슨하게 하나로 묶었다. 함박웃음을 짓고 있지만 눈빛은 피곤하고 조심스러워 보인다. *사진 찍고*

더 이상 나 괴롭히지 마. 이렇게 얘기하는 표정이다. 신문사에서 이 사진을 선택한 이유가 그 때문인지 궁금해진다. 이건 무너지기 직전의 여자다. 벼랑 끝에 선 여자다. 그냥 한심한 사진을 찍겠답시고 포즈를 취해달라고 해서 짜증이 난 여자일 수도 있지만.

벤은 학교에서 찍은 사진이다. 매력적인 함박웃음을 짓고 있는데, 앞니 두 개는 살짝 삐딱하고 넥타이는 (아마) 난생처음 제대로 맸다. 기자들은 진부한 이야기를 늘어놓았다. 인기가 많고 성실하며 친구도 많고 장래가 촉망되는 학생이었다고 한다. 실제 아이에 얽힌 이야기는 한마디도 하지 않는다. '사망 아동' 폴더에 저장해놓은 걸 그냥 복사해서 붙였다.

다른 뭔가를 암시한 기사는 하나뿐이다. 벤이라는 햇빛으로 물든 상상의 이미지 아래를 스치듯 지나가는 그림자. 익명의 학교 관계자의 주장에 따르면 벤은 죽기 몇 주 전부터 수상한 행동을 보였다고 한다. 말썽을 일으키고 학교에 결석했다. "이상했어요. 평소하고 달랐어요."

나는 줄리아가 쓴 문구를 떠올린다. 내 아들이 아니야. 얼음 같은 손톱이 내 등줄기가 시작되는 곳을 어루만진다.

공책을 커피 테이블 위로 던진다. 휴대전화가 울리자 「엔터 샌드맨」의 멜로디가 아늑한 정적을 가른다. 나는 긴장하며 전화기를 집어서 화면을 확인한다. 브렌던이다. 통화를 누른다.

"여보세요?"

"어떻게 지내?"

"좋은 질문이야. 아직도 대답을 고민하는 중이거든."

나는 기다린다. 브렌던은 안부를 물어보려고 전화하는 그런 친구가 아니다. 그는 무소식을 희소식으로 간주하며, 살아 있으면 그걸로 충분하다고 생각하는 친구다.

"간밤에 술집에서 누가 너에 대해 묻더라." 그가 얘기한다.

"누가?"

"여자였어. 아담하고 금발. 예쁜데 냉정한 분위기였고."

배 속이 조여오고 아픈 쪽 다리가 더욱 심하게 욱신거린다.

"그 여자랑 얘기했어?"

"그럴 리가. 보자마자 슬그머니 빠져나왔어. 가만히 있어도 불길한 기운을 뿜어내는 여자들이 있거든."

"그래. 다시는 거기 가지 마."

"하지만 사랑하는 우리 엄마 다음으로 맛있는 스테이크 앤드 키드니 파이를 파는 데가 거긴데."

"요리책을 사."

"지금 장난해?"

"장난 아니야. 다시는 거기 가지 마."

"맙소사." 라이터를 찰칵 켜는 소리에 이어 숨을 빨아들이는 소리가 들린다. "무슨 짓을 저질렀길래? 그 여자 보석을 전당포에 맡겼어? 그 여자 노후 자금을 들고 튀었어?"

"그 정도가 아니야."

"사랑하는 우리 엄마였다면 뭐라고 할지 알아?"

"내가 궁금하지 않대도 네가 얘기할 것 같은 예감이 든다."

"사람을 묻는 가장 빠른 길은 삽을 쥐어주는 것이다."

"해석하자면?"

"언제면 삽질 그만할래?"

"보물을 찾으면?"

"찾을 수 있는 건 때 이른 무덤뿐이야."

"너랑 수다 떠니까 좋네. 아주 기운이 나."

"기운을 얻고 싶으면 오프라 쇼를 봐."

"나도 생각이 있는데―"

"죽을 생각이나 있겠지."

"그냥 시간이 좀 필요할 따름이야."

그는 한숨을 쉰다. "전문가의 도움이 필요하다는 생각은 안 해봤냐?"

"이 사태를 정리하고 나면 생각해볼게."

"부탁한다."

그는 전화를 끊는다. 나는 그의 제안에 대해 생각해본다. 10초쯤. 브렌던에게 그 정도는 해주어야 할 의무가 있다. 우리는 3년 가까이 알고 지낸 사이고 1년 반 동안 한 아파트에서 지냈다. 그는 아무도 없을 때 내 곁을 지켜주었다. 하지만 브렌던은 재활 중인 알코올중독자였다. 그러니까 고백, 용서, 구원, 이런 것에 관심이 많다는 말이다. 반면에 나는 비밀 지키기, 앙심 품기, 두고두고 원망하기에 관심이 많다.

가끔 어쩌다 우리가 친구가 되었는지 궁금할 때도 있다. 많은 관계가 그렇듯 상황과 알코올의 조합이었을 것이다(적어도 내 입장에서는 그렇다).

우리는 내가 살던 집 근처의 술집에서 정기적으로 마주치던 사이였다. 가볍게 인사를 나누던 것이 어느 날 밤에 대화로 발전했다. 그 뒤로 우리는 한 테이블에 앉아서 마실 것을 앞에 두고 수다를 떨기 시작했다. 브렌던은 오렌지주스, 나는 기네스 맥주 아니면 위스키였다.

브렌던을 만나면 편안하고 부담이 없었다. 그런 사람은 내 삶을 통틀어 브렌던밖에 없었다. 아늑하던 중산층 생활의 기반이 내 발 아래에서 급속도로 무너져가고 있었다. 직장이 위태로웠고 아파트 월세를 감당하기도 버거웠다. 6개월치 월세가 밀리자 집주인이 덩치 좋은 두 형제와 함께 찾아와 나를 내쫓고 열쇠를 바꿨다.

내가 선택할 수 있는 거처의 폭이 갑자기 줄어들었다. 벽에 수상한 얼룩들이 묻어 있는 단칸 셋방으로 가야 할까 아니면 곰팡이가 피었고 위층에 탭 댄서 커플이 사나 싶은 지하 아파트로 가야 할까? 두말하면 잔소리지만 그마저도 어두컴컴한 밤에는 배트맨조차 배회하기 두려워할 동네에서 찾아야 했다.

그때 브렌던이 자기 집으로 들어와서 같이 살자고 했다.

"염병. 남는 방 하나 그냥 비워두면 뭐 해. 기름하고 전기 낭비지."

"말은 고맙지만 월세를 제대로 낼 수 있는 입장이 아니라서."

"월세는 됐어."

나는 그를 빤히 쳐다보았다. "안 돼. 그럴 수는 없어."

그는 나를 째려보았다. "사랑하는 우리 엄마라면 이렇게 얘기할 거야. '거실에서 사자랑 씨름하고 있을 때는 문 앞으로 찾아온 늑대하고 싸울 수 없는 법이지.'"

나는 고민했다. 다른 선택지를 생각해보았다. 사자까지 운운할 필요도 없었다. 자다가 깨어보면 쥐들이 내 눈알을 갉아먹고 있을 수도 있었다.

"알았어. 고마워."

"정신 차리는 걸로 보답해."

"언젠가는 따는 날도 있겠지."

잠깐 그의 표정이 어두워졌다. "그런 걸 바라지 마. 내가 들은 바에 따르면 너한테 돈을 빌려준 사람들은 분납을 허락하지 않는다더라. 대신 무릎뼈를 부순다고."

"해결해나가고 있어. 너한테 진 빚은 갚을게. 약속해."

"당연히 그래야지." 그는 씩 웃는다. "나는 잠자기 전에 등 마사지 받는 거 좋아해. 마사지 오일은 아낄 필요 없어."

나는 맥주를 집었다가 다 마셨다는 걸 깨닫고 캔을 우그러뜨린다. 한 캔 더 들고 오려고 일어났다가 먼저 화장실에 다녀오는 게 좋겠다는 결론을 내린다. 거실을 가로질러 복도 전등 스위치를 켠다. 마뜩잖다는 듯 불이 들어온다. 나는 계단 첫 칸에 발을 올려놓는다. 예상대로 삐걱거리는 소리가 들린다. 좁은 계단을 올라가는 동안, 아들의 시신을 끌고 삐걱거려가며 힘겹게 한 걸음씩 옮겼을 줄리아 모턴에 대해 생각하지 않으려고 한다. 열한 살짜리 남자아이는 무겁다. 시신은 더 무겁다. 나는 기억한다.

계단 꼭대기는 춥다. 여기에는 라디에이터가 없다. 하지만 그게 이유는 아니다. 이건 평범한 냉기가 아니다. 내가 맨 처음 이 집에 들어왔을 때 느낀 냉기가 아니다. 이 냉기는 다르다. 섬뜩한 냉기다. 내가 어렸을 때 이후로 떠올린 적 없는 단어다. 뼈를 감싸고 얼음 조각처럼 배 속으로 가라앉는 그런 추위다.

무슨 소리도 들린다. 희미하지만 집요하다. 공기가 관을 통과하는 것처럼 이상하게 부스럭거리고 딸깍거린다. 나는 가만히 서서 귀를 기울인다. 화장실에서 나는 소리다. 나는 문을 열고 낡을 대로 낡은 전등 줄을 잡아당긴다. 죽어가는 모기처럼 신경을 건드리는, 나지막이 웅웅거리는 소리와 함께 불이 켜진다.

이 안은 냉기가 더 심하다. 소리도 더 크다. 공기가 관을 통과하는 게 아니다. 절대 아니다. 부스럭거리고 딸깍거리는 이 소리는 다르다. 좀 더 귀에 익다. 좀 더…… 살아 있다. 그리고 진원지가 변기다.

변좌와 뚜껑은 내려져 있다. 내가 여성적인 면모를 발휘했다기보다 구멍에 대한 공포증이 살짝 있기 때문이다. 하수구, 배수구. 지면에 뚫린 모든 구멍. 어젯밤에는 잠자리에 들기 전에 돌아다니며 모든 구멍에 마개를 끼웠다. 나는 손을 내밀어 조심스럽게 변기 뚜껑을 올린다.

"이런 젠장!"

나는 하도 빠르게 뒤로 펄쩍 뛰는 바람에 발을 헛디뎌서 넘어질 뻔한다. 어찌어찌 세면대를 붙잡고 몸을 가눈다. 꽉 찬 방광은 그렇게 붙잡지 못한다. 뿜어져 나온 뜨끈한 오줌이 다리를 타고 흐른다.

나는 그런 줄도 거의 알아차리지 못한다. 변기 안쪽이 움직이고 있다. 시커멓게 반짝이는 조그만 몸뚱이들로 우글거린다. 녀석들은 딸깍-딸깍-딸깍거리며 움직이는 분뇨의 바다처럼 총총거린다.

"맙소사."

혐오감이 물결처럼 나를 관통한다. 그와 함께 희미한 기억이 메아리친다.

그림자야. 그림자들이 움직이고 있어.

나는 세면대에 몸을 기대고 가쁜 숨을 몰아쉰다. 딱정벌레. 빌어먹을 딱정벌레들.

잠시 후에 앞으로 다가가 다시 변기 뚜껑을 든다. 내가 여기 있는 걸 알아차리기라도 한 듯 우글대는 숫자가 점점 늘어난다. 두어 마리는 무리에서 벗어나 변기 가장자리 쪽으로 기어 올라오기 시작한다. 나는 얼른 뚜껑을 탁 닫아서 두 플라스틱 사이에 녀석들을 가둔다. 녀석들은 으드득하는 기분 좋은 소리와 함께 으스러진다.

대체 무슨 수로 저 안에 들어갔을까? 변기에 물이 고여 있지 않으니 하수도관을 타고 올라왔을 테지만 그래도 모를 일이다. 나는 표백제를 집어서 심호흡을 하고 다시 한번 뚜껑을 열어서 종종걸음 치는 벌레들 위로 통째 들이붓는다.

딸깍거리며 잽싸게 움직이는 소리가 더 커진다. 몇 마리는 변기 옆면을 기어오른다. 나는 청소용 솔을 집어서 녀석들을 다시 욱여넣는다. 그런 다음 물을 내린다. 탱크에서 신음 소리가 들리고 바닥에 물거품과 둥둥 떠 있는 몇 마리의 까만 시체만 남을 때까지 물을 내리고 또 내린다. 여기서 한 걸음 더 나아가 화장지로 하수도관을 틀어막는다.

나는 욕조 가장자리에 걸터앉는다. 아니, 다리의 힘이 풀리자 욕조 가장자리가 쿵 하는 요란한 소리와 함께 나를 마중 나왔다고 보

는 편이 더 맞는다. *딱정벌레라니.* 망할, 망할, 망할. 심장이 쿵쾅거
린다. 냉기에도 불구하고 땀이 난다. 술과 담배가 필요하다. 하지만
그보다 더 필요한 게 약이다. 여기로 내려온 이래 처음 있는 일이
다. 마음을 진정시키고 떨리는 손을 달랠 수 있는 게 필요하다.

나는 더듬더듬 주머니에서 휴대전화를 꺼낸다. 인터넷은 다음
주나 되어야 설치되지만 3G가 있다. 마침 알맞게. 온라인 구매는
차선책 아니면 차차선책이다. 하지만 술이 다 떨어지면 각성제를
찾는 알코올중독자처럼 욕구 해소가 우선이다.

웹페이지를 띄운다. 딱 어울리는 반짝이는 금색으로 '베거스 골
드'라고 선포하고 있다. 오줌으로 젖은 청바지를 입고 곰팡이로 덮
인 욕조 가장자리에 걸터앉아서 '베거스 골드'를 찾는 아이러니가
느껴진다. 내 엄지손가락이 링크 위에서 머뭇거린다.

그때 1층에서 와장창 하는 소리가 들린다.

"이건 또 뭐야?"

나는 절뚝거리며 최대한 빨리 좁은 계단을 다시 내려가 거실로
들어간다. 차가운 밤공기가 얼굴을 때린다. 커튼이 바람에 뒤엉켜
엎치락뒤치락한다. 거실 유리창에 삐죽삐죽한 구멍이 뚫렸고 유리
조각들이 바닥에서 반짝인다. 타이어가 끼이익거리고 엔진이 부르
릉거리고 모터 달린 자전거가 높고 날카로운 비명을 지르는 소리
가 점점 희미하게 멀어진다.

거실 한복판에 원흉이 있다. 종이로 싸서 고무줄로 묶은 벽돌이
다. 이 얼마나 독창적인가.

나는 유리 조각들을 발로 차며 앞으로 걸어가 벽돌을 집는다. 종

이를 벗긴다. 줄이 그어진 얇은 공책 낱장이다. 환영 인사로 말할
것 같으면 다소 아쉬운 부분이 있다. 절룸바리는 꺼져라.

7

점점 젊어지는 경찰을 보면 내가 나이를 먹어가고 있는 게 느껴진다. 그런데 점점 작아지는 경찰은 내가 어떻게 변해가고 있다는 증거인지 모르겠다.

나는 셰릴 테일러 순경을 한참 위에서 내려다본다. 아무튼 내가 듣기로 그녀의 이름이 셰릴 테일러였다. 그녀는 말투가 무뚝뚝하고 태도는 냉랭하다. 여기 있기 싫은 눈치다. 나 때문에 굵직한 강도 사건을 해결하거나 저녁으로 먹을 감자튀김 샌드위치를 사러 가지 못하게 된 걸까?

"그러니까 오늘 저녁 8시 07분 정각에 누군가가 선생님의 집 창문에 벽돌을 던졌다는 말씀이죠?"

"네."

약 한 시간 전이니 범인이 누군지 몰라도 지금쯤 멀리 달아났을 것이다. 그래도 덕분에 청바지를 갈아입을 수 있었다.

"뭐 보신 게 있나요?"

"에어컨을 새로 설치한 거실 한복판에 큼지막한 빨간색 벽돌이 있었어요."

그녀는 나를 쳐다본다. 내가 익히 아는 눈빛이다. 여자들이 그런 눈빛으로 나를 쳐다볼 때가 많다.

"제 말은, 그것 말고 다른 거요."

"아뇨. 하지만 쌩하니 달아나는 모터 달린 자전거 소리가 들렸어요."

그녀는 메모를 좀 더 적고 허리를 숙여서 벽돌을 집는다.

"지문 채취할 수 있게 봉지나 뭐 그런 거 드릴까요?"

"여긴 안힐이에요, 「CSI」가 아니라." 그녀는 대답하고 벽돌을 다시 내려놓는다.

"아, 맞아. 그렇죠. 미안해요, 경관님이 범인을 잡는 데 관심이 있을 거라고 잠깐 착각했어요."

그녀는 뭐라고 맞받아치려다 참는 기색을 보이며 거두절미하고 묻는다. "쪽지는요?"

나는 그녀에게 쪽지를 건넨다. 그녀는 쪽지를 들여다본다. "범인이 맞춤법에 별로 열의가 없군요."

"사실." 내가 얘기한다. "내가 보기에는 실수로 그런 게 아니에요. 일부러 그런 거예요. 헛다리를 짚게 만들려고."

그녀는 가느다란 한쪽 눈썹을 추켜세운다. "그래요?"

"나는 영어 교사예요." 나는 참을성 있게 얘기한다. "그래서 맞춤법이 틀린 단어를 많이 보죠. 이건 학생들이 자주 틀리는 단어가 아니고, 이걸 틀리면 문장 전체를 틀리게 써요. 그냥 이 단어만 틀리는 게 아니라."

그녀는 곰곰이 생각한다. "그렇군요. 그럼 누가 그런 짓을 했는지 아시겠어요? 적이나 원한을 가진 사람이 있나요?"

나는 하마터면 껄껄대고 웃을 뻔한다. 당신은 상상도 못 할걸? 그러다 곰곰이 생각해본다. 분명 제러미나 그 일당의 짓일 것이다. 하지만 목격자나 증거도 없고, 오늘 아침에 해리와 나눈 짤막한 대화를 감안했을 때(맙소사, 그게 오늘 아침의 일이었다니) 내 일자리를 위협할 만한 짓은 저지르고 싶지 않다. 아직은 그렇다.

"손 선생님?"

"솔직히 내가 얼마 전에 이사를 왔거든요. 그래서 여러 사람을 열 받게 만들 겨를이 없었어요."

"하지만 그러고 계신 것 같은데요."

"그러게요."

"네, 음, 저희가 이 사건을 살펴보겠지만 아마 아이들 짓일 거예요. 예전에도 그 학교 학생들이 말썽을 일으킨 적이 있었거든요."

"그래요? 어떤 말썽을요?"

"흔한 부류요. 공공 기물 파손. 무단 침입. 풍기 문란."

"아, 알 만하네요."

"원하시면 경관이 학교로 찾아가서 사회적인 책임이나 뭐 그런 것에 대해 몇 마디 강의를 할 수도 있어요."

"그게 효과가 있을까요?"

"제 파트너가 지난번에 강의를 하고 나와보니 누가 타이어에 전부 펑크를 내놨다고 하더라고요."

"그럼 포기하는 편이 좋겠네요."

"네. 사건 번호는 여기요. 보험 접수할 때 쓰세요. 또 무슨 일이 생기면 바로 연락 주시고요."

"알겠습니다."

그녀는 문 앞에서 걸음을 멈추고 고민하는 눈치를 보인다. "저기요. 오늘 밤을 더 끔찍하게 만들고 싶지는 않은데요—"

나는 잽싸게 움직이며 종종거리던 딱정벌레들을 떠올린다.

"그러기는 아마 힘들 거예요."

"하지만 이 집에 대해서 들었어요?"

"그러니까 여기서 무슨 일이 벌어졌는지에 대해서요?"

"알아요?"

"얘기가 나왔어요."

"그래도 상관없어요?"

"나는 귀신을 믿지 않아요."

그녀는 주위를 흘끗거리고 혐오감으로 몸이 떨리는 걸 감추지 못한다. 뭔가가 딸깍 맞아떨어진다.

"경관님이 그들을 발견했군요?"

그녀는 머뭇거리다 대답한다. "파트너하고 제가 맨 먼저 현장에 출동했죠, 맞아요."

"힘들었겠어요."

"그것도 일의 일부니까요. 견뎌야죠."

"그래도 이 집에서 살고 싶진 않다?"

그녀는 어깨를 살짝 으쓱한다. "피는 절대 깨끗이 지울 수 없거든요. 표백제를 아무리 들이부어도, 아무리 벅벅 문질러도. 보이지는 않아도 계속 남아 있어요."

"위로가 되네요. 고마워요."

"선생님이 물었잖아요."

"다른 거 물어봐도 돼요?"

"아마도요." 그녀는 조심스럽게 대답한다.

"여기서 벌어진 사건을 다르게 해석할 여지는 없나요?"

"외부인이 침입한 흔적도, 제삼자가 개입한 증거도 없었어요. 진짜예요, 우리가 찾아봤어요."

"벤의 아버지는요?"

"그날 고객이랑 저녁 식사를 같이했어요."

"그러니까 줄리아 모턴이 미쳐서 아들을 죽이고 자살했다?"

"그런 데 신경 쓰지 않는다는 분치고는 질문이 많네요?"

"그냥 궁금해서요."

"그러지 마세요. 여기서 지내는 데 하등 도움이 될 거 없으니까." 그녀는 수첩을 주머니에 넣는다. "부동산에서 숨겼을까 봐 알려드린 거예요."

"고마워요…… 하지만 이 집 자체에는 문제가 없다고 보는데요."

"네." 그녀는 나를 다시 쳐다본다. 이번에는 눈빛의 의미를 잘 알 수가 없다. "아마 그렇겠죠."

유리장이가 15분 뒤에 도착한다. 그는 깨진 창문 위로 널빤지를 대고 "비용은 50파운드"이고 유리창을 갈아 끼우는 데 "약 1쭐"이 걸릴 거라고 알린다.

나는 그에게 괜찮다고, 도로를 내다보지 않아도 사는 데 문제없다고 대꾸한다.

그도 나를 이상한 눈빛으로 쳐다본다. 나와 코드가 맞지 않는다.

그가 떠난 뒤에 나는 버번을 두어 잔 더 마시고 뒷문에 기대고 서서 담배를 한 대 피운 다음 하루 일과로 이만하면 충분하다는, 충분하고도 남는다는 결론을 내리고 잠을 청하기 위해 다시 2층으로 향한다.

냉기는 사라지고 없다. 이제는 시골집 특유의 썰렁함뿐이다. 조심스럽게 화장실로 다가가지만 변기에는 여전히 아무것도 없다. 화장지를 꺼내서 볼일을 보고, 세수하고 이를 닦고, 불을 *끄고* 문을 닫는다.

그러고 났을 때 생각이 바뀐다. 다시 1층으로 내려가 벽돌을 챙긴다. 그걸 화장실로 들고 가 변기 뚜껑 위에 얹는다.

만일의 경우에 대비해서 말이다.

나는 꿈을 꾸지 않는다.
악몽을 꾼다.
대개는 술을 마시면 도움이 된다.

오늘 밤은 아니다.

나는 어렸을 때 살던 집의 계단을 올라가고 있는데, 원래 꿈이 그렇듯 사실은 어렸을 때 살던 집이 아니다. 계단이 훨씬 좁고 가파르며 나선형으로 뱅글뱅글 이어진다. 저 아래의 어둠 속에서 소리가 들린다. 딸깍거리며 잽싸게 움직이는 소리다. 맨 밑바닥에서 그림자들이 버글거린다. 위에서 또 다른 소리가 들린다. 다친 짐승처럼 높고 날카롭게 울부짖는 소리 사이로 이렇게 외치는 소리가 들린다. *"애비-아이스. 애비-아이스. 남자애들한테 뽀뽀해서 울려버려."*

계단을 올라가고 싶지 않지만 선택의 여지가 없다. 뒤를 돌아볼 때마다 계단 몇 칸이 어둠 속으로 사라지고 없다. 냉기처럼 그림자가 나를 향해 스멀스멀 다가온다.

계속 계단을 오른다. 위로 계단이 뱅글뱅글 끝도 없이 이어지다가 문득 계단 꼭대기가 나온다. 나는 뒤를 돌아본다. 이제는 계단이 없다. 그림자가 덮쳐서 계단을 삼켜버렸다. 그림자가 내 발치에서 쉴 새 없이 서성이고 종종거린다.

문이 세 개인데 모두 닫혀 있다. 나는 첫 번째 문을 연다. 아버지가 침대에 앉아 있다. 아니, '앉아' 있는 건 아니다. 줄이 반쯤 끊긴 꼭두각시처럼 축 늘어져 있다. 몸의 맨 꼭대기를 지키느라 피곤했던 머리를 쉬게 하려는 듯 어깨에 얹고 있다. 번들거리는 힘줄과 실 같은 시뻘건 근육 다발에 간신히 매달려 있다. 차가 나무를 들이받았을 때 삐죽삐죽한 앞유리 조각에 아버지의 목이 거의 잘리다시피 했다.

아버지가 입을 열자 쌔근거리는 이상한 소리가 새어나온다. 알고 보니 내 이름이다. "조이-이이이이이이." 아버지가 일어서려고 한다. 나는 두근거리는 심장과 후들거리는 다리를 달래며 문을 다시 닫는다. 옆문으로 이동한다. 이번은 더 끔찍하리라는 걸 나는 안다. 하지만 저질 공포 영화의 주인공처럼 그 문을 열 수밖에 없다는 것도 안다.

나는 문을 열고 뒤로 물러선다. 방 안이 파리로 가득하다. 청파리가 웅웅거리는 시커먼 구름처럼 솟구친다. 그 사이로 두 사람이 보인다. 줄리아와 벤이다. 내가 생각하기로는 줄리아와 벤이다. 줄리아는 머리가 대부분 날아가버렸고 벤은 얼굴이 없기 때문에 확실하지는 않다. 벌겋고 허연 핏덩이와 뼈와 연골만 남았다.

어두컴컴한 그들이 파리 사이로 일어서자…… 나는 그들이 파리로 이루어졌음을 알아차린다. 내가 빤히 쳐다보는 가운데 그들이 흩어져 내 쪽으로 쏟아진다. 나는 몸을 날려서 문을 세게 닫는다. 미친 듯이 나무를 때리는 파리 떼 소리가 들린다.

일어나. 나는 생각한다. 일어나, 일어나, 일어나. 하지만 무의식은 나를 그렇게 쉽게 놓아줄 생각이 없다. 나는 마지막 문 쪽으로 몸을 돌린다. 손을 내밀어 손잡이를 잡고 돌린다. 문이 스르르 열린다. 안에 아무도 없다. 침대와 애비-아이스뿐이다. 그녀는 눈을 감고 한가운데 누워 있다. 나는 안으로 들어가 그녀를 집는다. 그녀가 눈을 번쩍 뜬다. 분홍색 플라스틱 입술을 비틀어 미소를 짓는다. 그 애가 네 뒤에 있어.

나는 몸을 돌린다. 애니가 문 앞에 서 있다. 잠옷을 입고 있다. 하얀색의 조그만 양이 그려진 옅은 분홍색이다. 교통사고가 났던 날 밤에 입고 있었던 옷이다. 틀렸다. 동생이 죽었을 때 입고 있었던 옷은 그게 아니다.

"저리 가." 내가 말한다.

그녀는 발을 질질 끌며 걸어와 팔을 내민다.

"저리 가."

그녀가 입을 벌리자 딱정벌레 떼가 쏟아져 나온다. 나는 도망치려고 하지만 아픈 쪽 다리가 엉켜서 요란하게 넘어진다. 내 뒤에서 딱딱한 껍데기와 바쁜 다리들이 딸깍거리며 바쁘게 움직이는 소리가 들린다. 녀석들이 살갗을 파고들며 내 발목을 타고 올라오는 게 느껴진다. 나는 녀석들을 쳐서 떼어내려고 한다. 녀석들은 내 팔과 목을 타고 총총히 올라와 입 속으로 들어와서 목구멍 안으로 내려간다. 숨을 쉴 수가 없다. 따끔거리는 시커먼 벌레들 때문에 숨이 막힌다…….

나는 알몸을 칭칭 동여맨 이불을 때리며 식은땀을 흘리고 몸을 부들부들 떨며 눈을 뜬다.

반쯤 쳐놓은 커튼 사이로 들어온 햇살 조각들이 내 눈을 찌른다. 실눈으로 알람 시계를 쳐다본 순간 알람이 울리기 시작해 벨소리가 지끈거리는 내 머리를 고통스럽게 가른다.

나는 몸을 굴리며 앓는 소리를 낸다. 학교로 출근할 시각이다.

8

"선생님?"

"그래, 루카스?" 나는 허공에서 흔들리는 팔을 힘없이 가리킨 다음 그가 입을 열기 전에 한쪽 손을 든다.

"또다시 틴더에 대한 질문이라면 로미오와 줄리엣의 시대는 데이팅 앱이 유행하기 전이었다는 사실을 이미 짚고 넘어간 걸로 본다만."

다른 아이가 손을 번쩍 든다.

"조시?"

"스냅챗은요?"

아이들 사이로 웃음꽃이 번진다. 나는 미소를 애써 참는다.

"그래. 덕분에 좋은 아이디어가 생겼다."

"그래요, 선생님?"

"음. 너희가 읽은 부분 중에 한 장을 선택해서 현대판으로 각색해보도록. 유사점과 비극과 재앙이라는 주제에 초점을 맞추어서."

여기저기서 손을 번쩍 든다. 나는 한 명을 선택한다.

"앨리샤?"

"유사점이 뭐예요?"

"비슷하거나 같은 거."

"재앙은요?"

"이 수업."

점심시간을 알리는 종이 울린다. 나는 그 소리를 듣고 움찔하지 않으려고 애를 쓴다.

"좋아. 이제 나가 봐라. 과제는 내일까지 제출하기 바란다."

아이들은 의자를 뒤로 밀고 조잘거리며 잽싸게 교실을 빠져나간다. 아무리 수업이 재미있고 학생들이 열의가 넘치더라도 종이 울리면 그들은 감옥에서 석방된 재소자들처럼 교실 밖으로 뿔뿔이 흩어진다.

나는 책을 주섬주섬 챙겨서 가방에 넣는다. 낯익은 까만 머리가 문 너머로 고개를 내민다.

"안녕하세요!"

"안녕하세요."

베스가 어슬렁어슬렁 들어와—오늘은 너바나 티셔츠에 찢어진 청바지, 반스 운동화 차림이다—내 책상에 걸터앉는다.

"간밤에 누가 선생님네 집 창문으로 벽돌을 던졌다면서요?"

"안힐에서는 소문이 금세 퍼지네요?"

"맞아요. 그리고 절대 사라지지 않아요."

나는 빙그레 웃는다. "누구한테 들었어요?"

"어느 보조 교사의 사촌이 오빠가 경찰서에서 일하는 여자랑 파트타임으로 같이 일한대요."

"허허. 정보원이 CNN보다 더 훌륭하네요."

"대개 그보다 더 정확하기도 해요."

그녀는 한쪽 눈썹을 추켜세운다. 소문이 맞는지 틀리는지 대답하라는 신호인 듯하다.

나는 어깨를 으쓱한다. "내 수업 계획이 마음에 안 드는 사람이 있었나 봐요."

"이 학교 아이일 거라고 생각해요?"

"그럴 가능성이 높은 것 같은데요."

"유력한 용의자가 있어요?"

"그렇다고 봐야겠죠." 나는 머뭇거린다. "제러미 허스트요."

"아."

"놀라지 않는 눈치네요."

"세인트 제러미요? 그럼요. 걔랑 부딪친 적이 있다고 들었어요."

"귀가 아주 밝네요. 혹시 복권당첨번호를 듣거든……."

그녀는 씩 웃는다. "꿈 깨세요."

"그럼 선생님 생각에는—"

반쯤 열어놓은 문을 누가 두드리는 소리가 들린다. 우리 둘 다 그쪽으로 시선을 돌린다. 살짝 통통하고 머리카락 몇 가닥을 금색으로 염색하고 화장이 너무 과하다 싶은 여학생이 고개를 내민다. "여기가 앤더슨 선생님 교실이에요?"

"아니, 옆 반이야." 베스가 얘기한다.

"그렇군요." 그녀는 씩씩대며 쌩하니 사라진다.

"고맙다니 별말씀을!" 베스가 그녀의 뒤에 대고 외치고 나를 다시 돌아본다. "우리, 이런 대화는 밖에서 하면 어때요? 점심시간인데."

"구내식당에서요?"

"거긴 됐다 그래요. 내가 생각한 곳은 술집인데."

낡은 의자와 벤치는 자취를 감추었다. 편두통을 유발하던 알록달록한 카펫은 반짝이는 마룻장으로 바뀌었다. 창턱에는 감각적인 무드등이 놓였고 바에는 고급 와인과 버번이 진열되어 있다. '미식가를 위한' 흥미진진한 신메뉴도 있다.

사실 이 모든 게 거짓말이다.

폭스는 내가 맨 마지막으로 왔던 25년 전에 비해 달라진 게 전혀 없다. 여전히 구석 자리를 지키고 있는 오래된 주크박스에는 흘러간 옛 노래들이 잔뜩 들어 있을 것이다. 심지어 몇몇 단골마저 지난 세기 이후로 달라지거나 움직이지 않은 듯이 느껴진다.

"나도 알아요." 베스는 술집을 둘러보는 나를 보고 이렇게 얘기한다. "내가 워낙 좋은 데로만 당신을 데리고 다닌다는 거."

"사실은 내가 변기에 뱉어놓은 토사물 냄새를 당신이 맡을 수도 있겠다는 생각을 하고 있었어요."

"맞아. 당신 고향이 여기라는 걸 깜빡했네요. 정확히 여기는 아니지만."

"글쎄요, 모를 일이죠."

"그러니까 여기 단골이었다?"

"어느 정도는요. 공식적으로는 술을 마실 수 있는 나이가 아니었거든요. 비공식적으로는…… 주인이 그런 걸 꼬치꼬치 따지지 않았어요."

나는 바 카운터 쪽으로 고개를 돌린다. 집시가 아직까지 거길 지키고 있지 않을까 기대하는 마음도 있었는데, 큼지막한 링 귀걸이를 달고 매력적인 눈초리로 나를 노려볼 수 있을 만큼 머리를 세게 당겨서 하나로 묶은 젊은 아가씨가 보인다.

"뭐 드려요?"

나는 베스를 쳐다본다.

"다이어트 콜라요. 고마워요."

나는 애타는 눈빛으로 위스키를 흘끗 쳐다보고 마지못한 듯이 얘기한다. "다이어트 콜라 두 개요. 아, 그리고 메뉴도요."

"치즈 샌드위치, 햄 샌드위치, 돼지고기 파이, 감자튀김요."

"헤스턴 블루먼솔*도 벌벌 떨 만한 메뉴네요."

그녀는 나를 빤히 쳐다보며 껌을 씹는다.

"감자튀김하고 치즈 샌드위치 주세요." 베스가 얘기한다.

"나도 똑같은 걸로요."

---

* 영국의 유명 요리사.

"10파운드 60펜스요."

그녀의 태도에는 문제가 있을지 몰라도 암산은 나쁘지 않다.

베스가 핸드백을 뒤지기 시작한다.

"아니, 됐어요." 내가 얘기한다. "내가 낼게요." 나는 주머니에 손을 넣었다가 인상을 찡그린다. "젠장. 지갑을 집에 두고 왔네."

"걱정 마요." 베스가 얘기한다. "은행을 털 만한 금액은 아니니까."

나는 미소를 지으며 살짝 양심의 가책을 느낀다. 하지만 아주 조금이다.

우리는 음식 값을 계산하고 창가 구석으로 가서 별로 어려울 것 없이 자리를 잡고 앉는다.

"그래서." 나는 다이어트 콜라를 마시는 베스를 향해 얘기한다. "제러미에 대해 얘기하려던 참이었죠?"

"맞아요. 뭐, 할 얘기가 많지 않을 수도 있어요. 그 아이는 똑똑하고 운동 잘하고 잘생겼고 남 괴롭히길 좋아하는 밥맛이에요. 아빠 덕분에 항상 처벌을 면하고요."

"스티븐 허스트 말이죠."

"그 사람을 알아요?"

"동창이에요."

"아, 그렇구나."

"지금 지방의회 의원이라면서요?"

"네. 어떤 인간들이 의원이 되는지 당신도 알다시피─"

"지역사회를 진심으로 돕고 싶어 하는 사람들?"

"그리고 권력을 잡는 걸 좋아하고 그걸 이용해서 자기 욕심을 차리는 개차반들."

"맙소사, 스티븐 허스트는 둘 중 어느 쪽인지 모르겠네."

"네, 워낙 걸작이죠. 당신도 이미 알고 있겠지만. 폐광을 어쩔 계획이라는지 들었어요?"

"의회에서 공원으로 개조하고 싶어 한다면서요?"

"맞아요. 그 사업이 이렇게 오랫동안 지지부진한 이유가 허스트 때문이에요."

"왜요?"

"뭐, 공식적으로는 자금 조달이 어렵기 때문이죠. 비공식적으로는 허스트가 그 땅에 공원 대신 집을 짓고 싶어 하는 부동산 개발업자와 개인적으로 아는 사이기 때문이고요."

"집이라고요? 폐광에? 그러려면 의회에서 승인이 떨어질 때까지 한참이 걸릴 텐데―"순간 퍼뜩 생각이 난다. "아, 알겠다."

"네. 기본적으로 허스트 2세는 자기 아빠랑 똑 닮았어요. 그리고 그 아빠가 교육위원회에 발을 담그고 있으니 제러미가 다른 집 아이 같으면 퇴학당할 만한 짓을 저지를 때마다 허스트 1세가 득달같이 찾아와 새로운 스포츠 센터나 과학관을 짓는 데 필요한 자금을 조달하겠다며 해리와 속닥속닥하면 어떻게 되게요? 없던 일이 되죠."

익숙한 분노가 배 속에서 꿈틀거리기 시작하는 게 느껴진다. 옛날이랑 똑같군. 나는 생각한다.

우리의 나이프, 포크, 숟가락을 무기처럼 꼬나 잡은 올해의 여자

바텐더가 다가와 그것들을 테이블 위에 탁 하고 내려놓는다.

"감자튀김은 좀 걸려요. 케첩은 다 떨어졌고요."

"알았어요."

그녀가 불편할 정도로 길게 쳐다보자 나는 "알았어요"라는 내 말에 마음이 상한 걸까 의아해진다. 잠시 후에 그녀는 다시 유유히 사라진다.

베스가 나를 쳐다본다. "친구를 사귀고 사람들을 주무르는 데 재주가 있네요?"

"타고난 매력 덕분이겠죠?"

"착각도 유분수지."

나는 다이어트 콜라를 한 모금 마시고 얘기한다. "줄리아 모턴이 작년에 제러미의 담임이었죠?"

그녀는 고개를 끄덕였다. "하지만 나라면 거기에 의미를 부여하지 않겠어요."

"그래요?"

"네. 줄리아는 제러미를 버거워하지 않았거든요. 그녀는 허튼짓을 용납하지 않았고 제러미도 허튼짓을 별로 하지 않았어요. 줄리아는 터프걸이었어요. 쉽게 무너지지 않는."

그런데 무너졌단 말이지. 나는 생각한다. 그녀는 자기 아들을 때려서 죽였다. 왜 총을 쓰지 않았을까? 순간 광기에 휩쓸렸을까? 아니면 다른 이유가 있었을까?

내 생각을 읽기라도 한 듯 베스가 얘기한다. "그래서 그 사건이 말이 안 되는 거예요."

"줄리아가 우울증에 걸렸다면서요?"

"예전에 걸린 적이 있었다고 했죠."

"하지만 우울증은 그냥 사라지지 않잖아요. 약도 끊었다고 했으니 재발했거나 신경쇠약증에 걸린 거 아닐까요?"

베스는 한숨을 쉰다. "나도 모르겠어요. 그럴지도 모르죠. 줄리아가 자살을 했다면 그건 이해할 수 있었을지 몰라요. 하지만 벤을 죽이다니. 줄리아는 아들을 애지중지했어요. 그건 절대 이해 못 하겠어요."

"벤은 어떤 아이였어요?"

"아주 밝고 친구들이 많았어요. 남의 말에 조금 쉽게 넘어가는 성향도 있었던 것 같고요. 그래서 두어 번 말썽을 일으켰죠. 하지만 착한 아이였어요. 실종되기 전까지는."

"벤이 실종됐었다고요? 언제요?"

"죽기 두어 달 전에요. 24시간 뒤에 돌아왔죠, 온 마을 주민이 나서서 찾아다닌 이후에. 그런데 어디 있다 왔는지 말을 하지 않았어요. 그 아이답지 않은 반응이었어요."

나는 그녀에게 들은 얘기를 입력한다. 실종됐다가. 돌아왔다니.

"그런 기사는 읽은 적이 없는데요."

베스는 어깨를 으쓱한다. "다른 모든 일들과 함께 그냥 묻혔죠. 아무튼 그 이후에……" 그녀는 하던 얘기를 잠깐 멈춘다. "애가 달라졌어요."

"어떤 식으로요?"

"내성적이고 산만해졌어요. 친구들하고 더 이상 놀지도 않았고.

친구들이 그 애하고 더 이상 놀지 않은 걸 수도 있어요. 끔찍하게 들리겠지만 뭐랄까, 안 씻고 다니는 애처럼 냄새가 났거든요. 그러고 얼마 안 있어 싸움을 벌여서 어떤 아이한테 심하게 상처를 입혔어요. 그때 줄리아가 애를 학교에서 뺐어요. 이혼 때문에 '정서적인 어려움'을 겪고 있다면서."

"왜 아무도 이런 얘기를 하지 않았어요?"

"몰라서 물어요? 죽은 애를 험담할 사람이 어디 있겠어요? 게다가 다들 줄리아를 욕했거든요. 애 엄마가 제정신이 아니라는 둥. 전부 애 엄마 잘못이라는 둥."

나는 그 익명의 학교 관계자에 대해 생각한다. 더 캐묻고 싶지만 우리의 매력적인 웨이트리스가 기다렸다는 듯 다시 등장한다.

"치즈 샌드위치하고 감자튀김요."

"고마워요."

그녀는 쿵 하고 접시를 내려놓고 나를 다시 노려본다.

"미안하지만 뭐 안 좋은 일 있어요?" 내가 묻는다.

"모턴네 집에 살죠?"

"네."

"거기서 무슨 일이 있었는지 알아요?"

이게 이번 주의 질문인가 보다.

"네."

"그럼, 손님 뭐예요?"

"네?"

"악귀예요?"

"음, 아뇨? 사실 교사인데요."

"그렇군요."

그녀는 잠깐 고민하더니 주머니에서 명함을 꺼내 내게 내민다.

나는 더 이상 분노를 유발하고 싶지 않기에 명함을 받는다. '도 슨스 더스트 버스터스'라고 되어 있다.

"이게 뭐예요?"

"우리 엄마요. 청소 일 해요. 예전에 모턴 부인 부탁 받고 그 집 청소했어요. 엄마한테 전화해봐요."

이렇게 해괴한 영업은 난생처음이다.

"지금 내 형편으로 청소 도우미를 쓸 수 있을지 모르겠지만 아 무튼 고마워요."

"맘대로 하세요."

그녀는 다시 사라진다. 나는 베스를 쳐다본다. "후아."

"그러게요, 조금—"

"조금 뭐요? 싸가지 없어요? 이상해요? 섬뜩해요?"

"사실 로런은 자폐 범주성 장애가 있어요. 그래서 일반적인 사회 적 관습이 어렵게 느껴질 수 있어요."

"그렇군요. 그런데 바텐더로 취직이 된 거예요?"

"모든 아이들에게 공평하게 기회가 주어져야 한다고 생각하지 않아요?"

"서비스 업종은 가장 적성에 맞는 직업이 아닐 수 있다는 뜻이 에요."

"비판적이네요."

"현실적인 거죠."

"그게 그거죠."

"그게 그거 아니에요. 거기에 대해서는 내가 아주 비판적이에요."

그녀가 씩 웃는다. 이제 보니 자주 그렇게 웃는다는 생각이 든다. 나도 따라 하고 싶어진다. 한동안 움직이지 않았던 근육을 쓰고 싶어진다.

"아무튼." 나는 명함을 주머니에 넣는다. "아까 무슨 얘기하고 있었죠?"

"아뇨." 그녀는 내 쪽을 포크로 찌른다. "당신 차례예요. 모턴네 집을 빌린 이유가 뭐예요?"

"당신까지 이러기예요?"

"뭐, 좀 이상하잖아요."

"편리하고 저렴하니까요. 그리고 몇 년 전에는 '모턴'네 집이 아니라 새들에게 빵 조각을 던져주고 자전거를 타고 쌩하니 지나가는 아이들한테 욕을 하던 할머니가 살았어요. 그냥 건물이에요. 그 나름의 역사가 있는. 대부분의 집이 그렇잖아요."

하지만 대부분의 집이 하수도관을 타고 올라온 딱정벌레 떼의 습격을 받지는 않는다. 나는 몸서리가 나려는 걸 참는다.

베스가 호기심 어린 눈빛으로 나를 쳐다본다. "역사 얘기가 나왔으니 말인데―다시 돌아오니까 기분이 묘해요?"

나는 어깨를 으쓱한다. "고향으로 돌아가면 항상 기분이 묘하죠."

"농담이 아니라 안힐로 돌아오고 싶은 마음이 들 수도 있다니 상상이 안 돼요. 나는 가능한 한 빨리 도망치고 싶은데."

"여기 있은 지 얼마나 됐는데요?"

"1년하고 하루하고 약ㅡ" 그녀는 손목시계를 확인한다. "ㅡ12시간 32분ㅡ"

"세고 있는 건 아니죠?"

"당연히 세고 있죠."

"뭐, 작고 폐쇄적이고 조금 뒤떨어진 건 나도 알아요."

"그래서 그런 게 아니라……."

"그럼 뭔데요?"

"독일에 가본 적 있어요?"

"아뇨."

"나는 학교 졸업한 직후에 한 번 간 적 있거든요. 베를린에 취직한 친구가 있어서. 그 친구가 나를 어느 강제 수용소로 데려갔어요."

"재밌네요."

"맑고 화창한 날이었어요. 하늘은 파랗고 새들은 지저귀고 건물은 그냥 건물이잖아요? 그런데 거기에서는 여전히 그 분위기가 풍겼어요. 공기 안에, 원자 안에 들어 있기라도 한 것처럼. 모르는 사람이라도 끔찍한 사건이 벌어진 현장이라는 걸 알 수 있겠더라고요. 고개를 끄덕이고 슬픈 표정을 지으며 가이드와 함께 돌아다니는 동안에도 마음속 한구석에서는 비명을 지르며 도망치고 싶었어요."

"안힐이 그런 느낌이라고요?"

"아뇨. 독일은 다시 가고 싶거든요." 그녀는 감자튀김 한 개를 입에 넣고 묻는다. "당신하고 스티븐 허스트는 왜 그래요?"

"왜 그러다니요?"

"왕년에 친한 친구 사이는 아니었을 것 같은 느낌이 들거든요."

"맞아요."

"무슨 일 있었어요?"

나는 감자튀김을 포크로 찍는다. "그냥 10대 남학생들 사이에서 늘 있는 일이에요."

"그렇군요."

듣자 하니 내 말을 안 믿는 눈치지만 그녀는 캐묻지 않는다.

우리는 점심을 먹는다. 감자튀김은 괜찮다. 치즈 샌드위치는 플라스틱 중에서도 맛없는 플라스틱 맛이 난다.

"해리한테 들었는데 스티븐의 아내가 아프다면서요?" 내가 묻는다.

그녀는 고개를 끄덕인다. "암이에요. 당신이 스티븐에게 어떤 감정을 품고 있든 그건 엿 같은 일이죠."

"그러게요."

그리고 살다 보면 뿌린 대로 거둘 때도 있는 법이다.

"둘이 결혼한 지 오래됐어요?"

"10대 시절에 사귄 애인이에요." 그녀는 나를 쳐다본다. "스티븐이랑 동창이면 그 부인도 기억할지 모르겠네요."

"동창이 한두 명이라야 말이죠."

"이름이 마리인데."

시간이 느려지다가 정지한다.

"마리요?"

"네 — 처녀 때 성은 뭔지 모르겠지만."

처녀 때 성은 내가 안다. 닳고 닳은 심장이 다시 한 뭉텅이 바스러진다.

"깁슨이었어요." 내가 얘기한다. "마리 깁슨."

9

마리와 나는 한동네에서 살았다. 어렸을 때 우리는 엄마들끼리
차를 마시며 수다를 떠는 동안 밖으로 내쫓겨서 자주 같이 놀았다.
둘이서 캐치볼과 숨바꼭질을 했고 아이스크림 트럭이 지나가면 길
가에 앉아서 패브 아이스바와 소프트 아이스크림을 먹었다. 애니
가 태어나기 전이었으니 네댓 살 무렵이었다.

나는 남몰래 마리를 흠모했다. 그녀는 말없이 나를 참고 견뎠다.
그 동네에 또래 아이가 나밖에 없었다. 학교에 가면 그녀는 잽싸게
나를 버리고 더 인기 많은 친구들과 놀았다. 나는 그걸 내 운명으
로 받아들였던 것 같다. 마리는 예쁘고 재미있었다. 나는 특이하고
아무도 좋아하지 않는 섬 같은 아이였다.

나는 고등학교에 입학했을 때 마리가 그냥 예쁜 게 아니라는 걸

알아차렸다. 그녀는 아름다웠다. 어렸을 때는 하나로 묶고 다녔던 윤기 나는 갈색 머리를 찰랑거리는 단발로 잘랐다. 가끔은 그녀가 영웅처럼 떠받들던 마돈나처럼 그 머리에 컬을 넣었다. 스톤 워시 청바지에 소매가 손등을 덮는 헐렁한 점퍼를 입고 다녔다. 양쪽 귓불을 두 군데 뚫었고 학교에서는 치마가 무릎 위로 올라오도록 허리 밴드를 접어서 치맛단과 무릎양말 사이로 까무잡잡한 맨살을 살짝 드러냈다.

두말하면 잔소리지만 이 무렵에 마리는 나를 거의 알은체도 하지 않았다.

매정하거나 잔인하게 굴지는 않았다. 적어도 일부러 그러지는 않았다. 가끔 길거리에서 나를 지나칠 때면 가물가물하게 기억이 나거나 누군지 퍼뜩 생각이 나지 않는 사람 대하듯 했다. 그녀가 지나가는 투로 "안녕" 하고 인사를 건네면 나는 몇 시간 동안 혼자 감격했다.

애니는 가끔 나를 놀리곤 했다. "우와, 저기 오빠 여자친구 온다" 하고는 뽀뽀하는 소리를 냈다. "조이하고 마리가 나무 위에서 **뽀뽀**한대요."

그럴 때 나는 유일하게 진심으로 애니에게 짜증을 느꼈다. 아픈 곳을 찔렸기 때문이었다. 마리는 내 여자친구가 아니었다. 내 여자친구가 될 일도 없었다. 마리 같은 여자아이는 나 같은 남자아이와 만나지 않았다. 만화책을 읽고 컴퓨터게임이나 하는 비쩍 마르고 어설픈 얼간이하고는. 그들은 축구와 럭비를 하고 놀이터에서 어슬렁거리며 아무 이유 없이 침을 뱉고 욕을 하는, *제대로 된 남자*

아이와 만났다.

스티븐 허스트 같은 남자아이하고 말이다.

그들은 3학년 때 사귀기 시작했다. 어떻게 보면 필연적인 결과였다. 스티븐은 이 마을의 악동이었고 마리는 학교에서 가장 예쁜 아이였다. 그렇게 될 운명이었다. 나는 딱히 질투심을 느끼지는 않았다. 아니, 살짝 느꼈을 수도 있겠다. 나는 그때부터 마리가 스티븐보다 낫다는 걸 알았다. 더 똑똑하고 착했고, 우리 학교의 다른 여자아이들과 다르게 결혼해서 아이를 낳는 것보다 더 야심만만한 꿈이 있었다.

내가 스티븐의 패거리가 되자 그녀는 나를 다시 알은체하기 시작했고 대학교에 가서 패션 디자인을 공부하고 싶다는 얘기를 했다. 그녀는 미술에 재능이 있었다. 런던으로 건너가 모델 활동으로 생활비를 벌 작정이었다. 전부 계획을 세워놓았다. 안힐 같은 거지 소굴에 머물러 있을 생각은 절대 없었다. 여건이 갖추어지는 대로 당장 버스를 타고 떠날 것이었다.

그런데 그러지 못했다. 뭔가가 달라졌다. 뭔가가 그녀를 가로막았다. 뭔가가 그녀를 꿈에서 떼어내고, 야망을 잘근잘근 짓밟아 가루로 만들었다. 뭔가가 그녀의 발목을 잡았다.

뭔가가 아니면 누군가가.

나는 예전에 살았던 동네의 길모퉁이에 서서 도로를 쳐다보며 담배를 피운다. 원래는 수업이 끝나면 집으로 직행할 작정이었다. 그런데 내 무의식은 생각이 다른 모양이다.

그 동네는 달라졌는가 하면 또 그렇지도 않다. 똑같이 생긴 빨간 벽돌집들이 대결을 준비하듯 시비조로 마주 보며 줄줄이 이어지는 건 여전하다. 하지만 위성 안테나와 천창, 강화 플라스틱으로 된 창틀과 문틀이 새롭게 추가됐다. 좁은 인도에 걸쳐진 차들이 전보다 많다. 반짝이는 골프와 사륜구동과 폭스바겐 미니. 내가 어렸을 때는 새 차는커녕 차가 없는 집도 있었다.

예전과 똑같은 부분들도 있다. 반쯤 분해한 오토바이를 사이에 두고 옹기종기 모여서 담배를 피우고 칼스버그를 마시는 젊은이들. 우렁차게 끊임없이 짖어대는 개들. 어느 집 창문에서 흘러나오는, 베이스만 충만하고 선율이나 가사는 부족한 음악. 공을 차는 어린아이들.

예전에 내가 살았던 29번지는 이 길의 중간이다. 저쪽 끝에 있는 아마추어 정비공의 집과 이쪽 끝에 있는 루니 지망생의 집에서 몇 집 건너였다. 모든 집을 통틀어 달라진 게 가장 없어 보인다. 예전의 놋쇠 문고리가 좀 더 깔끔한 은색으로 바뀌긴 했지만 현관문도 여전히 내가 기억하는 까만색 나무문이다. 철제 대문은 예전처럼 살짝 한쪽으로 기울었고 지붕에는 기와가 두어 개 빠졌고 앞면의 벽돌은 줄눈을 다시 칠하는 게 좋을 듯하다.

내 방은 뒤편의 애니 옆방이었다. 골방이 그녀 차지였다. 어렸을 때 우리는 잠이 들기 전에 두 방 사이 벽을 두드리곤 했다. 나중에 애니가 돌아온 이후에 나는 그녀가 내는 소리가 들리지 않게 헤드폰을 쓰고 이불을 귀까지 뒤집어쓰고 누워 있곤 했다.

엄마는 교통사고가 나고 내가 퇴원하자마자 집을 팔았다. 그때까지 절뚝거리며 목발을 짚고 다니던 내가 돌아다니기 쉬운 곳이 필요하다는 게 엄마가 댄 핑계였다. 계단이 가파른, 좁은 연립주택이 사실 비실용적이기는 했다.

물론 그게 진짜 이유는 아니었다. 그 집에 얽힌 추억이 너무 많았다. 대부분 나쁜 추억이었다. 엄마는 근처의 조그만 단층집을 매입했다. 그리고 그로부터 겨우 10년 뒤, 쉰다섯이라는 한창의 나이에 임종을 맞으러 병원으로 실려 가는 날까지 거기서 살았다. 병원에서는 폐암이라고 했다. 하지만 그게 전부는 아니었다. 엄마의 일부분은 교통사고가 벌어진 날 밤에 이미 죽었다. 그 나머지가 따라서 죽는 데 시간이 걸렸을 뿐이다.

나는 몸을 돌린다. 이제 날이 저물고 추워지고 있는 데다 여기서 계속 얼쩡거렸다가는 누군가가 경찰에 연락할 공산이 크다. 이목을 집중시키는 사태만큼은 절대 피하고 싶다. 나는 재킷의 옷깃을 세우고 왔던 길을 되짚어서 걷기 시작한다.

박식하고 현명해 보이길 바라는 사람들이 반복해서 지껄이는 문구가 있다. 어딜 여행하든 자기 자신에게서 절대 벗어날 수 없다는 거다.

그것 헛소리다. 나를 붙잡고 있는 관계, 나를 규정하는 사람들, 나를 어떤 아이덴티티에 묶어놓는 익숙한 풍경과 일상에서 아주 멀찌감치 도망치면 적어도 당분간은 내 자신에게서 쉽사리 벗어날 수 있다. 자아는 구조물에 불과하다. 얼마든지 해체하고 다시 만들고 새로운 나를 으리으리하게 꾸밀 수 있다.

돌아가지만 않으면 된다. 돌아가면 새로운 내가 임금님의 새 옷처럼 벗겨져 알몸이 드러나고 추악한 단점과 실수가 만천하에 공개된다.

술집을 다시 찾을 생각은 없었다. 그런데 어쩌다 보니 종착지가 그곳이다. 나는 밖에서 잠깐 머뭇거리고 담배를 마저 피우며 안으로 들어가지는 않을 거라는 확신을 가지려고 애를 쓴다. 절대 그럴 일은 없다. 평일 하루를 또 숙취와 함께 시작할 필요는 없다. 집에 가서 저녁을 만들어 먹고 일찌감치 잠자리에 들 것이다. 나는 담배를 끄고 잘 생각했다고 나를 칭찬하며 안으로 들어간다.

점심때와는 다르다는 걸 한눈에 알 수 있다. 많은 술집이 그렇다. 밤이 되면 달라진다. 더 어두컴컴해지고 갓이 달린 케케묵은 스탠드들이 부연 불빛을 드리운다. 분위기는—분위기랄 게 있을지 모르겠지만—훨씬 더 냉랭하다. 냄새도 다르다. 더 지독한 밀 냄새를 풍긴다. 나는 실내 흡연이 불법이라는 사실을 몰랐다면 사람들이 이 안에서 방금 전까지도 담배를 피웠을 거라 장담했을 것이다.

점심때보다 손님이 더 많기도 하다. 빈자리가 많은데도 젊은 남자 몇 명이 파인트 잔을 들고 바 카운터 근처에서 서성인다. 동네 단골들의 독점욕이 드러나는 행태다. 나무에 대고 오줌을 싸는 개처럼 그런 식으로 영역 표시를 하는 거다(나는 그들이 바 카운터에 대고 똑같이 했대도 놀라워하지 않겠다).

나머지 테이블은 좀 더 나이 많은 남자와 여자로 그득하다. 그들은 사냥해서 잡은 먹이를 지키는 짐승처럼 술잔 위로 몸을 웅크리고 있다. 남자들은 도장이 새겨진 반지를 뽐내며 셔츠 소매를 걷어

붙여 회색으로 흐릿해진 문신을 드러내고 있다. 여자들은 하나같이 야한 분위기를 풍기며 어울리지 않는 조끼 밖으로 쭈글쭈글한 팔을 내밀고 있다.

나는 이런 술집을 안다. 어린 시절의 경험을 통해서만 아는 건 아니다. 좀 더 넓은 도시의 이런 술집들은 고급스러운 척할지 몰라도 손님과 분위기는 비슷하다. 이곳은 가족끼리 외식을 하거나 여자친구와 함께 시원한 샤르도네를 마시는 곳이 아니다. 동네 술집, 술꾼들의 술집 그리고 어떤 경우에는 도박꾼들의 술집이다.

겉도는 듯한 기분을 드러내지 않으려고 애를 쓰며 바 카운터를 향해 걸어간다. 내가 이런 종류의 술집을 안다 해도 여기에서는, 이 마을 출신인데도 여전히 아웃사이더이다. 문이 열리자 피아노 연주자가 연주를 멈추는 그런 분위기까진 아니지만, 장담컨대 내가 바 카운터를 향해 걸어가는 동안 웅성거림이 일시적으로 멈추고 시선들이 나를 훑는다.

오늘 저녁에는 섬뜩한 아가씨가 바를 지키고 있지 않다. 대신 눈 아래에 시커먼 주머니가 달리고 이가 몇 개 빠졌으며, 머리가 벗어진 남자가 인상을 쓰고 나를 노려본다.

"머 드릴까?"

"음, 기네스 한 잔 주세요."

그는 말없이 맥주를 따른다. 나는 고맙다고 인사하고 값을 치른 뒤 기네스가 따라지는 동안 술집 안을 다시 한번 훑어본다. 저쪽 구석에 빈 테이블이 있다. 남자가 맥주잔을 가득 채워주자 나는 잔을 들고 그 테이블로 가서 앉는다. 들고 온 교재를 꺼내 기네스를 홀짝이며 채점을 한다. 직원과 조명과 냄새와 인테리어에 비하면 맥주는 관리가 잘됐다. 술이 내가 의도했던 것보다 더 빠른 속도로 사라진다.

어슬렁어슬렁 다시 바 카운터로 간다. 바텐더가 저쪽 끝에 있다. 기적적으로 성격을 개조했는지 내가 들어오면서 봤던 남자들과 폭소를 터뜨리고 있다. 어찌나 사교성이 좋아 보이는지 순간 일란성 쌍둥이가 아닌가 싶을 정도다.

나는 기다린다. 젊은 남자들 중 한 명이 내 쪽을 흘끗 쳐다보더니 뭐라고 중얼거린다. 바텐더는 더 요란하게 웃으며 얘기를 계속한다. 나는 애써 느긋한 표정을 짓고 짜증을 달래며 좀 더 기다린다. 그는 얘기를 계속한다. 나는 요란하게 헛기침을 한다. 그가 웃음기 가신 얼굴로 내 쪽을 돌아보고 마지못한 듯 휘청거리며 다가온다. 보이지 않는 자석에 끌리기라도 한 것처럼 젊은 남자 둘이 그를 따라온다.

나는 빈 잔을 든다. "고마워요." 드디어 당신 할 일을 해줘서. "기네스 한 잔 더 주세요."

그는 잔을 들고 펌프 아래로 갖다 댄다.

나는 젊은 남자 둘이 불쾌하리만치 가까이 접근한 것을 느낀다. 한 명은 키가 작고 체구가 다부지며 머리를 완전히 밀었고 팔뚝이 문신으로 뒤덮였다. 다른 한 명은 그보다 키가 크고 비쩍 말랐고 피부가 지저분하며, 내가 흰 양말과 너무 짧은 반바지와 함께 유행의 저편으로 사라진 줄 알았던 젤을 머리에 발랐다. 그들이 아직은 내 사적인 공간을 침범하지 않았다. 경계선상에 모여 있을 뿐이다.

싸구려 데오도런트로 다 가리지 못한 퀴퀴한 땀 냄새가 느껴진다. 이 한 쌍이 왠지 모르게 낯이 익은데, 어쩌면 그냥 이런 대결 구도가 익숙한 것일 수도 있다.

나는 기네스가 천천히 채워지는 걸 쳐다보며 기다린다. 잠시 후에 키가 작고 체구가 다부진 쪽의 말소리가 들린다. "처음 보는 얼굴인데, 친구."

내가 '어이'보다 더 싫어하는 호칭이 있다면 친구도 아니고 절대 친구가 될 일도 없는 사람에게 '친구'라고 불리는 것이다.

나는 고개를 돌리고 미소를 짓는다. "얼마 전에 이사를 왔지."

"새로 왔다는 그 선생이로군." 바보 같은 헤어스타일이 말한다.

"맞아."

사람들이 내가 이미 아는 사실을 알려줄 때면 정말이지 기분이 좋다.

"조 손이야." 나는 손을 내민다. 두 사람 모두 악수에 응하지 않는다.

"모턴네 집에서 살고 있지?"

또다. 또 '모턴'네 집이다. 비극은, 특히 피비린내 나는 난폭한 비극은 주변의 모든 것에 발자국을 남긴다.

"맞아." 나는 다시 대답한다.

"쌍, 좀 희한하지 않아?" 바보 같은 헤어스타일이 더 다가온다.

"뭐가?"

"거기서 어떤 사건이 벌어졌는지 알지?" 땅딸이가 묻는다.

"알지."

"아이가 그런 식으로 죽은 집에서 살고 싶어 할 사람은 거의 없을 텐데."

"희한한 인간이 아닌 이상." 내가 미묘한 숨은 뜻을 이해하지 못했을까 봐 걱정이 되는지 바보 같은 헤어스타일이 옆에서 거든다.

"그럼 내가 희한한 인간인 모양이네."

"지금 그거 농담이라고 얘기한 건가, 친구?"

"아닐걸?"

그가 좀 더 바짝 다가온다.

"너 마음에 안 들어."

"나는 네 연락처 물어보려던 참이었는데."

그가 주먹을 불끈 쥐는 게 보인다. 나는 여차하면 바 카운터에 내동댕이칠 생각을 하며 빈 잔을 움켜쥔다. 예전에 그럴 필요가 있었던 적이 최소한 한 번은 있었다.

폭력 사태가 불가피하게 느껴지던 그때 귀에 익은 목소리가 들린다. "자자, 너희들. 무슨 문제 생긴 건 아니지?"

바보 형제는 몸을 돌려서 사라진다. 키가 크고 건장한 인물이 바 카운터로 다가온다. 어쩌면 나는 귀신을 믿는지도 모르겠어. 나는 생각한다. 아무리 많은 시간과 거리와 성수를 동원해도 내쫓을 수 없는 못된 귀신이 있는지 모른다.

"조 손." 그가 얘기한다. "오랜만이네."

나는 스티븐 허스트를 빤히 쳐다본다. "그러게. 오랜만이네."

10

희생양으로 태어나는 아이들이 있다면 그 나머지는 깡패로 태어나는 걸까?

정답은 모르겠다. 요즘은 그런 식으로 얘기하면 안 된다는 건 안다. 그냥 못된 아이, 못된 가족이 있을 수 있다고 하는 것은 올바른 행동이 아니다. 계급이나 돈이나 결핍과는 상관없다. 그들은 그냥 다르게 설계되어 있다. 유전자가 그렇다.

스티븐 허스트는 오랜 깡패 집안 출신이다. 약자를 괴롭히는 즐거움이 귀한 가보 아니면 혈우병처럼 여러 세대를 거쳐 유전됐다.

그의 아버지 데니스는 탄광의 십장이었다. 광부들은 그를 혐오했고 두려워했고 그래서 더 혐오했다. 그는 석탄 캐는 도끼처럼 권력을 휘둘러 자신에게 반기를 든 사람들을 처단하고, 적을 가장 힘든 근무조에 배치하고, 아이가 태어나거나 가족이 아파도 휴가를 허락하지 않는 데서 희열을 느꼈다.

파업이 벌어졌을 때 그는 피켓 라인 맨 앞에서 플래카드를 흔들었고, 출근한 광부들에게는 욕을 퍼붓고 경찰에게는 돌멩이와 병을 던졌다. 모든 피켓이 잘못됐다는 것도 아니고 우리 아버지처럼 일하러 나선 사람들을 비판하는 것도 아니다. 양쪽 모두 자신이 가족을 위해, 생계를 위해 최선을 다하고 있다고 생각했다. 하지만 허스트가 피켓 라인에 선 이유는 정치적 견해나 신념 때문이 아니라 정면충돌과 도발과 추태와 무엇보다 폭력을 사랑하기 때문이었다.

당시에는 아무도 입 밖에 내지 않았지만 이제 와 생각해보면 낙서와 협박을 하고 벽돌로 우리 집 창문을 깬 배후에 데니스가 있었을 것이다. 그의 스타일이었다. 취약한 표적을 노릴 것. 그는 우리 아버지를 직접적으로 공격하기보다 가족을 공격했다.

스티븐의 어머니는 종종 눈에 시커멓게 멍이 들거나 입술이 찢어졌다. 한번은 뼈밖에 안 남은 한쪽 팔을 통째로 깁스한 적도 있었다. 대부분의 사람들은 그녀가 '조금 칠칠맞지 못해서'가 아니라 데니스가 맥주를 몇 잔 걸치면 주먹을 함부로 놀리기 때문에 생긴 상처라는 걸 알았다. 하지만 뭐라고 하는 사람은 없었다. 당시에 안힐 같은 조그만 마을에서 그런 일은 부부간의 문제였다. 그리고 부자간의 문제였다.

스티븐은 제 아버지처럼 키가 컸지만 어머니의 오목조목한 이목구비와 파란 눈을 물려받았다. 포스터 모델처럼 잘생겼다. 심지어 예쁘장했다. 그는 마음이 내키면 매력적인 동시에 재미있을 수 있었다. 하지만 그건 가면이라는 걸 모르는 사람이 없었다. 스티븐은 뼛속까지 허스트였다.

물론 그와 그의 아버지 사이에는 엄청난 차이점이 하나 있었다. 데니스는 실수 연발의 깡패였지만 그의 아들은 멍청하지 않았다. 그는 폭력적이고 잔인하며 가학적인 동시에 똑똑하고 영악했다.

난 그가 오줌이 가득 든 변기에 어떤 아이의 머리를 처박고, 다른 아이에게 벌레를 먹이고, 때리고 창피를 주고 정신적, 육체적으로 고문하는 것을 보았다. 난 가끔 그를 증오했다. 가끔은 그를 두려워했다. 아주 먼 옛날에는 죽여버리고 싶은 마음이 굴뚝같았다.

그런데 나는 그의 희생양이 아니었다. 그의 친구였다.

금발은 듬성듬성해졌고 한때 조각 같았던 이목구비는 나이와 풍족한 생활 덕분에 부어서 부드러워졌다. 그는 폴로셔츠와 짙은 색 청바지를 입고 심하게 하얀 운동화를 신고 있다. 여타의 수많은 중년 남성들처럼 '캐주얼'을 정반대로 소화했다.

셔츠에 넥타이를 매고 빼기는 데 더 이골이 나 있다 보니 이런 차림이 오히려 불편해 보인다. 그런가 하면 피곤해 보이기도 한다. 1년에 두 번씩 여행을 다니며 태운 피부도 파란 눈 아래에 생긴 검은 그늘과 걱정 때문에 탄력을 잃은 듯 축 늘어진 피부를 감추지 못한다.

뜻밖에도 그걸 보아도 내 기분이 좋아지지 않는다. 나는 오랫동안 스티븐 허스트에게 수많은 끔찍한 일이 벌어지길 기도했다. 그런데 이제 그의 아내가 죽어가고 있다는데도 전혀 만족감이 느껴지지 않는다. 내가 스스로 생각하는 것보다 더 괜찮은 사람이라는 뜻일까? 아니면 늘 그렇듯 인생은 불공평하다는 뜻일지도 모른다. 암세포에 배 속을 천천히 갉아먹는 사람은 마리가 아니라 허스트가 되었어야 한다. 이것이야말로 못된 인간들은 악마의 보호를 받는다는 증거일지 모르지만, 내가 보기에는 스티븐 *자체*가 악마다.

우리는 흔들거리는 조그만 테이블을 사이에 두고 마주 앉아서 서로를 뜯어본다. 내 기네스는 반 잔 남았다. 그는 위스키에 거의 손을 대지 않았다.

"그래서, 어쩐 일로 안힐에 다시 돌아왔어?" 그가 묻는다.

"취직을 했거든."

"그게 다야?"

"거의."

"돌아올 가능성이 제일 없다고 생각했던 사람이 너였는데."

"뭐, 우리가 어렸을 때 생각했던 대로 되는 일은 없잖아."

그는 아래를 흘끗 쳐다본다. "다리는 어때?"

스티븐답다. 약점을 향해 곧장 달려든다.

"가끔 신경 쓰이지." 나는 대답했다. "다른 수많은 문제들처럼."

그는 빈틈없는 눈빛으로 나를 쳐다본다. 태도는 서글서글할지 몰라도 눈빛은 여전히 냉랭하다.

"돌아온 진짜 이유가 뭐야?"

"얘기했잖아, 일자리가 생겼다고."

"일자리야 사방에서 수시로 생기는 거고."

"이번 일자리가 마음에 들었거든."

"너는 잘못된 선택을 하는 데 남다른 재주가 있지."

"뭐라도 잘하는 게 있어야 하지 않겠냐?"

그는 미소를 짓는다. 이가 비정상적으로 하얗다. 완전히 가짜다. "해리가 누구 면접을 보고 있는지 나한테 얘기했더라면 너는 취직하지 못했을 텐데. 안힐은 작은 마을이거든. 다들 자기 앞가림은 자기가 알아서 하지. 아웃사이더가 들어와서 분란을 일으키는 건 좋아하지 않아."

"첫째, 나는 아웃사이더가 아니고 둘째, 내가 무슨 분란을 일으켰다는 건지 모르겠네."

"네가 이 마을에 있는 것 자체가 분란이야."

"양심의 가책을 느끼냐? 아니지, 그럼 너한테 양심이 있다는 말이 되니까."

그가 자세를 바꾸는 게 보인다. 아주 살짝이다. 반사작용이다. 그는 내 얼굴을 주먹으로 치고 싶겠지만 참는다. 간신히.

"이 마을에서 벌어졌던 사건은 오래전 얘기야. 지금쯤은 잊을 때도 되지 않았냐?"

잊을 때도 되지 않았냐고. 어린애가 까불다 저지른 실수 아니면 첫사랑이라도 되는 듯한 말투다. 분노가 끓어오르는 게 느껴진다.

"똑같은 사건이 다시 벌어지고 있다면?"

그는 표정의 변화가 없다. 어쩌면 나보다 허세를 부리는 능력이 뛰어날지 모른다.

"그게 무슨 소린지 모르겠다만."

"벤저민 모턴 말이야."

"그 애 엄마는 우울증이 있었고 신경쇠약증을 일으켰어. 원래 걱정이 많은 타입이 교사가 되지, 안 그래?"

나는 미끼를 물지 않는다.

"죽임을 당하기 얼마 전에 벤이 실종된 적이 있다고 들었는데?"

"애들이 가출도 하고 그러잖아."

"24시간 동안이나? 너도 얘기했던 것처럼 안힐은 넓은 마을이 아니야. 그동안 어디 있었을까?"

"내가 어떻게 아나?"

"요즘도 애들이 폐광에서 노나?"

스티븐의 눈에서 불똥이 튄다. 그가 몸을 앞으로 숙인다. "네가 무슨 뜻에서 그런 얘기를 꺼내는지 알아. 그리고 네 짐작은 틀렸어. 이건ㅡ" 백발을 후광처럼 얹고 갈색 나팔바지를 입은 나이 많은 남자가 지나가면서 한 손을 들자 그는 말을 멈춘다. "잘 지내지, 스티브?"

"그럭저럭요. 내일 저녁에 퀴즈 대회 참가할 거예요?"

"뭐, 자네한테 다시 본때를 보여줄 사람이 있어야 하지 않겠어?"

그들은 웃음을 터뜨린다. 남자는 다른 테이블로 멀어진다. 스티븐은 내 쪽으로 고개를 돌린다. 누가 스위치를 끄기라도 한 듯이 웃음기가 싹 사라진다.

"너 정도 자격을 갖춘 사람이면 이 거지 소굴보다 괜찮은 데서 취직할 수 있잖아. 널 생각해서 떠나라. 불쾌한 일이 또 생기기 전에."

"불쾌한 일이 또 생기기 전에?"

그러니까 그도 기물 파손에 대해 아는 거다.

"하나만 묻자." 내가 얘기한다. "너희 아들한테 모터 달린 자전거가 있냐?"

"우리 아들은 빼주라."

"뭐, 나도 그러고 싶다만 그 아이가 내 집 창문으로 벽돌을 던지는 *불쾌한* 습관이 있는 것 같아서."

"어째 비방처럼 들린다."

"나는 기물 파손이라고 생각하는데."

"우리 얘기는 이쯤에서 끝난 것 같네." 그는 의자를 뒤로 밀려고 한다.

"마리 일은 유감이다."

그의 얼굴이 뭔가 달라진다. 입술이 떨린다. 한쪽 눈이 아래로 처진다. 순간 엄청 나이 들어 보인다. 그리고 아주 눈곱만한 찰나 동안 나는 하마터면 그가 안쓰러워질 뻔한다.

"힘들겠다―부부로 지낸 지도 오래됐는데."

"질투하냐?"

"사실은 실망했어. 마리는 여길 뜰 줄 알았거든. 꿈이 있었으니까."

"내가 있었거든."

그의 말투를 들으면 어째 그가 이유라기보다 짐처럼 느껴진다.

"그게 다였어?"

"또 뭐가 필요한데? 우리는 서로 사랑하는 사이였어. 그래서 결혼을 했지."

"이후로 행복하게 살았고."

"정말로 행복해. 너는 이해하기 어려울지 모르겠지만. 여기서 잘 살고 있어. 제러미도 있고. 큰 집에서 차 두 대를 굴리고 포르투갈에 별장도 있어."

"잘됐네."

"당연하지. 그리고 아무도, 특히 어떤 똥통 학교에서 근무하는 삼류 선생은 그걸 망가뜨리지 못해."

"암이 이미 망가뜨린 걸로 아는데."

"마리는 전사야."

"우리 엄마도 그랬어. 막판까지."

하지만 그건 사실이 아니다. 엄마는 막판에는 싸우지 않았다. 그냥 비명만 질렀다. 하루에 스무 개비씩 벤슨 앤드 헤지스를 피우는 습관 때문에 폐에서 시작된 암세포는 간, 신장, 뼈로 번지고 곳곳을 습격했다. 모르핀으로조차 통증을 잠재우지 못할 때가 있었다. 엄마는 고통스러워하며 비명을 질렀고, 아주 잠깐 숨을 돌릴 수 있었을 때는 그 고통을 영영 없앨 수 있는 해결책 앞에서 무릎을 꿇을까 봐 두려운 마음에 비명을 질렀다.

"그래, 하지만 이건 달라. 마리는 암을 이길 거야. 그리고 면도할 나이도 될까 말까 한 국민 의료 보험 소속 의사들이 전부 아는 것도 아니고."

나를 빤히 쳐다보는 그의 파란 눈이 이글거리고 뺨은 시뻘겋게 달아오르고 입가에는 침이 고인다.

"병원에서는 가망이 없다고 그러지?"

"아니야!" 그는 테이블을 내리친다. 술잔이 움찔한다. 나도 움찔한다. "마리는 죽지 않아. 내가 그렇게 내버려두지 않을 거야."

이번에는 술집이 정말로 머뭇머뭇 정적에 휩싸인다. 공기마저 정지한 듯이 느껴진다. 모든 이의 시선이 우리에게로 향한다. 스티븐도 그걸 느낀다. 나는 그가 고함을 지르며 테이블을 뒤엎고 내 목을 조를지도 모른다는 생각을 하지만 그는 잠시 후에, 아주 긴 잠시 후에 주변을 두리번거리며 흥분을 가라앉히고 자리에서 일어선다.

"걱정은 고맙지만 너의 존재만큼 쓸데없는 걱정이다."

나는 멀어져가는 그를 지켜본다. 그리고 그때 그걸 느낀다. 현기증처럼 갑작스럽게 들이닥친 공포로 내 뱃속이 움푹 꺼지고 뼈에서 기운이 빠진다.

내가 그렇게 내버려두지 않을 거야.

또다시 반복되고 있다.

스티븐이 떠난 뒤에 나는 잔을 비우고—술을 더 마시고 싶거나 술집에 계속 남아 있고 싶어서라기보다 과시가 목적이다—집에 간다. 다리가 내게 협조하지 않는다. 나더러 사디스트이자 자존심을 접고 지팡이를 쓰지 못하는 바보 천치라고 한다. 맞는 말이다. 나는 반쯤 갔을 때 걸음을 멈추고 심호흡을 하며 뭉치고 뒤틀린 다리를 주무른다.

9시가 다 됐고 거의 어두컴컴해졌다. 하늘은 부연 회색이다. 달은 구름의 장막 뒤에서 움직이는, 창백하게 벌거벗은 그림자다.

이제 보니 내가 폐광 옆에서 걸음을 멈추었다. 그 옛날 슬래그*가 잠이 든 용처럼 시커멓게 웅크리고 있는 매립된 광산의 잔재가 내 뒤에서 고개를 든다.

거대한 탄광이다. 아무리 못해도 8제곱킬로미터는 된다. 이쪽 면에는 맹꽁이자물쇠로 잠긴 튼튼한 문과 함께 울타리가 새로 설치됐다. 부착된 푯말에는 이렇게 적혀 있다. 안힐 공원, 6월 개장.

지금이 9월이라는 점을 감안했을 때 너무 낙관적인 계획이다. 내가 어렸을 때부터 이 일대를 재개발하자는 얘기가 있었다. 탄광이 문을 닫았을 때 모든 갱도와 수갱을 막도록 되어 있었다. 그런데 날림으로 끝냈다는 소문이 있었다. 부실 공사였다. 원래 계획대로 철저하게 진행되지 않았다. 지반 침하 문제가 있었다. 싱크홀이 있었다. 개를 데리고 산책을 나왔던 사람이 하마터면 빠질 뻔했다는 소문을 들었던 기억이 난다.

오늘 밤에는 이 일대가 그 어느 때보다 불모지처럼 느껴진다. 황량하고 죽은 공간이다. 외로운 채굴기 하나가 운전기사 없이 버려진 듯 비탈 중간에 앉아 있다. 그 광경을 본 순간 차가운 발톱이 내 등골을 훑고 내려간다. 땅을 *파서 헤집어놓는 도구.*

나는 몸을 돌려서 다시 천천히 절뚝거리며 걸음을 옮긴다. 뒤에서 무슨 소리가 들린다. 도로를 따라 차가 다가오고 있다. 이번에는 쌩하니 달려오지 않는다. 거의 기어오고 있다. 나는 뒤를 돌아본다. 전조등 불빛에 눈이 부시다. 상향등을 켜놓았다. 나는 손을 들어 불

---

* 광석을 제련한 뒤에 남은 찌꺼기.

빛을 가린다. 뭐지?

그러다 잠시 후에 깨닫는다. 차가 멈추어 서고 누군가가 묻는다. "별일 없나, 친구?"

땅딸보 친구가 모는 고물 코티나의 조수석에 바보 같은 헤어스타일이 앉아 있다. 도로에는 인적이 없다. 다른 차도 없다. 다른 집도 없다. 내 집까지 못해도 4백 미터는 남았다. 차에는 두 명이 앉아 있는데 나는 무기로 쓸 만한 게 전혀 없다. 빌어먹을 지팡이조차 없다.

나는 애써 태연한 말투로 대답한다. "응. 고마워."

"태워다줄까?"

"아니, 괜찮아."

나는 계속 휘청휘청 걷는다. 기어를 바꾸는 소리가 들리고 차가 내 옆에서 꾸물꾸물 움직인다.

"다리를 심하게 저는데, 친구. 차에 타는 게 좋겠어."

"괜찮다니까."

"타라니까."

"너희가 내 요금을 감당할 수 있을까 싶은데."

차가 끼이익 하며 멈추어 선다. 바보 같으니라고, 조. 정말 바보 같으니라고. 가끔 내 입이 시비를 걸려고 나서는 듯이 느껴질 때도 있다. 아니면 어차피 벌어질 사태를 앞당기는 것에 불과할 수도 있다.

문이 열리고 두 사람 모두 차에서 내린다. 도망칠 수도 있지만 소용없고 한심한 짓이다. 그래도 살짝 빌어서 나쁠 건 없다.

"이봐, 농담이었어, 친구. 나는 그냥 집에 가고 싶을 뿐이야."

바보 같은 헤어스타일이 내 쪽으로 한 발짝 다가온다. "여긴 네집이 아니야. 너는 불청객이고."

"그래. 알아들었어."

"아니, 너는 못 알아들었어. 그러니까 *그가 우리를 보낸 게 아냐.*"

살다 보면 종종 불가피한 상황이 벌어진다. 운명이라고 할 수는 없고 부득이한 사건의 연속이다. 첫 방이 내 얼굴을 강타하기 직전에 나는 내가 얼마나 바보 같았는지 깨닫는다. 그가 우리를 보낸 게 아냐. 이들은 스티븐의 수족이다. 그가 술집으로 들어왔을 때 말 잘 듣는 강아지처럼 슬그머니 물러난 것도 그 때문이었다. 내가 물러서지 않으려고 하자 그가 이들을 보냈다. 나는 두 번째 공격에 허리를 꺾고 무릎을 꿇으며 예전과 다를 게 없다는 생각을 한다.

나는 몸을 동그랗게 웅크리고 갈비뼈로 향하는 발길질을 맞는다. 갈비뼈에서 통증이 작열한다. 나는 두 팔로 머리를 감싼다. 서글픈 일이지만 예전에도 이런 자세를 취한 적이 있다. 이를 악물고 있느라 아무 말도 할 수가 없지만, 만약 말을 할 수 있었다면 그 깡패들에게 나는 그들보다 솜씨가 좋은 덩치들에게 맞은 적도 있다고 얘기할 것이다. 그들은 구타에 관한 한 아마추어 리그라고 말이다. 발길질이 내 허리에 꽂힌다. 등골을 타고 불덩이가 번진다. 나는 비명을 지른다. 다르게 생각하면 아마추어들에게도 운이 따를 수 있다. 스티븐이 그들에게 나를 죽이라고 했을 것 같지는 않지만 그 비슷하게 얘기했을 것이다. 이 바보들이 미묘한 차이를 파악할 만한 능력이 되는지 그건 잘 모르겠지만.

부츠가 내 옆통수를 가격한다. 머리가 폭발하고 시야가 흔들린다. 그때 멀리서 무슨 소리가 들린다. 고함인가 아니면 비명인가? 나지막이 욕을 하는 소리와 이번만큼은 내 것이 아닌 고통에 겨운 비명 소리가 희미하게 전해진다. 그리고 잠시 후에 놀랍게도 차 문이 쾅 하고 닫히고 차가 쌩하니 멀어지는 소리가 들린다. 안도감을 느끼고 싶지만 너무 아파서 정신을 붙잡고 있는 것조차 버겁다.

나는 차갑고 딱딱한 바닥에 계속 드러누워서 괴로워하며 웅크리고 벌벌 떤다. 움직이는 건 고사하고 숨을 쉬는 것조차 고통스럽다. 걱정스러울 정도로 머리에 아무 느낌이 없다. 그런가 하면 여기 혼자 누워 있는 게 아닌 듯한 희미한 느낌이 든다.

옆에서 어떤 움직임이 느껴진다. 오른쪽인지 왼쪽인지는 모르겠다. 누군가가 내 팔을 건드린다. 내 위로 허리를 숙인 사람의 얼굴에 초점을 맞추어보려고 하지만 보였다 보이지 않았다를 반복한다. 금발. 빨간 입술. 마침내 암흑이 나를 집어삼켰을 때 내가 마지막으로 한 생각은 차라리 죽었으면 좋겠다는 거였다.

그게 아니라면 훨씬 끔찍한 사태가 기다리고 있기 때문이다.

11

고무로 된 신발 밑창이 반질반질한 리놀륨을 찍찍거리며 밟는 소리가 들린다. 양배추와 소독약과 소독약으로는 덮을 수 없는 다른 냄새가 난다. 대변과 죽음의 냄새다.

여기가 천국일지 모르겠지만 냄새가 구리다. 나는 깜빡이며 눈을 뜬다.

"아, 우리가 사는 이 땅으로 돌아왔군요."

시야가 밝아진다. 수술복을 입고 있는 여의사다. 키가 크고 호리호리하며 짧은 금발에 강인해 보이는 얼굴을 하고 있다.

"여기가 어딘지 알겠어요?"

나는 좁은 침대 주변을 반쯤 가린 얇은 파란색 커튼과 당황한 얼굴로 저쪽 끝을 허둥지둥 지나가는 간호사들, 바로 옆에서 들리는 울부짖음과 신음소리를 종합해…… 넘겨짚어 본다.

"병원요."

"좋아요." 그녀가 앞으로 다가와 내 눈에 불빛을 비춘다. 욱신거리는 머리 한구석에서 꽃봉오리가 피듯 다시금 통증이 스멀스멀 번지려고 하자 나는 실눈을 뜨며 불빛을 피하려고 한다.

"오-케이." 그녀의 입 냄새가 느껴진다. 커피와 박하사탕 냄새다. 그녀가 내 머리를 잡고 좌우로 움직인다. "이름이 뭔지 얘기할 수 있겠어요?"

"조 손요."

"오늘 날짜는요, 조?"

"음…… 2017년 9월 6일요."

"좋아요…… 그리고 생년월일은요?"

"1977년 4월 13일요."

"좋아요."

그녀는 다시 뒤로 물러서며 미소를 짓는다. 자연스럽게 우러난 미소가 아니다. 그녀는 유능한 모습을 보이는 데 많은 시간을 할애하고 그 나머지 시간에는 잠을 자는 사람처럼 보인다. 하지만 잠을 자는 시간이 부족해 보인다.

"어떻게 된 일인지 기억나요?"

"그게—" 뇌의 가장자리가 여전히 멍하고 얼얼하게 느껴진다. 너무 열심히 생각하면 아프다. "술집에서 집으로 걸어가고 있었는데……."

자동차. 스티븐이 보낸 깡패들. 그리고 또 다른 뭔가가 있었다.

나는 말을 멈춘다. "기억이 잘 안 나요."

"술 마셨어요?"

"맥주 두어 잔요." 이번만큼은 진짜다. "워낙 순식간에 벌어진 일이었어요."

"그렇군요. 폭행을 당한 게 분명하니 경찰에서 조사하러 나올 거예요."

끝내준다.

"제 몸에는 아무 이상 없나요?"

"옆구리에 심하게 멍이 들었고 하반신에도 심한 타박상이 있어요."

"그렇군요."

"심각한 찰과상이 몇 군데 생겼고 머리에 엄청난 혹이 두 군데 생겼지만 기적적으로 골절상은 없고 뇌진탕의 징후도 없네요. 그래도 하룻밤 입원해서 경과를 지켜보았으면 좋겠어요."

그녀는 계속 종알거리지만 나는 듣고 있지 않다. 퍼뜩 떠오른다. 위에서 나를 내려다보던 인물.

"제가 어떻게 여기로 오게 됐나요?"

"선한 사마리아인이 발견했어요. 차를 타고 지나가던 여자분이. 당신이 인도에 쓰러져 있는 걸 보고 차를 세웠고 여기로 데려왔어요. 정말 운이 좋았죠."

"어떻게 생긴 여자분이었는데요?"

"아담하고 금발요. 왜요?"

"아직 여기 있나요?"

"네. 대기실에요."

나는 침대 옆으로 다리를 내린다. "퇴원해야겠어요."

"손 씨, 그건 현명한 선택이—"

"선생님이 현명한 선택이라고 생각하건 말건 상관없어요."

창백하고 핼쑥한 그녀의 뺨이 살짝 벌게진다. 그녀는 고개를 끄덕인다. 커튼을 홱 열어젖히고 한쪽 옆으로 비켜선다. "알겠습니다."

"죄송해요…… 나는……."

"아뇨. 환자분이 판단할 일이죠."

"잡지 않을 거예요?"

그녀는 지친 미소를 짓는다. "여기서 걸어나갈 수 있을 만큼 건강하다면 내가 취할 수 있는 조치도 별로 없는걸요."

"가다가 급사하지는 않도록 노력해볼게요."

그녀는 어깨를 으쓱한다. "우리끼리 얘기지만 어차피 영안실에 빈 침대가 더 많아요."

나는 화장실에 가서 얼굴에 물을 좀 끼얹는다. 말라붙은 피를 없애는 데 별 도움은 안 되지만 그래도 사람다운 꼴을 조금 갖춘 기분이다. 다시 절뚝거리며 천천히 밖으로 나온다. 대형 병원이다. 드나드는 길이 많다. 나는 정문이라고 적힌 표지판에서 등을 돌려 푸르스름한 잿빛 복도들이 미로처럼 엉켜 있는 안쪽으로 향한다. 이윽고 북문이라고 적힌 다른 표지판이 보인다. 여기면 될 거다.

시간이 걸린다. 숨을 쉴 때마다 멍이 든 옆구리가 구시렁거린다.

척추 맨 하단에 뜨거운 못이 박힌 느낌이고 두개골이 계속 무지근하게 욱신거린다. 그래도 이만하길 다행이다. 그녀가 나를 발견했을 수도 있었다.

북문에 다다르자 문을 연다. 차가운 밤공기가 내 얼굴을 때린다. 숨 막히도록 따뜻한 병원을 나선 길이라 발작적으로 몸이 떨린다. 나는 얼어붙은 공기를 마시며 잠깐 서서 몸서리를 참아보려고 한다. 그러다 부들부들 떨리는 손으로 휴대전화를 꺼낸다. 택시를 불러야 한다. 얼른 집으로 돌아가야 한다. 하지만 그때 쿵 하는 둔탁하고 공허한 소리와 함께 진실이 나를 강타한다.

그녀가 여기 있다면. 오늘 밤에 그녀가 안힐 레인을 따라 달리고 있었다면 내가 어디 사는지 이미 알고 있다는 뜻이다.

내가 전화기를 내린 순간 요란한 엔진 소리가 들린다. 나는 매끈한 은색 벤츠가 내 앞으로 다가와 차창을 내릴 때부터 그녀라는 걸 안다.

글로리아가 운전석에서 나를 보고 미소를 짓는다. "조, 자기야. 꼴이 말이 아니네. 타. 집까지 태워다줄게."

그런 순간이 있다. 중독자라면 대부분 알 것이다. 알코올이 됐건 약물이 됐건 나처럼 도박이 됐건 문제가 진짜 심각해졌다는 깨달음이 찾아오는 순간 말이다.

나는 글로리아를 만났을 때가 각성의 순간이었다. 솔직히 글로리아가 나 자신으로부터 나를 구해주었다고 할 수 있었다.

그때까지만 해도 나는 도박이 취미이자 오락이자 기분 전환인 척할 수 있었다. 거의 매일 밤 초록색 천과 상쾌한 셔플과 카드를 뒤집는 순간의 유혹에 넘어가 직장과 친구와 돈과 차를 잃었는데도 나는 무너지지 않았다.

따지고 보면 우스운 것이, 자기 자신을 상대로 치는 허풍이 가장 큰 허풍이다.

나는 할아버지, 할머니에게 카드를 배웠다. 진 러미, 21, 뉴마켓, 팬탠 그리고 결국에는 포커. 우리는 할아버지, 할머니가 큼지막한 유리병에 담아둔 1페니짜리 동전을 가지고 카드를 쳤다. 나는 심지어 여덟 살 때부터 카드에 매료됐고 중독성을 느꼈다. 카드 뒷면의 희미해진 빨간색 소용돌이와 각기 다른 무늬, 양면성이 있는 에이스(하이냐 로우냐), 고압적인 킹과 퀸과 살짝 사악하고 야비해 보이는 잭.

나는 굳은살이 박인 누런 손가락으로 번개처럼 빠르게 카드를 돌리고 뒤집는 할아버지를 구경하는 게 좋았다. 손가락이 거칠고 투박해 보여도 카드를 만질 때만큼은 능수능란하고 가벼웠다.

나는 카드를 섞고 나누는 솜씨와 날렵한 손재주를 따라 해보려고 노력했다. 작고 기름때로 얼룩진 그 집 부엌에서 나는 김빠진 콜라, 할아버지는 흑맥주, 할머니는 라임주스를 앞에 두고 이 빠진 포마이카 식탁에 앉아 재떨이에 걸쳐둔 두 분의 담배가 필터까지 타버릴 때까지 카드를 들여다보던 때가 내 어린 시절의 가장 행복한 추억이었다.

나는 애니에게 카드 게임 몇 개를 가르쳐주었다. 어머니와 아버지는 같이 할 시간이 없었으니 느낌이 같을 수 없었다. 대개 최소

세 명은 있어야 하는데, 그래도 스냅이나 페이션스를 하면서 비가 내리는 오후 시간을 숱하게 때웠다.

교통사고가 난 이후로 카드를 끊었다. 공부에 집중했다. 교육대학에 진학하기로 결심했다. 나는 영어를 좋아했고, (심지어 어머니에게 자부심을 안길 수도 있는) 괜찮은 직업인 것 같았고, 어쩌면 마음속 한구석에서는 좋은 일을 할 수 있는 방편이라는 생각을 했을지도 모른다. 아이들을 도우면서 어렸을 때 내가 저지른 잘못을 모두 만회할 수 있을지 모른다는 생각을.

놀랍게도 나는 가르치는 데 소질이 있었다. 심지어 어느 학교에서는 승진 얘기까지 있었다. 교감의 전 단계인 주임을 맡길 거라고 했다. 나는 행복했어야 마땅했다. 적어도 만족스러웠어야 마땅했다. 그런데 그렇지가 않았다. 뭔가가 허전했다. 내 안에는 일이나 친구나 애인, 그 어떤 것으로도 채울 수 없는 구멍이 있었다. 어떤 날에는 내 인생 자체가 비현실적으로 느껴졌다. 애니가 죽었을 때 현실은 끝났고 이후로 모든 게 조잡한 복사판인 것 같았다.

그러던 와중에 다시 카드에 손을 대기 시작했다. 대개는 마음이 맞는 지인들과 퇴근 뒤에 술집에서 몇 판 치는 수준이었다. 술꾼들이 그렇듯 도박꾼들도 같이 즐길 상대를 잘도 찾아낸다. 하지만 몇 파운드를 걸고 하는 친선 게임으로는 이내 부족해졌다.

나는 어떤 사람을 만났다. 늘 어떤 사람이 등장하기 마련이다. 판을 바꾸는 중요한 인물. 어깨 위로 등장하는 악마. 어느 날 밤에 피곤해진 내가 일어설 채비를 하고 있었을 때 단골 중 한 명이—호리호리하고 얼굴에 핏기가 없는 남자였는데 이름은 알지 못했고 물어보지도 않았다―나를 손짓해서 부르더니 속삭였다. "제대로 한판 할래요?"

나는 됐다고 했어야 했다. 웃으며 늦었다고, 아직 채점하지 않고 방치한 숙제가 산더미인 데다 몇 시간 있으면 출근해야 한다고 했어야 했다. 나는 야바위꾼이 아니라 교사라는 사실을 상기했어야 했다. 나는 도요타를 몰고 다녔고 커피는 코스타에서, 샌드위치는 M&S에서 샀다. 그게 내 세상이었다. 나는 그와 헤어지고 택시를 타고 집에 가서 계속 잘 지냈어야 했다.

그랬어야 했다. 하지만 나는 그러지 않았다.

나는 이렇게 물었다. "어디서요?"

나중에, 한참 나중에 내가 수렁에 빠졌다는 사실을 깨달았을 때, 빚이 불발 수류탄처럼 내 발치에 쌓이기 시작했을 때, 도요타를 팔고 일을 때려치우고 모든 기관에서 대출을 거절당했을 때, 어느 날 밤 밴으로 끌려가 미국 사이코를 만난 미국 치어리더 같은 미소를 머금고 앉아 있는 글로리아를 만났을 때…….

그때 나는 외쳤다. "안 돼. *제발, 안 돼요!*"

내가 지금 다리를 저는 이유는 25년 전에 벌어진 교통사고 때문이 아니다. 한동안 다리를 절기는 했지만 다 나았고 흉터도 오래전에 사라졌을 때 글로리아가 솜사탕 같은 핑크색으로 칠한 손가락을 내 입술 위에 얹고 달콤하게 속삭였다.

"구걸하지 마, 조. 구걸하는 남자는 못 참겠더라."

나는 더 이상 구걸하지 않았다. 대신 비명을 지르기 시작했다.

그녀는 손톱으로 운전대를 톡톡 두드린다. 오늘 밤에는 반짝이는 빨간색이다. 카 스테레오에서는 휴먼 리그의 노래가 요란하게 흘러나온다.

내 몸의 모든 세포가 공포로 쪼그라든다. 글로리아가 사람을 괴롭히는 것 말고 또 좋아하는 게 있다면 1980년대 음악이다. 신디 로퍼의 노래가 들리면 나는 화장실로 달려가 토악질을 한다. 1980년대 음악이 내게는 금기나 다름없다.

"무슨 수로 날 찾았어?"

"나만의 방법이 있지."

내 심장이 멎는다. "브렌던은 아니지?"

"아, 아니야. 브렌던은 멀쩡해." 그녀는 나무라는 눈빛으로 나를 쳐다본다. "내가 아무 이유 없이 사람을 해치지는 않아. 너조차도."

나는 마음이 놓이면서 바보처럼 고마워진다. 잠시 후에 다른 궁금증이 생긴다.

"그 두 명은? 나를 공격한 그 둘 말이야."

"아, 덤 앤드 더머? 어깨가 탈구되고 코가 부러졌어. 살살 했어. 조금만 건드려도 도망치던데?"

그래. 나는 생각한다. 그랬을 것이다. 글로리아는 깨지기 쉬운 도자기 인형처럼 보일지 모른다. 하지만 그녀와 비슷한 구석이 있는 인형은 처키뿐이다. 소문에 따르면 그녀는 어렸을 때 체조선수로 뛰다가 전공을 무술로 바꿨다고 한다. 상대를 혼수상태에 빠뜨린 이후에 시합 출전을 금지당했다. 그녀는 빠르고 힘이 세고 인체의 약점을 속속들이 알고 있다. 해부학자들조차 아직 발견하지 못한 부분까지 말이다.

그녀가 나를 홀끗 쳐다본다. "내가 끼어들지 않았다면 넌 그들 손에 죽었을 거야."

"그리고 너는 수고를 덜었을 테고."

그녀는 혀를 찬다. "네가 죽으면 쓸모가 없어지지. 죽은 인간은 빚을 갚지 못하잖아."

"안심이 되네."

"그리고 팻맨은 돈을 포기할 생각이 없거든."

"그게 실명이야 아니면 그냥 만화책에서 빌린 이름이야?"

그녀는 깔깔대고 웃는다. "네가 그런 말을 하니까 팻맨이 나 같은 사람을 동원해서 너를 해코지하는 거야."

"괜찮은 친구네. 언제 한번 꼭 만나야겠다."

"그건 권하지 않겠어."

"돈은 모으는 중이야. 새로 취직도 했고."

"조, 너무 직설적으로 얘기해서 미안하지만 여기저기서 몇 푼씩 충당하는 걸로는 어림도 없어. 3만 달러야. 팻맨이 원하는 게 그 금액이라고."

"3만? 하지만 내가 빌린 돈은 그보다 훨씬—"

"다음 달이 되면 4만을 달라고 할 거야. 어떤 식인지 알잖아."

나도 안다. 나는 고개를 끄덕인다. "나한테 계획이 있어."

"얘기해봐."

"이 마을에 어떤 남자가 있어. 그는 내가 여길 떠나주길 바라지. 그것도 아주 절실하게."

"깡패를 동원해서 오늘 밤에 너를 두들겨 팬 남자는 아니겠지?"

"맞아."

"그런데 그가 너한테 거금을 건넬 거라고?"

"응."

"그가 그런 식으로 입장을 바꾸는 이유가 뭔데?"

예전에 벌어졌던 사건이 있기 때문이지. *그가 저지른 짓이 있기 때문이지.* 그도 얘기했다시피 여기서 잘 살고 있는데, 나 때문에 모든 게 엉망진창이 될 수도 있기 때문이지.

"나한테 진 빚이 있거든." 내가 얘기한다. "내가 분란을 일으키지 않길 진심으로 바라고 있어."

"재미있네. 어떤 남잔데?"

"지역의회 의원이자 잘나가는 사업가야."

그녀는 신호를 넣고 마을 쪽으로 차를 돌린다. "나는 공인이 좋더라. 인생을 망가뜨릴 방법이 한두 가지가 아니거든, 안 그래?"

"나는 그 점에 대해 진지하게 생각해본 적이 없어서."

"아, 그럼 안 되지. 그들이야말로 제일 쉽게 상처를 낼 수 있는데. 잃을 게 제일 많잖아."

"그렇다면 나는 무너뜨릴 방법이 없겠네."

"그런 사람은 없어. 하지만 회복하기 가장 쉬운 게 육체적인 고통이긴 하지."

내 몸 구석구석에서 아니라고 항변하지만 나는 아무 대꾸도 하지 않는다. 글로리아 앞에서 고통을 운운하는 건 좋지 못한 생각이다. 밀렵꾼을 데리고 사파리 여행을 나서는 것과 같다.

우리는 잠깐 동안 아무 말 없이 달린다. 그녀는 한숨을 쉰다. "나는 네가 좋아, 조ㅡ"

"애정을 표현하는 방식이 특이하네?"

"어째 비꼬는 것처럼 들린다?"

"네 덕분에 내가 병신이 됐잖아."

"사실 너는 내 덕분에 병신이 되는 신세를 면한 거야." 그녀는 내 집 앞에 차를 세우고 핸드브레이크를 당긴다. "팻맨은 네 멀쩡한 쪽 다리를 망가뜨려주길 바랐거든."

그녀는 고개를 돌리고 한 손을 다정하게 내 허벅지에 얹는다. "너로서는 다행이지만 내가 맨체스터 출신의 바보 같은 여자다 보니 살짝 헷갈렸지 뭐야?"

나는 그녀를 빤히 쳐다본다. "너한테 고마워해주길 바라는 거야?"

그녀는 미소를 짓는다. 무표정한 파란 눈 근처까지 번졌더라면 보기 좋은 미소가 됐을 것이다. 눈이 마음의 창이라면 글로리아의 창문 너머로는 핏방울이 튄 시트로 덮인 빈방 말고는 아무것도 보이지 않는다.

그녀는 손이 무릎에 닿을 때까지 내 허벅지를 훑는다. 그러고는 무릎을 세게 붙잡는다. 아담한 여자치고 아귀힘이 세다. 다른 때 같았으면 괜찮았을지 모른다. 하지만 지금은 내 횡격막에서 모든 숨이 빨려나간다. 너무 아파서 비명조차 지를 수가 없다. 이러다 기절하겠다는 생각이 들 무렵, 그녀가 손을 놓는다. 나는 숨을 헐떡이며 등받이에 털썩 몸을 기댄다.

"나한테 고마워해주길 바라는 건 아니야. 그 3만 달러를 주길 바라는 거지. 왜냐하면 다음번에는 내가 이렇게 너그럽지 않을 거거든."

12

"내가 알아맞힐게요." 베스가 얘기한다. "증기 롤러차랑 부딪쳤어요?"

나는 한쪽 눈썹을 추켜세우려고 한다. 아프다. 오늘 아침은 모든 게 아프다. 딱 한 가지 위안이 있다면 덕분에 다리의 통증이 참을 만하게 느껴진다는 것이다.

"아이고, 배꼽이야." 나는 구내식당 테이블에서 그녀의 옆자리에 앉는다. "내가 웃지 않더라도 용서해줘요. 웃으면 어디가 찢어질 수도 있거든요."

그녀는 아까보다 조금 더 연민이 느껴지는 눈빛으로 나를 쳐다본다. 아니면 목에 뭐가 걸려서 그런 걸 수도 있다. "어쩌다 그렇게 됐어요?"

"계단에서 굴렀어요."

"진짜요?"

"엄청 가파른 계단이었어요."

"그렇군요."

"발을 헛디디기 쉬운."

"아하."

"어째 내 말을 안 믿는 것 같네요?"

그녀는 어깨를 으쓱한다. "그냥 누군가를 엄청 열 받게 만들었나 보다고 생각하고 있었거든요."

"나에 대한 평가가 바닥이로군요."

"아니에요. 상대방을 열 받게 만드는 당신의 능력을 엄청 높게 평가하는 거죠."

나는 쿡쿡 웃는다. 예상대로 아프다.

"음." 그녀가 얘기한다. "적어도 그 부분에 대해서는 웃을 수 있네요?"

"간신히요."

그녀의 표정이 부드러워진다. "진짜로 괜찮은 거예요? 뭔가 하고 싶은 얘기가 있으면……."

내가 뭐라고 대꾸하기도 전에 저질 애프터셰이브와 섞인 입 냄새가 훅 하고 풍겨온다. 나는 기침을 하며 샌드위치를 한쪽으로 치운다. 솔직히 별로 배가 고프지도 않았다.

"어이, 조이."

내가 지금보다 그를 더 증오할 수도 있을까 싶었는데 그가 나를

'조이'라로 부름으로써 그게 가능해졌다.

사이먼이 의자를 빼서 앉는다. 오늘은 고동색 코듀로이 위에 「마법의 회전목마」 티셔츠를 입었다. 고동색이라니.

"와우, 어이, 얼굴 왜 그래요? 아니, 상대방은 상태가 이보다 더 심한가?"

"안 그래도 저분, 손마디에 심하게 멍이 들었어요." 베스가 빈정거린다.

사이먼은 힘없이 웃음을 터뜨린다. 그는 똑똑하거나 재미있는 여자를 좋아하지 않는 눈치다. 열등감을 느끼기 때문이다. 그럴 만도 하다. 그리고 사실 내 얼굴이 이 정도로 끝난 것도 다행이었다. 한쪽 눈에 멍이 들고 입술이 찢어진 게 전부니 말이다.

"계단에서 굴렀어요." 내가 얘기한다.

"그래요?" 그는 고개를 젓는다. "나는 스티븐 허스트하고 연관이 있는 일인 줄 알았는데."

나는 그를 빤히 쳐다본다. "네?"

"어젯밤에 둘이 술집에서 얘기하는 걸 봤거든요."

"거기 있었어요?"

"조용히 맥주 한잔 마시고 있었죠."

그러면서 나를 염탐했겠지. 이 생각이 불청객처럼 내 머릿속으로 고개를 들이민다. 피해망상이다. 어쩌면. 하지만 왜 인사를 건네지 않았을까?

"끼어들고 싶지 않았어요." 그가 얘기한다. 미리 연습한 거짓말이다.

"스티븐 허스트하고 얘기한 게 뭐가 어때서요?" 나는 천진난만하게 묻는다. 거짓말 시합이라면 이길 자신이 있다.

사이먼은 미소를 짓는다. 그러지 말아주었으면 하는 마음이 굴뚝같다.

"뭐, 우리끼리 하는 얘기지만…… 스티븐 허스트가 점잖은 의원 같아 보일지 몰라도 들리는 소문에 따르면 자길 건드리는 사람이 있을 때 조금 부적절한 수법도 서슴없이 동원한다고 하거든요."

"그래서요?"

"그래서." 베스가 얘기한다. "제러미 허스트가 체육 주임하고 부딪친 적이 있거든요. 그 선생님은 어느 날 밤 집으로 가는 길에 폭행을 당하고 사직서를 냈어요."

그녀가 나를 흘끗 쳐다보자 나는 깨닫는다. 그녀는 알고 있다. 내가 끙끙거리며 앉은 순간부터 알고 있었다.

"소문에 신경 쓰면 되겠어요?" 나는 태연하게 얘기한다.

"좋은 지적이에요." 사이먼은 말하고 치킨 샌드위치를 요란하게 펼쳐서 요란하게 한 입 먹는다. 그는 잘 때도 요란한 소리를 낼 것이다.

"그나저나 생각이 난 게 있는데." 그는 중얼거린다. "캐럴 웹스터라고 기억해요?"

"네?"

"스톡퍼드 아카데미. 거기 교감이에요."

나는 결승선을 목격한 달리기 선수처럼 심장이 두근거리지만 애써 무표정을 유지한다. 그런데 지금 내가 달리는 이 길의 방향이 마음에 들지 않는다.

"아뇨."

사실 기억한다. 그녀는 까만 곱슬머리를 큼지막한 후광처럼 두르고 항상 실망한 표정을 짓고 다니던, 어마어마한 과체중의 여교사였다. 실망한 대상이 자기 자신인지, 학교인지 아니면 세상 전반인지는 알 수 없었다.

"우리 둘이 서로 페이스북으로 연락을 하거든요."

당연히 그러시겠지. 나는 생각한다. 페이스북은 현실에서는 친구가 없는 사람들이 현실에서는 친구가 되고 싶지 않은 사람들과 연락하는 공간이다.

"그렇군요."

"캐럴 교감이 당신을 기억하더라고요. 아니, 당신이 사직한 시점을 기억한다고 해야 할까?"

"그래요?"

"학교 금고에 있던 돈이 전부 없어진 시점이었다고 하던데."

나는 흔들림 없는 눈빛으로 그를 쳐다본다. "잘못 알고 있는 것 같은데요. 내가 알기로 그 돈은 원상복구됐어요."

그는 짐짓 턱을 어루만진다. "아, 맞아요. 그래서 경찰이 개입하지 않았겠죠. 쉬쉬하면서 지나가고."

베스가 사이먼을 쳐다본다. "지금 여기 이 손 선생님한테 혐의를 씌우는 거예요? 그런 식으로 대놓고?"

그는 항복하는 척 손을 든다. "아, 아니에요. 그럴 리가요. 캐럴 교감이 손 선생님을 기억한 이유가 그 때문이었다고 얘기하더라고요. 타이밍 때문이었다고. 타이밍 얘기가 나왔으니 말인데―"그는 손목시계를 흘끗 확인한다. "―방과 후에 남는 문제로 만나야 하는 학생이 있어서요. 나중에 봅시다."

"네." 내가 얘기한다. "나중에 봐요."

"당신한테 면역이 된 다음에요." 베스는 다정하게 웃으며 중얼거린다.

나는 멀어지는 사이먼의 뒷모습을 바라보며 그의 발치에 갑자기 구멍이 뚫리거나 천장이 내려앉거나 인체 자연 발화가 벌어지길 기도한다.

"저 사람 수법에 말려들지 마요." 베스가 얘기한다.

"안 말려들고 있어요."

"거짓말. 사이먼은 우라지게 형편없는 교사지만 성질을 돋우는 능력만큼은 끝내주거든요. 당신한테 아킬레스건이 있으면 그걸 찾아내 굶주린 사냥개처럼 물어뜯을 거예요."

"생생한 이미지 고마워요."

"별말씀을요." 그녀는 파스타 한 조각을 입에 넣는다. "아니죠?"

"뭐가요?"

"전에 있던 학교에서 공금 몽땅 슬쩍한 거 아니죠?"

"아니에요."

사실은 슬쩍하려고 했다. 내가 그 정도로 바닥을 때렸다. 하지만 막상 때가 되자 슬쩍할 수가 없었다.

이미 다른 사람이 선수를 쳐버렸다.

"미안해요." 베스가 얘기한다. "물어보지도 말았어야 하는데."

"괜찮아요."

"아니, 해리가 새 영어 선생님을 구하지 못해서 안달이 났다는 건 나도 알아요. 그 자리로 말할 것 같으면 독이 든 성배와도 같으니까요-"

"됐다니까요."

"하지만 아무리 그래도 해리가-"

"됐다고요."

나는 쏘아붙이고 말았다. 그녀는 나를 빤히 쳐다본다. 이 학교에서 딱 한 명뿐인 동맹의 부아를 돋우고 싶은 생각은 없다.

"미안해요." 내가 얘기한다. "몸도 좀 아프고 해서-"

"아니, 괜찮아요." 그녀는 고개를 젓는다. 은색 귀걸이가 반짝인다. "내가 가끔 입을 다물어야 하는 때를 잘 모르거든요."

"그런 게 아니라-"

주머니에서 내 휴대전화가 울린다. 무시하고 싶다. 하지만 글로리아일 수 있다. 글로리아는 무시당하고 살 생각이 없음을 간밤에 분명히 했다.

"미안해요." 나는 다시 사과한다. "전화가 와서-"

"받으세요."

주머니에서 휴대전화를 꺼내 화면을 흘끗 쳐다본다. 글로리아가 아니다. 나는 문자 메시지를 빤히 쳐다본다. 백만 개의 조그만 얼음 갈퀴가 살갗을 따끔따끔 찌른다.

"무슨 일 생겼어요?"

네.

"아뇨." 나는 휴대전화를 다시 주머니에 넣는다. "그런데 다녀올 곳이 있었다는 게 지금 막 생각났어요."

"지금요?"

"지금 당장요."

"30분 뒤에 수업 있잖아요."

"금방 올게요."

"터미네이터예요?"

나는 재킷을 입다가 움찔한다. "나중에 봐요."

"발밑 조심해요."

나는 미간을 찌푸린다. "왜요?"

그녀는 한쪽 눈썹을 추켜세운다. "계단에서 또 구르면 안 되잖아요."

13

성 유다는 교회라기보다 다 쓰러져가는 스카우트용 숙소에 가까워 보이는, 검댕으로 뒤덮인 조그만 건물이다. 뾰족탑은 없고, 기왓장이 몇 개 없어지고 군데군데 구멍이 뚫려서 울퉁불퉁한 지붕뿐이다. 창문에는 쇠창살이 달렸고 문은 판자로 막아놓았다. 예배실 좌석을 채우고 서까래를 들썩이는 신도라고는 둥지를 튼 까마귀와 비둘기뿐이다.

나는 문을 열고 바퀴 자국이 파인 오솔길을 걸어간다. 교회 묘지도 본당 못지않게 방치 상태다. 한참 동안 장지로 쓰이지 않았다. 내 여동생과 부모님은 맨스필드에 있는 대규모 화장터에서 화장됐다.

묘비는 깨지고 금이 갔고 비문은 비바람과 세월의 흐름에 깎여 어떤 건 아예 보이지도 않는다. 가장 오래된 무덤 몇 개는 아래를 파고든 나무뿌리 때문에 뒤집히고 풀과 잡초로 뒤덮였다.

우리는 이 지구상에 자신의 자리를 표시하려고 무진장 애를 쓴다. 자신의 무언가를 남기려고 무진장 애를 쓴다. 하지만 결국에는 이런 표지물마저 덧없고 일시적이다. 시간에 대항할 방법은 없다. 속도가 계속 빨라지는 하행 에스컬레이터를 타고 위로 올라가려는 것과 같다. 시간은 항상 움직이고 항상 분주하며 항상 묵은 잔재를 치우고 새것을 들이는 식으로 뒷정리를 깔끔하게 한다.

나는 교회를 천천히 돌아 뒤편으로 간다. 땅이 살짝 오르막이다. 묘비 숫자가 더 적다. 걸음을 멈추고 좌우를 두리번거린다. 처음에는 그녀가 보이지 않는다. 없어진 것일 수도 있다. 좀 전의 문자는 그냥…… 하지만 잠시 후 묘지의 저쪽 끝에 웅크리고 있는 그녀가 눈에 들어온다. 무성한 담쟁이와 덩굴식물 속에 반쯤 숨어 있다.

천사. 기념물이나 묘비가 아니다. 누가 봐도 탄광의 사장이 빅토리아 시대에 설치한 거다. 일설에 따르면 그 가족의 쌍둥이 딸이 젖먹이 시절에 죽었을 때 설치했다지만 예전에 묘지를 파헤쳤을 때(교회 측에서 묘비가 없다고 걱정스러워했다) 유해는 발견되지 않았다.

그녀의 출처가 어디고 목적이 무엇인지는 아무도 모른다. 심지어 요즘은 별로 천사 같아 보이지도 않는다. 손은 뭉툭한 그루터기고 머리는 사라졌다. 돌로 만든 정사각형 모양의 발을 딛고 살짝 기우뚱하니 불안하게 서 있다. 한때는 우아하게 흘러내렸던 가운이 지금은 깨지고 부서졌고, 대자연이 돌로 된 뼈를 따뜻하게 감싸려고 막을 씌우기라도 한 듯 북슬북슬한 이끼로 덮였다.

나는 허리를 숙이고—통증이 새롭고 흥미진진하게 폭발하면서 조만간 진통제를 먹어야겠다고 나를 일깨운다—바닥에서 이끼와 풀을 치운다. 새겨진 글귀가 조금 희미해지기는 했지만 그래도 알아볼 수는 있다.

예수께서 이르시되 어린아이들을 용납하고 내게 오는 것을 금하지 말라 천국이 이런 사람의 것이니라 하시고.

내가 받은 문자 메시지를 다시 한번 확인한다.

어린아이들의 숨통을 조르고. 따먹어라. 갈기갈기 찢겨서 썩게 하라.

오래전에 10대 일당이 천사 위에다 스프레이 페인트로 온통 낙서를 한 적이 있었다. 삽을 들고 와서 그녀의 목과 손을 베어내 참수하고 불구로 만든 일당이기도 했다. 그런 식으로 공격한 이유는 특별히 없었다. 그냥 싸구려 사과술과 10대의 객기로 빚어진 아무 생각 없는 기물 파손이었다.

절단과 스프레이 페인트는 스티븐의 아이디어였다. 하지만 문구는 부끄럽게도 내 아이디어였다. 당시에는 술기운과 나머지 멤버들의 조롱 섞인 응원에 힘입어 상당한 자부심을 느꼈다.

나중에 변기에 대고 쓸개즙과 수치심을 토했을 때는 기분이 엿같았다. 나는 독실한 신자가 아니었고 나머지 우리 가족도 마찬가지였지만 그래도 우리가 못된 짓을 저질렀다는 건 알았다.

25년이 지난 지금까지도 당시 기억을 떠올리면 마음이 불편해진다. 생각해보면 재밌는 게, 좋은 기억은 나비처럼 스치듯 지나가버린다. 워낙 쏜살같고 야리야리해서 박살내지 않는 한 포착할 방법이 없다. 하지만 나쁜 기억은, 그 죄책감과 수치심은 기생충처럼 떨어질 줄 모른다. 안에서부터 조용히 나를 갉아먹는다.

그날의 멤버는 네 명이었다. 스티븐, 나, 닉 그리고 크리스. 마리는 없었다. 그녀는 우리 패거리와 어울리는 시간이 점점 더 많아졌지만—닉은 우리 패거리에 계집애가 있다는 사실에 짜증을 냈다—항상 붙어다니는 건 아니었다. 하지만 허스트에게 얘기를 들었을 것이다. 그리고 학교에서도 말이 돌았다. 소문이 퍼졌다. 그날 여기 있었던 사람이 우리뿐이었다고 해서 비밀이 지켜지는 건 아니다.

문자를 보낸 사람이 누군지 몰라도 당시 우리와 학교를 같이 다녔다는 얘기가 된다. 이메일을 보낸 사람일까? 나는 그 번호로 전화를 걸어보았다. 바로 자동응답기로 넘어갔다. 문자도 보냈다. 답장을 기대하지는 않았다. 발신자가 대화를 원하는 것 같지 않았다. 그들은 나를 여기로 불러내고 싶어 했다. 하지만 이유가 뭘까?

나는 허리를 펴고 머리 없는 천사를 쳐다본다. 그녀는 변함없이 내게 신성한 깨달음을 하사하지 않는다. 그녀의 머리와 손은 어떻게 됐을지 궁금하다. 교회에서 보관하고 있을 수도 있고 어떤 변태가 기념품으로 들고 가 마루 아래에 넣어두었을 수도 있다. 진짜 머리를 넣어두는 것보다는 나을 것이다.

내가 뭔가를 놓치고 있다. 빤한 걸 놓치고 있다. 묘하게 기우뚱한 천사의 자세를 눈여겨본다. 그러자 생각이 난다. 나는 뒤편으로 돌아가 다시 쭈그리고 앉는다.

덩굴식물의 뿌리 때문에 천사가 땅에서 들린 지점에 구멍이 있다. 축축한 땅바닥에 움푹 들어간 곳이 있다. 뭔가가 그 아래에 쑤셔 넣어져 있다. 나는 손을 안으로 집어넣었다가 차갑고 축축한 흙의 느낌에 움찔한다. 고무줄로 묶인 꾸러미 비슷한 게 있다. 두어 번 잡아당긴 끝에 그걸 끄집어내 흙과 몇 마리의 달팽이와 집게벌레를 턴다. 꾸러미를 뒤집으며 살핀다. A4 크기고 두께는 일반 페이퍼백의 절반쯤 된다. 쓰레기봉투로 싸서 테이프로 붙여놓았다. 가위가 있어야 열어볼 수 있겠다. 그러니까 다시 학교로 돌아가야 한다는 말이다.

꾸러미를 가방에 넣는다(내 공책과 지금 채점하고 있었어야 하는 과제물 몇 개가 들어 있다). 가방 버클을 잠그고 좀 더 씩씩하게 교회를 돌아 나온다. 거의 정문 앞에 다다랐을 때 내가 혼자가 아니라는 사실을 알아차린다. 딱 하나뿐인, 고령의 단풍나무 아래 조그만 벤치에 누군가가 앉아 있다. 내 심장이 철렁 내려앉는다. 지금은 안 되는데. 나는 학교로 돌아가야 한다. 꾸러미를 열어보아야 한다. 걱정하는 선생님이나 선한 사마리아인 역할은 사양하고 싶다.

하지만 또 다른 나의 일면, 짜증나는 일면이—아이들에게 관심을 기울이고 애초에 교직의 길로 들어서게 만든 일면이다—승리를 거둔다.

나는 벤치 쪽으로 다가간다. "마커스?"

그는 살짝 움찔하며 고개를 든다. 항상 모욕이나 주먹질을 예상하는 사람의 반응이다.

"여긴 어쩐 일이냐?" 내가 묻는다.

그는 벌게진 얼굴로 당황스러워하며 자세를 바꾼다. "아무것도 아니에요."

"그렇구나."

나는 기다린다. 가끔은 그래야 하기 때문이다. 아이들을 압박하면 얘기를 들을 수 없다. 뒤로 물러나 그들 스스로 입을 열게 만들어야 한다.

그는 한숨을 쉰다. "점심 먹으러 왔어요."

이유를 묻고 싶어서 혀끝이 간지럽지만 한심한 질문이 될 것이다. 루스 무어가 날마다 길가의 버스 정거장에서 점심을 먹은 이유가 뭐였을까? 거기가 더 안전하기 때문이었다. 괴롭히는 아이들을 피할 수 있기 때문이었다. 구내식당과 운동장에서 의례적으로 창피를 당하느니 지린내 나는 버스 정거장이나 썰렁한 묘지의 축축한 벤치가 낫다.

"교내를 이탈했다고 혼내실 거예요?" 마커스가 묻는다.

나는 그의 옆에 앉고, 허리가 다시금 찌릿하게 쑤시자 얼굴을 찡그리지 않으려고 애를 쓴다. "아니. 하지만 수위가 지키는 교문을 무슨 수로 통과했는지 궁금하기는 하다."

"제가 그걸 얘기하겠어요?"

"맞는 말이네." 나는 주위를 두리번거린다. "시간을 때우기에 여기보다 더 괜찮은 데가 있지 않니?"

"안힐에는 없어요."

이것 역시 맞는 말이다.

"제러미를 피해서 온 거니?"

"아니면 뭐겠어요?"

"저기―"

"깡패들은 저항하는 상대에게 감탄하는 법이라는 둥 하면서 제러미한테 어떤 식으로 저항해야 하는지 일장 연설을 늘어놓으실 생각이라면 그런 헛소리는 《가디언》이 들어 있는 그 한심한 가방 속에 넣어두셔도 돼요."

그는 반항조로 나를 노려본다. 그의 말이 맞는다. 깡패들은 저항하는 상대에게 감탄하지 않는다. 더 세게 두들길 뿐이다. 왜냐하면 항상 그들의 숫자가 더 많다. 단순히 머릿수의 문제다.

나는 다시 한번 시도한다. "그런 얘기는 하지 않을 거야, 마커스. 왜냐하면 그건 헛소리 맞으니까. 너는 고개를 숙이고 제러미를 피해 다니면서 힘껏 버티는 게 최선이야. 지금은 그렇게 느껴지지 않겠지만 학교 생활이 영원하지는 않거든. 하지만 나를 찾아오는 것도 한 방법이다. 내가 제러미를 상대할게. 그건 믿어도 좋아."

그는 나를 잠깐 빤히 쳐다보며 그냥 하는 얘기인지 진짜로 나를 믿어도 되겠는지 판단한다. 가능성은 반반이다. 이윽고 그는 보일락 말락 하게 고개를 끄덕인다.

"저뿐만이 아니에요. 제러미는 여러 애들을 건드려요. 다들 걔가 무서워서 벌벌 떨어요…… 심지어 다른 선생님들까지도요."

나는 베스가 술집에서 했던 말을 떠올린다. 제러미의 담임이 줄리아 모턴이었다고. 벤이 실종된 적이 있었다고.

"모턴 선생님은 어땠니? 작년에 그 선생님이 걔 담임이었지?"

"네, 하지만 그 선생님은 걔를 무서워하지 않았어요. 모턴 선생님은…… 선생님하고 비슷했어요."

줄리아가 아들을 죽이고 자기 머리를 날렸음을 감안할 때 그걸 칭찬으로 간주해야 할지 잘 모르겠다.

"너는 벤 모턴하고 아는 사이였어?" 내가 묻는다.

"아뇨. 겨우 1학년이었는걸요."

"제러미는? 제러미가 벤을 괴롭혔니?"

그는 고개를 젓는다. "제러미가 벤을 건드리지는 않았어요. 벤은 인기가 많았거든요. 친구들도 있었고—" 그는 머뭇거린다.

"하지만 뭔가가 있었다?"

그는 나를 흘끗 곁눈질한다. "어린애들 중에 제러미한테 인정을 받고 싶어 하는 애들이 많아요. 걔한테 잘 보이고 싶어 하고, 그 패거리에 들어가고 싶어 하는 애들요."

"그런데?"

"제러미가 걔네들한테 뭘 시켰을 수 있어요…… 능력을 입증해 보라면서."

"일종의 입회 절차처럼?"

그는 고개를 끄덕인다.

"어떤 걸 시켰을까?"

"그냥 바보 같은 도전이나 뭐 그런 거요. 한심한 짓거리 말이에요."

"학교 안에서?"

"아뇨. 제러미가 잘 아는 장소가 있어요…… 폐광에서요."

내 피가 더디게 흐르며 차갑게 식는다.

"탄광 *위*? 아니면 *아래*? 걔가 거기서 갱도나 굴을 발견한 거냐?"

내 언성이 높아졌다. 마커스는 나를 빤히 쳐다본다. "저도 몰라요. 저는 그 병신 같은 패거리에 들어가고 싶어 한 적이 없다고요."

내가 너무 심하게 몰아붙였다. 마커스는 알고 있다. 아직 얘기할 마음의 준비가 되지 않았을 뿐이다. 나는 어차피 상당히 감을 잡았다. 이번에는 그냥 넘어가야 한다. 나중에 다시 얘기를 꺼내면 된다. 마커스 같은 아이들에게는 항상 나중이 있다. 제러미가 무차별적으로 아이들을 괴롭혔을지 몰라도 그의 아비가 그랬듯 모든 깡패에게는 편애하는 상대가 있다. 그들은 인정하지 않겠지만.

나는 묘지를 다시 한번 둘러본다. "나도 어렸을 때 여기서 친구들이랑 놀았는데."

"정말요?"

"응, 같이⋯⋯" *천사를 훼손했지.* "⋯⋯술도 마시고 담배도 피우고 기타 등등. 너한테 하면 안 되는 얘기일 수도 있겠다만."

"저는 오래된 무덤을 구경하는 게 좋아요." 그가 얘기한다. "사람들의 이름을요. 그걸 보면서 그들이 어떻게 살았을지 상상하는 게 좋아요."

짧고 힘들고 비참하게 살았겠지. 나는 생각한다. 19세기에는 대부분이 그랬다. 우리는 시대극과 번드르르한 영화를 통해 과거를 낭만적으로 묘사한다. 자연을 상대로 저지르는 짓과 비슷하다. 자연은 아름답지 않다. 자연은 거칠고 예측불가능하며 가차 없다. 먹느냐 먹히느냐. 그것이 자연이다. 아무리 많은 애튼버러*와 콜드플

---

* 수많은 다큐멘터리의 해설을 맡은 영국의 동물학자 겸 방송인.

레이로 미화해도 소용없다.

"당시에는 대부분 힘들게 살았지." 나는 마커스에게 얘기한다.

그는 갑자기 열띤 모습을 보이며 고개를 끄덕인다. "저도 알아요. 19세기 사람들의 평균수명이 몇 살이었는지 아세요?"

나는 손을 든다. "내 전공은 영어야, 역사가 아니라."

"마흔여섯 살이었어요, 그것도 운이 좋으면. 그리고 안힐은 산업 마을이었죠. 계급이 낮은 육체 노동자일수록 수명이 짧았어요. 폐병, 탄광 사고 그리고 물론 천연두, 장티푸스 등등의 일반적인 질병들도 빼먹으면 안 되죠."

"태어나기 가장 좋은 시기는 아니었지."

마커스의 눈이 반짝거린다. 그의 관심 주제를 찾은 듯하다. "그리고 또 한 가지. 1800년대에는 여자들이 평균 여덟 명에서 열 명의 아이를 낳았어요. 하지만 대다수가 유아기 아니면 10대가 되기 전에 죽었죠." 그는 이 사실이 내 머릿속에 접수될 수 있도록 하던 얘기를 잠깐 멈춘다. "이 묘지에서 이상한 점 못 느끼셨어요?"

나는 두리번거린다. "죽은 사람들이 많다는 거 말고 다른 거?"

마음의 문이 다시 닫히는 게 표정에서 드러난다. 내가 자기를 놀린다고 생각하는 거다.

"미안. 내가 경박하게 굴었네. 나쁜 습관이야. 뭔데?"

"이 묘지에 없는 게 뭐게요?"

나는 두리번거린다. 뭔가가 있다. 빤한 뭔가가. 진작 알아차렸어야 하는 뭔가가. 머릿속 저 깊은 곳에서 느껴지는데 끄집어내질 못하겠다.

나는 고개를 젓는다. "모르겠는데―"

"여기에는 젖먹이나 어린애 무덤이 없어요." 그는 의기양양한 눈빛으로 나를 쳐다본다. "애들이 다 어디 있을까요?"

14

　세 살쯤이었을 때 애니가 내게 물은 적이 있다. "눈사람이 다 어디 있어?"

　그냥 아무 생각 없이 물어본 게 아니었다. 때는 11월이었고 이삼일 전에 눈이 제법 많이 내린 뒤였다. 온 마을의 아이들이 밖으로 뛰쳐나와 눈싸움을 하고, 눈을 굴려서 영화나 크리스마스 카드에 등장하는 눈사람하고는 전혀 닮지 않은 거대하고 흉측한 눈덩이를 만들었다. 진짜 눈사람은 원래 그렇다. 대개 동글동글한 것과는 거리가 멀고 다량의 흙과 풀과 가끔은 개똥까지 섞여서 절대 하얗지 않다.

　그래도 주말 내내 한쪽으로 기운 기괴하고 못생긴 눈사람이 많았다. 공원과 정원과 마당마다 있었다. 애니의 방 창문에서 내다보

면 다른 집 앞에 서 있는 눈사람이 제법 많이 보였다. 당연히 우리
도 눈사람을 만들었고 작긴 했지만 별로 흉물스럽지 않았다. 눈과
입이 석탄이었고 내 헌 털모자를 머리에 얹었다. 팔은 자로 만들었
다. 우리 집 주변에는 나무도 나뭇가지도 없었다.

애니는 우리가 만든 눈사람을 사랑했고 아침이면 벌떡 일어나
아직 있는지 창밖을 내다보곤 했다. 3일째 되던 날 기온이 오르고
비가 내리기 시작하자 쌓인 눈과 모든 눈사람이 밤새 거의 사라져
버렸다.

애니는 창문 앞으로 달려갔다가 흩뿌려진 석탄 덩어리와 흠뻑
젖은 모자와 떨어져 나온 팔을 보았다.

"눈사람이 다 어디 있어?"

"눈이 다 녹았네." 내가 말했다.

그녀는 짜증 섞인 눈빛으로 나를 보았다. "그래, 하지만 눈사람
이 다 어디 있느냐고. 어디로 갔느냐고."

애니는 눈이 녹으면 눈사람도 없어진다는 걸 이해하지 못했다.
그녀에게 그 둘은 별개였다. 그건 실질적이고 견고하고 튼튼했다.
눈사람 아닌가. 만들어놓았는데 그냥 사라져버릴 수는 없었다. 어
디론가 간 것이라야 했다.

나는 설명해보려고 했다. 다시 눈이 오면 눈사람을 또 만들 수
있다고 했다. 하지만 그녀는 이렇게 얘기할 따름이었다. "다를 거
야. 그건 내 눈사람이 아닐 거야."

그 말이 맞았다. 그렇게 유일하고 일시적인 것들이 있다. 흉내
내고 다시 만들 수는 있지만 되살릴 수는 없다. 전과 다르다.

애니가 죽기 전에 내가 그걸 깨달았다면 얼마나 좋았을까.

나는 외투를 입은 채 소파에 앉아 있다. 정체 모를 꾸러미는 내 앞의 커피 테이블에 놓여 있다. 학교에서 그걸 열어볼 기회가 없었다. 돌아갔을 때는 이미 다음 수업 시간에 늦었다. 쉬는 시간에는 못 다한 채점을 해야 했고 마지막 수업까지 마쳤을 때는 거기서 벗어나고 싶은 생각뿐이었다.

나는 심지어 더 폭스에서 베스, 수전, 제임스와 함께 불금을 보내자는 제안까지 거절했다. 이제 와서 후회가 되긴 한다. TV도 없고 유일한 친구라고는 화장실에서 딸깍거리며 바쁘게 움직이는 벌레들밖에 없는 썰렁한 시골집보다는 아무리 더 폭스일지라도 좋은 친구와 시원한 맥주가 있는 따뜻한 술집이 훨씬 나은 선택인 듯 느껴진다.

꾸러미를 물끄러미 쳐다본다. 그러다 부엌 찬장에서 찾은 가위를 집어서 비닐봉지를 조심스럽게 가른다. 자료를 넣고 두 개의 고무줄로 묶은 불룩한 서류파일이 들어 있다.

앞면에 까만색 볼펜으로 딱 한마디가 적혀 있다. '안힐.'

나는 술을 집어서 크게 한 모금 마신다.

모든 마을과 도시마다 역사가 있다. 한 개 이상일 때도 많다. 일단 정사가 있다. 교과서와 인구 조사로 취합돼 교실에서 고스란히 반복되는 건조한 버전이다.

그런가 하면 한 세대에서 다음 세대로 구전되는 역사도 있다. 술집에서, 유모차에 꿈틀거리는 아기들을 눕혀놓고 같이 차를 마시며, 회사 구내식당과 운동장에서 주고받는 이야기.

이런 건 비사다.

1949년에 안힐 탄광에서 낙반 사고가 벌어지면서 열여덟 명의 광부가 수십 톤의 돌무더기와 숨 막히는 흙 아래에 깔렸다. 안힐 탄광 참사라고 알려진 사고다. 수습이 된 시신은 열다섯 구에 불과했다.

동네 주민들은 우렁찬 소리와 함께 어떤 식으로 온 마을이 흔들렸는지 기억할 것이다. 처음에 그들은 지진인 줄 알았다. 겁에 질린 사람들이 집에서 뛰쳐나왔다. 교사들은 아이들을 재빨리 교실 밖으로 대피시켰다. 나이 많은 주민들만 도망치지 않았다. 가만히 앉아서 맥주를 홀짝이며 심란한 눈빛을 주고받았다. 그들은 갱도 문제라는 걸 알았다. 갱도에서 그런 소리가 나면 이미 엎질러진 물일 수 있었다.

포효 이후에 먼지가 일었다. 자욱하게 피어오른 시커먼 구름이 하늘을 덮고 태양을 가렸다. 탄광의 경보가 시커먼 하늘에 대고 카랑카랑한 비명을 질렀고 뒤를 이어서 사이렌 소리가 들렸다. 구급차와 소방차와 경찰차였다.

보도와 조사가 이루어졌다. 하지만 어느 누구도 책임을 추궁당하지 않았다. 찾지 못한 세 명의 시신은 땅속 깊은 곳에 묻힌 채로 남겨졌다.

공식적으로는 그랬다.

비공식적으로는—누가 그런 소리를 외지인이나 신문기자에게 하겠는가—우리 할아버지를 비롯해(특히 맥주 몇 잔을 마시고 나면)

여럿이 밤이면 광산 현장에서 실종된 사람들이 보인다고 장담했다. 입에서 입으로 전해질 때마다 새롭게 윤색되는 전설에 따르면 목숨을 부지한 광부 몇 명이 어느 날 저녁에 일을 마치고 더 불에서 술을 마시고 있었을 때 문이 벌컥 열리더니 그날 실종된 사람들 중에서 열여섯 살로 가장 어렸던 케네스 던이 바 카운터로 곧장 걸어왔다고 했다. 아주 당당했고 탄가루를 뒤집어써서 시커멨다.

그러자 바텐더가 닦고 있던 유리잔을 내려놓고 죽은 청년을 위아래로 훑어보더니 이렇게 얘기했다고 한다. "나가라, 케네스. 너는 미성년자잖아."

마을마다 이런 재밌는 귀신 얘기가 넘쳐난다. 물론 그날 저녁에 그 자리에 있었다고 시인하는 광부는 없을 것이다. 그리고 누가 물으면 바텐더는 딸기코를 두드리며 이렇게 얘기하고는 그만일 것이다. "그 얘기 듣고 싶으면 나한테 술을 아주 많이 사야 하는데."

그에게 그 정도로 술을 많이 산 사람은 없었다. 수많은 사람들이 시도하기는 했지만.

큰길 바로 옆에 광부 복지회관이 있다. 기존의 건물은 아니다. 예전 건물은 1960년대에 지반 침하로 벽이 무너져서 몇 명의 광부와 그들의 가족이 아래에 깔렸을 때 철거됐다. 여자 둘과 꼬맹이 하나가 죽었다. 사람들은 그 남자아이가 요즘도 신축 건물을 배회한다고, 가끔 메인 바와 화장실 사이에 난 길고 어두컴컴한 복도에서 그 아이가 보일 때가 있다고 주장했다.

어렸을 때 나는 아버지는 맥주를 들이켜고 어머니는 애니를 태운 유모차를 흔들며 라거 앤드 라임 칵테일 반 잔을 마시는 동안

(금요일은 복지회관에서 가족 친목회가 열리는 날이었다) 혼자 탄산수를 홀짝이며 집에 갈 때까지 오줌을 참았다. 더 이상 참지 못하는 지경에 이르면 그 어둑어둑한 복도를 최대한 잽싸게 달려서 화장실에 다녀왔다. 어느 날 밤, 내 허리를 감싸는 차가운 손에 고개를 돌리면 얼굴은 아직도 흙투성이고 너덜너덜하게 찢긴 옷을 걸쳤고 머리는 으스러진 부분이 움푹 들어가서 시뻘겋게 피로 물든 그 꼬맹이가 보일까 봐 겁이 났다.

1857년에 아내를 칼로 찔러 죽인 에드거 혼이라는 남자가 대중들에게 붙잡혀 가로등 기둥에 매달려 교수형을 당하고 성례를 거치지 않은 얕은 무덤에 시신이 방치된 적이 있었다. 전해 내려오는 얘기에 따르면 그는 매장됐을 때 숨이 붙어 있었다고 했다. 그가 무덤을 헤치고 나와서 머리와 옷에 굳은 흙을 묻힌 채로 아내의 묘비 옆에 앉아 있을 때가 있다고 했다. 본파이어 나이트* 때 안힐에서는 가이 포크스가 아니라 에드거 혼의 인형을 태운다. 이번에는 그를 제대로 처단하기 위해서다.

우리 아버지는 그런 얘기를 들으면 항상 코웃음을 쳤다. 할아버지가 케네스 던의 얘기를 꺼내면 정색하고 이렇게 얘기했다. "그만해요, 아버지. 뺑을 쳐도 유분수지."

하지만 가끔 아버지의 말투를 들으면 화가 난 게 아니라 겁이 난 게 아닐까 싶을 때가 있었다. 비웃는 게 아니라 생각하고 싶지 않은 얘기가 나오지 않도록 막는 거였다.

---

* 11월 5일. 가이 포크스 등 로마 가톨릭 교도들이 영국 국회의사당을 폭파하려다 실패한 사건을 기념해 모닥불을 피워 가이 포크스의 인형을 태우고 불꽃놀이를 벌이는 풍습이다.

심지어 우리 아버지조차 안힐이 불운으로 얼룩진 마을이라는 사실은 부인하지 못했다. 그 이후로 탄광에서 인명 피해는 더 이상 발생하지 않았지만 여러 가지 소소한 사건들로 시간과 돈이 날아갔고 한번은 어떤 광부가 다리를 잃었다. 탄광에 마가 끼었다는 소문이 돌았다. 일부 광부들은 자기 아들을 탄광으로 내려보내지 않으려고 했다. 아직 수익성이 있었는데도—지하에 묻혀 있는 석탄이 엄청 많았다—1988년에 안힐 탄광을 영원히 폐쇄한다는 결정이 내려졌다.

거기 남은 것은 고스란히 방치되고 버려졌다.

나는 서류파일에 담긴 자료를 넘기고 또 넘긴다. 내용이 소름끼치도록 흥미진진하다. 내가 아는 얘기 또는 내가 안다고 생각하는 얘기도 있었다. 내가 몰랐던 부분도 있었다. 입에서 입으로 전해지는 와중에 덮인 진상들. 나는 지금까지 에드거 혼을 천박한 괴물로 간주하고 있었다. 알고 보니 그는 존경받는 의사였다. 그런데 어느 무더운 여름날, 교회에 다녀오고 저녁으로 감자죽을 먹은 다음 수술용 메스로 잠이 든 아내의 목을 땄다.

놀랍게도 그를 교수형에 처했다고 처벌을 받은 마을 주민은 없었다. 서로가 서로를 감쌌다. 그들의 자손 중에 몇 명이 아직까지 안힐에 살고 있는지, 조상의 손에 묻은 피에 대해 아는 사람이—또는 관심 있는 사람이—얼마나 될지 궁금해진다.

그 이전으로 거슬러 올라가면 이 마을의 역사가 더 희미해진다. 가난과 질병과 요절로 이루어진 흔한 얘기다. 사망자가 엄청나게

많다. 형광펜을 그은 문건이 몇 장 있다. 나는 그중 하나를 끄집어
낸다.

노팅엄셔의 교회당

16세기 동안 유럽에서는 마녀사냥이 성행했다. 안힐에서는 토머
스 달링이라는 청년이 악마와 어울리며 죽은 아기들을 부활시킨다
고 자신의 이모를 고발하면서 재판이 시작됐다. 달링에 따르면 메
리 워컨던은 아픈 아기들을 언덕의 동굴로 데려가 그들의 영혼과
영생을 맞바꾼다고 했다.

달링이라는 이름은 들어본 적이 없지만 내 동창 중에 제이미 워
컨던이 있었던 건 기억이 난다. 버스가 정말 떠날 줄을 모르는군.
나는 생각한다. 한 세대, 또 한 세대. 여기서 태어나고 살고 죽는 사
람들.
나는 이 자료를 한쪽으로 치우고 다른 자료를 집는다.

이제커라이어 허스트 ― 기적의 사나이(1794~1867)

허스트는 수많은 기적을 낳았다는 유명한 신앙 치료사였다. 목
격자들의 증언에 따르면 허스트는 다리가 마비된 남자아이를 고치
고, 어떤 여자에게 붙은 악귀를 쫓고, 사산아를 살렸다고 한다. 대
부분이 노팅엄셔의 안힐이라는 조그만 마을에서 벌어진 일이었다.

허스트? 우연의 일치는 아니겠지? 사이비 치료사라니 가족의 전통에도 걸맞다. 기적과 비극. 비극과 기적. 서로 불가분의 관계다.

나는 다음 페이지로 넘긴다. 허파에서 공기가 빨려나간 듯 숨이 멎는다.

실종된 여덟 살짜리 어린이의 수색이 계속되고 있다

애니의 얼굴이 나를 보며 웃는다. 머리를 높다랗게 하나로 묶고 빠진 이를 드러내며 환하게 웃는다. 엄마는 항상 머리를 땋아주고 싶어 했지만 애니가 가만히 앉아 있지 못했다. 항상 나가서 다른 걸 하고 싶어 했다. 항상 모험을 찾아나섰다. 항상 나를 따라다녔다. 이 기사는 읽을 필요가 없다. 내가 직접 경험한 일이니까. 나는 서류파일을 옆으로 치우고 술을 마시려다 잔이 비었음을 알아차린다. 참 희한한 일이다. 나는 일어선다. 그러다 멈칫한다. 무슨 소리가 들린 것 같다. 복도에서 삐걱거리는 소리가 들린다. 마룻장 소린가? *젠장. 글로리아인가?*

나는 몸을 돌리고 하마터면 무릎이 꺾일 뻔한다. 글로리아가 아니다.

"안녕, 조."

15

인생은 다정하지 않다. 우리 모두에게 막판에는 그렇다.

우리 어깨에 부담을 더하고 발걸음에 무게를 더한다. 우리가 아끼는 걸 찢어발기고 영혼을 후회로 단련시킨다.

인생에 승자는 없다. 결국은 잃는 게 인생이다. 젊음, 외모. 그리고 무엇보다도 사랑하는 것들. 나는 가끔 인간을 진정으로 나이 들게 하는 것은 세월의 흐름이 아니라 아끼는 사람들과 사물들의 소멸이라는 생각을 한다. 그런 식의 나이 듦은 주사를 맞아도, 필러로 채워도 매끈해지지 않는다. 눈빛에서 아픔이 드러난다. 너무 많은 걸 접한 눈은 항상 그 사람의 속내를 드러내게 되어 있다.

나처럼. 마리처럼.

그녀는 꺼진 소파에 엉거주춤하게 앉는다. 무릎을 모으고 그 위에서 양손을 단단하게 깍지 낀다. 내가 기억하는, 미모가 꽃을 피웠던 10대 소녀 시절에 비해 살이 빠졌다. 많이 빠졌다. 당시에는 볼이 통통했고 웃으면 깊은 보조개가 파였다. 팔다리는 길고 가늘었고 젊음의 탱탱한 살이 받치고 있었다.

지금은 스키니 진을 걸친 두 다리가 젓가락처럼 가늘다. 뺨은 움푹 꺼졌다. 머리칼은 여전히 까맣게 풍성하고 윤기가 흐른다. 나는 잠시 후에 펜슬로 솜씨 있게 그린 눈썹을 보고 가발이라는 걸 알아차린다.

나도 그녀 못지않게 엉거주춤하게 쭈뼛거린다. 읽고 있던 자료를 모아서 서류파일에 다시 넣고 파일을 한쪽 겨드랑이춤에 단단히 끼운다. 마리가 얼마나 봤는지 모르겠다. 내가 노크 소리를 듣지 못했을 때 스스로 문을 열고 들어와 얼마나 오랫동안 거기 서 있었는지 모르겠다. 아무튼 그녀의 주장에 따르면 문을 두드렸다고 한다.

"뭐 마실 것 좀 줄까? 차, 커피 아니면 좀 더 독한 거?"

내 입에서 나온 말을 듣고 나는 살짝 움찔한다. *진부해.* 나는 빨간색 펜으로 머릿속에 적는다.

그녀는 고개를 갸우뚱한다. 예전에 그랬던 것처럼 머리칼이 한쪽으로 쏟아진다. "얼마나 독한 거?"

"맥주, 버번? 물론 내가 끓인 커피를 안 마셔봐서 그러는데―"

그녀는 보일락 말락 하게 미소를 짓는다. "맥주 줘. 고마워."

나는 고개를 끄덕이고 부엌으로 간다. 심장이 쿵쾅거린다. 살짝 머리가 어지럽다. 빈속이라 그럴 것이다. 뭘 먹어야겠다. 아니면 음료수라도 마시든지. 술을 더 마셨다가는 컨디션만 나빠질 것이다.

나는 냉장고 문을 열고 맥주를 두 개 꺼낸다.

거실로 돌아가기 전에 개수대 아래 찬장 서랍을 열고 서류파일을 던져 넣는다. 그런 다음 돌아가 마리 앞의 커피 테이블에 맥주 캔을 내려놓는다. 내 캔을 따서 열고 깊게 한 모금 마신다. 내 짐작이 틀렸다. 술을 마셔도 컨디션이 나빠지지 않는다. 좋아지지도 않지만 중요한 건 그게 아니다.

나는 안락의자에 털썩 주저앉는다. "오랜만이네." 나는 오늘 밤에 진부한 문구 제조기로 돌변한 것 같다.

"그러게. 나더러 하나도 안 변했다고 얘기할 참이야?"

나는 고개를 젓는다. "인간은 누구나 변해."

그녀는 고개를 끄덕이고 맥주를 집어서 마개를 딴다. "맞아. 하지만 누구나 암으로 죽어가는 건 아니지."

직설적인 말투에 나는 화들짝 놀란다. 그녀가 맥주 캔을 기울이는 순간 나는 깨닫는다. 전작이 있다는 걸 말이다.

"너도 알고 있을 줄 알았어." 그녀가 얘기한다. "여긴 안힐이잖아."

나는 고개를 끄덕인다. "치료는 어떻게 돼가고 있어?"

"효과가 없어. 종양이 계속 번지고 있거든. 전보다 속도는 느려졌지. 하지만 필연적인 결과를 늦추고 있을 뿐이야."

"유감이다."

빌어먹을 진부한 표현의 연속이다. 교통사고를 당했을 때 사람들이 유감이라고 하면 짜증이 났다. 왜? 그들이 교통사고를 냈나? 아니잖아? 그런데 뭐가 유감이라는 거지?

"의사들은 뭐래?"

"별말 안 해. 스티븐이 무서워서 나한테 솔직하게 대답도 못 하고. 스티븐은 어차피 그 의사들이 전부 아는 것도 아니라고 해. 나를 미국의 임상 실험 대상자로 넣을 수 있다고 생각해. 바던 호프 클리닉에서 하는. 무슨 기적의 치료법."

이제커라이어 허스트─기적의 사나이. 나는 생각하고 곧바로 또 다른 생각을 한다. 마리는 죽지 않아. 내가 그렇게 내버려두지 않을 거야.

"스티븐이 어떤 치료인지 얘기했어?" 나는 묻는다.

그녀는 고개를 젓는다. "아니, 하지만 뭐든 해볼 거야." 그녀는 움푹 꺼진 두 눈을 내게 고정한다. "살고 싶거든. 내 아들이 커가는 모습을 보고 싶거든."

여부가 있을까. 누구나 그렇게 할 것이다. 기적은, 대가 없는 기적은 없다 하더라도.

나는 고개를 돌린다. 우리는 술을 들이켠다. 신기한 일이지만 공유하는 게 많아질수록 할 말이 적어진다.

"학교에서 애들 가르친다며?" 이윽고 그녀가 묻는다.

"응." 나는 대답한다.

"기분이 좀 묘하겠다?"

"조금. 이제 내가 수감자가 아니라 교도관이 되었으니."

"돌아오게 된 이유가 뭐야?"

이메일. 충동. 매듭짓지 못한 사건. 이 모든 것이자 이 가운데 어떤 것도 아니다. 나는 기본적으로 언젠가는 돌아올 줄 알고 있었다.

"사실 잘 모르겠어. 자리가 났다길래 좋은 기회인 것 같았어."

"어떤 의미에서?"

"그게 무슨 소리야?"

"네가 돌아왔다는 소식을 듣고 놀랐어. 너를 다시는 못 만날 줄 알았거든."

"뭐, 내가 어떤 앤지 알잖아. 반갑지 않은 녀석."

"아니야." 그녀가 얘기한다. "너는 착한 애였어, 조."

뺨이 빨개지는 게 느껴지고 나는 그녀가 알아줄 때마다 홍조를 주체할 수 없었던 열다섯 살 시절로 순식간에 돌아간다.

"너는?" 내가 묻는다. "너는 계속 여기 있었어?"

그녀는 기운 없이 살짝 어깨를 으쓱한다. "계속 무슨 일이 생겨서 발목을 잡혔는데 스티븐이 결혼하자고 했거든."

"그리고 너는 좋다고 했고?"

"싫다고 할 이유가 없잖아?"

내 어깨에 기대서 울던 열다섯 살짜리 소녀를 떠올린다. 멍이 든 눈. 두 번 다시 그런 일이 없도록 하겠다는 다짐.

"미래의 계획이 있다고 하지 않았어?"

"뭐, 계획을 세운다고 다 이루어지는 건 아니잖아? 원하는 학점을 받지 못했어. 엄마가 정리 해고를 당했고. 집안에 보탬이 되어야 했기에 취직했고 그러다 결혼했어. 그걸로 끝이야."

그렇지는 않지. 나는 생각한다.

"그리고 아들을 낳았고?"

"그건 너도 알잖아."

"그래— 아빠를 빼다 막았더라. 아빠가 뿌듯해하겠어."

어찌나 날카로운 눈빛으로 노려보는지 따끔거리는 게 느껴질 정도다.

"우리는 제러미를 자랑스럽게 생각해."

"진심이야?"

"너는 아이가 없지?"

"응."

"그럼 함부로 평가하지 마." 그녀는 맥주 캔을 우그러뜨린다. "더 있어?"

"괜찮겠어?"

"더 마신다고 죽기야 하겠니?"

나는 일어나 부엌에서 캔을 두 개 더 꺼낸다. 그러다 동작을 멈춘다. 마리는 여기까지 차를 몰고 왔다. 차 열쇠를 핸드백에 넣는 걸 보았다. 술을 더 마시고 운전대를 잡으면 안 될 것이다.

하지만 내가 왈가왈부할 문제는 아니다. 나는 다시 돌아가 그녀에게 맥주를 건넨다. 그녀는 좌우를 두리번거리며 몸서리를 친다.

"이 집 춥다."

"응, 난방이 시원치 않아서."

하지만 그게 진짜 이유는 아니다.

"왜 하필 이 집이야?"

"그냥 매물로 나왔길래."

"일자리하고 똑같네."

"그렇지."

"뻥치시네."

드디어 터졌다. 그녀가 지금까지 품고 있던 폭탄이.

"과거를 헤집으려고 온 거면—" 그녀가 얘기한다.

"왜? 뭐가 무서운데? 스티븐은 뭘 무서워하는데?"

그녀는 잠깐 뜸을 들이다 좀 전보다 부드러운 목소리로 대답한다. "너는 떠났잖아. 우리는 여기 그대로 남았고. 괜히 건드리지 말아달라고 너한테 부탁하는 거야. 스티븐이 아니라 나를 위해서."

나는 알아차린다.

"스티븐이 보내서 왔구나?" 내가 묻는다. "깡패를 동원해도 소용이 없으니까 너를 보내서 옛정에 호소하고 나를 설득하면 될지 모르겠다고 생각한 모양이지?"

그녀는 고개를 젓는다. "스티븐이 너를 끝장내고 싶었다면 나를 보내지 않았을 거야. 닉의 애들이 벌인 일을 마무리 지을 사람을 보냈겠지."

"닉의 애들?"

여부가 있나. 땅딸보와 바보 같은 헤어스타일. 어디서 본 얼굴이다 싶었던 게 그 때문이었다. 진작 알아차렸어야 하는 건데. 어렸을 때 닉은 힘만 센 깡통이었다. 이제 그의 자식들이 전통을 이어가고 있다.

그녀가 얼굴을 붉힌다. 그러자 내 안에서 감정의 꿈틀거림이 느껴진다. 하지만 옛정에 흔들린 건 아니다. 어떤 사람에 대해 상상했던 최악의 상황이 실제로 벌어졌을 때 배 속에서 느껴지는 절망의 경련이다.

"내 환영 파티에 대해 알고 있었구나?"

맨 처음 도착했을 때 상처가 난 내 얼굴을 보고 그녀가 아무 소리도 하지 않았던 이유를 알겠다.

"나중에 들었어. 유감이야."

"나도 유감이다."

그녀는 자리에서 일어선다. "가야겠다. 바보처럼 와서 쓸데없이 시간만 낭비했네."

"그렇지는 않아. 스티븐한테 가서 메시지를 전하면 되지."

"내가 그럴 일은 없을 것 같은데."

"가서 내가 그의 뭔가를 가지고 있다고 전해."

"네가 과연 스티븐이 원하는 걸 가지고 있을까."

"기념품이라고 치자. 탄광의 기념품."

"왜 이래— 25년 전에 있었던 일이잖아. 그때 우리는 어린 나이였고."

"아니야. 내 동생이 어린 나이였지."

야위고 누렇게 뜬 그녀의 얼굴이 일그러지는 걸 보고 기분이 좋았다면 나에 대해 시사하는 바가 있을지 모르겠다.

"애니 일은 안타깝게 생각해." 그녀가 얘기한다.

"크리스는?"

"그건 그의 선택이었어."

"그래? 스티븐한테 다른 질문을 해보지그래? 크리스가 제 발로 뛰어내린 게 맞느냐고."

16

1992년

그걸 찾은 사람은 크리스였다. 그게 그의 장기였다. 뭘 찾는 것.

나처럼 그도 스티븐의 패거리와 어울리지 않는 곁다리였다. 그는 키가 크고 비쩍 말랐고 새하얀 금발은 감전된 지푸라기처럼 삐죽 솟았고 긴장하면 더욱 심하게 말을 더듬었다(그런데 어수룩한 꺼벙이들이 늘 그렇듯 크리스도 긴장으로 점철된 학창 시절을 보냈다).

스티븐이 그를 자기 곁으로 끌어들인 이유는 아무도 몰랐다. 하지만 나는 알아차렸다. 스티븐은 깡패였을지 몰라도 영리했다. 누구는 짓밟고 누구는 곁에 두어야 하는지 알았다. 크리스는 쓸모가 있었다. 아마 우리 모두 그랬을 것이다.

스티븐은 대개 뻐기기 좋아하는 말썽꾼들과 어울려 다녔지만 내

부 핵심 멤버는 조금 달랐다. 닉은 주먹이었다. 스티븐의 농담에 웃고 그의 똥꼬를 빨고 머리통을 박살내는 무뇌 깡패였다. 크리스는 브레인이었다. 사회 부적응자이자 제대로 인정을 받지 못하는 천재였다. 그의 과학적인 재능 덕분에 우리는 끝내주는 사제 방귀폭탄과 아무것도 모르는 희생양들을 겨냥한 기발한 부비트랩을 만들 수 있었다. 한번은 화학약품을 폭발시켜 온 학교가 대피하는 소동을 유발하고 과학 선생님의 목이 날아가게 만든 적도 있었다.

그런데 크리스에게는 쓸모 있는 기벽이 하나 더 있었다. 부글거리는 호기심이었다. 그는 뭔가를 알아내고 찾아내고 싶어 하는 욕구가 하늘을 찔렀다. 남들은 보지 못하는 걸 볼 줄 아는 재주가 있었다. 시험지를 입수하고 싶다고 하면 크리스가 방법을 알아냈다. 벌판에 서서 여학생 탈의실을 들여다보고 싶다고 하면 크리스가 가장 좋은 위치를 계산해냈다. 신문 파는 가게에 잠입해 사탕과 폭죽을 슬쩍하고 싶다고 하면 크리스가 계획을 수립했다.

학교 운동장에 부딪쳐 두개골이 깨지고 얼룩덜룩한 회색의 콘크리트 위로 그 기발했던 뇌수가 쏟아지지 않았더라면 크리스는 갑부 사업가가 아니면…… 범죄의 대가가 됐을 것이다. 나는 항상 그런 생각이 들었다.

그 금요일 저녁에 평소처럼 약속 시간보다 늦게 놀이터로 들이닥쳤을 때―크리스는 항상 늦었다. 잘난 척 늦는 게 아니라 얼굴은 시뻘겋고 넥타이는 삐딱하고 셔츠에는 뭘 먹다가 흘린 자국이 묻은 채로 미안해하며 늦었다―그는 평소보다 더 상기된 얼굴로 흥분을 감추지 못했다. 나는 무슨 일인가가 생겼음을 직감했다.

"왜 그래, 크리스?"

"탄광. 차-차-차-찾았어. 따-따-따-땅속에서."

크리스는 긴장하면 더욱 심하게 말을 더듬었다. 무슨 말을 하는지 거의 알아들을 수 없는 지경이 됐다.

나는 스티븐과 닉을 흘끗 쳐다보았다. 마리는 그날 저녁에 엄마를 도와야 한다며 집에 갔기 때문에 우리 셋이서 헛소리를 늘어놓으며 시간을 죽이고 있었다. 어떻게 보면 다행스러운 일이었다. 내가 마리를 좋아하기는 했지만…… 그게 문제였다. 내가 마리를 좋아한다는 것이. 너무 좋아한다는 것이. 그녀가 우리와 함께 있을 때면 스티븐이 자기 것이라고 강조하는 듯 그녀의 어깨에 팔을 걸쳐놓곤 했다.

스티븐이 반쯤 피운 담배를 땅바닥에 떨어뜨리고 정글짐에서 뛰어내려 흐릿한 저녁노을 사이로 크리스를 쳐다보았다.

"알았다, 친구야. 진정해. 그러니까 꼭 스펠링 배우기 장난감 같잖아."

방금 전에 누가 그의 담배를 웃음가스로 채우기라도 한 듯 닉이 킬킬거린다.

크리스의 얼굴이 더 벌게지자 두 뺨이 핏기 없는 얼굴을 배경으로 소방차 색깔이 됐다. 머리칼은 유난히 바람을 심하게 맞은 건초더미처럼 헝클어져서 한데 뒤엉켰고 스웨트셔츠는 쭈글쭈글하고 흙이 묻어서 딱딱하게 굳었다. 하지만 내 시선을 사로잡은 부분은 그의 눈이었다. 원래 새파랗기는 했지만 그날 저녁에는 눈부시게 빛났다. 이런 소리를 하면 변태 게이 같아서 인정하기 싫었지만 크리스는 가끔 미쳐버린 아름다운 천사 비슷하게 보일 때가 있었다.

"가만 내버려둬." 나는 스티븐에게 말했다.

스티븐에게 그런 식으로 얘기하고 온전할 수 있는 아이는 나밖에 없었다. 그는 내 말을 들었다. 아마 그게 나의 쓸모였을 것이다. 나는 그에게 이성의 목소리였다. 그는 나를 믿었다. 내가 종종 그의 영어 숙제를 대신 해주었던 것도 도움이 됐을 것이다.

나는 피우던 담배를 밟아서 껐다. 나는 원래 담배를 별로 좋아하지 않았다. 맥주도 마찬가지였다. 맛이 없어서 침을 뱉고 혀를 닦고 싶어졌다. 물론 그 이후로 나이를 먹고 머리가 굵어지면서 좀 더 중독이 됐지만.

"숨을 쉬어." 나는 크리스에게 말했다. "천천히 얘기해봐. 무슨 일인지."

크리스는 고개를 끄덕이고 격렬한 헉헉거림을 자제하려고 했다. 두 손을 앞에서 으스러져라 깍지 끼고 긴장과 말더듬을 가라앉히려고 했다.

"에라, 이 등신아." 닉은 중얼거리고 땅바닥에 큼지막한 가래를 뱉었다.

스티븐이 나를 쩨려보았다. 나는 주머니에서 조금 녹은 웸 바를 꺼내 강아지에게 간식을 주듯 크리스에게 내밀었다.

"자."

요즘 학설과는 정반대로 크리스를 진정시킬 수 있는 유일한 방법이 달달한 과자였다. 그의 수중에서 그런 과자가 거의 끊일 날이 없었던 이유도 그래서였을지 모른다.

크리스는 웸을 받아서 한 입 베어물고 계속 씹으며 말했다.

"내가…… 폐광에 올라갔었거든."

"응."

이 마을 아이들이라면 누구나 가끔 거기 올라가서 빈둥거렸다. 예전 건물을 철거하기 전에는 몰래 들어가서 뭔가를 슬쩍하기도 했다. 쇳조각이나 기계 부품처럼 쓸모없는 물건을 들고 나왔다. 그냥 우리가 다녀갔다는 증거를 남기기 위해서였다. 하지만 크리스는 자주 갔다. 그것도 혼자 그랬으니 이상한 일이었다. 하지만 크리스는 모든 면에서 이상했기 때문에 어느 정도 시간이 지난 뒤에는 그것이 정상이 되었다. 내가 왜 그렇게 거기 자주 가느냐고 물었을 때 그는 이렇게 대답했다.

"보고 싶어서."

"뭘?"

"나도 아직은 몰라."

크리스와 대화를 시도하면 분통이 터질 수도 있었다. 그가 혀끝에서 한 음절씩 분리시키지 않고 말을 해보려고 끙끙대는 동안 나는 치밀어 오르는 짜증을 달랬다.

마침내 그가 얘기했다. "내가 뭔가를 발견했어. 따-따-땅속에서. 드-드-들어가는 입구일 수 있어."

"어디로 들어가는 입구?"

"그 구덩이."

나는 그를 빤히 쳐다보았고 기분이 묘해졌다. 전에도 그 단어를 들어본 적 있는 듯했다. 아니면 그 말을 기다리고 있었던 듯했다.

전차 집전기에 손을 대면 정전기 때문에 손이 간질거리듯 낯선 전율이 내 몸을 훑고 지나갔다. 그 구덩이.

스티븐이 성큼성큼 다가왔다. "갱도로 들어가는 입구를 발견했다고?"

"대박인데?" 닉이 거들었다.

나는 고개를 저었다. "그럴 리 없어. 갱도는 전부 폐쇄됐고 깊이가 수백 미터는 될 텐데."

스티븐은 나를 쳐다보더니 고개를 끄덕였다. "소니 말이 맞아. 확실해, 밀가루 반죽?"

밀가루 반죽은 그만큼 말랑말랑하다는 뜻에서 스티븐이 지은 크리스의 별명이었다.

크리스는 전조등 불빛 속에서 어쩔 줄 몰라 하는 거대한 토끼처럼 우리를 번갈아 쳐다보았다. 그는 침을 삼키고 말했다. "화-화-확실하지는 않아. 보여줄게."

나는 나중에 곰곰이 생각해본 다음에야—곰곰이 생각할 기회는 많았다—그가 스티븐의 질문에 대답한 적 없다는 사실을 깨달았다.

"갱도로 들어가는 입구를 발견했다고?"

우리는 그랬다는 뜻인 줄 알았다. 하지만 그게 아니었던 것 같다. 그는 그 구덩이라고 했다. 그것의 정체를 이미 아는 듯이 그랬다. 그리고 그 구덩이는 사실상 갱도와 전혀 달랐다.

우리가 거기 도착했을 무렵에는 해가 기울고 있었다. 때는 8월 말이자 여름방학의 끝자락이었고 우리 어머니의 표현을 빌리자면

애니가 돌아왔다

"어둠이 점점 길어지는" 시기였다(나는 그 소리를 들을 때마다 누군가가 큼지막한 숯 한 조각을 쥐고 낮을 색칠하는 광경이 떠올랐다).

우리는 하나같이 끝이라는 기분을 느끼고 있었던 것 같다. 어렸을 때 6주의 방학이 거의 끝날 때마다 항상 느꼈던 감정을 말이다. 그리고 우리는 이때가 '어린애' 행세를 할 수 있는 마지막 여름이라는 것도 알았다. 내년에는 시험이 기다리고 있었고 1990년대였음에도 불구하고 수많은 동급생들이, 예전처럼 탄광으로 직행하지는 않을 테지만 학교를 졸업하자마자 곧장 직업 전선으로 뛰어들 것이었다.

이 무렵 폐광은 풍경 속에 남은 거대하고 우중충한 흉터에 불과했다. 잡초와 관목들이 일대를 장악하기 시작했다. 하지만 현장은 대부분 분탄으로 여전히 시커멨고 바위, 녹이 슨 기계, 뾰족한 쇳조각, 콘크리트 덩어리들이 곳곳에 흩뿌려져 있었다.

우리는 아무 효과 없는 울타리에 뚫린 구멍 안으로 들어갔다. 위험이나 접근 금지나 출입 금지와 같은 푯말은 환영합니다, 어서 오세요, 들어와보시지, 라고 적힌 거나 다름없었다.

크리스가 앞장섰다. 뭐, 그런 셈이었다. 그는 미끄러지고 발을 헛디뎌가며 기어 올라가다가 걸음을 멈추고 주위를 두리번거리다 다시 미끄러지고 발을 헛디뎌가며 기어 올라갔다.

"야 이 씨, 밀가루 반죽ㅡ제대로 가고 있는 거 맞아?" 허스트가 숨을 헐떡이며 물었다. "폐쇄된 갱도는 저쪽이잖아."

크리스는 고개를 저었다. "이쪽이야."

스티븐은 나를 쳐다보았다. 나는 어깨를 으쓱했다. 닉은 자기 옆통수에 대고 손가락을 빙빙 돌렸다.

"한번 믿어보자." 내가 말했다.

우리는 주춤주춤 계속 전진했다. 가파른 흙투성이 언덕의 꼭대기에 다다르자 크리스는 걸음을 멈추고 냄새를 맡는 대형견처럼 한참 동안 주위를 두리번거렸다. 자갈과 돌무더기 사이를 허우적허우적 미끄러져가며 거의 직벽을 내려갔다.

"염병." 닉이 중얼거렸다. "나는 안 내려갈 거야."

솔직히 나도 돌아가고 싶었지만 묘한 흥분이 부글거리는 게 느껴지기도 했다. 놀이공원의 롤러코스터를 맞닥뜨렸을 때 무서워 보여서 타고 싶지 않지만 간절하게 타보고 싶은 마음도 있는 것처럼 말이다.

나는 닉을 흘끗 쳐다보았고 유혹을 참지 못했다. "무섭냐?"

그는 나를 노려보았다. "지랄하시네!"

스티븐은 씩 웃었다. 그는 패거리 안에서 불화가 빚어질 때 가장 즐거워했다.

"쫄보들아!" 그는 이렇게 외치더니 요란하게 함성을 지르며 비탈을 달려 내려갔다. 나는 좀 더 조심스럽게 뒤따라갔다. 닉은 다시 한번 욕을 하고 따라서 내려왔다.

바닥에 다다랐을 때 나는 하마터면 엉덩방아를 찧을 뻔했지만 어찌어찌 넘어지지 않고 버텼다. 운동화 안으로 들어온 자갈이 발바닥을 파고드는 게 느껴졌다. 조만간 내릴 어둠으로 무거워진 하늘이 머리 위로 낮게 드리워졌다.

"얼마나 더 가야 해?" 스티븐이 물었다.

"다 왔어!" 크리스가 외치더니 어디론가 사라졌다.

눈을 깜빡이며 좌우를 두리번거리는데, 회색 한 조각이 내 눈앞을 언뜻 스치고 지나갔다. 그가 조그맣게 튀어나온 지점 아래로 움푹 꺼진 땅에 쭈그리고 앉아 있었다. 그 안에 들어가 있어서 대충 훑어봐서는 보이지도 않았다. 우리는 앞다투어 그를 쫓아갔다. 잡초와 관목들이 주변의 땅을 듬성듬성 덮고 있어서 위장 효과가 한층 뛰어났다. 여기저기 큼지막한 돌덩이가 몇 개 있었다. 크리스가 두어 개를 치웠다. 이제 보니 그가 표지 삼아서 일부러 가져다놓은 돌이었다.

크리스가 손으로 흙과 작은 돌멩이들을 헤쳤다. 그런 다음 발뒤꿈치를 딛고 앉아서 의기양양한 얼굴로 우리를 쳐다보았다.

"뭔데?" 닉이 넌더리를 내며 침을 뱉었다. "아무것도 안 보이잖아."

우리는 실눈을 뜨고 파헤쳐진 지면을 내려다보았다. 주변보다 좀 더 울퉁불퉁하고 색깔이 조금 다를지 몰라도 그게 전부였다.

"너 지금 놀리냐, 밀가루 반죽?" 스티븐이 으르렁거렸다. 그는 크리스의 스웨트셔츠 목덜미를 움켜쥐었다. "우릴 엿 먹이려는 수작이라면—"

크리스의 눈이 휘둥그레졌다. "그런 거 아니야."

나중에 생각해보니 그는 스티븐에게 반쯤 목이 졸린 상태였는데도 말을 더듬지 않았다. 여기서는 그랬다.

"잠깐." 내가 말했다. 땅바닥으로 좀 더 허리를 숙이고 흙을 좀 더 파헤치자 손끝에 뭔가 차가운 게 닿았다. 금속이었다. 나는 뒤로 물러나 앉았다. 그때 그것이 문득 내 눈에 들어왔다.

흙과 거의 비슷하지만 똑같지는 않은 색으로 녹이 슨 동그란 무언가가 흙속에 묻혀 있었다. 오래된 휠 캡과 닮았지만 좀 더 자세히 들여다보면 휠 캡이라고 하기에는 너무 크고 너무 두툼하다는 걸 알 수 있었다. 가장자리에 대갈못처럼 조그맣고 둥그스름한 혹이 달려 있었다. 한복판에 동그라미가 한 개 더 있었는데 주변보다 살짝 높고 홈이 파여 있었다.

"자." 내가 말했다. "이제 보여?"

나는 땅바닥을 가리키며 다른 친구들을 돌아보았다.

스티븐은 크리스를 잡고 있던 손을 놓았다. "야 이 씨, 그게 뭐냐?"

"오래된 휠 캡이네." 내가 맨 처음에 했던 생각을 닉이 말했다.

"휠 캡이라기엔 너무 크잖아." 스티븐은 당장 내가 그다음으로 했던 생각을 말했다. 그는 크리스를 돌아보았다. "뭐냐?"

크리스는 뻔하지 않으냐는 듯이 그를 멍하니 쳐다보았다. "해치잖아."

"뭐라고?"

"문 비슷한 거야." 내가 말했다. "지하로 내려가는 문."

스티븐의 얼굴 위로 함박웃음이 번졌다. "대박인데?" 그는 땅속에 박혀 있는 동그라미를 다시 쳐다보았다. "그래서? 비상용 갱도나 뭐 그런 거야? 그런 게 있었다고 들은 것 같기도 한데."

나는 평생 탄광에서 근무한 아버지 밑에서 자랐어도 그런 얘기는 들은 적 없었지만 탄광에 통풍용 갱도가 있었다는 건 알았다.

하지만 그런들 무슨 소용인지 알 수 없었다. 그런 갱도는 일종의 굴뚝이었다. 지표면까지 일직선으로 뚫렸다. 수직으로 약 90미터 깊이였다. 들어갈 방법이 없었다. 자살행위였다.

내가 그 점을 지적하려고 했을 때 스티븐이 다시 말문을 열었다. "그럼 들어가보자." 그가 크리스에게 말했다. "열어."

크리스는 괴로운 표정을 지었다. "못 열어."

"못 연다고?" 스티븐은 넌더리를 내며 고개를 저었다. "아, 왜 그러냐, 밀가루 반죽."

그는 허리를 숙여서 손가락을 아래에 넣고 쇳덩이를 거머쥐려고 했다. 하지만 너무 크고 무거워서 꿈쩍하지 않았다. 그는 끙끙거리며 씨름하다가 우리를 향해 외쳤다. "뭐 하냐, 와서 좀 도와라, 이 등신 새끼들아."

나는 불안했지만 닉과 함께 고분고분 그가 시키는 대로 했다. 흙 속으로 손가락을 넣어서 쇳덩이의 가장자리를 거머쥐려고 했다. 하지만 불가능했다. 너무 두툼하고 너무 땅속 깊숙이 파묻혀 있었다. 아무도 건드리지 않은 지 몇 년은 됐을 것이었다. 우리가 아무리 끌고 비틀고 당겨도 꿈쩍하지 않았다.

"에이 씨, 안 되겠다." 스티븐이 헐떡이며 선언하자 우리는 단단한 바닥 위로 벌렁 쓰러져 가슴을 들썩이며 욱신거리는 팔을 달랬다.

나는 정체 모를 동그란 쇳덩이를 돌아보았다. 땅속에 단단히 박혀 있기는 했지만 그게 굴뚝이나 비상구라면 필요한 경우에 얼른 열 수 있게 손잡이나 레버가 달려 있어야 마땅했다. 그게 해치의 용도도 아닌가. 그런데 이 쇳덩이는 열리는 게 목적이 아닌 듯, 누군

가를 들여보내거나 내보내는 게 목적이 아닌 듯 그 이상한 또 하나
의 동그라미 말고는 아무것도 없었다.

"좋아." 스티븐이 말했다. "제대로 된 도구를 들고 와서 열어야
겠다."

"지금?" 내가 물었다. 햇빛이 워낙 순식간에 사라져서 이제는 친
구들의 얼굴이 윤곽선만 귀신처럼 보일 뿐이었다.

"왜? 무서워서 못 하겠냐, 소니?"

나는 발끈했다. "아냐. 내 말은, 거의 날이 저물었잖아. 시간이 별
로 없어. 들어가려면 준비를 해야 해."

들어갈 '입구'가 있다 한들 들어가고 싶은 마음은 없었지만 그런
식으로 포장하는 게 가장 좋을 듯했다.

나는 스티븐이 반론을 펼칠 줄 알았다. 그런데 그는 이렇게 얘기
했다. "네 말이 맞네. 내일 다시 오자." 그는 우리 모두를 둘러보았
다. "손전등이 필요하겠어." 그는 씩 웃었다. "그리고 쇠지렛대도."

우리는 해치를 흙과 돌멩이로 대충 덮고 스티븐이 표지 삼아 교
복 넥타이를 느슨하게 묶어서 땅바닥에 떨어뜨렸다. 지나가던 사
람이 그걸 보고 수상하게 여길 일은 없었다. 넥타이는 운동화나 양
말처럼 폐광 곳곳에 버려져 있었다.

햇빛의 마지막 흔적이 하늘에서 시들어가고 있었을 때 우리는
집 쪽으로 걸음을 옮겼다. 확실하지는 않지만 뒤를 한번 흘끗 돌았
을 때 묘한 불안감이 내 등골을 간질였던 것 같다. 그 정도 거리에
서는 아무것도 보일 리 없었지만 녹이 슨 정체 모를 해치가 계속

눈앞에서 아른거렸다.

마음에 들지 않았다.

쇠지렛대. 그것도 마음에 들지 않았다.

17

마리가 떠난 이후에 나는 마음을 진정시킬 수가 없다. 다리가 다시 아프기 시작했고 버번을 한 잔 더 가득 마시고 진통제를 두 알먹어도 씰룩거리는 신경이 달래지지 않는다.

앉아 있으면 시큰거린다. 왔다 갔다 걸으면 욱신거린다. 나는 욕을 하며 다리를 사납게 문지른다. 책과 음악으로 주의를 돌리려고 시도하다가 일어나 뒷문 앞에서 담배를 피운다. 또다시.

내 머릿속도 초과 근무 중이다. 어린아이들의 숨통을 조르고. 갈기갈기 찢겨서 썩게 하라. 또다시 시작되고 있다. 문자를 보낸 사람이 이메일을 보낸 사람일 것이다. 그 천사에 대해 안다면 오래전부터 나를 알던 사람이다. 스티븐이나 마리는 아니다. 닉일까? 지능이 원시인 수준인 닉이 과연 논리적인 문자 메시지를 보낼 수 있을까? 그렇다면 또 누가 있을까? 그보다 중요하게는 왜 그랬을까, 왜 그랬을까, 왜 그랬을까?

안 그래도 머릿속이 복잡하던 마당에 마리가 대뜸 찾아오는 바람에 더 어지러워졌다. 내가 적절하게 처신했는지 모르겠다. 내 패를 너무 일찌감치 공개한 건 아닐까. 실력 좋은 도박꾼이라면 절대 그러면 안 된다는 걸 안다. 상대방이 어떤 카드를 쥐고 있는지 백 퍼센트 확실하지 않은 이상 그러면 안 된다.

하지만 내게는 시간이 별로 없다. 생각보다 없다. 글로리아가 여기 있다. 여기서 기다리고 있다. 초조하게. 그 반짝이는 빨간색 손톱으로 뭔가를 톡톡 두드려가며. 그녀의 요구 사항을 조만간 충족시키지 못하면 게임이 끝날 것이다. 나는 아마 두 손이 잘린 채 죽을 것이다. 아니면 발이 잘린 채. 아니면 내 신원을 확인할 수 있을 만한 다른 게 잘린 채.

나는 어둠 속으로 담배를 던지고 빨간 불똥이 희미해지다 꺼지는 걸 지켜본다. 그런 다음 몸을 돌려 절뚝거리며 부엌으로 들어가 개수대 아래에 넣어두었던 서류파일을 꺼낸다. 솔직히 인정하자. 나는 애초부터 그걸 읽지 않고 넘길 생각이 없었다. 술을 한 잔 더 따라서 거실로 들고 들어가 내 앞 커피 테이블에 놓는다.

오늘 밤에는 내 다리만 씰룩이며 가만있지 못하는 게 아니다. 집이 내 주위에서 움직이는 게 느껴진다. 불빛이 어쩌다 한 번씩 서서히 약해지면서 어두침침해지는 듯이 느껴지지만—전력 수급이 불안정한 시골에서는 흔히 있는 일이다—무슨 소리도 들린다. 잡음이다. 귀에 익다. 심란하다. 그 희미한 딸깍거리는 소리다. 그 소리에 때운 이가 웅웅거리고 털이 곤두선다. 귀에 거슬리는 외부의 이명이다.

줄리아도 여기 앉아서 스멀스멀 전해지는 이 섬뜩한 소리를 무시하려고 했을지 궁금해진다. 밤이면 밤마다 그랬을지 궁금해진다. 그게 아니라 그 이후부터 나는 소리일까? 닭과 달걀의 문제다. 벤에게 그런 사건이 벌어진 이후에 이 집이 달라졌을까? 아니면 이 집이 원래부터 그 사건에 일조하고 있었을까? 누군가가 벽을 타고 달리는 소리와 스멀스멀 다가오는 한기가 줄리아의 공포와 피해망상을 부채질했을까?

나는 손으로 머리칼을 넘기고 눈을 비빈다. 딸깍거리는 소리가 더 커진 것 같다. 나는 그 소리를 무시하려고 한다. 나를 보며 환하게 웃는 애니의 얼굴이 나올 때까지 다시 자료를 넘긴다.

실종된 여덟 살짜리 어린이의 수색이 계속되고 있다. 이게 헤드라인이다. 하지만 그게 전부는 아니다. 전혀 아니다.

그날 밤에는 아빠가 애니를 재웠다. 8시쯤이었다. 아빠의 짐작으로는 그랬다. 아빠는 술을 마셨다. 그 무렵에는 거의 날마다 그랬다. 엄마는 할머니와 할아버지의 집에 갔다. 며칠 전에 할머니가 '심하게 넘어져서' 손목이 부러졌기 때문이었다. 나는 스티븐과 그 패거리와 함께 나갔다. 엄마는 다음 날 아침이 되어서야 애니가 침대에도 없고 방에도 없고 집 안 어디에도 없다는 걸 알아차렸다.

경찰에 연락했다. 신문과 수색이 이어졌다. 제복을 입은 경찰관과 우리 아빠를 비롯한 동네 남자들이 무섭게 퍼붓는 빗줄기에 어깨를 웅크리고 그들을 거대한 콘도르처럼 보이게 만드는 기다란 검은색 우비를 입고 폐광과 그 너머의 벌판으로 비뚤배뚤하게 흩어졌다. 안에서 들리는 어떤 침울한 맥박에 박자를 맞추듯 터벅터벅 천천히 피곤하게 걸으며 나뭇가지와 막대기로 바닥을 쓸었다.

나도 그들과 함께 나서고 싶었다. 하지만 수염을 기르고 정수리가 벗어진 친절한 얼굴의 경찰관이 간청하고 애원하는 내 어깨에 손을 얹고 다정한 목소리로 말했다. "그건 좋은 생각이 아니라고 본다, 아들. 여기 남아서 엄마를 도와야지."

그때 나는 화가 났다. 그가 나를 귀찮은 어린애로 간주한다고 생각했다. 나중에서야 나를 보호하려고 그랬다는 걸 깨달았다. 여동생의 시신과 맞닥뜨리지 않게 보호하려고 그랬다는 걸 말이다.

나는 그에게 나를 보호하려고 해봐야 너무 늦었다고 얘기할 수 있었다. 경찰관에게 많은 걸 얘기할 수 있었다. 하지만 아무도 들으려고 하지 않았다. 나도 노력했다. 그들에게 내가 친구들과 놀러 가면 애니가 가끔 집에서 몰래 빠져나와 나를 따라온 적 있었다고 얘기했다. 전에는 내가 동생을 데리고 돌아왔다고 말이다. 그들은 고개를 끄덕이며 메모를 적었지만 달라진 건 아무것도 없었다. 그들도 애니가 집에서 몰래 빠져나갔다는 건 알았다. 어디로 갔는지 모를 따름이었다.

내가 그들에게 얘기할 수 없었던 한 가지가 있다면 진실, 그러니까 모든 진실이었다. 아무도 나를 믿어주지 않을 것이었다. 나조차도 그걸 믿는지 확신할 수 없었다.

1분, 1초, 한 시간이 지날수록 공포와 죄책감이 점점 커져갔다. 동생이 실종되고 48시간 동안 내가 얼마나 겁쟁이인지 그보다 더

피부로 실감한 적이 없었다. 두려움이 양심과 싸우며 내 내면을 갈
가리 찢어놓았다. 있을 수 없는 일이 벌어지지 않았다면 둘 중 어
느 쪽이 이겼을지 나도 모르겠다. 나는 페이지를 넘겼다.

실종됐던 여덟 살짜리 발견되다―

부모의 환희!

내가 부엌에서 엄마와 아빠를 위해 토스트를 만들고 있을 때 애
니가 돌아왔다. 빵은 딱딱했고 살짝 곰팡이가 피었다. 지난주부터
아무도 장을 보지 않았다. 나는 곰팡이를 긁어내고 그릴에 넣었다.
상관없었다. 어차피 엄마, 아빠는 먹지도 않을 것이었다. 결국에는
내가 어제 먹지 않은 음식과 함께 쓰레기통에 버려야 할 것이었다.

누군가가 문을 두드리는 소리가 들렸다. 우리는 일제히 고개를
들었지만 아무도 움직이지 않았다. 세 번이었다. 새로운 소식이 있
다는 뜻일까? 우리는 모스 부호라도 되는 듯 그 소리에 귀를 기울
였다. 똑, 똑, 똑. 좋은 소식일까, 나쁜 소식일까?

맨 먼저 정적을 깬 사람은 엄마였다. 가장 용감해서 그런 것일
수도 있고 기다리는 데 신물이 나서 그런 것일 수도 있었다. 엄마
는 어떤 형식으로든 해소할 통로가 필요했다. 엄마는 의자를 뒤로
밀고 일어나 휘청휘청 문 쪽으로 걸어갔다. 아빠는 꿈쩍도 하지 않
았다. 나는 복도에서 알짱거렸다. 토스트 타는 냄새가 났지만 우리
둘 다 그걸 꺼내러 가지 않았다.

엄마가 문을 열었다. 경찰관이 서 있었다. 그가 뭐라는지 들리지
않았지만 엄마가 휘청하며 문틀을 붙잡는 게 보였다. 내 심장이 덜
덜거리다가 멎었다. 나는 아무것도 삼킬 수가 없었다. 숨을 쉴 수도

없었다. 잠시 후에 엄마가 고개를 돌리고 외쳤다.

"살아 있대! 찾았대! 우리 아기를 찾았대!"

우리는 파랗고 하얀 경찰차 뒷좌석에 몸을 욱여넣고 경찰서로 같이 갔다(그 시절에는 안힐에 지서가 있었다). 엄마와 아빠는 기쁨과 안도감에 눈물을 흘렸고 나는 신경이 곤두서서 땀을 바가지로 쏟았다. 차에서 내렸을 때 다리에서 힘이 풀리는 바람에 아빠가 내 팔을 붙잡아야 했다. "괜찮다, 아들." 아빠가 말했다. "이제 다 괜찮아질 거야."

나는 아빠의 말을 믿고 싶었다. 정말로 믿고 싶었다. 예전에는 아빠의 판단이 뭐든 옳다고 생각했다. 항상 아빠의 말을 믿었다. 하지만 당시에도 나는 알았다. 상황은 괜찮지 않았다. 절대 다시 괜찮아질 수 없었다.

"말이 별로 없어요." 땀 냄새와 오줌 냄새가 나는 옅은 파란색의 긴 복도를 걸어가는 동안 경찰관이 말했다. "그냥 자기 이름만 밝히고 마실 걸 달라고 했어요."

우리는 일제히 고개를 끄덕였다.

"누구한테 납치를 당했나요?" 엄마가 불쑥 물었다. "어디 다쳤나요?"

"모르겠어요. 개를 산책시키러 나왔던 사람이 폐광에서 돌아다니는 걸 봤대요. 외상은 없어 보여요. 오한과 약한 탈수증상이 있는 게 전부예요."

"집으로 데려가도 됩니까?" 아빠가 물었다.

경찰관은 고개를 끄덕였다. "네, 그러시는 게 가장 좋을 듯합니

194

다."

그는 면회실 문을 열어서 잡아주었다.

"조." 엄마가 내 옆구리를 찔렀고 내가 정신을 추스르거나 뭘 파악하거나 그럴 겨를도 없이 우리는 안으로 들어갔다.

애니는 플라스틱 의자에 앉아 있었다. 그 옆에 앉아 있는 여경은 누가 봐도 아이를 다룬 경험이 없어서 어색하고 불편해 보였다.

주스가 담긴 조그만 컵과 먹지 않은 비스킷 몇 개가 테이블에 놓여 있었다. 애니는 그것들 너머로 지저분하고 흠집으로 뒤덮인 벽을 똑바로 쳐다보며 다리를 앞뒤로 흔들었다. 잠옷이 흙투성이였고 군데군데 찢겼다. 경찰관이 파란색 담요로 감싸놓았는데, 구치소를 제집처럼 드나드는 성인 재소자용이라 담요가 너무 컸다. 발은 맨발이었다. 그리고 분탄으로 시커멨다.

그녀가 으스러져라 끌어안고 있는 물건은 담요에 반쯤 가려졌다. 내 자리에서는 지저분한 금색의 고수머리와 분홍색 플라스틱과 파란색의 한쪽 눈밖에 안 보였다. 내 머리칼이 쭈뼛 섰다. 애비-아이스. 그녀가 그녀를 데려왔다.

"아, 애니."

엄마와 아빠가 달려가 팔로 감싸 안았다. 키스 세례를 퍼붓느라 흙과 분탄을 뒤집어썼지만 딸이 돌아왔으니 상관없었다. 막내딸이 무사히 집으로 돌아왔으니 상관없었다.

애니는 무표정한 얼굴로 꼼짝하지 않고 다리만 앞뒤로 흔들었다. 엄마의 얼굴이 눈물로 얼룩졌다. 엄마가 서서히 몸을 떼어내고 손을 내밀어 애니의 뺨을 어루만졌다.

"어떻게 된 거니, 아가? 어떻게 된 거야?"

나는 문가에 머물며 경찰관들이 내 과묵한 반응을 10대 특유의 어색함으로 착각해주길 바랐다. 어쩌면 나도 그래서 다가가지 못하는 거라고 나 자신을 속이려고 애를 쓰고 있었을지 모른다.

애니가 고개를 들었다. 나와 시선을 맞추었다.

"조이."

그녀는 미소를 지었고…… 그때 나는 뭐가 잘못됐는지 깨달았다. 뭐가 너무나 끔찍하고 무시무시하게 잘못됐는지 깨달았다.

나는 일어선다. 가까이 닥친 기억이 내 목을 조르는 듯 숨이 막힌다. 목구멍 뒤편에서 쓰디쓴 쓸개즙 맛이 느껴진다. 나는 비틀거리며 2층으로 올라가 늦지 않게 화장실로 들어간다. 시큼한 갈색 액체를 얼룩덜룩한 세면대에 게운다. 그러다 멈추고 거칠게 숨을 쉬는데, 잠시 후에 배 속이 또다시 경련을 일으킨다. 목구멍과 코를 타고 토사물이 한 번 더 분출된다. 나는 차가운 세면대를 움켜쥐고 숨을 고르며 떨림을 멈추려고 한다. 잠깐 거기 기대고 서서 다리에 다시 힘이 생기길 기다리며 토사물이 튄 세면대를 쳐다본다.

결국 수도를 틀어 내 안에서 나온 갈색 덩어리를 배수구로 씻어 내린다. 침을 몇 번 뱉고 천천히, 깊게 숨을 쉰다. 물이 꾸르륵 요란한 소리를 내며 개수대에서 관을 타고 흘러내린다.

그 소리만 들리는 게 아니다. 구토를 마치고 났더니 신경을 긁는 그 딸깍거리며 바쁘게 움직이는 소리가 다시 의식이 된다. 점점 가까워온다. 집요하다. 온 사방에서 나를 감싸고 있다. 나는 몸서리를 친다. 냉기가 다시 느껴진다. 스멀스멀한 냉기가.

변기를 쳐다본다. 벽돌이 아직까지 그 위에 쪼그리고 있다. 조심
스럽게 벽돌을 집어 든다. 그런 다음 플라스틱 변기솔의 앙상한 한
쪽 끝으로 뚜껑을 홱 연다. 조금씩 다가가 안을 유심히 들여다본다.
아무것도 없다. 주위를 두리번거린다. 샤워 커튼이 닫혀 있다. 곰팡
이가 핀 가장자리를 잡고 한쪽으로 홱 당긴다. 그 뒤에 숨어 있는
건 샤워젤 거품과 지저분한 스펀지뿐이다.

나는 화장실을 나선다. 그 딸깍거리며 바쁘게 움직이는 소리가
나를 따라 움직이는 느낌이다. 배관에 있나? 벽에 있나? 계속 변기
솔을 휘두르며 계단 꼭대기를 따라 전진한다. 내 방을 들여다본다.
여기에도 아무것도 없다. 뭔가가 나를 괴롭힌다. 그러다가 사라진
다. 나는 계속 벤의 방 쪽으로 전진한다.

문손잡이를 잡는다. 그런 다음 문을 열고 얼른 불을 켠다. 알전
구가 황달에 걸린 누르스름한 불빛을 토한다. 좌우를 둘러본다. 크
지 않은 방이다. 싱글 침대, 옷장 그리고 조그만 서랍장을 놓기에
충분한 공간이다. 수리를 했다. 여러 번 칠을 한 것 같은데…….

이 모든 게 보이지만 실제로 보이는 건 아니다. 보이는 건 온통
빨간색뿐이다. 빨강이 새로 산 매트리스를 적시고 벽을 타고 흐른
다. 벽에 적힌 글씨에서 미끌미끌한 다홍색의 실개천이 주르르 흐
른다.

그녀의 글씨다. 그의 피다.

내 아들이 아니야.

그녀는 언제 결심했을까? 언제 깨달았을까? 매 분, 매 시간, 매일

공포와 충격이 서서히 축적돼서 더 이상 감당할 수 없게 됐을까? 그 냄새, 스멀스멀한 냉기, 소리. 그녀에게는 이미 총이 있었다. 하지만 벤을 총으로 쏘지는 않았다. 맨손으로 죽였다. 공포와 분노에 사로잡혀서? 아니면 어떤 사건이 벌어지는 바람에 선택의 여지가 없어졌을까?

나는 억지로 눈을 감는다. 눈을 떠보니 피와 글씨가 사라졌다. 벽은 아무것도 없이 깨끗하고 집의 나머지 부분처럼 평범한 황백색이다. 고약한 연미색이다. 나는 그 방을 마지막으로 흘끗 쳐다본다. 그런 다음 나와서 문을 닫는다. 나무에 이마를 대고 심호흡을 한다.

그냥 시골집이야. 그냥 네가 착각한 거야.

고개를 돌린다. 내 심장이 멎는다.

"망할!"

애비-아이스가 카펫 위에, 계단 꼭대기의 중간쯤에 앉아 있다.

땅딸막한 플라스틱 다리를 앞으로 삐죽 내밀고, 금색 고수머리를 풀어 헤치고, 기우뚱한 한쪽 눈으로 먼지를 뒤집어 쓴 구석의 거미줄을 올려다본다.

안녕, 조이. 내가 돌아왔어. 또다시.

나는 인형을 가져다놓은 절도범이 자기가 저지른 장난에 키득거리며 계단을 살금살금 내려가고 있기라도 한 듯 사방을 두리번거린다. 하지만 아무도 없다.

떨리는 다리로 걸어가 애비-아이스를 집는다. 떨어진 눈이 덜거덕거린다. 폴리에스터로 만든 뻣뻣한 싸구려 원피스가 부스럭거린다. 그녀의 무게감에, 내 손에 와 닿는 딱딱하고 차가운 플라스틱의 느낌에 살갗이 꿈틀거린다.

창밖의 웃자란 뒷마당으로 던져버리고 싶은 충동이 나를 거의 압도하지만, 그보다 더 섬뜩한 상상이 나를 덮친다. 그녀가 집으로 다시 기어와 플라스틱으로 된 뺨이 발그레한 얼굴을 창문에 대고 어둠 속에서 안을 들여다보는 상상이다.

나는 던져버리는 대신 불발탄처럼 그녀를 멀찌감치 잡고 계단을 다시 내려가 부엌으로 들어간다. 개수대 아래 찬장을 열고 변기 솔과 함께 그 안에 쑤셔넣고 문을 쾅 닫는다.

젠장. 온몸이 부들부들 떨린다. 기절하기 직전인지, 심장마비를 일으키기 직전인지 잘 모르겠다. 물을 한 잔 따르고 벌컥벌컥 마신다.

이성적으로 생각해보려고 한다. 내가 애니의 인형을 직접 옮겨놓고 깜빡했을지 모른다. 일종의 술에 취해 필름이 끊기는 현상이다. 브렌던이 술을 마시던 시절에 어떤 식으로 환각과 기억 상실에 시달렸는지 얘기했던 기억이 난다. 한번은 일어나보니 옷장이 계단 아래로 밀쳐져 있었다. 그런데 그랬던 기억도 없고 이유도 전혀 알 수 없었다.

"당연히 그때가 지금보다 훨씬 덩치가 컸지." 그는 눈을 찡긋거렸다. "술살 때문에."

브렌던. 나는 생각한다. 브렌던하고 얘기를 해봐야겠다. 그에게 전화를 한다. 음성 사서함으로 넘어간다. 글로리아가 그에게는 아무 일 없다고 했지만 그래도 불안하다. 내가 알기로 글로리아는 거짓말을 하지 않는다. 꺼지라는 타박을 받을지언정 그의 목소리를 들으면 좋을 것이다. 문득 생각해보니 나는 필요할 때 있어줄 거라고 브렌던에게 의지하게 됐다. 그의 존재가 오래된 청바지 아니면 댄스 슈즈처럼 익숙하고 위로가 된다. 안 그래도 날카롭던 신경이 걱정으로 나달나달해진다.

절뚝절뚝 거실로 돌아간다. 서류파일이 커피 테이블 위에 계속 펼쳐져 있다. 아직 다 보지 못했다. 몇 장을 건너뛰었다. 하지만 오늘 밤은 이걸로 충분하다. 메시지를 알겠다. 안힐은 안 좋은 일들이 많이 벌어진 조그맣고 음산한 마을이라는 것. 마가 끼고 저주받은 마을이라는 것. 이리로 들어오는 모든 자여, 희망을 버릴지어다.

나는 자료를 포개서 다시 서류파일에 넣기 시작한다. 그중 한 장이 내 시선을 사로잡는다. 다시 신문 스크랩이다.

장래가 촉망되던 학생의 비극적인 죽음

사진: 웃고 있는 10대 여학생이다. 길고 까만 머리에 반짝이는 은색 코걸이를 한 예쁜 아이다. 그녀의 미소가 왠지 모르게 애니를 연상시킨다. 나도 모르게 기사를 훑는다. 안힐 아카데미 학생이었던 열세 살의 에밀리 라이언이 알코올과 파라세타몰을 과다 복용해 스스로 목숨을 끊었다. "재치 넘치고 재미있고 생기발랄했다"라고 묘사되어 있다.

"잃어본 적 있어요?"

베스의 목소리가 내 머릿속에서 불쑥 고개를 든다. 그녀가 얘기한 학생이다. 분명하다. 하지만 뭔가가 이상하다. 나는 자리에 앉는다. 나달나달해진 내 머리는 어느 정도 시간이 지난 다음에서야 시동이 걸린다. 마침내 삐걱거리는 소리와 함께 철커덩 제자리를 찾는다.

나는 오늘이 무슨 요일인지 모를 때가 많지만 셰익스피어를 통째로 암송할 수 있다(재수 없게 붙들린 사람 앞에서. 내가 정말 싫어하는 사람 앞에서). 긴 본문과 무작위로 선별된 단어들을 외울 수 있다. 내 머리가 그런 식이다. 쓸모없는 정보를 먼지처럼 모은다.

"1년하고 하루하고 약 12시간 32분."

베스는 자기 입으로 안힐 아카데미에서 근무한 지 그 정도 됐다고 했다. 그러니까 2016년 9월에 부임했다는 뜻이다. 이 기사에 따르면 에밀리 라이언은 2016년 3월 16일에 죽었다.

물론 베스가 틀렸을 수도 있다. 그녀가 날짜를 헷갈렸을 수도 있다. 하지만 내 생각은 다르다.

"당연히 세고 있죠."

그러니까 에밀리 라이언이 자살했을 때 베스는 여기 교사가 아니었다는 뜻이다. 에밀리 라이언은 그녀의 학생이 아니었다. 그런데 왜 내게 거짓말을 했을까?

18

나는 다음 날 아침에 일찍 눈을 뜬다. 그럴 필요가 없는데도. 한쪽 눈꺼풀을 반쯤 열고 앓는 소리를 내며 몸을 굴린다. 내 몸의 나머지 부분은 밤새 침대와 합체가 된 듯한데 짜증나게 머리만 다시 인사불성 상태로 돌아가길 거부한다.

몇 분 동안 그 자리에 누워서 다시 잠을 자려고 기를 쓴다. 그러다 결국 포기하고 매트리스에서 몸을 떼어내고 다리를 내려 차가운 바닥을 딛는다. 커피. 뇌에서 지시를 내린다. 그리고 니코틴.

말을 듣지 않는 아이들을 재촉하는 부모처럼 바람이 하늘 위로 구름을 몰고 간다. 흐리고 바람이 많이 부는 날이다. 나는 비교적 따뜻한 집 안으로 다시 들어가고 싶은 마음에 몸서리를 치며 얼른 담배를 피운다.

간밤의 사건은 이미 뭔지 잘 알 수 없는 희미한 기억이 되었다. 찬장에서 애비-아이스를 꺼낸다. 백주대낮에는 무서울 게 없어 보인다. 오래돼서 망가진 인형일 뿐이다. 조금 많이 못쓰게 됐고 조금 많이 사랑을 받지 못했다. 너나 나나 마찬가지 신세로구나. 나는 생각한다.

그녀를 개수대 아래에 처박았던 게 이제 와 미안해진다. 그래서 거실로 들고 와 안락의자에 올려놓는다. 소파에 앉아 커피를 마저 마신다. 애비-아이스와 내가 오전의 휴식 시간을 만끽하고 있다.

브렌던에게 두 번 더 전화를 걸어본다. 여전히 응답이 없다. 에밀리 라이언의 신문 기사를 다시 한번 읽어본다. 이해가 안 되기는 어젯밤이나 오늘 아침이나 마찬가지다. 다른 데로 관심을 돌리기 위해 채점할 과제물을 꺼낸다. 반쯤 채점했을 때 유난히 투박한 문단 옆에 "헐, 뭐냐!"라고 적은 걸 알아차리고 접는다.

손목시계를 확인한다. 오전 9시 30분이다. 하루 종일 이 집에서 어슬렁거릴 생각은 없다. 그리고 달리 시간을 때울 방법도 없다.

달리 할 일이 없다.

나는 나가서 걷기로 한다.

안힐에서는 18세기에 실험적으로 석탄 채취가 시작됐다. 이후로 2백 년에 걸쳐 광산이 커지고 확산되고 철거되고 재건되고 현대화되었다.

수천 명의 남자와 가족들이 광산을 중심으로 삶을 일구었다. 그건 직업이 아니었다. 살아가는 방식이었다. 안힐이 생명체였다면 광산이 맥박이었고 연기를 뿜어내는 심장이었다.

폐광되자 의회에서 2년도 안 되는 기간에 그 심장을 뜯어냈지만 그때쯤에는 이미 박동을 멈춘 지 오래였다. 검댕과 연기가 강철로 이루어진 혈관을 타고 더는 흐르지 않았다. 건물들은 내려앉고 훼손됐다. 좀도둑들이 고철과 붙박이 세간과 부품을 훔쳐갔다. 어떻게 보면 불도저들이 들이닥친 게 고마운 일이었다.

마침내 아무것도 남지 않았다. 땅속 깊이 뚫린 상처만 남았다. 그건 잃어버린 것을 끊임없이 상기시키는 흔적이었다. 일부 가족들은 일자리를 찾아 다른 데로 떠났다. 우리 아빠 같은 그 나머지는 적응했다. 마을은 절뚝거리며 회복 비슷한 걸 향해 나아갔다. 하지만 절대 낫지 않는 흉터도 있는 법이다.

야생화와 잡초로 두툼하고 풍성하게 뒤덮인 거친 풍경이 내 앞에서 솟아오른다. 예전에는 바로 여기에 거대한 공장들이 있었다는 게 잘 믿기지가 않는다. 철거 비용이 너무 엄청났기 때문에 땅속에 남겨진 수갱과 장비들이 있다는 게 잘 믿기지가 않는다.

하지만 땅속에는 그것만 있는 게 아니다. 광산 이전에. 기계들이 땅에 구멍을 뚫기 전부터 이곳에는 다른 구덩이들이 있었다. 이 마을의 근간을 이루는 다른 전통이 있었다.

나는 울퉁불퉁한 땅을 걸을 때 도움이 되는 지팡이를 들고 왔다는 데 기뻐하며 언덕을 오르기 시작한다. 주변을 에워싼 울타리에 좁은 구멍이 있었다. 반대편에 짓밟힌 잡초와 맨땅이 있는 걸 보면 여럿이 애용하는 출입구인 듯하다.

어렸을 때는 여기가 손바닥 보듯 훤했다. 이제는 낯설다. 내가 있는 곳이 어디인지, 예전에 수갱이 있었던 곳이 어디인지 잘 모르겠다. 더는 존재하지 않는 해치가 있었던 곳도. 크리스 덕분에 해치도 들어가는 길도 함께 없어졌다. 나는 그게 영영 없어진 줄 알았다. 하지만 왜 몰랐을까. 계속 묻혀 있지 않는 것도 있다는 걸. 아이들은 찾아내기 마련이라는 걸.

가파른 언덕 꼭대기에 서서 숨을 고른다. 나는 한쪽 다리가 불구가 아니었더라도 원래 하이킹과 언덕 오르기에 소질이 없다. 테이블 앞이나 높은 바 의자에 앉아 있도록 만들어진 몸이다. 심지어 버스를 잡으려고 달리지도 않는다. 많이 필요했던 산소를 허파 속으로 억지로 빨아들여 보려고 한다. 그러다 포기하고 담배를 꺼내 불을 붙인다. 여기로 오면 내 몸속에 수맥을 찾는 막대라도 들어 있는 것처럼 본능적으로 옛 기억이 되살아나거나 찌릿한 뭔가가 느껴질 줄 알았다. 그런데 전혀 아니다. 타박상을 입은 갈비뼈에서 느껴지는 찌릿한 통증뿐이다. 잊으려고 너무 열심히 노력한 모양이다. 그래서 실망스러운지 안심이 되는지 잘 모르겠다.

갈색과 초록색으로 굽이치는 능선을 둘러본다. 앙상한 풀밭과 뻣뻣한 가시가 달린 덤불, 미끄러운 자갈로 덮인 비탈과 진창 늪지와 흔들리는 갈대로 가득한 깊은 구멍.

그것들의 속삭임이 들리는 듯하다. *그냥 여기 올라오면 들어가는 길을 찾을 수 있을 줄 알았어? 그렇게는 되지 않아, 조이-보이. 지금쯤은 뭔가 배울 때도 되지 않았나? 네가 나를 찾는 게 아니야. 내가 너를 찾는 거지. 그걸 절대 잊지 마.*

나는 살짝 몸서리를 친다. 이 추억의 언덕을 올라온 것 역시 나의 수많은 다른 행동처럼 소득 없는 운동일지 모른다. 이메일도 아무 의미 없을지 모른다. 문자도. 그 어떤 것도. 어쩌면 받을 걸 받고 떠나는 게 가장 좋을지 모른다. 나는 영웅 타입이 아니다. 돌아와서 수수께끼를 해결하고 여자를 차지하는 영화 속 주인공이 아니다. 굳이 꼽으라면 1막을 넘기지 못하는 백수 친구에 가깝다. 여기에서 그런 일이 벌어진 지도 오래 지났다. 나는 25년 동안 그걸 다시 떠올릴 필요 없이 지냈다. 그런데 이제 와서 관심을 기울이는 이유가 뭘까?

왜냐하면 다시 반복되고 있기 때문이지.

그러거나 말거나. 내 알 바 아니다. 내가 상관할 일 아니다. 운이 좋으면 굴착기가 이 썩은 마을을 깡그리 밀어버릴 테고 그러면 그것도 끝이 날 것이다.

몸을 돌리려는 찰나, 무언가가 내 눈에 들어온다. 땅바닥에서 뭔가가 펄럭인다. 나는 잠깐 동안 쳐다본다. 그러다 허리를 숙여서 집는다. 웸 바 포장지다. 그 밝은 파란색과 빨간색은 어딜 가든 모를 수가 없다. 크리스가 주머니 가득 그걸 넣고 다녔다. 그가 죽지 않고 어른이 됐다면 이가 남아나지 않았을 것이다.

나는 허리를 펴고 언덕을 내려다본다. 그렇게 심하게 가파르지는 않다. 그래도 포장지를 주머니에 넣고 엉금엉금 내려간다. 위에서 짐작했던 것보다 더 가팔라서 반쯤 내려왔을 때 다친 쪽 다리에 힘이 풀리면서 발이 미끄러지는 바람에 남은 몇 미터를 엉덩이로 내려온다.

숨을 헐떡이고 부들부들 떨며 바닥에 잠깐 누워 있다. 다시 몸을 일으키는 일이 힘겹게 느껴진다. 눈을 감고 심호흡을 몇 번 한다.

"우리 엄마한테 전화 안 했죠."

나는 움찔하며 벌떡 일어나 앉는다. 파카 모자로 핏기 없는 얼굴을 동그랗게 에워싼 젊은 여자가 나를 내려다본다. 조그맣고 꾀죄죄하며 까만 개의 목줄을 잡고 있다. 왠지 모르게 낯이 익다 싶더니 딸깍 하고 맞아떨어진다. 술집의 매력적인 바텐더다. 로런.

내가 흙투성이로 엎어져 있는 걸 알아차렸을지 몰라도 표정에서 드러나지는 않는다.

"다친 데 없어요." 나는 얘기한다. "물어봐줘서 고마워요."

"작년에 여기서 나이 많은 할아버지가 넘어졌어요. 저체온증으로 죽었어요."

"당신 같은 선한 사마리아인이 발견해줘서 다행이네요."

나는 지팡이를 붙잡고 엉거주춤 힘겹게 일어선다. 개가 내 신발 주변을 킁킁거린다. 나는 개를 좋아한다. 녀석들은 복잡하지 않다. 간단하다. 인간과 다르다. 고양이하고도 다르다. 나는 턱 아래를 만지려고 손을 뻗는다. 녀석은 이를 드러내고 으르렁거린다. 나는 얼른 손을 거둔다.

"누가 쓰다듬는 걸 싫어해요." 로런이 말한다.

"그렇군요."

목 주변에 거의 반지 모양으로 털이 빠졌다. 오래된 흉터다.

"어쩌다 저렇게 됐어요?"

"가시철사에 걸려서 목을 베였어요."

"죽지 않은 게 기적이네요."

그녀는 어깨를 으쓱한다.

"아가씨가 기르는 개예요?"

"아뇨. 엄마요. 오래됐어요."

"개를 데리고 여길 자주 지나다녀요?"

"아마도요."

"여길 지나다니는 사람이 많아요?"

"조금요."

돌멩이를 쥐어짜 봐야 피 한 방울 나오지 않는다는 속담이 떠오르는 순간이다.

"학교 애들도 여길 얼쩡거린다고 들었는데."

"몇 명은요."

"나도 어렸을 때 그랬거든요. 폐쇄된 수갱으로 들어갈 방법을 찾고 그랬어요."

"아주 오래전 얘기겠네요."

"맞아요. 일깨워줘서 고마워요."

그녀는 웃지 않는다. "왜 우리 엄마한테 전화 안 해요?"

"지금 당장은 청소해주시는 분이 필요 없거든요. 미안해요."

"알았어요."

그녀는 몸을 돌린다. 나는 내가 기회를 놓치고 있다는 걸 알아차린다.

"잠깐만요."

그녀가 뒤를 돌아본다.

"어머님이―모턴 부인이 그 집에 살았을 때 거길 청소했어요?"

"맞아요."

"그럼 어머님이 부인을 알았겠네요?"

"그건 아니고요."

"그래도 대화를 나눠봤을 거 아니에요."

"모턴 부인은 사람들이랑 잘 어울리지 않았어요."

"모턴 부인이 이상하다고, 심란하고 불안한 것 같다고, 어머님이 그런 얘기한 적 없었어요?"

그녀는 어깨를 으쓱한다.

"벤이 실종된 적 있다고 들었어요. 그 아이가 가출했을 거라고 생각해요?"

그녀는 또다시 어깨를 으쓱한다. 나는 마지막으로 한 번 더 시도한다.

"벤도 여기 드나드는 아이 중 한 명이었어요? 아이들이 뭘 찾았대요? 터널이나 동굴을 찾았대요?"

"우리 엄마한테 연락해요."

"얘기했잖아요, 나는—" 나는 말을 하다 말고 멈춘다. "아가씨 어머님한테 전화하면 나한테 얘기해주실까요?"

그녀는 나를 빤히 쳐다본다. "우리 엄마는 시간당 10파운드 받아요. 집 안 전체 청소는 50파운드고요."

나는 무슨 뜻인지 알아듣는다. "그렇군요. 기억할게요."

개가 다시 내 신발 쪽으로 슬금슬금 다가온다. 로런이 목줄을 살짝 당긴다. 녀석은 그녀를 보고 회색 주둥이를 찡그린다.

"그 개, 나이가 엄청 많겠어요." 내가 말한다.

"엄마 말로는 죽을 때가 지났대요."

"진심으로 하신 말씀은 아니겠죠."

"맞아요, 진심으로 한 얘기예요." 그녀는 몸을 돌린다. "이제 가야겠어요."

"나중에 또 만나요!" 나는 그녀의 등에 대고 외친다.

그녀는 내 인사를 무시하지만 걸어가며 거의 혼잣말처럼 중얼거리는 소리가 들린다. "여기가 아니에요."

괴상하다는 말로는 표현이 다 되지 않는다.

돌아가보니 내 집 앞에 흰색 밴이 주차되어 있다. 뒤편에 큼지막한 수도꼭지 사진이 붙어 있다. 나는 배관공이 몰고 다니는 차인가 보다고 두드려 맞춘다. 현재 내 화장실 상황을 감안했을 때 행운이다. 내가 배관공에게 연락을 했다면 말이다.

가까이 다가가자 최악의 시나리오가 현실로 입증된다. 옆면에 이런 상호가 적혀 있다. 플레처&선스 배관 난방. 나는 문이 열리는 걸 지켜본다. 바보 같은 헤어스타일이 한쪽에서 내린다. 요즘 들어서는 전보다 낯설어진 또 다른 인물이 운전석에서 내린다. 그가 땅바닥에 누런 가래를 뱉는다.

"소니. 썅. 여기서 너를 다시 보게 될 줄은 몰랐다."

나도 똑같이 받아치지는 못하겠다. 나는 예전부터 닉이 여길 절대 떠날 일이 없다는 걸 알았다. 그런 아이들이 있다. 그들이 다른 데로 떠나고 싶어 하지 않는 건 아니다. 단지 이 세상에 다른 데가 있다는 생각 자체를 하지 못할 따름이다.

"뭐라고 대답하면 좋을까?" 나는 두 팔을 내민다. "따뜻한 환영이 그리웠다고 할까?"

닉은 나를 위아래로 훑어본다. "달라진 게 없구만."

이번에도 똑같이 받아치지 못하겠다. 세월이 우리 모두에게 다정하지 않았다면 닉 플레처에게는 유난히 가혹했다. 생김새는 어렸을 때부터 뭉뚝했지만—기저귀를 차고 다닐 때조차 나이 들어 보였을 것이다—스티븐의 무시무시한 보디가드였던 시절의 그는 근육질이었다. 지금은 해골에 가까울 정도로 말랐다. 깎은 머리는 니코틴에 찌든 누런색이고, 얼굴은 병 아니면 평생 술과 담배와 함께한 인생만이 새길 수 있는 깊은 주름살로 얽었다.

닉이 내 쪽으로 걸어온다. 바보 같은 헤어스타일은 위협적인 분위기를 풍길 요량으로 뒤에서 얼쩡거리지만 살짝 변비에 걸린 사람처럼 보일 따름이다. 부은 코와 양쪽 눈 아래에 든 멍이 보인다. 글로리아. 그의 동생은 다친 어깨가 아직 낫지 않았을까? 실낱같은 흐뭇함이 느껴진다.

닉은—나와 거의 비슷하게—어떤 통증이나 뻣뻣한 관절과 싸우는 사람처럼 걷는다. 관절염인가? 뒤틀린 손마디가 또 다른 증거다. 머리를 치고 다니면 얼마 후에 여파가 드러나는 모양이다.

그가 가까이 다가오자 체취가 느껴진다. 주시 프루트 껌과 담배 냄새다. 어쩌면 그도 달라진 게 별로 없을지 모른다.

"너는 여기서 찬밥이야, 소니. 다른 사람들 생각해서 네가 기어 나온 어딘지 모를 똥밭으로 돌아가지 그러냐?"

"와, 네가 그렇게 긴 문장으로 얘길 하다니. 표현이 조금 식상하

애니가 돌아왔다

211

고 형용사랑 동사가 섞이긴 했지만 괜찮았어."

그의 표정이 어두워진다. 바보 같은 헤어스타일이 앞으로 느릿느릿 걸음을 옮긴다. 간신히 억누르고 있는 폭력의 기운이 느껴진다. 그는 나를 두들겨 팰 준비가 되어 있는 정도가 아니다. 그러고 싶어서 안달이 났다. 맛있는 뼈를 말똥말똥 쳐다보는 개처럼 침을 흘리고 있다.

부전자전이라더니. 닉은 항상 먼저 주먹을 날리고 나중에 묻는 쪽을 좋아했다. 핑계가 없어도 폭력을 휘두르는 데 아무 문제 없었지만 스티븐이 옆에서 핑계를 만들어주었다. 닉은 이를 박살내고 눈에 멍자국을 내는 걸 즐겼다. 성질 더럽고 지저분한 싸움꾼이었다. 그리고 항복을 몰랐다. 나는 그가 오로지 악독함과 집요함으로 자기보다 덩치 큰 녀석들의 진을 빼놓는 걸 본 적도 있다. 스티븐이 그때부터 제어하지 않았다면 누굴 패서 죽이는 것쯤은 아무렇지도 않게 생각했을 것이다.

그가 뒤틀린 손을 들자 아들이 휘청하며 걸음을 멈춘다.

"원하는 게 뭐냐?"

"세계의 평화, 모두에게 공평한 임금, 아이들을 위한 더 나은 미래."

"아직도 네가 재미있다고 생각하는 모양이지?"

"그런 사람도 있어야 하잖아."

손이 흔들린다.

"스티븐을 만나고 싶어." 나는 얼른 말한다. "우리 둘 모두를 만족시킬 만한 합의점을 찾을 수 있을 거라고 보는데."

"그래?"

"걔가 원하는 걸 내가 가지고 있거든. 기꺼이 내줄게. 대가를 지불한다면."

그는 콧방귀를 뀐다. "야, 스티븐이 간밤에 너한테 살살 하라고 했다만. 네 쪽에서 협박하면 그렇게 너그럽지 않게 나오지 않을 수도 있어."

"나는 도박을 감행할 용의가 있어."

"그렇다면 보기보다 우라지게 멍청한 거고."

"그래? 내가 보기에는 네 아들도 간밤에 제법 얻어맞은 것 같다만." 나는 바보 같은 헤어스타일을 향해 미소를 짓는다. "네 동생 어깨는 좀 어때?"

그의 얼굴이 벌게진다. "네가 운이 좋았지, 병신 새끼야."

"맞아." 닉이 말한다. "이제는 너를 도와줄 덩치들이 없어—"

덩치들? 아들들이 여자한테 맞았다고 실토할 수는 없었던 모양이다.

"그리고 내 아들들은 아무도 건드리지 못한다." 플레처는 으르렁거리며 손을 내린다.

바보 같은 헤어스타일이 달려든다. 하지만 이번에는 내가 준비가 되어 있다. 그가 주먹을 들자 나는 지팡이를 휘두른다. 지팡이가 그의 귀 위쪽을 세게 때리자 그는 땅바닥으로 고꾸라진다. 나는 지팡이로 그의 배를 찌른 다음 허리를 후려친다. 그는 아주 흉측한 종이접기처럼 몸을 접는다.

닉이 나를 향해 다가온다. 하지만 그는 아들보다 나이도 많고 동작도 느리다. 나는 옆으로 비켜서 그의 다리 사이로 지팡이를 든다. 그는 비명을 지르며 무릎을 꿇는다. 나는 지난 몇 년 동안 어떻게 하면 통증을 유발할 수 있는지 경험을 통해 노하우를 터득했다. 나는 살짝 숨을 헐떡이며 그의 위로 허리를 숙인다.

"네 짐작은 틀렸어." 나는 말한다. "내가 달라졌거든."

그는 눈물이 고인 눈을 가늘게 뜨고 나를 올려다본다. "쌍, 너는 이제 죽었어."

"불알을 움켜쥔 남자가 말했습니다. 가서 내가 만나고 싶어 한다고 스티븐한테 전해. 며칠 저녁이 좋은지는 개가 정해도 좋아. 하지만 이번 주라야 해."

"네가 지금 무슨 짓을 저지르고 있는지 전혀 모르는구만."

바보 같은 헤어스타일이 엉거주춤 일어선다. 멍한 표정을 짓고 있고 내가 처음 짐작했던 것보다 어리다. 나는 살짝 죄책감을 느낀다. 하지만 아주 살짝이다. 나는 지팡이를 휘둘러 그의 부은 코를 강타한다. 피가 뿜어져나온다. 그는 비명을 지르며 얼굴을 움켜쥔다.

"아니. 내가 어떤 사태를 수습하려는 건지 네가 전혀 모르는 거지. 경찰 부르기 전에 5분 줄 테니까 가라."

나는 몸을 돌려서 휘청휘청 집 쪽으로 걸어간다. 아드레날린이 잦아들자 망가진 내 몸이 요란하게 항의를 한다.

닉이 내 뒤에 대고 외친다. "네 동생은 죽었어. 동생을 다시 살릴 수는 없다고……."

그 말이 허공에서 맴돈다. 그는 말문을 맺지 않는다. 맺을 필요가 없다.

19

1992년

우리는 탄광에서 밤 9시에 다시 만나기로 했다. 그 늦은 시각에는 거길 찾는 사람이 없었고, 지나가던 사람이 보고 뭐 하는 거냐고 묻는 건 우리가 원하는 바가 아니었다.

나는 저녁을 먹고 조금 있다가 몰래 빠져나가기로 계획을 세웠다. 엄마는 쌓인 다림질을 하느라 바빴고 아빠는 술집에 갈 것이었다. 그보다 먼저 해야 할 일이 있기는 했다. 나는 부엌에서 살금살금 빠져나와 뒷마당의 헛간으로 향했다. 아빠가 거기에 공구와 예전에 쓰던 광부용 장비를 보관해두었다.

거미줄과 죽은 거미를 옆으로 치우고 조금 뒤져야 했다. 그러자 나왔다. 낡은 작업용 재킷, 튼튼한 부츠, 밧줄, 손전등 그리고……좋았어……광부용 헬멧. 나는 헬멧을 집어서 먼지를 털고 앞쪽에 달린 전등을 만지작거렸다. 먹통이 됐을 줄 알았는데 놀랍게도 노란색 불빛이 번쩍 들어왔다.

"여기서 뭐 해?"

나는 놀라서 몸을 돌리다 하마터면 헬멧을 떨어뜨릴 뻔했다.

"*에이 씨! 너야말로 여기서 뭐 하냐, 내 뒤를 몰래 밟기나 하고?*"

애니가 희미해져가는 저녁 햇살을 배경으로 앙상한 실루엣을 드러내며 문 앞에 서 있었다. 잠옷 차림이었고—케어 베어가 그려진 분홍색 잠옷이었다—길고 까만 머리는 하나로 높게 묶었다.

내 여동생. 여덟 살짜리 애늙은이. 재미있고 거침없고 고집 세고 한심하고. 어이없도록 영리하고 짜증날 정도로 귀엽고. 웃기고 좌절스럽고 유쾌하고. 그 비쩍 마른 팔과 다리로 나를 안으면 그보다 더 뼈만 앙상할 수 없는데도 어느 누구보다 폭신했다. 이를 다 드러내고 웃으면 가장 무정한 사람이라도 무너뜨릴 수 있었다. 산타클로스와 마법을 믿고 싶어 했던 터프한 말괄량이. 하지만 누군들 그러고 싶지 않을까?

"욕하면 안 되지." 그녀가 말했다.

"그래, 그래. 알아. 하지만 너도 남의 뒤를 몰래 밟으면 안 되지."

"안 그랬어. 오빠가 잘 듣고 있질 않은 거지."

살아가면서 저지르는 수많은 무의미한 짓 가운데 하나가 여덟 살짜리와 옥신각신하는 거다. 아무리 똑똑한 사람이라도 여덟 살짜리의 논리 앞에서는 당할 재간이 없다.

"뭐, 바빴거든."

"뭐 하느라? 그거 아빠 거 아니야?"

나는 얼른 헬멧을 내려놓았다. "응. 그래서 뭐?"

"그래서, 그걸로 뭐 할 건데?" 애니는 내 다른 쪽 손에 쥐어진 배낭을 발견했다. "아빠 물건 들고 나가는 거야?"

나는 동생을 사랑했다. 정말로 사랑했다. 하지만 가끔 못 견디게 내 신경을 긁을 때가 있었다. 그럴 때면 꼭 사냥개 같았다. 뭘 물면 절대 놓지 않았다.

"야, 그냥 빌리는 거야, 엉? 어차피 아빠가 더 이상 쓰지도 않잖아."

"빌려서 뭐 하게?"

"넌 몰라도 돼."

애니는 팔짱을 끼고 실눈을 떴다. 골치 아픈 일이 생길 거라고 예고하는 눈빛이었다. "얘기해."

"싫어."

"얘기하지 않으면 엄마한테 이를 거야."

나는 한숨을 쉬었다. 나는 긴장해서 신경이 곤두서 있었다. 땅바닥에 달린 그 괴상한 해치 앞으로 다시 가고 싶지 않았다. 왜 그런 짓을 하는지 알 수 없었다. 하지만 다른 친구들 앞에서 겁쟁이로 보이지 않으려면 견뎌야 하는데, 여덟 살짜리 여동생이 잔소리를 늘어놓고 있었다.

"아니, 그냥 별로 재미없는 개짓— 짓거리 하러 가는 거야. 폐광에 올라가기로 했거든."

그녀는 조금씩 내 쪽으로 다가왔다. "그런데 아빠 장비가 왜 필요해?"

나는 다시 한숨을 쉬었다. "좋아, 너한테 얘기하면 아무한테도 얘기하지 않겠다고 약속해야 해, 알았지?"

"알았어."

"지구 중심까지 뚫려 있는 구멍을 발견해서 거길 내려가볼 거야. 그 아래에 공룡들로 우글거리는 잃어버린 세계가 있을 것 같거든."

그녀는 나를 노려보았다. "지랄하고 자빠지셨네."

욕하지 말라고 할 때는 언제고. "좋아. 그럼 내 말 믿지 말든가."

"안 믿어."

"좋아."

정적이 흘렀다. 나는 모자, 옷, 밧줄, 부츠를 배낭에 넣고 지퍼를 잠근 다음 등에 짊어졌다.

"조이?"

나는 여동생을 빼고는 어느 누구에게도 조이라고 불리는 걸 싫어했다. 그 이름 하나로 워낙 쉽게 나를 놀릴 수 있기 때문이었다.

"왜?" 내가 말했다.

"조심해."

그러더니 하나로 묶은 머리를 대롱거리며 지저분한 맨발로 집을 향해 다시 달려갔다.

나는 달려가는 그녀를 바라보며 안 좋은 예감에 몸서리를 쳤다고 말할 수 있으면 좋겠다. 하늘에서는 불길한 바람이 구름을 몰고 갔다고. 숲에서는 새들이 날아오르며 비명을 질렀다고 아니면 갑작스러운 천둥이 고요한 저녁을 갈랐다고.

하지만 아무것도 없었다.

그게 인생의 문제다. 절대 미리 알려주지 않는다는 것. 이게 중요한 순간일지 모른다고 손톱만 한 단서조차 주지 않는다는 것. 당신은 여유를 두고 그 순간을 흡수하고 싶을지 모른다. 하지만 지나간 다음이라야 붙잡을 만한 순간인지 아닌지 알 수 있다.

나는 행복하고 순수하고 태평하게 깡충깡충 뛰어가는 애니를 바라보았고 그렇게 뛰어가는 동생의 모습을 볼 수 있는 순간이 그때가 마지막인 줄 전혀 알지 못했다.

그리고 그녀가 손전등을 챙긴 것도 몰랐다.

우리는 해치 주변에 섰다. 나, 닉 그리고 크리스였다. 스티븐은 아직 오지 않았다. 나는 내심 그가 오지 않길 바라는 마음이, 아주 많이 있었다.

우리는 모두 부츠에 까만 옷과 묵직한 재킷을 걸쳤지만 크리스만 하루 공원에 놀러 나온 아이처럼 데님 재킷과 청바지에 운동화를 신고 있었다. 광부용 헬멧을 들고 온 사람은 나 하나뿐이었지만 (그리고 배낭에 밧줄을 넣어온 사람도) 손전등은 다들 챙겼다. 우리는 준비 완료였다. 하지만 해치를 열 수 있는 도구가 없었으니 아무런 준비가 되지 않은 거나 다름없었다.

"얘는 도대체 어디 있는 거야?" 닉이 B&H 담배를 꺼내며 앓는 소리를 냈다.

나는 어깨를 으쓱했다. "안 오는 거 아닐까?"

그럼 우리 모두 기분 나빠지거나 겁쟁이처럼 보이지 않고 집으로 돌아가서 이 한심한 작전을 잊을 수 있었다.

크리스는 운동화를 땅에 대고 비볐다. 닉은 꽁초가 될 때까지 담배를 피웠다. 나는 손목시계를 확인하며 화가 난 척했지만 사실은 점점 안도하고 있었다. 내가 이제 그만 가자고 얘기를 꺼내려던 찰나, 귀에 익은 목소리가 들렸다. "어이, 다 모였나?"

우리는 일제히 고개를 돌렸다. 스티븐이 비탈을 성큼성큼 내려왔다. 혼자가 아니었다. 마리가 종종걸음으로 따라오고 있었다.

"쟤가 여기 웬일이야?" 크리스가 물었다.

"내 여자친구잖아. 그러니까 왔지."

내 심장이 발보다 한참 큰 부츠 위로 미끄러져 내려가는 게 느껴졌다. 마리는 땅굴 탐험에 어울리지 않는 차림새였을 뿐 아니라 ―스톤워시 청바지에 뾰족구두를 신었다― 다이아몬드 화이트 병이 삐죽 고개를 내민 쇼핑백을 끌어안고 있었다.

"그럼 준비 다 된 거지?" 스티븐이 씩 웃으며 쇠지렛대를 휘둘렀다. 발음이 약간 뭉개졌다.

"응." 닉이 꽁초를 옆으로 던지자 불똥이 분노에 찬 시뻘건 눈처럼 뜨겁게 이글거렸다.

크리스는 화장실이 급하거나 너무 작은 신발을 신고 있기라도 한 듯 다시 바닥에 대고 운동화를 비볐다. 안절부절못하는 표정이었지만 나와 종류가 달랐다. 가만히 있지 못할 만큼 흥분한 기미가 그에게서 뿜어져 나왔다.

"쟤는 여기 있으면 안 돼." 그가 거의 혼잣말처럼 중얼거렸다.

마리가 그를 노려보았다. "지금 내 얘기야?" 그녀가 물었다.

상황이 상황이었음에 불구하고―그리고 크리스의 의견에 동의

하는 바였지만—내 눈에는 그날따라 그녀가 정말 예뻐 보였다. 머리칼은 온 사방으로 헝클어졌고 여기까지 걸어오느라(그리고 사과술 때문이기도 했겠지만) 뺨이 보기 좋게 발그스레했다. 나는 침을 삼키고 살짝 발을 움직였다.

그녀는 크리스에게로 다가갔다. "내가 여자라서 여기 있으면 안 된다는 거야? 너무 한심해서 너희들이 하는 걸 나는 못 한다는 거야?"

마리가 원래 거침없는 성격이긴 했지만 그날 밤에는 왜 그랬는지 몰라도—이번에도 아마 사과술 때문이었을 것이다—한층 시비조였다.

크리스는 움찔했다. "아냐. 그게 아니라—"

"아니면 뭔데?"

"아무것도 아니야." 내가 얼른 말했다. "크리스는 네가 걱정돼서 그래. 저 아래에 뭐가 있을지 모르니까. 위험할 수도 있거든."

그녀는 다시 따지고 들려는 듯한 기미를 보였다. 그러다가 표정을 풀었다.

"흠, 고맙네. 하지만 걱정 마. 나는 내가 알아서 챙길 테니까." 그녀는 쇼핑백에서 다이아몬드 화이트를 꺼내 뚜껑을 열고 한 입 마셨다.

"그리고 쟤가 못 하면 *내가* 챙길 테니까." 스티븐이 말하며 먼저 그녀의 엉덩이를 움켜쥐었다가 사과술을 들고 몇 모금 꿀꺽꿀꺽 들이켰다.

"그럼 시작하자." 닉이 중얼거렸다. 그도 마리의 등장을 못마땅해한다는 걸 알 수 있었다. 하지만 이유가 달랐다. 닉은 자기가 스티븐의 가장 친한 친구라고 생각하는 걸 좋아했다. 마리가 있으면 서열에서 한 단계 밀려날 수밖에 없었다.

"염병할, 좋지." 스티븐은 말하고 사과술을 마리에게 다시 돌려주었다.

그는 으스대며 건너가 해치의 가장자리에 쇠지렛대를 끼워넣었다. 첫 번째로 시도했을 때는 비틀거렸다. 쇠지렛대가 그의 손에서 미끄러졌다.

"젠장!"

그는 쇠지렛대를 홱 낚아채 다시 해치 아래에 넣었다. 이번에도 미끄러졌다.

"꽉 맞물려 있는 게 아닐까?" 내가 말했다.

그는 나를 노려보았다. "그렇게 생각한단 말이지, 똘똘이!" 그는 닉과 나를 번갈아 쳐다보았다. "그럼 좀 도와주지?"

우리는 마지못해—적어도 내 쪽에서는 그랬다—앞으로 다가갔다. 닉이 먼저 도착했다. 그가 스티븐의 바로 아랫부분을 잡고 둘이서 같이 쇠지렛대를 아래로 눌렀다.

나는 해치를 빤히 쳐다보며 꿈쩍하지 않길 바랐다. 하지만 이번에는 끼이익 하는 소리가 들렸다. 한참 동안 쓰인 적 없었던 녹슨 쇠가 벌어지려 하고 있었다.

"조금만 더." 스티븐이 이를 악물고 끙끙거렸다.

그들이 쇠지렛대를 다시 아래로 눌렀고 이번에는 해치가 올라가는 게 보였다. 쇠와 땅 사이로 몇 센티미터의 시커먼 공간이 등장했다. 내 불길한 예감도 덩달아 고개를 들었다.

"한 번 더." 스티븐이 으르렁거렸다. 닉이 제대로 포효했고 둘이서 다시 한번 아래로 쇠지렛대를 눌렀다.

해치가 좀 더 위로 올라갔다.

"잡아!" 스티븐이 외쳤다.

크리스와 내가 허리를 숙여서 해치의 가장자리를 잡았다. 마리도 거들었다. 다 같이 해치를 당겼다. 무거웠지만 생각보다는 덜 무거웠다.

"하나, 둘, 셋."

모두 같이 들어올리자 이번에는 해치가 예상치 못했던 순간에 갑자기 열렸다. 우리가 비틀거리며 뒷걸음질 치는 동안 해치는 내 부츠 바닥을 뚫고 울리는 쿵 소리와 함께 흙먼지 구름을 일으키며 바닥에 부딪쳤다.

스티븐이 승리의 함성을 질렀다. 그는 쇠지렛대를 내동댕이치고 닉과 하이파이브를 했다. 마리는 바보처럼 씩 웃었다. 심지어 나조차 순간 아드레날린이 분출됐다. 크리스만 무표정한 얼굴로 말없이 서 있었다.

일제히 앞으로 다가가 구멍 아래를 들여다보았다. 닉이 손전등을 켰다. 나는 광부용 헬멧에 달린 헬멧 전등을 돌렸다. 나는 어둠이 보일 줄 알았다. 불빛이 간신히 관통한 칠흑 같은 어둠이 길게 곧장 펼쳐지고 그 끝에 아무것도 없을 줄 알았다.

그런데 아니었다. 그보다 더 끔찍한 게 보였다. 계단이었다. 바위에 사다리처럼 박아놓은 쇠 디딤대가 일직선으로 저 아래까지 이어졌다. 맨 끝이 어디인지조차 보이지 않았다. 얼음처럼 싸늘한 한기가 내 등골을 타고 미끄러져 내려갔다.

"젠장." 스티븐이 중얼거렸다. "네 말이 맞았어, 밀가루 반죽. 들어가는 입구였어."

하지만 어디로 들어가는 입구일까? 나는 생각했다. 우리는 저 아래에서 도대체 뭘 찾을 수 있다고 생각했을까?

스티븐이 다시 고개를 들었다. 두 눈이 희미하게 빛났다. 나는 그 눈빛을 알았다. 단호하고 위험하고 미친 눈빛이었다.

"누가 먼저 내려갈래?"

무의미한 질문이었다. 왜냐하면—

그가 나를 돌아보았다. "소니, 네가 모든 장비를 갖추고 있잖아."

그렇고말고. 나는 다시 구멍을 내려다보았다. 배 속이 울렁거렸다. 거기로 내려가고 싶지 않았다. 그 길고 어두컴컴한 수갱 아래에서 뭘 발견하든 예감이 좋지 않았다. 모든 게 예감이 좋지 않았다.

"어디로 연결되는지 모르잖아." 내가 말했다. "디딤대도 오래돼서 녹슨 것 같고. 무너질지 몰라. 그러면 어마어마한 높이에서 추락할 수 있어."

닉이 천천히, 길게 꼬꼬댁거렸다.* "왜 그래, 소니? 무섭냐?"

그랬다. 나는 완전히 겁에 질렸다.

살다 보면 결단을 내려야 하는 때가 있다. 옳은 일을 하느냐 아니면 또래의 압력에 굴복하느냐. 내가 지금 몸을 돌려서 이 자리를

---

* 영어권에서는 겁쟁이를 닭에 비유한다.

떠난다면 이성적이고 합리적인 행동을 하는 것이 될 테지만―심지어 다른 친구들도 나를 따라올 수 있었다―스티븐과 한 패거리 생활은 포기해야 했다. 학교를 졸업하는 날까지 버스 정거장에서 점심을 먹어야 될 거라고 보면 맞았다.

그래도 살아서 점심을 먹을 수는 있었다.

"조?" 마리였다. 그녀가 내 팔에 손을 얹었다. 술에 취한 나른한 미소를 지었다. "하고 싶지 않으면 하지 않아도 돼. 괜찮아."

이로써 결정이 내려졌다. 나는 손을 위로 올려 아빠의 헬멧에 달린 끈을 조였다.

"갈게." 내가 말했다.

"좋았어." 스티븐이 내 등을 때렸다. 그는 다른 친구들을 둘러보았다. "다들 준비됐지?"

다들 고개를 끄덕이며 됐다고 중얼거렸다. 하지만 나는 닉의 얼굴에서 긴장한 표정을 읽을 수 있었다. 스티븐만 술기운과 병적인 흥분으로 방방 떠서 자신만만해 보였다. 그리고 크리스. 크리스는 어슬렁어슬렁 상점에 가려고 나선 사람처럼 침착한 분위기를 풍겼다.

"그래. 그럼 이제 이 개지랄을 시작하자." 스티븐은 땅바닥에 떨어뜨려 놓은 자기 넥타이를 주웠다. 그걸 머리에 묶고 씩 웃었다. "선제공격." 그러고는 문득 생각났다는 듯이 허리를 숙여서 쇠지렛대를 집었다.

그걸 쳐다보는데, 내 배 속이 공처럼 이상하게 단단히 뭉쳤다. "그건 뭐 하게?"

그는 다시 한번 씩 웃고 쇠지렛대로 자기 손바닥을 때렸다. "혹시 모르잖아, 소니. 혹시 모르잖아."

디딤대는 정말 녹이 슬었고 좁았다. 발가락으로 간신히 디딜 수 있을 정도였다. 체중을 싣자 디딤대가 앓는 소리를 내며 아래로 꺼졌다. 나는 죽기 살기로 디딤대를 붙잡으며 바닥에 닿을 때까지만 견딜 수 있길 기도했다.

위에서 다른 친구들이 나를 따라 내려오는 소리가 들렸고 쇳조각과 흙이 내가 쓴 광부용 헬멧 위로 쏟아졌다. 처음에는 헬멧을 쓰고 나온 게 조금 바보처럼 느껴졌는데 지금은 보호 장치가 있어서 다행이라는 생각이 들었고 덕분에 양손으로 디딤대를 붙잡을 수 있었다.

내려가며 숫자를 셌다. 열, 열하나, 열둘. 열아홉에 다다랐을 때 디딤대를 놓친 내 발이 허공에서 하릴없이 허우적거리다 탄탄한 땅바닥을 발견했다. 안도감이 밀물처럼 밀려들었다. 나는 디딤대에서 내려왔다. 해냈다.

"맨 밑바닥이야!" 내가 외쳤다.

"뭐가 보여?" 스티븐이 위에서 물었다.

주위를 두리번거렸다. 광부용 헬멧에서 희미하고 노란 불빛이 뿜어져 나왔다. 나는 조그만 동굴에 서 있었다. 대여섯 명이 간신히 들어올 수 있을 만한 크기였다. 동물의 뼈로 보이는 것 몇 개가 바닥에 있을 뿐, 아무것도 없었다. 그래서 안심이 됐는지 실망스러웠는지는 알 수 없었다.

"별거 없어." 내가 말했다.

스티븐이 쿵 소리와 함께 내 옆에 착륙했다. 닉, 크리스 그리고 마리가 그 뒤를 이었다. 그녀는 사과술이 든 쇼핑백을 끌어안고 뾰족구두를 신고서 주춤주춤 기어 내려왔다.

"이걸로 끝이야?" 그녀가 물었다.

닉은 손전등으로 좌우를 비추고 땅바닥에 침을 뱉었다. "그냥 뭣 같은 구멍이잖아."

"괜히 시간 낭비했나 봐." 나는 좋아하는 것처럼 들리지 않도록 애를 쓰며 말했다.

스티븐은 인상을 구겼다. "썅, 오줌이나 싸야겠다."

그가 벽 쪽으로 몸을 돌렸다. 바지 지퍼를 내리는 소리와 소변이 콸콸 바닥을 때리는 소리가 들렸다. 사과술 때문에 톡 쏘는 시큼한 냄새가 좁은 공간을 가득 채웠다.

크리스는 미간을 찌푸리고 계속 사방을 두리번거렸다.

나는 그를 흘끗 쳐다보았다. "왜 그래?"

"나는 뭔가가 좀 더 있을 줄 알았는데."

"뭐, 없잖아. 이제 그만—"

하지만 그는 내 말을 듣지 않았다. 냄새로 뼈를 찾으려는 개처럼 동굴 안을 빙글빙글 돌기 시작했다. 그러다 바위 위로 그림자들이 합쳐져 더 짙어지는 것처럼 보이는 어느 지점에서 갑자기 걸음을 멈추었다. 거기서 허리를 숙였다.

그리고 다음 순간 그가 사라졌다. 나는 눈을 깜빡였다. 뭐지?

"쟤 어디 갔어?" 마리가 물었다.

스티븐이 청바지 지퍼를 올리고 몸을 돌렸다. "밀가루 반죽 어딨냐?"

"여기." 알 수 없는 곳에서 목소리가 들렸다.

나는 목소리가 들린 쪽으로 불을 돌렸다. 이제 보였다. 바위에 틈이 있었다. 길이는 1.2미터 정도 됐고 좁았다. 아주 열심히 들여다보지 않는 이상 그냥 지나치기 십상이었다. 그런 틈이 있다는 걸 알고 있었다면 모를까.

"좀 더 깊이 내려간다!" 크리스가 어둠 속에서 외쳤다. "계단이 더 있어."

"쌍, 마음에 든다!" 허스트가 탄성을 질렀다.

그는 나를 옆으로 밀치고 크리스를 따라 틈새로 몸을 밀어넣었다. 마리는 잠깐 망설이다 사과술을 한 모금 더 마시고 그를 따라 들어갔고 그다음으로 닉이 뒤를 이었다.

나는 한숨을 쉬며 속으로 크리스를 욕하고 친구들을 따라가려고 고개를 숙였다. 머리가 바위에 부딪쳤다. 광부용 헬멧 때문이었다. 헬멧이 너무 컸다. 불빛이 흔들리다 꺼졌다. 젠장. 배터리가 나간 모양이었다. 나는 살금살금 뒷걸음질 쳐서 헬멧을 벗었다. 그걸 옆으로 들어야 했다. 꿈틀꿈틀 틈새로 빠져나가다 멈칫했다. 무슨 소리가 들린 것 같았다. 뭐가 쓸리고 돌멩이가 덜거덕거리는 소리였다. 뒤에서, 우리가 내려온 쇠 디딤대에서 들렸다.

나는 고개를 돌렸지만 불이 꺼졌으니 보이는 거라고는 그림자와 내 눈 앞에서 춤을 추는 점들뿐이었다.

"저기요?" 나는 외쳤다. "거기 누구 있어요?"

고요했다.

바보 같긴, 조. 아무도 없었다. 열린 해치 너머로 불어온 바람 소리였을 것이다. 어떻게 다른 사람이 있을 수 있겠는가? 해치에 대해서 아는 사람은 없었다. 우리가 여기 있는 줄 아는 사람도 없었다. 전혀 없었다.

우리 닭들 말고는 여기 아무도 없지.* 나는 할머니가 종종 들었던 옛날 노래를 떠올리며 살짝 정신 나간 사람처럼 생각했다. *전혀 아무도 없어.*

나는 어둠 속을 마지막으로 훑었다. 그런 다음 고개를 돌려서 틈새를 빠져나가고 다른 친구들을 따라 내려가기 시작했다.

---

* 루이스 조던이 부른 「에인트 노바디 히어 벗 어스 치킨스(Ain't Nobody Here But Us Chickens)」 가사.

20

"주말 잘 보냈어요?"

베스가 학생들 틈바구니에서 내 옆으로 등장한다.

그녀는 싱그러워 보이고 생기 넘치는 등등, 내가 평소 월요일 아침 9시 직전에 맞닥뜨리기 싫어하는 모든 요소를 갖추고 있다.

나는 납덩이처럼 무거운 눈꺼풀 아래로 그녀를 쳐다본다. "아주 잘 보냈어요."

그녀는 눈을 가늘게 뜨고 나를 좀 더 유심히 들여다본다. "정말요? 왜냐하면 완전 개떡 같아 보이거든요."

나는 복도를 따라 발을 질질 끌며 걷는다. "주말을 잘 보내면 그렇게 돼요."

"그렇군요. 당신 나이가 되면 숙취가 해소되기까지 시간이 더 오래 걸리나 봐요."

"내 나이?"

"아시잖아요, 중년요. 위기, 쩍벌, 전립선 검사의 시기요."

"우울한 월요일에 한 줄기 햇살 같은 그대로군요."

"아, 결정타는 아직 보여드리지도 않았는데."

"꼭짓점을 찍었다고 칩시다."

그녀는 윙크를 한다. "아, 제가 꼭짓점을 찍으면 알아차릴 수 있을 거예요."

"글쎄요. 내 나이에 무슨."

그녀가 나지막하고 기분 좋게 쿡쿡 웃자 우울했던 내 기분이 살짝 밝아진다.

그런데 왜 내게 거짓말을 했을까?

어떤 식으로 물어보면 좋을지 고민하고 있을 때 보이 밴드 헤어스타일을 하고 징계의 경계선에 걸친 스타일로 교복을 입은 9학년짜리 남자아이가 모퉁이를 돌아 나오다가 우리와 부딪치기 직전에 속도를 늦추고 멈추어 선다.

"복도에서 뛰지 말라는 얘기 못 들었니?" 나는 딱딱하게 묻는다.

"죄송해요, 선생님. 하지만 화장실에 가보세요."

"말은 고맙지만 이미 다녀왔다만."

베스가 나를 흘끗 쳐다본다.

"무슨 일인데?" 그녀가 묻는다.

그는 초조해서 안절부절못한다. "그냥 가서 보세요, 선생님."

"좀 더 자세히 얘길 해야지." 내가 말한다.

"제러미가— 애들을 몇 명 거기로 불러놓고—"그는 주춤한다. 고자질쟁이가 되길 원하는 학생은 없다.

"그래. 알았다." 나는 이제 그만 가도 좋다는 뜻에서 고개를 끄덕인다. "그리고 걱정 마라— 너는 본 게 아무것도 없으니까."

그는 고마워하며 복도를 쌩하니 달려간다.

나는 베스를 쳐다본다. 그녀는 한숨을 쉰다. "이로써 커피가 날아갔네요."

가까이 다가가자 희미한 고함소리와 웃음소리가 들린다. 나는 문을 민다. 누군가가 반대편에서 열지 못하게 잡고 있다.

"꺼져. 여기 빈자리 없어."

"이제는 아니야."

내가 어깨로 문을 밀고 베스와 둘이서 같이 들이닥친다. 문을 잡고 있던 아이가 소변기 위로 비틀비틀 넘어진다. 나는 상황을 파악한다. 제러미 일당 셋이 느슨한 반원 모양으로 서 있다. 제러미는 무릎을 구부리고 바닥에 쓰러진 어떤 아이를 내려다보고 있는데, 아이 옆에 타파웨어 통이 있다. 나는 제러미의 팔을 잡고 일으켜 세운다.

"너, 저기 가서 서 있어."

나는 바닥에 쓰러진 아이 쪽으로 고개를 돌린다. 심장이 철렁 내려앉는다. 마커스다. 두말하면 잔소리다.

"괜찮니?"

마커스는 고개를 끄덕인다. 일어나서 앉으려고 하지만 잘 되지 않는다. 내가 손을 내밀지만 그는 내 손을 잡지 않는다. 그의 입이 왠지 모르게 이상하다.

"마커스. 말을 해. 괜찮으냐니까."

그가 갑자기 배를 움켜쥐고 앞으로 휘청하더니 구역질을 한다. 먹다 만 토스트가 다른 뭔가와 함께, 금이 가고 얼룩진 타일 위로 뿜어져 나온다. 시커먼 몸과 가는 다리가 짓이겨진 덩어리다. 그중 하나가 몸을 일으켜 기어서 도망치려고 한다. 내 배 속이 요동치는 게 느껴진다. 장님거미다.

나는 타파웨어 통을 집는다. 막대기 같은 벌레로 아직까지 반쯤 채워져 있다. 녀석들이 마커스에게 이걸 먹이고 있었던 것이다. 잠깐 앞이 보이지 않는다. 새하얀 반점들이 내 시야를 덮는다.

"누구 발상이냐?" 나는 묻는다. 마치 모르는 사람처럼.

계속 침묵이 이어진다.

"다시 한번 묻겠다. 누구 발상이냐?"

내 목소리가 타일로 덮인 벽에 맞고 울린다.

제러미가 실실 쪼개며 앞으로 나온다. 그 입을 뜯어버리고 싶은 욕망이 하늘을 찌른다.

"저요, 선생님. 하지만 시비를 걸길래 그런 거예요."

"그래?"

"네. 마커스가 우리 엄마 욕을 하고 다녔거든요. 암 환자 어쩌고 하면서. 애들한테 물어보세요."

그는 꼴통들로 이루어진 자기 일당을 흘끗 쳐다본다. 아이들이 일제히 고개를 끄덕인다.

"거짓말." 내가 말한다.

그는 우리 둘의 코가 거의 맞닿을 때까지 내 쪽으로 다가온다.

"거짓말이라는 증거를 대보시죠, *선생님*."

나는 자제할 겨를도 없이 그를 세면대 쪽으로 세게 밀친다. 그의 머리칼을 잡고 녹이 슨 수도꼭지에 대고 머리를 한 번, 또 한 번 박는다. 타일 벽 위로 피가 튀어서 빨간색의 추상적인 무늬로 주변을 장식한다. 그의 두개골에 금이 가고 쪼개지는 게 느껴진다. 이 몇 개가 그의 입에서 튀어나와 바닥을 때린다. 그런데도 나는 멈추지 못한다. 계속 멈추지 못하는데—

베스가 내 팔에 손을 얹는다. "제가 맡아서 해결하면 어떨까요, 손 선생님?"

나는 눈을 깜빡인다. 제러미가 계속 실실 쪼개며 내 앞에 서 있다. 내 오른손이 옆구리에서 주먹을 쥐고 있다. 하지만 그를 건드리지도 않았다.

베스는 내 다른 손에 들린 타파웨어 통을 건네받는다.

"제러미— 나는 지금 이 자리에서 당장 너를 정학시키고 싶은 걸 간신히 참고 있어. 한마디만 더하면 정학시킬 거야, 너희들 모두. 교장실로 가라. 지금 당장."

"나도 같이 갈게요." 내가 말한다.

"*아니에요.*" 그녀는 단호하게 말한다. "여기서 마커스 챙겨요."

그녀가 문을 홱 열자 아이들 모두, 심지어 제러미까지 일렬로 나간다. 그녀는 고개를 돌리고 묘한 눈빛으로 나를 쳐다본다.

"이 문제에 대해서는 나중에 얘기해요, 손 선생님."

"나는 잘 참고 있었어요."

쾅 하고 문 닫히는 소리가 그녀의 대답을 대신한다. 나는 그 문을 잠깐 쳐다보다 다시 마커스를 내려다본다. 그는 계속 바닥에 몸을 반쯤 웅크린 채 숨을 헐떡이고 있다.

"일어설 수 있겠니?"

그는 희미하게 고개를 끄덕인다. 내가 손을 내밀자 이번에는 잡는다. 나는 그를 일으켜 세우고 세면대를 가리킨다. "세수하고 입 좀 헹구지 그래?"

그는 다시 멍하니 고개를 끄덕인다. 나는 역류한 토스트와 장님 거미를 다시 내려다본다. 반쯤 죽은 거미는 포기하고 바닥에 대자로 뻗었다.

나는 한숨을 쉰다. 교사의 업무다. 칸막이 화장실 안으로 들어가 휴지를 뜯는다(학교 규정이 그렇다 보니 여러 칸을 뜯어야 축축하거나 딱딱한 것에 닿아도 찢어지지 않을 만큼 두툼해진다). 변기 안에 시큼한 냄새를 풍기는 엄청난 양의 소변 말고 또 다른 게 있다. 휴대전화다. 나는 너무 커서 쓸려가지 않을 거라는 판단 아래 변기 물을 내리고 조심스럽게 휴대전화를 꺼내서 휴지로 닦는다. 구형 노키아를 쳐다보다가 다시 밖으로 나온다.

마커스는 수도를 잠그고 재킷 소매로 얼굴을 닦으며 나를 보고 눈을 깜빡인다. 눈가가 벌겋게 충혈됐다.

"네 거니?" 나는 휴대전화를 들어 보인다.

그는 고개를 끄덕인다. "네."

"아이폰은 어쩌고?"

그는 자기 신발을 내려다본다. "어떻게 됐을 것 같으세요?"

가슴속에서 분노의 불길이 인다. 아이들을 24시간 보호할 수는 없다. 그건 나도 안다. 학교에서는 최선을 다할 수 있다. 하지만 하굣길과 공원과 놀이터와 상점가까지 지킬 수는 없다. 종이 울리면 깡패들이 괴롭힘을 그만두는 게 아니다.

"마커스."

"저는 교장실에 가지 않을 거예요."

"나도 너를 교장실로 보낼 생각 없다. 베스하고 내가 무슨 일인지 봤으니까. 운이 좋으면 제러미는 정학을 당하겠지."

"네. 그렇겠죠."

나는 그의 말에 반박하고 싶지만 의욕이 나지 않는다.

"모르는 일이야." 나는 말한다.

"아는 일이에요. 선생님도 아는 일이고요."

나는 대꾸하지 않는다.

"이제 저 가도 될까요, 선생님?"

나는 힘없이 고개를 끄덕인다. 그는 어깨에 가방을 메고 휘청휘청 나간다. 나는 남아서 바닥에 묻은 토사물을 내려다본다. 마커스는 내 알 바 아니라고 속으로 중얼거린다. 나는 어차피 여기 오래 있지도 않을 것이다. 하지만 짜증나는 내 마음속의 천사가 그를 돕고 싶어 한다. 나는 천사를 애써 무시하며 휴지를 몇 칸 더 뜯는다. 그러는 동안 내가 계속 그의 휴대전화를 쥐고 있다는 사실을 깨닫는다. 휴대전화를 주머니에 넣는다. 나중에 찾아가서 돌려주어야겠다. 나는 얼굴을 찡그리고 울렁거리는 속을 달래며 토사물을 치우고 절뚝절뚝 화장실에서 나온다.

교장실로 갈 수도 있지만 내가 가면 사태만 악화될 것 같은 예감이 든다. 게다가 어떤 조치가 내려질지 나는 이미 알고 있다. 이제는 알겠다. 손목을 때리고. 방과 후에 남는 벌을 내리고. 해리는 어쩔 수 없다며 한숨을 쉬고. 얼마 안 남은 시험은 물론이고 어머니의 상황을 감안했을 때 제러미를 정학시키는 건 적절치 못한 조치라며, 이러니저러니 해도 애는 애라며.

문제는 애는 애라고 그냥 방치하면 얼굴에 돼지 피를 칠하고 절벽 아래로 서로 밀치고 친구의 머리를 돌로 박살낸다는 거다. 애가 애일 수 없게 교사, 어른, 부모인 우리가 전방위적으로 막아야 한다. 그렇지 않으면 그들이 우리 목전에서 이 우라질 세상을 무너뜨릴 것이다.

나는 이제 아무도 없는 복도를 따라 천천히 걷지만 학교 복도는 정말 아무도 없는 것처럼 느껴지는 법이 없다. 오래전에 떠난 학생들의 웃음과 고함과 비명소리로 메아리친다. 그들의 잔상이 내 주변을 서성이고 "야, 소니!" 아니면 "우리 손에 잡히면 죽을 줄 알아, 밀가루 반죽!"이라고 외치며 나를 밀치고 지나간다. 종이 다시 울리고 또 울리고, 이제는 썩어서 흙으로 돌아간 운동화들이 끝날 줄 모르는 수업을 받으러 끼이익 소리를 내며 모퉁이를 돈다. 유리창에 나 아닌 다른 사람의 모습이 비친 듯하다. 헝클어진 금발에 얼굴이 있던 자리가 시뻘겋게 짓이겨진, 작고 비쩍 마른 꼬맹이다. 잠시 후에 그들은 다시 사라져 추억의 영역으로 넘어간다.

"손 선생님?"

나는 움찔한다. 미스 그레이슨이 파란색 서류파일을 끌어안고 내 앞에 서서 안경 너머로 나를 서늘하게 쳐다보고 있다.

"수업 들어가셔야 하는 거 아니에요?"

그녀의 말투를 들어보니 내가 반바지를 입은 학생이 된 것 같다.

"아, 네. 들어가는 길이에요."

"별일 없는 거죠?"

"그런 날 아침이에요. 내가 교사가 된 이유가 뭔지 궁금해지는 그런 날요."

그녀는 고개를 끄덕인다. "잘하고 계세요, 손 선생님."

"그래요?"

"네." 그녀는 내 팔에 손을 얹는다. 셔츠를 통해 차가운 손가락이 느껴진다. "선생님은 여기에 필요한 분이에요. 포기하지 마세요."

"감사합니다."

미소와 놀라우리만치 비슷한 표정이 잠깐 그녀의 얼굴을 스치고 지나간다. 잠시 후에 그녀는 실용적인 모카신과 카디건과 베이지색 치마와 함께 지나간 학창 시절의 잔상처럼 소리 없이 멀어진다.

마침내 교실 앞에 다다라보니 10학년 아이들이 나를 기다리고 있다. '기다리고 있다'는 것은 스마트폰에 코를 박고 발을 책상 위에 올려놓은 채 빈둥거리고 있다는 뜻이다. 내가 들어서자 몇 명은 마지못해 휴대전화를 주머니에 넣거나 똑바로 앉으려고 한다. 하지만 내가 의자에 가방을 던져도 대부분은 시선조차 들지 않는다.

나는 그들을 쳐다본다. 미스 그레이슨은 달리 얘기했지만 문득 부질없는 내 직업과 인생과 이곳으로의 귀환에 우울해진다. 나는 교실을 돌아다니며 손때 묻은 『로미오와 줄리엣』을 나누어준다.

"압수당하기 싫으면 휴대전화 치워라. 그리고 미리 경고하는데 나는 학교 사물함이랑 전자레인지를 자주 헷갈리는 사람이야."

교실 안이 조금 부산스러워진다.

"좋아." 나는 교실 맨 앞으로 돌아가며 말한다. "오늘 수업은— 지난주에 제출한 그 흐리멍덩한 리포트로 어떻게 하면 너희들 모두 최소 B학점을 받을 수 있을까 하는 거다."

여기저기서 웅성거린다. 무모한 요주의 인물이 손을 번쩍 든다.

"어떻게 하면 되는데요?"

나는 자리에 앉아서 주말 동안 채점을 끝냈어야 하는 산더미 같은 숙제를 꺼낸다.

"내가 리포트를 제대로 읽는 척하는 동안 너희는 얌전히 앉아서 그걸 고치는 척하면 된다."

나는 빨간 펜을 꺼내고 의미심장한 눈빛으로 교실을 둘러본다. 아이들은 책을 펼친다.

수업이 끝나고 학생들을 내보내고 채점을 마친 뒤에—내가 말은 그렇게 했을지 몰라도 대부분 제대로 읽었고 심지어 B를 받을 만한 리포트를 몇 개 발견했다—가방을 집고 휴대전화를 켜서 메시지를 확인한다. 아무것도 없다. 문자를 보낸 누군지 모를 사람은 답장이 없다. 답장을 기대한 건 아니었다. 이런 일은 그런 식으로 돌아가지 않는다. 그래도 쓸데없는 짓을 계속하는 사람답게 그 번호로 다시 한번 전화를 걸어본다.

신호가 간다. 나는 미간을 찌푸린다. 다른 휴대전화에서 벨이 울리고 있다. 타이밍이 완벽하게 일치한다. 바로 이 교실에서. 내 주머니에서. 나는 주머니에 손을 넣어 구형 노키아를 꺼낸다. 마커스의 휴대전화다. 화면을 쳐다본다. 내 번호가 깜빡인다. 벨소리가 멈추고 자동 응답 메시지가 음성 사서함으로 넘어갑니다, 어쩌고저쩌고 한다.

내가 휴대전화를 계속 쳐다보며 어떻게 된 영문인지 이해하려고 애를 쓰고 있을 때 누군가가 교실 문을 요란하게 두드린다. 나는 노키아를 주머니에 다시 넣는다.

베스가 성큼성큼 교실로 들어와 책상 위에 앉는다. "저기요."

"들어와요. 앉아요."

"고마워요. 그럴게요."

"제러미는 어떻게 됐어요?"

"1주일 동안 방과 후에 남기로 했어요."

"그걸로 끝이에요?"

"내 예상보다 많이 받았는걸요. 해리가 연체동물보다 더 줏대가 없잖아요."

"그러니까 제러미 일당이 그의 주장을 뒷받침했다?"

"세상에서 가장 구역질나는 보이밴드처럼 그의 노래에 맞춰 합창을 했죠."

"그렇군요."

잠시 정적이 흐른다. "저기, 아까 일 말인데요—"

"당신 판단이 옳았어요." 내가 말한다. "내가 하마터면 이성을 잃을 뻔했어요."

"그런 줄 알았어요."

"제러미를 보고 있으면 역사가 반복되는 것 같아서 가끔 참기 좀 어려울 때가 있거든요."

"아마도 제가 상관할 일은 아니겠지만—"

"아마도요."

"하지만 당신이랑 제러미의 아버지 사이에 무슨 문제가 생겼나요? 당신이 여기로 돌아온 것 때문에 말이에요."

"그건 왜 물어요?"

"나만 궁금해하는 게 아니에요."

"그게 무슨 소리예요?"

"두 분 사이에 사연이 있다는 얘기가 해리의 귀에까지 들어갔어요. 그래서 골치 아파질까 봐 걱정하는 눈치예요. 일이 복잡해질까 봐서요."

"걱정할 필요 없어요. 그 사연이라는 것도 오래전 일이니까."

"이 동네에서는 성립되지 않는 얘기잖아요."

그 말이 맞는다. 안힐은 공유하는 유전자보다 비밀이 더 많다.

"아무튼." 그녀가 말을 잇는다. "맥주 한잔하면서 얘기 좀 하고 싶으면 내일 저녁 어때요?"

나는 고민한다. 스티븐에 대해서 얘기하고 싶은 마음은 없다. 하지만 베스하고는 대화를 나누고 싶다.

"그래요."

"좋아요. 당신이 사는 거예요."

"아, 좋아요."

그녀는 씩 웃고 책상에서 내려온다. 내 쪽에서 그녀에게 물어봐야 하는 다른 게 있다.

"베스—마커스하고 그의 가족에 대해서 알아요?"

"왜요?"

"그냥 궁금해서요."

"뭐, 엄마가 청소 일을 하세요. 로런이 일전에 술집에서 명함을 줬잖아요."

머릿속 뒤편에서 쿵 하는 둔탁한 소리가 들린다. 퍼뜩 퍼즐이 맞아떨어진다. 나는 지갑을 꺼내 명함을 확인한다.

"도슨스 더스트 버스터스?"

"그렇죠."

그렇다면 로런—뚱한 바텐더, 마지못해 개를 산책시키는 사람—이 마커스의 누나라는 뜻이 된다. 이제 보니 닮았다는 걸 알겠다. 흐느적흐느적 어색한 몸짓. 희한한 사회적 반응. 나는 곰곰이 생각해본다. 마커스의 전화에서 발신된 문자. 그는 그날 공동묘지에 있었다. 우연의 일치가 아니었다. 하지만 무슨 수로 내 전화번호를 알아냈을까? 그리고 낙서와 내 동생에 대해서 어떻게 알았을까? 아니다. 이게 다가 아니다. 내가 놓치고 있는 뭔가가 있다.

"마커스의 어머니는—태어나서 지금까지 죽 여기 사셨나요?"

"안힐 사람들이 대부분 그렇지 않아요?"

"그 어머니 이름이 뭐예요?"

"루스요."

이제 내 머릿속 뒤편에서 뭔가가 꿈틀거린다. 교문 앞에서 맞이한 첫날과 같다. 예전 기억이 되살아난 것이다.

"도슨이 결혼 전 성이에요?"

베스는 눈을 부라린다. "맙소사! 날 뭘로 보는 거예요? 내가 안힐의 모든 혼인 관계가 적힌 증명서예요? 이 한심한 마을이 내 삶의 전부는 아니에요."

"맞아요. 미안해요."

그녀는 팔짱을 끼고 나를 노려본다. "아무튼 그건 알아서 뭐 하게요?"

왜냐하면 알아야 하기 때문이다. 해답이 필요하기 때문이다.

"우리 둘이 동창일지 모른다는 생각이 들어서요."

그녀는 한숨을 쉰다. "사실 *아니에요*. 결혼 전 성이 아니에요. 그녀의 남편은 몇 년 전에 죽었어요. 안타까워할 일은 아니에요. 사람들 말을 들어보면 쓰레기 같은 인간이었다고 하니까. 로런은 아빠성을 쓰려고 하지도 않아요."

"당신이 그걸 어떻게 알아요?"

"로런이 입사지원서를 쓸 때 몇 번 도와준 적이 있거든요. 그때 성이 다른 걸 알았어요. 로런은 엄마 성을 쓴다고―"

"엄마 성이 뭔데요?"

"무어요."

나는 손바닥으로 이마를 칠 뻔한다.

루스 무어, 너무 먹어, 공짜 밥 좀 그만 먹어. 루스 무어, 돈이 없어, 변기 바닥 핥아 먹어.

쭈뼛쭈뼛하고 사회성이 떨어졌던 또 다른 아이. 또 다른 희생양. 하지만 그런 아이들이 가장 많은 걸 목격하는 경우도 있다. 그들은 벌어지는 모든 일을 아무도 모르게 흡수한다. 일화, 떠도는 소문, 학교 생활의 파편을 급류에 까닥까닥 떠내려가는 통나무처럼 붙잡는다. 그리고 그들이 얼마나 아는 게 많은지 아무도 알아차리지 못한다. 아무도 묻지 않기 때문이다.

베스가 얼굴을 찡그리고 있다. "괜찮아요?"

"네. 그냥 생각하는 중이었어요, 그 어머니하고 얘기를 나눠보면 어떨까 하고…… 마커스에 대해서 말이에요."

다른 것들도 있지만.

"연락해보세요. 하지만 좀 특이한 분이에요." 그녀는 나를 쳐다보더니 말을 바꾼다. "다시 생각해보니까 당신이랑 서로 죽이 잘 맞을 수도 있겠네요."

"고마워요."

"별말씀을요." 그녀는 어슬렁어슬렁 출입문 쪽으로 간다. "나중에 만나요."

나는 찍찍거리는 그녀의 운동화 소리가 사라지길 기다렸다가 루스의 명함을 꺼낸다. 도슨스 더스트 버스터스. 뒤편에 연락처와 광고 문구가 적혀 있다. "너무 하찮은 직업은 없듯이 너무 엄청난 난장판도 없습니다."

정말로 그렇다면 얼마나 좋을까. 안타깝지만 수세미와 표백제로 지울 수 없는 것들도 있기 마련이다. 예컨대 핏자국처럼 남아서 속에서 곪는 것들 말이다.

나는 네 여동생에게 무슨 일이 벌어졌는지 알아.

그리고 그런 것들은 가끔 되살아난다.

21

그 연립주택은 아담하고 깔끔하다. 전혀 형편이 어려워 보이지 않는다. 신식 강화 플라스틱 유리창에 멀끔한 나무 문이 달렸고 앞에 산뜻한 꽃 화분도 걸려 있다. 옆면에 반짝이는 은색으로 '도슨스 더스트 버스터스'라고 적힌 파란색 피에스타가 길가에 주차되어 있다.

나는 짧은 진입로를 걸어간다. 뚱뚱한 얼룩고양이가 창턱에 길게 누워 있다. 녀석이 나른한 경멸이 담긴 눈빛으로 나를 쳐다본다. 문 앞에서 나는 멈칫한다. 하루 종일 고민했지만 어떤 식으로 접근하면 좋을지 여전히 잘 모르겠다. 그 문자를 익명으로 보낸 데에는 이유가 있었을 것이다. 루스가 보냈다면 대화를 나누고 싶지 않다는 뜻이다. 문제는 그녀가 그 문자를 보낸 이유가 뭐냐는 거다.

나는 루스를 모른다. 그 옛날에 그녀와 알고 지낸 적이 없었다. 누구든 그랬다. 학교에서 그녀는 소속된 집단이 없었다. 어느 누구와도 친하게 지내지 않았다. 어디에도 끼지 않았다. 팀 스포츠 종목이 망신 주기와 괴롭히기가 아닌 이상 맨 첫 번째 선수로 뽑히는 일은 없었다.

어느 날 몇몇 여자아이들이 체육 시간에 루스의 속바지를 훔쳤던 게 기억난다. 막대기와 자로 무장한 남녀 패거리가 학교 밖까지 그녀를 쫓아갔다. 집으로 도망치려는 그녀를 에워싸고 야유하고 욕하며 치마를 들춰 속살을 드러냈다. 잔인하고 끔찍하고 심지어 야하지도 않았다. 그저 악랄한 모욕이었다. 미스 그레이슨이 창밖으로 이 광경을 목격하고 끼어들어 그녀를 집까지 데려다주지 않았다면 얼마나 더 심한 일이 벌어졌을지 모르겠다.

집이라고 별반 낫지도 않았다. 그녀의 엄마는 술을 좋아했고 아빠는 다혈질이었다. 좋은 조합이 못 됐다. 그러다 보니 그 둘이 서로 고함을 지르는 소리가 길거리 저편에서도 들렸다. 그녀에게 친구가 있다면 데리고 폐광 너머로 산책시키던 늙고 추레한 개뿐이었다.

나는 그녀를 괴롭히지는 않았다. 그날의 그 무리도 아니었다. 하지만 자랑스러워할 만한 일은 아니다. 나는 그녀를 돕지도 않았다. 괴롭힘당하는 것을 가만히 서서 지켜보기만 했다. 그러다 걸음을 옮겼다. 그날이 처음도 아니었다. 마지막도 아니었다.

루스는 학교 밖으로 나서면 생각하지 않으려고 애를 쓰게 되는 그런 아이였다. 생각하면 살짝 죄책감이 들기 때문이었다. 그리고 나에게는 죄책감을 느낄 만한 더 중요한 일들이 있었다.

내가 노크를 하려고 손을 든 순간…… 문이 열린다.

키가 작고 체격이 다부진 여자가 내 앞에 서 있다. 가슴에 회사이름이 깔끔하게 수놓인 자홍색의 청소용 작업복을 입고 있다. 숱이 많은 까만 머리는 짧게 쳤다. 미적인 측면이 아니라 실용적인 측면의 선택이었을 것이다. 뭉툭한 앞머리 아래로 보이는 사각형 얼굴은 실망하는 데 익숙한 사람 특유의 금욕주의적인 표정을 짓고 있다. 인생이 날린 잽에 난타당한 얼굴이다. 이런 사람들이 상처를 가장 심하게 받는 부류인 경우가 많다.

그녀는 팔짱을 끼고 의심스러워하는 눈빛으로 나를 쳐다본다.

"네?"

"음, 도슨 부인? 좀 전에 메시지를 남겼는데요. 저는 조 슌이고 안힐 아카데미—"

"너 누군지 알아."

"그렇구나."

"원하는 게 뭐야?"

인사치례가 없는 것이 이 집안의 내력인 게 분명하다.

"아, 메시지에서도 얘기했던 것처럼 마커스의 전화기를 돌려주고 싶어서. 오늘 학교에서 잃어버렸거든. 아이가 집에 있니?"

"아니." 그녀는 손을 내민다. "내가 전해줄게."

나는 망설인다. 지금 그녀에게 전화기를 주면 닫힌 문에 대고 대화를 이어나가야 할 게 분명하다.

"잠깐 들어가도 될까?"

"왜?"

"하고 싶은 다른 얘기가 있어서."

"뭔데?"

나는 고민한다. 가끔은 패를 보여주어야 할 때도 있다. 그런가 하면 장기전으로 돌입해야 할 때도 있다.

"청소."

나는 기다린다. 그녀가 내 면전에 대고 문을 닫을지 모르겠다는 생각이 얼핏 든다. 그런데 그녀는 한쪽 옆으로 비켜선다.

"주전자 올려놨어."

집 안도 바깥처럼 아주 깨끗하다. 약간 불안할 정도로 그렇다. 소독약과 방향제 냄새가 난다. 코가 막히고 관자놀이가 무지근하게 지끈거리기 시작하는 게 느껴진다.

"이쪽이야." 루스가 조그만 부엌으로 앞장선다. 고양이 또 한 마리가 조리대에 웅크리고 있다. 회색이고 털이 북슬북슬하며 성질이 못돼 보인다. 개는 어디 있는지 궁금해진다. 로런이 산책시키러 데리고 나간 모양이다.

마커스의 휴대전화를 주머니에서 꺼내 식탁 위에 놓는다.

"조금 젖었지만 작동은 될 거야."

루스는 전화기를 쳐다본다. 표정에 아무 변화가 없다.

"마커스 전화기는 아이폰인데."

"이제는 아니야. 망가졌거든."

그녀는 좀 더 날카로운 눈빛으로 나를 쳐다본다. "망가진 거야 아니면 누가 박살낸 거야?"

"모르겠어."

"그렇겠지. 아는 사람이 없겠지."

"마커스가 괴롭힘을 당하는 것에 대해서 항의를 하고 싶다면—"

"그럼 뭐? 어쩔 건데? 학교에서 어떻게 해줄 건데?"

나는 입을 열었다가 물 밖으로 나온 물고기처럼 뻐끔거린다.

루스는 찬장으로 몸을 돌려서 머그잔을 두 개 꺼낸다. 하나에는 고양이 그림이 그려져 있다. 다른 잔에는 이런 선언이 적혀 있다. '흥분하지 마세요. 청소는 내게 맡겨요.'

"내가 학교에 찾아갔어. 수도 없이." 그녀가 말한다. "너희 교장이랑 얘기하러."

"그랬구나."

"퍽이나 달라지더라."

"미안하다."

"나는 상황이 달라졌을 줄 알았어. 학교에서 이제는 그런 짓을 용납하지 않잖아. 학교 폭력을 엄하게 단속하잖아."

"그게 기본 발상이긴 하지."

"그래. 훌륭한 발상이지. 하지만 헛소리야." 그녀는 주전자 쪽으로 고개를 돌린다. "차?"

"음, 커피가 더 좋은데."

그녀의 생각이 틀렸다고 말할 수 있으면 좋겠다. 학교에서 이제는 학교 폭력을 엄하게 단속한다고. 교육청의 평가를 잘 받으려고 체육관 매트 아래로 숨기지 않는다고. 아빠가 누구건 교사들이 학

생을 대하는 태도에는 아무 영향을 미치지 못한다고. 그렇게 얘기
하고 싶다.

"커피는 없는데."

하지만 늘 원하는 대로 할 수 있는 건 아니다.

"차도 좋아."

그녀는 머그잔 가득 끓는 물을 붓고 우유를 넣는다.

"학교 다녔을 때 네가 어떤 아이였는지 기억해." 그녀가 말한다.
"스티븐 패거리 중 한 명이었지."

"잠깐 동안."

"너도 그 패거리의 다른 애들이랑 똑같다고 생각한 적은 없어."

"고맙다."

"칭찬으로 한 말 아닌데."

뭐라고 대꾸하면 좋을지 모르겠다. 우선은 아무 말도 하지 않기
로 한다.

그녀는 차를 다 끓여서 머그잔을 들고 온다. "앉을 거니, 말 거
니?"

나는 엉덩이를 의자에 털썩 내려놓는다. 그녀는 맞은편 자리에
앉는다.

"그 집을 네가 빌렸다고 들었어."

"안힐에서는 소문이 금세 퍼지지."

"항상."

그녀는 찻잔을 들어서 한 모금 마신다. 나는 내 머그잔에 담긴
부옇고 뜨거운 갈색 액체를 쳐다보다가 그녀를 따라 하지 않기로

한다.

"줄리아 모턴이 거기서 살았을 때 네가 청소를 맡았다고?"

"맞아. 부인이 추천서를 써주지는 못하겠지만."

"그럼 부인하고 벤을 알았겠네?"

그녀는 손으로 머그잔을 감싸고 약삭빠르게 나를 쳐다본다. "그래서 찾아온 거야? 자초지종을 알고 싶어서?"

"물어볼 게 몇 가지 있어."

"공짜로는 안 돼."

"그럼 얼마?"

"집 전체를 청소하는 비용."

로런한테 들은 요금표가 생각난다. "50파운드?"

"현금으로."

나는 고민한다. "절반 청소하는 비용으로 하자. 그리고 수표라야 해."

그녀는 의자에 기대고 앉아서 팔짱을 낀다. "물어봐."

"줄리아는 어떤 사람이었어?"

"선생치고 괜찮았어. 너무 잘난 척하지도 않고. 하지만 자기는 이런 데 있을 사람이 아니라고 생각했지. 대부분 그렇게 생각하다시피."

그리고 아마 대부분의 경우 맞는 생각일 것이다.

"하지만 우울해하지는 않았다?"

"내가 알기로는."

"그럼 벤은?"

"착한 아이였어. 적어도 실종되기 전에는."

"무슨 일이 있었는데?"

"어느 날 학교 수업을 마치고 집으로 돌아오지 않았어. 온 마을 사람들이 아이를 찾으러 다녔지." 그녀는 하던 얘기를 잠깐 멈춘다. "그러고는 얼마 후에 돌아왔어."

처음으로 그녀에게서 불편한 기미가 감지된다. 단단한 가면에 금이 생겼다.

"그리고?"

"애가 달라졌어."

"어떤 식으로?"

"예전에는 예의 바르고 깔끔했거든. 그런 일이 있은 뒤에는 변기 물을 내리지 않았어. 침대에는 항상 땀이랑 기타 등등이 묻어 있었고. 뭐가 그 안으로 기어 들어가서 죽기라도 한 것처럼 방에서 썩은 내가 풍겼어."

"그럴 시기가 된 거 아니었을까?" 내가 말한다. "귀엽던 애들이 눈 깜빡할 새 냄새 나는 10대로 바뀌잖아."

그녀는 나를 보며 차를 몇 모금 마신다. "나는 그 집을 맨 마지막에 청소했거든. 가끔 벤이 학교에서 와 있을 때도 있었어. 둘이서 수다를 떨곤 했지. 내가 우리 둘이 마실 차를 끓였고. 실종됐다가 돌아온 뒤에는 내가 고개를 돌리면 애가 거기 서서 나를 빤히 쳐다보고 있었어. 얼마나 소름이 돋았는지 몰라. 그 애가 나를 쳐다보던 눈빛. 몸에서 나던 냄새. 가끔 들릴락 말락 하게 중얼거리는 소리가 들릴 때도 있었어. 욕을 그렇게 하는 거야. 말투도 그 애 같지 않았어. 이상했어."

"줄리아하고는 얘기해봤고?"

"하려고 했지. 그랬더니 더 이상 안 와도 된다고 하더라. 그런 식
으로 사람을 자르더라고."

"그게 언제였는데?"

"줄리아가 아이를 학교에서 빼내기 직전."

나는 내 머그잔을 홀끗 쳐다보고 진한 커피를 마실 수 있으면 좋
겠다는 생각을 한다. 아니다, 커피는 무슨. 버번을 마시면서 담배를
피웠으면 좋겠다.

"뒷문 열어." 루스가 말한다.

"응?"

"담배 피우고 싶잖아. 나도 한 대 당기거든. 뒷문 열어."

나는 일어나서 뒷문 쪽으로 걸어간다. 문을 열자 조그만 뒷마당
이 나온다. 시든 화분 몇 개로 분위기를 밝게 꾸며보려고 노력한
흔적이 보인다. 저쪽 끝에 개집이 있다. 나는 다시 안으로 들어가
자리에 앉는다. 담배 두 대를 꺼내 한 대를 루스에게 건네고 양쪽
에 불을 붙인다.

"벤한테 무슨 일이 있었다고 생각해?" 내가 묻는다.

그녀는 잠깐 고민하고 대답한다. "내가 어렸을 때 집에 개가 한
마리 있었거든. 그 개를 데리고 폐광으로 산책시키러 자주 나갔
어."

"나도 기억해." 나는 말하고 어떤 의도에서 꺼낸 얘긴지 궁금해
한다.

"어느 날 그 개가 도망친 적이 있었어. 나는 억장이 무너졌지. 그 개를 사랑했거든. 이틀 뒤에 돌아왔는데, 털은 흙과 먼지로 떡이 졌고 목에 피투성이 상처가 크게 나 있었어. 나는 허리를 숙이고 호들갑을 떨었지. 꼬리를 흔들더니 내 손을 물더라고. 뼈에 이빨이 닿을 정도로. 아빠는 그 자리에서 개의 목을 조르려고 했어. '개가 버릇이 나빠지면 그길로 끝이야. 절대 다시 돌아오지 않아'라고 하면서."

나는 그녀를 빤히 쳐다본다. "지금 벤 모턴하고 개를 비교하는 거야?"

"그 아이한테 무슨 일이 벌어졌는데, 워낙 끔찍한 일이라 아이 엄마가 더 이상 감당할 수 없게 됐다고 말하는 거야." 그녀는 담배를 빨고 짙은 연기 구름을 내뿜는다.

"이런 얘기를 경찰한테도 했어?"

그녀는 콧방귀를 뀐다. "미친 거 아니냐는 소리나 들으라고?"

"하지만 나한테는 얘기하고 있잖아."

"너야 돈을 주니까."

"그게 다야?"

그녀는 담배꽁초를 머그잔에 버린다. "아까도 얘기했던 것처럼 너는 다른 애들이랑 달랐거든."

"그래서 이메일을 보낸 거야?"

그녀는 눈살을 찌푸린다. "무슨 이메일?"

"내 동생에 대해서 얘기한 이메일. 그 사태가 다시 벌어지고 있어."

"나는 너한테 이메일 보낸 적 없어. 학교를 졸업하고 너를 본 게 오늘이 처음이야."

"네가 문자 보낸 건 알아." 나는 식탁에 올려둔 노키아를 집는다. "이 전화기로 보냈더라고. 네가 쓰던 걸 마커스가 빌려 쓰고 있는 거겠지?"

"너한테 얼어 죽을 문자도 보낸 적 없어. 그리고 그건 내 전화기가 아니야."

그녀는 진심으로 어리둥절해하는 표정을 짓고 있다. 내 머리가 좀 전보다 세게 지끈거린다. 바로 그때 쾅 소리와 함께 앞문이 열린다. 마커스가 발을 질질 끌며 부엌으로 들어온다.

"다녀왔습니다." 잠시 후에 그가 나를 발견한다. "선생님이 여긴 어쩐 일이에요?"

"네 전화기 들고 왔다." 나는 노키아를 들어 보이며 말한다.

그의 얼굴이 굳는다.

"이 전화기 어디서 났니?" 내가 묻는다.

"백만 년 전부터 있던 건데요."

"그래? 그럼 이게 뭔지 알겠니? 어린아이들의 숨통을 조르고. 따먹어라. 갈기갈기 찢겨서 썩게 하라?"

죄책감이 체열처럼 그에게서 뿜어져 나온다.

"마커스?" 루스가 다그친다.

"그냥 장난이었어요. 약 올리려고 한 장난요."

"그럼 네 생각이었다?"

"네."

"못 믿겠는데."

"진짜예요."

"누가 너더러 문자를 보내라고 시켰니?"

"그런 거 아니에요. 아무도 저한테 뭘 시키지 않았어요." 그는 반항조로 턱을 내민다.

"알았다." 나는 전화기를 주머니에 넣는다. "경찰한테 처리를 맡겨야겠네."

나는 문 쪽으로 한 발짝 걸음을 옮긴다.

"잠깐만요!"

나는 몸을 돌린다. "왜, 마커스?"

그는 자포자기한 눈빛으로 나를 쳐다본다. "그분이 잘릴 일은 없겠죠, 네?"

22

1992년

디딤대가 좀 더 이어졌다. 첫 번째 디딤대와는 달랐다. 돌을 깎아서 만들었고 계단처럼 아래쪽으로 둥그스름하니 완만하게 이어졌다. 미끄럽고 위험한 계단이었다. 어떤 디딤대는 밟으면 살짝 바스라져서 파편들이 아래로 쏟아졌다. 그 소리가 저 아래까지 길게 이어졌다.

양옆 벽은 삐죽삐죽했고 머리 위 천장은 낮았다. 살짝 허리를 숙여야 했다. 헬멧의 배터리를 다시 만졌지만 커브 때문에 디딤대 한두 개를 비추는 게 전부였기에 가끔은 세 번째 디딤대가 어둠 속에서 불쑥 등장하는 것처럼 느껴졌다. 앞에서 다른 손전등 두 개가 위아래로 까딱이는 게 보였지만 기괴하고 추상적인 빛의 단편에 불과했다. 그래도 절벽으로 떨어진 사람이 없다는 걸 확인시켜주는 역할은 했다. 아직까지는.

어쩌다 한번씩 다른 친구들이 욕을 하는 소리가 들렸는데, 대개 마리였다. 뾰족구두를 신고 무슨 수로 버티는지 모를 일이었다. 나는 광부용 작업복 아래에서 땀범벅이 됐다. 이마를 타고 내려온 땀이 눈썹 옆으로 흘렀다. 심장이 쿵쾅거렸고 숨소리가 점점 거칠어졌다. 긴장을 하고 힘을 써서 그런 것만은 아니었다. 아빠가 예전에 말하길 지하로 깊숙이 내려갈수록 공기 중의 산소가 줄어든다고 했다.

"쌍, 얼마나 더 가야 하냐?" 닉이 툴툴거렸다. 내가 그냥 힘들었다면 하루에 한 갑씩 담배를 피우던 닉은 *정말이지* 괴로웠을 게 분명했다.

스티븐이 대답할 줄 알았던 내 예상과는 달리 크리스가 일착으로 내려가고 있었다. "다 왔어." 그가 침착한 목소리로 말했다. 맹세컨대 숨을 헐떡이기는커녕 심지어 땀 한 방울조차 흘리지 않는 듯했다.

우리는 다시 더듬더듬 불안하게 내려가기 시작했다. 몇 분 지났을 때 나는 한 가지 사실을 깨달았다. 내가 허리를 별로 숙이지 않고 있었다. 똑바로 설 수 있었다. 천장이 점점 높아지고 있었다. 빛의 성격도 달라진 듯했다. 좀 전처럼 그렇게 새까맣지 않았다. 심지어 공기마저 늘어난 듯 숨 쉬기도 좀 더 편해진 것 같았다.

가까워지고 있군. 나는 생각했다. 하지만 뭐에 가까워지고 있는 걸까?

"조심해." 크리스가 외쳤다. "급경사가 있어."

그의 말이 맞았다. 다음번 모퉁이를 돌자 좁은 통로가 훨씬 넓은 동굴로 이어졌다. 컸다. 엄청 컸다. 나는 위를 올려다보았다. 천장이 엉성한 돔 모양으로 높이 솟았다. 두툼한 목재가 버팀대 역할을 했다. 열십자로 교차하고 곡선으로 놓인 모습이 헛간이나 교회의 둥근 천장을 연상시켰다. 비슷하지만 좀 더 어설펐다. 디딤대가 계속 이어졌지만 왼쪽에는 더 이상 벽이 없었다. 그냥 낭떠러지였다.

"젠장!" 마리가 갑자기 비명을 질렀다. 어둠 속에서 갑작스럽고 요란하게 유리가 박살났다. "술이."

나는 움찔했다. 집중력이 흐트러졌다. 다음 디딤대를 디디려던 내 발이 미끄러졌다. 발목이 꺾였다. 나는 아파서 비명을 지르며 벽을 잡으려고 했지만 당연히 벽이 있을 리 없었다. 벽은 없고 허공뿐이었다.

공포가 내 목에서 비명을 낚아챘다. 나는 뭐라도 붙잡으려고 했지만 늦었다. 이미 아래로 떨어지고 있었다. 눈을 감고 긴 추락에 대비해 마음의 준비를 했는데……

……거의 떨어지자마자 허리뼈가 부러질 만한 쿵 하는 소리와 함께 바닥에 부딪혔다.

"으아아악. 젠자아아앙."

"조?" 크리스가 외치는 목소리가 들렸다. "괜찮아?"

나는 일어나서 앉아보았다. 허리가 살짝 아팠다. 멍이 든 것 같았지만 그만하길 다행이었다. 위를 올려다보았다. 손전등 불빛과 희미한 실루엣이 보였다. 나와의 거리가 몇 미터밖에 안 됐다.

찾았구나. 나는 깨달았다. 우리가 여기 왔어.

나는 몸을 일으켰다. 발목이 다시 찌릿했다.

"*젠장.*"

발목을 붙잡았다. 벌써부터 살짝 부은 게 느껴졌다. 살짝 접질렸을 뿐 어디가 부러지거나 한 건 아니길 바랐다. 저 빌어먹을 디딤대를 다시 올라가야 했다.

"괜찮아!" 나는 위에다 대고 외쳤다. "하지만 쌍, 발목을 다쳤어."

"쯧쯧, 뭐가 보이냐? 그 아래에 뭐가 있어?" 스티븐의 목소리였다. 변함없이 다정하고 연민 어린 목소리였다.

헬멧이 땅에 부딪혀서 삐딱해졌다. 나는 바위 벽에 몸을 기대 다친 쪽 발목에 실리는 체중을 덜고 헬멧을 고쳐 썼다. 좌우를 둘러보았다. 목재들이 추가로 벽을 받치고 있었다. 땅바닥에서 수직으로 솟구쳤다. 그 사이로 다른 형체들과 형태들이 보였다. 바위 속에 흰색 막대를 끼워 넣어서 만든 듯했다. 복잡한 무늬를 이루고 있었다. 별과 눈. 희한하게 보이는 글씨. 막대 인간. 나는 살짝 몸서리가 쳐지려는 걸 참았다. 어떤 벽에는 무늬가 별로 없었다. 그 대신 막대와 누런 돌멩이가 아치 모양의 큼지막한 벽감 안에 빽빽하게 쌓여 있었다.

마음에 들지 않았다. 전부 그랬다. 섬뜩했다. 해괴했다. 이상했다.

다른 친구들이 내려오는 소리가 들렸다. 크리스는 천천히 디딤대를 밟아가며 왔다. 스티븐은 뛰어내려서 쿵 하는 소리와 함께 내 바로 옆에 착지했고 마리와 닉이 거의 곧바로 뒤따라 왔다. 그들이 좌우를 둘러보며 파악하는 동안 정적이 흘렀다.

"우와, 완전 끝내준다." 마리가 말했다. "무슨 「로스트 보이」의

한 장면 같잖아?"

"여기도 탄광이랑 비슷한 데야?" 닉이 평소처럼 무궁무진한 상상력을 표출하며 물었다.

"아니." 크리스가 말했지만 내가 하려던 대답을 낚아챈 거나 다름없었다.

여긴 광부들에 의해 탄생된 곳이 아니었다. 탄광은 바위를 자르고 뚫고 깎아서 만들어졌다. 투박하고 거칠고 산업적이며 중장비와 기계가 동원됐다.

여긴 뭔가가 달랐다. 필요에 의해 또는 금욕적인 장인의 손길로 만들어진 곳이 아니었다. 열정으로 탄생된 곳이라고 해야 할까? 그것도 백 퍼센트 정확한 표현은 아니었다. 좌우를 응시하는 동안 또 다른 단어가 내 머릿속을 가르며 떠올랐다. 헌신. 그거였다—헌신이었다.

"손전등으로 여기저기 비춰봐라, 등신아." 스티븐이 닉에게 말하자 닉은 고분고분 시키는 대로 했다.

그가 손전등으로 동굴을 비추며 한 바퀴 원을 그렸다. 불빛이 저쪽 벽에 다다랐을 때는 주변을 밝히기보다 깊숙한 구멍과 어둠으로 둘러싸인 구석구석을 더 강조하는 것처럼 느껴졌다. 빛의 희한한 효과에 불과할지 모르지만 곁눈으로 언뜻 보면 그림자들이 쉴 새 없이 움직이고 흔들리고 희미해지는 것 같았다.

"여기 완전 으스스하다." 스티븐이 중얼거렸다. "밀가루 반죽 말이 맞네. 여긴 탄광이 아니야." 그는 내 쪽으로 고개를 돌렸다. "네 생각은 어때, 소니?"

나는 노력했지만 여기서는 생각하는 게 잘 되지 않았다. 동굴이 좁은 터널보다는 넓고 훨씬 덜 답답했지만 그래도 숨을 쉬기가 힘들었다. 공기가 이상하게 느껴졌다. 산소가 다른 걸로 대체된 느낌이었다. 그보다 묵직하고 더러운, 절대 들이마시면 안 되는 걸로.

독가스. 나는 문득 생각했다. 아빠는 지구 깊숙한 곳에서 흘러나오는 연기 얘기를 종종 했었다. 뭐였더라? 우리는 여기 이렇게 선채로 서서히 중독되고 있는 걸까? 나는 크리스를 흘끗 쳐다보았다.

"크리스, 여기가 어떤 곳이야?"

그는 감히 앞으로 나오지 못하고 계속 디딤대 근처에 서 있었다. 지저분한 암영이 드리워진 그의 얼굴은 창백하고 흙먼지로 얼룩덜룩했고, 겁에 질린 건 아니었지만 긴장한 표정이었다. 열다섯 살인 실제 나이보다 훨씬 늙어 보였다. 앞으로 절대 될 일 없는 연령대의 남자처럼 보였다. 그의 강렬한 눈이 내 눈과 만났을 때 나는 알아차렸다. 그가 여길 발견한 게 아니었다. 여기가 그를 발견한 거였고 이제 그는 여기가 자신을 다시 놓아주길 간절히 바라고 있었다.

"아직 모르겠어?" 그가 말했다. "보고도 모르겠어?"

나는 동굴을 다시 둘러보았다. 높은 아치형 천장을. 목재를. 그때 내 머릿속에서 뭔가가 딸깍 맞아떨어졌다. 다시 보면 분명했다. 마시면 안 되는 공기. 거대한 지하 공간. 교회 같지만 아닌.

"뭘?" 스티븐이 물었다.

바로 그 뒤를 이어서 또 다른 생각이 떠올랐다. 벽에 박힌 하얀 막대와 벽감에 쌓인 돌멩이들. 나는 가장 가까운 벽을 향해 절뚝절뚝 다가갔다. 내 헬멧의 불빛이 별과 손처럼 생긴 기호와 막대 인간을 비추었다. 가까이 다가가서 보니 새하얀 색이 아니었다. 그리고 막대도 아니었다. 다른 거였다.

이런 데서 발견됨직한 것이었다.

무덤에서, 묘소에서.

"소니, 썅, 이게 무슨 다 소린지 설명해주겠냐?" 스티븐이 위험하게 으르렁거렸다.

"유골." 나는 속삭였다. 공포 때문에 목소리에서 힘이 빠졌다. "바위에— 유골이 가득해."

23

가끔은 뭔가가 이상하다는 걸 감지하기까지 시간이 걸릴 때가 있다. 뭔가가 어긋났다는 걸, 구린 냄새가 풍긴다는 걸 감지하기까지 말이다. 이를테면 개똥을 밟았는데 차에 올라탄 다음에야 이 지독한 냄새의 출처를 궁금해하다 나한테서 나는 냄새라는 걸 깨닫는 것과 비슷하다고 할까. 내가 그걸 묻힌 채 계속 차를 몰고 있었던 거다.

집으로 돌아갔을 때 나는 현관문이 살짝 열려 있는 걸 알아차린다. 분명히 닫고 잠근 기억이 나는데. 가까이 다가가보니 문틀이 쪼개지고 갈라졌다. 누군가가 억지로 연 거다. 나는 문을 활짝 열고 안으로 들어간다.

소파 쿠션이 내동댕이쳐지고 갈라져서 안에 든 솜이 온 바닥에 흩뿌려졌다. 커피 테이블이 뒤집혔고 조그만 수납장의 서랍들이 모두 열렸다. 노트북은 산산조각이 났다.

집 안이 샅샅이 파헤쳐졌다. 나는 눈살을 찌푸린다. 이 상황을 판단하기까지 시간이 걸린다. 잠시 후에 파악이 된다. 닉과 그 아들들이 아마도 스티븐의 명령을 받고 출동한 것이다. 그가 협상을 원치 않았던 모양이다. 누가 뭘 주지 않으려고 하면 수단과 방법을 가리지 않고 차지하려 하는 게 스티븐답다.

하지만 나는 그들이 원하는 걸 찾지 못했다고 장담할 수 있다.

힘없이 2층으로 올라간다. 매트리스가 칼로 난도질당해 속이 다 드러났고 옷장의 옷들은 바닥에 무더기로 쌓여 있다. 나는 허리를 숙여서 셔츠를 집다가 축축한 감촉과 톡 쏘는 냄새를 느끼고 그들이 시원하게 오줌을 싸놓았다는 걸 알아차린다.

화장실을 체크한다. 샤워 커튼을 아무 이유 없이 뜯어놓았고 변기 물탱크 뚜껑을 박살냈다. 내가 이미 맞닥뜨린 상황보다 나를 더 심란하게 만들 수는 없다고 그들에게 미리 얘기할 수 있었더라면 좋았을걸 그랬다.

마지막으로 안 쓰는 방을 체크한다. 벤의 방이다. 문을 연다. 도려내진 매트리스와 갈기갈기 찢긴 카펫을 보며 서서히 끓어오르는 분노를 느낀다. 나는 절뚝절뚝 1층으로 다시 내려간다.

애비-아이스가 천사상 아래에 있었던 서류파일과 함께 장작 난로 안에 들어 있다. 나는 쭈그리고 앉아서 그 두 개를 꺼낸다. 먼지가 묻어서 시커메졌지만 불에 타지는 않았다. 왜 그랬을까? 애비-아이스를 커피 테이블에 올려놓는다. 잠깐 생각한 끝에 만일의 경우에 대비해 칼로 갈라진 쿠션 안에 서류파일을 넣는다. 뭔가가 찜찜하다. 닉의 아들들이 왜 이걸 태우지 않았을까? 이 시점에 이르자 부수는 데 싫증이 났을까? 그럴 리는 없다. 시간이 없었을까?

아니면 다른 이유가 있었을까? 어떤 방해 요소의 등장으로 중단됐을까?

문득 아주 안 좋은 예감이 든다. 부엌에서 끼이익 하는 소리가 들린다. 나는 허리를 펴고 몸을 돌린다.

"안녕, 조."

나는 쿠션 없는 소파에 앉는다. 글로리아는 안락의자에 우아하게 걸터앉는다. 장작 난로에서 불꽃이 요란하게 탁탁거린다. 들리는 소리와 다르게 아늑한 분위기가 아니다. 글로리아가 까만 가죽 장갑을 끼고 한 손에 부지깽이를 들고 있다.

"여긴 어쩐 일이야?"

"잘 지내는지 확인하려고."

"믿기 어려운 얘긴데."

그녀는 웃음을 터뜨린다. 내 방광에서 쥐가 난다.

"오늘 너희 집에 찾아온 손님이 있더라?"

"만났어?"

"그들이 떠나려는 찰나에 내가 도착했어. 서로 말을 섞을 기회는 없었지."

그녀는 좌우를 흘끗거린다. "뭔가를 찾으러 왔던 모양이네. 네가 친구한테 돈뭉치를 받아낼 수 있길 바라는 바로 그 약점이었을지도."

"그들은 원하는 걸 찾지 못했어."

"확신하는군."

"응."

"어째서?"

"내가 그걸 가지고 있지 않으니까. 여기에는 없어."

그녀는 내가 한 말을 곰곰이 생각한다. "내가 이 일을 하다 보니까 모든 정보를 알고 있으면 득이 된다는 사실을 터득하게 됐는데 말이야."

"얘기했잖아―"

"너는 쌍, 아무것도 얘기하지 않았어!"

그녀는 부지깽이를 커피 테이블 위에 내동댕이친다. 애비―아이스가 날아와 내 발치에 떨어진다. 플라스틱으로 된 얼굴에 금이 간다. 헐렁했던 눈이 구멍 밖으로 튀어나온다. 그 인형이 바닥에서 나를 빤히 올려다본다. 내 등골 맨 아랫부분에 땀이 고인다.

"다행히." 글로리아가 말을 잇는다. "내가 조사를 좀 해보았지. 재미있더군."

그녀는 일어나서 장작 난로 앞으로 다가가 허리를 숙이고 문을 연다.

"너를 25년 전으로 데려갈게. 다섯 명의 학교 친구들. 너, 스티븐 허스트, 크리스토퍼 매닝, 마리 깁슨 그리고 닉 플레처. 아, 그리고 네 여동생 애니. 나한테 동생 얘기는 한 적이 없었지."

그녀는 부지깽이를 난로의 장작 사이로 깊숙이 집어넣는다. 불길에서 더 요란하게 탁탁거리는 소리가 난다.

"어느 날 밤에 네가 친구들이랑 놀러나갔을 때 네 동생이 실종됐어. 자다가 사라진 거야. 수색하고 호소문을 발표하고 난리가 났지. 모두들 최악의 경우를 생각했고. 그러다 48시간이 지났을 때 그 애가 기적적으로 돌아왔어. 하지만 할 수 없었던 건지, 하기 싫었던 건지 몰라도 무슨 일이 있었는지 말을 하지 않았고……."

"그게 무슨ー"

"내 말 마저 들어. 일단은 해피엔딩이었지만 그로부터 2개월 뒤에 아버지가 차를 몰고 가다가 나무를 들이받는 바람에 꼬맹이 애니와 그는 죽고 너는 중상을 입었지. 지금까지 내 솜씨가 어때?"

나는 부지깽이를 물끄러미 쳐다본다. 불 속에 꽂혀 있다. 설상가상인 상황을 얘기할 때 프라이팬에서 뛰쳐나와 불 속으로 들어간 격이라고들 하지. 나는 엉뚱한 생각을 한다.

"네 말마따나 조사를 좀 했네." 나는 얘기한다.

글로리아는 일어나서 왔다 갔다 걷기 시작한다. "아, 빠뜨린 게 있네. 동생이 돌아오고 몇 주 지났을 때 네 친구 크리스토퍼 매닝이 학교 영문학관에서 추락한 거. 끔찍한 우연의 일치라는 생각이 들지 않아?"

"인생은 끔찍한 우연의 일치투성이야."

"현재로 빠르게 테이프를 돌리면 너는 네가 자란 고향 마을로 돌아왔어. 옛 친구 스티븐 허스트를 협박해서 거금을 뜯어낼 작정이야. 너는 그의 어떤 약점을 쥐고 있을까? 그가 숨기는 게 뭘까?"

"스티븐 같은 녀석은 비밀이 많을 수밖에 없지."

"너도 그럴 거라는 생각이 들기 시작한다."

"그게 무슨 상관인데?"

"왜냐하면 나는 너를 좋아하거든."

"그걸 참 특이한 방식으로 표현하네."

"그럼 다른 식으로 표현할게. 너는 흥미로워. 그런 사람이 많지 않은데 말이지. 먼저, 나는 지금까지 너처럼 선생 같지 않은 선생을 만난 적이 없어. 너는 술꾼이고 도박꾼이잖아. 그런데 천직이 있단 말이지. 아이들에게 지식을 전하는 직업을 선택했단 말이지. 왜 그 랬을까?"

"방학이 기니까."

"25년 전에 이 마을에서 벌어졌던 일 때문이라고 생각해. 네가 뭔가를 만회하려는 거라고."

"아니면 먹고살 궁리를 하는 것에 불과할 수도 있지."

"까부는 건 허술한 방어 기제야. 내 말 믿어, 내가 잘 아니까. 죽을 까 봐 겁이 나면 사람들이 가장 먼저 버리는 것들 가운데 하나지."

"그거 협박이야?"

"설마. 사실 나는 지금 너한테 구명 밧줄을 던져주고 있는 거야."

그녀가 다가온다. 나는 움찔한다. 그녀는 허리를 숙여서 뭔가를 내민다. 명함이다. 전화번호 말고는 아무것도 없다.

그녀는 손을 뻗어 명함을 내 청바지 주머니에 넣어주고 내 사타 구니를 가볍게 토닥인다.

"앞으로 24시간 동안 내 도움이 필요하면 여기로 연락하면 돼."

"왜?"

"왜냐면 내가 내심 너한테 호감이 있거든."

"그 말을 들으니까 위로가 되네."

"너무 진지하게 생각하지는 말고."

내 시선이 다시 부지깽이 쪽으로 향한다. 불꽃이 터진다.

"팻맨이 점점 짜증을 내고 있어."

"얘기했잖아―"

"입 다물어."

이제는 땀이 내 엉덩이 골 사이로 흘러내린다. 배 속은 단단히 뭉친 공이 된다. 토악질을 하는 동시에 똥을 싸고 오줌을 누고 싶어진다.

"그는 너한테 시간적인 여유를 줬잖아. 이제 돈을 받고 싶어 해."

"받게 될 거야. 내가 여기로 돌아온 것도 그 때문이잖아."

"나도 알아, 조. 그리고 내가 판단할 문제라면?" 그녀는 앙증맞게 어깨를 으쓱한다. "하지만 그가 보기에는 네가 도망친 것 같잖아. 그러면 믿음을 줄 수가 없지. 팻맨은 자기가 얼마나 진지한 성격인지 네가 확실히 알아주길 바라고 있어."

"알아. 진짜야."

그녀는 장작 난로에서 부지깽이를 꺼낸다. 끝이 벌겋게 이글거린다. 나는 문 쪽을 흘끗 쳐다본다. 하지만 내 엉덩이가 소파를 떠나기도 전에 헤드록에 걸릴 것임을 안다.

"제발―"

"얘기했잖아, 조. 나는 너한테 호감이 있다고."

그녀는 내 쪽으로 다가와 내 옆에 쭈그리고 앉는다. 그녀가 부지깽이를 든다. 나는 열기를 느낀다.

글로리아가 미소를 짓는다. "그러니까 네 예쁜 얼굴은 건드리지 않을게."

나는 소파에 누워 있다. 코데인 네 알을 먹고 버번 한 병을 해치 웠다. 왼손에 낡은 행주를 감고 냉동 피시 핑거 봉지에 올려놓았다. 이제는 살짝 욱신거리는 정도다. 당분간 바이올린 협주곡을 연주 할 수는 없겠다.

몸이 뜨겁고 열이 나는 느낌이다. 정신이 들어왔다 나갔다 한다. 잠을 자는 건 아니다. 이상한 이미지들로 얼룩진, 회색과 검은색으 로 이루어진 환상의 공간이다.

한번은 내가 폐광에 있다. 나 혼자가 아니다. 언덕 꼭대기에 크 리스와 애니가 서 있다. 은빛으로 부풀고 검은 비로 출렁이는, 수은 주머니 같은 하늘이 그들의 머리 위에 걸려 있다. 바람이 노여워하 며 보이지 않는 발톱으로 할퀸다.

크리스는 머리가 이상하게 일그러져서 뒤통수가 움푹 들어갔다. 코와 눈에서 피가 난다. 애니는 그의 손을 잡고 있다. 나도 알다시 피 이 애니는 내 동생 애니다. 머리에 깊고 심하게 베인 상처가 있 다. 내가 지켜보는 가운데 애니가 입을 열고 나지막이 얘기한다.

나는 눈사람이 어디로 가는지 알아, 조. 이제는 어디로 가는지 알아.

그녀가 미소를 짓는다. 그러자 나는 행복하고 차분하고 평화로 운 기분이 든다. 하지만 그들의 머리 위에서 구름이 점점 부풀며 내려앉더니 비 대신 반짝이는 까만색 딱정벌레들이 폭포처럼 쏟아진다. 나는 내 친구와 여동생이 땅바닥으로 쓰러져 잽싸게 움직이는 몸뚱이들로 뒤덮이고 꿈틀거리는 검은색밖에 남지 않을 때까지 그 광경을 지켜본다. 그것이 그들을 통째로 집어삼킬 때까지 지켜본다.

전화벨이 울리기 시작한다. 벨소리 아니면 메탈리카가 나를 구한다.

나는 몸을 굴려서 멀쩡한 쪽 손으로 휴대전화를 집는다. 실눈을 뜨고 화면을 쳐다본다. 브렌던이다. 떨리는 손가락으로 통화 버튼을 누른다.

"살아 있었어?" 나는 쉰 목소리로 묻는다.

"마지막으로 내가 확인했을 때는. 너 목소리가 개떡 같네."

"고마워."

"너는 내 솔직한 성격을 사랑하잖아."

"네 깜찍한 엉덩이도 빠뜨리면 섭하지."

"술 끊고 몸에 좋은 음식을 먹으면 돼. 너도 노력해봐."

"며칠 동안 계속 전화했었는데." 내가 얘기한다.

"충전기를 잃어버렸어. 무슨 급한 일이길래?"

"그냥…… 별일 없는지 확인하고 싶어서."

"단골 술집에 못 가서 아쉬운 것 말고는 별일 없어. 언제 다시 갈 수 있을까?"

나는 화상을 입어서 행주로 감은 내 손을 쳐다본다. "아직은 안 돼."

"염병."

"당분간 아파트를 떠나 있는 것도 좋은 생각일지 몰라."

"망할! 못마땅한 사람들한테 돈을 빌리는 네 습관 때문이야?"

죄책감이 내 폐부를 찌른다. 브렌던은 내게 잘해주었다. 잘해준 것 이상이었다. 공짜로 자기 아파트에서 같이 살게 해주었다. 도박을 한다고 한 번도 잔소리를 한 적이 없었다. 다른 사람들 같았으면 나를 포기했을 것이다. 하지만 브렌던은 아니었다. 그런데 나는 그를 위험에 빠뜨리는 식으로 은혜를 갚고 있다.

"오늘 밤에 묵을 데 있어?"

"오늘 밤? 음, 누나가 있긴 해. 매형이 나를 보면 우라지게 기뻐할 거야."

"금방 끝날 거야."

"젠장, 그래야지." 그는 한숨을 쉰다. "사랑하는 우리 엄마라면 지금 뭐라고 했을지 알아?"

"'목소리가 나오지 않는구나'라고 하셨으면 좋겠는데."

"산토끼가 여우를 피해 도망치다가 언제 멈추는지 알아?"

나는 앓는 소리를 낸다. "언젠데?"

"사냥꾼의 나팔 소리가 들릴 때."

"해석하자면?"

"예를 들면 경찰처럼 너보다 힘 있는 사람을 동원해 문제를 해결해야 할 때도 있다는 거지."

"내가 알아서 해결하고 있어. 됐냐?"

"예전처럼 해결하고 있다는 거겠지. 학교 금고에 모아놓은 자선 기부금을 훔치는 식으로."

"나는 땡전 한 푼 훔친 적 없어."

사실이다. 하지만 오로지 핸드백 중독자였던 학교 서기 데비에게 선수를 빼앗겼기 때문이었다. 내가 이 사실을 알아차렸을 때 우리는 협정을 맺었다. 그녀가 돈을 다시 갖다놓으면 나는 입도 뻥긋하지 않기로 했다. 그리고 조용히 학교를 떠나기로 했다(어차피 그 무렵에는 지각과 근무 태만과 일반적인 태도 문제로 마지막 서면 경고를 받은 참이었다). 아, 그리고 그녀는 내게 신세를 갚기로 했다.

"그땐 지금하고 달랐지."

"나는 기억해. 네가 빚을 갚지 못해서 무릎이 곤죽이 됐을 때 날마다 포도를 들고 병문안을 간 사람이 나였으니까."

"너는 병문안을 두 번 왔고 포도를 들고 온 적은 한 번도 없었어."

"문자 보냈잖아."

"포르노를 보냈지."

"뭐, 빌어먹을 포도는 필요도 없지 않겠어?"

"저기, 이번에는 정말로 내가 잘 해결할게."

"내가 누나네 집에 가면 밤새도록 찍찍거리면서 바퀴를 돌리는 빌어먹을 햄스터들이랑 한 방을 써야 한다고 얘기했던가?"

"미안해."

"그 집에는 오전 5시면 삼촌의 배를 트램펄린 삼아서 뛰어도 전혀 문제가 없다고 생각하는 어린애 둘이 산다는 건?"

"*미안하다고.*"

"'미안하다'는 말로는 내 탈장이 해결되지 않을 텐데."

"며칠이면 돼."

그는 깊고 깊은 한숨을 쉰다. "알았어. 하지만 해결하지 못하거나 네가 감당할 수 없는 사태가 벌어지면—"

"너한테 연락할게."

"뭔 소리야. 경찰에 연락해야지, 이 등신아. 아니면 특수부대에 연락하든지."

24

"그래서 내가 이 학생한테 얘기했어요, 신발을 집어던지는 방식으로 자기 자신을 표현하는 권리는 존중하지만……."

사이먼이 말꼬리를 길게 늘여가며 느릿느릿 얘기한다. 오늘 점심시간에는 최면 효과가 있는 그의 목소리를 어렴풋이 견디겠는 걸 보면 지금의 내 심리 상태를 알 수 있다. 아니면 그를 백색소음으로 간주하는 데 성공했는지도 모를 일이다. 짜증 나지만 무시할 수 있는 소음으로 말이다.

오늘 점심에는 나, 사이먼 그리고 베스뿐이다. 나는 배가 고프지 않다. 전혀 고프지 않다. 하지만 숙취를 달랠 수 있길 바라는 실낱같은 희망에 프렌치프라이를 몇 개 욱여넣는다. 그와 더불어 콜라를 앞에 놓고 두 캔째 마신다.

사이먼은 평일 저녁에 마시는 술을 주제로 예측 가능한 '우스갯소리'를 의무적으로 늘어놓는다. 나는 깍듯하게 미소를 지으며 그의 얼굴을 향해 주먹을 날리지 않고 참는다. 다른 건 둘째 치더라도 손이 아플 것 아닌가. 나는 베갯잇을 잘라서 비교적 정식 붕대처럼 보이게 감고, 오븐에 손을 데었다고 말했다. 술을 마시고 요리를 하다가 어쩌고저쩌고 하면서 말이다. 베스는 다 안다는 눈빛으로 어쩌다 한 번씩 나를 쳐다본다. 내 말을 믿지 않는다. 상관없다. 어제 저녁에 있었던 일들이 지금 나로서는 더 큰 관심사다. 마커스한테 들은 얘기. 글로리아와의 만남. 내가 지금 얼마나 난감한 상태이며 이보다 더 나빠지기는 어렵다는 것.

"손 선생님?"

나는 고개를 든다. 해리가 테이블 옆에 서 있다. 표정이 험상궂다.

"교장실에서 잠깐 얘기 좀 할 수 있을까요?"

곤란하지만 불가능하지는 않다.

"그럼요."

나는 사이먼이 뭐라고 비아냥거리길 기다린다. 그런데 아무 말도 없다. 점심을 먹는 데 집중하는 눈치다. 너무 집중하는 눈치다. 나는 의자를 뒤로 밀고 일어선다.

베스가 눈썹을 추켜세운다. "나중에 봐요."

"네."

나는 해리를 따라 복도를 걸어간다.

"무슨 일인지 여쭤봐도 될까요?"

"나라면 교장실에 도착할 때까지 기다리겠어요."

그의 말투는 딱딱하고 애매하다. 마음에 들지 않는다. 예감이 아주 좋지 않다. 오늘 아침을 어떤 식으로 시작했는지 감안했을 때 인상적인 대목이라 할 수 있다.

해리가 문을 열고 안으로 들어간다. 나는 그를 따라 들어간다. 걸음을 멈춘다. 그 자리에서 딱 멈춘다.

방문객이 해리의 책상 앞에 앉아 있다.

우리가 들어서자 그가 자리에서 일어나 몸을 돌린다.

심장이 철렁 내려앉은 것 같긴 하지만 산소마스크도 없이 한참 곤두박질치지는 못했을 것이다. 사실 나는 하마터면 웃음을 터뜨릴 뻔했다. 정말이지 예상했어야 하는 상황이지 않은가. 나는 도박꾼이다. 따라서 온갖 긍정적인 결과를 염두에 두고서 행동을 취하고 작전을 실천에 옮기기 마련인데, 문득 내가 상어들이 둘러앉은 식탁 위에서 펄떡이는 참치의 가장 맛있는 부위가 된 느낌이다.

해리가 문을 닫고 우리 둘 사이를 쳐다본다. "두 분이 서로 아는 사이인 줄 믿습니다만."

"둘 다 고향이 안힐이죠." 스티븐 허스트가 말한다. "그것 말고는 손 선생님을 '안다'고 말할 수는 없겠습니다."

"뭐, 저도 그때부터 친구를 고르는 기준이 까다로웠거든요." 내가 말한다.

잘난 체하던 스티븐의 표정이 잠깐 흔들린다. 잠시 후에 그는 붕대를 감은 내 손을 알아차린다. "또 싸움질을 벌인 모양이네?"

"오븐하고. 하지만 네가 신청한다면 사양하지 않겠다만."

"손 선생님, 허스트 씨." 해리가 무뚝뚝하게 끼어든다. "다 같이 자리에 앉읍시다."

스티븐이 자기 자리에 앉는다. 나도 걸어가서 내키지 않지만 똑같이 따라 한다. 25년 전에 둘이 교장 선생님 앞에 앉아 있었을 때와 기분이 비슷하다.

"자." 해리가 운을 떼며 자기 앞에 놓인 서류를 정리한다. "논의할 필요가 있는 사안이 몇 개 생겼는데요."

나는 애써 명랑한 투로 말한다. "혹시 어제 화장실에서 제러미 허스트와 마커스 도슨 사이에 있었던 사건이라면—"

"아니에요." 해리가 내 말허리를 자른다. "그 문제가 아닙니다."

"아."

나는 수세에 몰린다. 스티븐을 흘끗 쳐다본다. 그는 다시 득의양양한 표정을 짓고 있다. 처진 목살을 겨냥해 어퍼컷을 날리고 싶다. 자리에서 벌떡 일어나 그의 목을 움켜쥐고, 눈알이 튀어나오고 혀가 파래질 때까지 목을 조르고 싶다.

하지만 나는 이렇게 얘기한다. "그럼 무슨 일인지 말씀해주십시오."

"선생님은 여기 이 안힐로 옮기기 전에 스톡퍼드 아카데미에서 근무했죠."

"맞습니다."

"그 학교 교장의 추천서를 제출했고요. 쿰스 선생님이었던가요?"

땀이 겨드랑이를 적시기 시작하는 게 느껴진다. "네."

"그런데 그게 아니지 않습니까?"

"무슨 말씀이신지 잘 모르겠습니다만."

"쿰스 선생님이 작성한 추천서가 아니라는 얘기죠."

"아니라고요?"

"그녀는 전혀 모르는 일이라고 하는데요."

"무슨 오해가 있지 않았나 싶습니다만."

"글쎄요. 쿰스 선생님은 상당히 분명하게 단언했어요. 학교 금고에서 상당한 금액의 돈이 사라지고 얼마 되지 않았을 때 갑작스럽게 손 선생님이 스톡퍼드 아카데미를 떠났다고 했고요."

"그 돈은 회수됐는데요."

스티븐이 더 이상 참지 못하고 끼어든다. "듣자 하니 조, 네가 카드를 좋아한다며?"

나는 고개를 돌린다. "왜? 라이어 한판 하게? 그리고 이게 너하고 무슨 상관이냐?"

"잊어버린 모양인데 내가 운영 위원회 위원이야. 우리 학교 교사 중 한 명이 부적합한 인물이라는 정보가 입수됐을 때─"

"미안하지만─'정보가 입수되다니'. 누구한테 들었다는 거지?"

그는 입술을 오므린다. 잠시 후에 나는 알아차린다. 사이먼 손더스. 내가 스티븐을 우연히 만난 날 저녁에 그도 폭스에 있었다. 사이먼은 스티븐을 안다. (안힐에 서로 모르는 사람이 있을까?) 직속 상사를 건너뛰고 운영 위원에게 모든 걸 직접 얘기할 수 있는데 뭐하러 교장실로 달려가겠는가. 이미 나를 죽도록 미워하는 운영 위원이 있는데 말이다. 스티븐의 환심을 사고 나중에 은혜를 갚아야 할 빌미를 마련해놓는 것. 조그만 독 두꺼비 한 마리로 두 마리 새를 잡는 격이다.

"사람 말을 골라가면서 들어야지." 내가 얘기한다.

"아니라고는 하지 않네?"

"이 자리에서 나온 얘기 중에 진실이라고 할 수 있는 부분은 손톱만큼밖에 없어. 진실은 내 상사와 단둘이서 논의하는 편이 더 좋겠고."

스티븐은 눈을 번뜩인다. "네가 사실을 위조해서 이 자리에 취직했고 의심스러운 정황 속에서 예전 직장을 그만두었다는 게 진실이야. 게다가 네 멋대로 상상한 나와의 과거를 근거로 내 아들에게 복수심을 불태우고 있지. 너의 처신과 행동은 교사라는 직업에 전적으로 어울리지 않아. 아, 거기다 술 냄새는 또 어떻고."

그는 넥타이를 바로잡고 의기양양하게 의자에 기대고 앉는다. 해리가 피곤한 눈빛으로 책상 너머에서 나를 물끄러미 바라본다.

"미안합니다, 손 선생님. 이 사안은 운영 위원회에서 논의가 이루어질 겁니다. 노조에 진정할 권리가 있지만 지금까지 밝혀진 사실을 감안했을 때―"

"사실이 아니라 혐의죠. 대부분 입증되지도 않은."

"그래도 선생님의 거처를 결정하는 동안 일시적으로 직무 정지 조치를 내리는 수밖에 없어요."

"알겠습니다."

나는 떨리는 몸을 자제하려고 애를 쓰며 자리에서 일어선다. 숙취 때문에 그런 것도 있지만 대개는 분노 때문이다. 그걸 드러내면 안 된다. 스티븐에게 타격을 입은 티를 내면 안 된다. 항상 포커페이스를 유지해야 한다.

"소지품 챙기겠습니다."

나는 문 쪽으로 걸어간다. 그러다 걸음을 멈춘다. 내 손에 아직 비장의 카드가 남아 있다는 걸 상대방에게 알릴 필요가 있다. 나는 스티븐을 흘끗 쳐다본다.

"그나저나 넥타이 멋지다?"

그의 표정으로 충분하다.

나는 구내식당으로 돌아가지 않는다. 교무실—고맙게도 아무도 없다—에서 외투와 가방을 챙기고 학교를 나선다. 다시 사이먼을 마주할 자신이 없다. 이미 직무 정지를 당한 마당에 이력서에 폭행죄를 추가하고 싶지는 않다.

안내 데스크에 다다르자 나는 걸음을 멈춘다. 평소와 다르게 조그만 유리 사무실 안에 미스 그레이슨이 없다. 그보다 젊은 쌍둥이—짧고 까만 머리, 안경, 하지만 털이 박힌 사마귀는 없다—가 그 자리에 앉아서 컴퓨터를 치고 있다.

"실례합니다. 미스 그레이슨은 어디 계신가요?"

"감기에 걸리셨어요."

"아."

"하실 말씀 있으신가요?"

"그게, 떠나게 돼서 작별 인사를 하고 싶어서요. 언제 다시 출근하는지 아세요?"

"모르겠는데요."

"그렇군요. 고맙습니다."

나는 몸을 돌리려고 한다.

"아, 손 선생님—"

"네?"

"교장 선생님께서 정문 출입증을 반납하라고 하셨어요."

출입증. 이 학교에 들어올 수 있는 허가증. 해리는 섣부른 짓을 삼가겠다는 거다.

"내가 몰래 들어와서 학교 급식비라도 훔쳐갈까 봐 걱정되는 모양이죠?"

그녀는 웃지 않는다. 그녀가 어디까지 아는지 궁금해진다. 다들 어디까지 아는지 궁금해진다.

"좋아요." 나는 주머니에서 출입증을 꺼내고, 그녀의 책상 위에 쾅 하고 내려놓고 싶은 걸 참는다.

"고맙습니다."

"별말씀을요. 미스 그레이슨한테 인사 전해주세요."

"그럴게요."

그녀는 유능해 보이는 미소를 짓는다. 그런 다음 출입증을 집고, 내 직무 정지가 일시적일지 모른다는 일말의 의혹이라도 차단하려는 듯 가위를 꺼내 깔끔하게 반으로 잘라서 쓰레기통에 넣는다.

그 집은 한 장 남은 멀쩡한 유리창을 험상궂게 번뜩이며, 돌아온 나를 분개한 눈빛으로 노려본다. *이걸 봐.* 그 집이 쪼개진 현관문 사이로 쉿소리를 내는 듯하다. *네가 무슨 짓을 저질렀는지 보라*

고. 이제 만족하냐?

아니. 나는 생각한다. 아직 끝난 게 아니다. 문을 민다. 문은 꼼짝하지 않다가 마지못한 듯 앓는 소리를 내며 열린다. 이 집이 내 편인지 잘 모르겠다. 과거와 너무 손발이 잘 맞고 이 마을과 너무 많이 엮여 있다. 이 집은 내가 여기 있는 걸 바라지 않는다. 나를 편안하게 거둘 생각이 없다. 하지만 그래도 괜찮다. 나는 이곳에 오래 있지도 않을 테니.

안으로 들어가 소파에 가방을 던진다. 거실은 간밤에 내가 들어섰을 때와 상태가 거의 비슷하다. 내상이 남아 있다. 나는 난장판을 좀 정리하고 치울까 고민한다. 그러다 나가서 담배를 피운다.

어쩌면 스티븐이 내게 호의를 베푼 걸지 모른다. 필연적인 사태에 박차를 가한 걸지 모른다. 이러니저러니 해도 여기 오래 있을 생각이 없지 않았던가? 나는 음울하고 고통스럽기 짝이 없는 추억들로 얼룩진 곳으로 다시 내려와서 살 생각이 절대 없었다. 다쳐가며 덫에서 탈출한 짐승이 그 안으로 다시 들어가 뼈가 바스러질 때까지 가만히 기다릴 리 없지 않겠는가.

그럴 만한 이유가 있지 않은 이상.

그 이유가 애니였다고, 아니면 그 메시지였다고 얘기하고 싶다. 하지만 그렇게 간단한 문제가 아니다. 그 엄청난 죄책감과 자책도 나를 이곳으로 다시 끌고 오기에는 부족했다. 그것만으로는 부족했다.

사실 나는 절박했다. 도망칠 필요가 있었고 기회가 엿보였다. 악성 채무와 해묵은 원한을 동시에 해결할 기회가. 어쩌면 내 머릿속 깊은 곳에 예전부터 자리 잡고 있었을지도 모르겠다. 나는 내가 스티븐의 인생을 망가뜨려놓을 방법이 있다는 걸 알았다. 그가 돈으로 무마하려고 들지 모른다는 생각은 나중에 떠올랐다.

그가 이렇게 악착같이 나를 이 마을에서 쫓아내려고 할 줄은 몰랐다. 하지만 온갖 협박과 교활한 수법에도 스티븐은 결국 최후의 수단을 동원하고 말았다. 그에게는 이제 남은 게 없다. 이제 나를 없앨 수 있는 방법은 하나뿐이고 스티븐은 살인을 저지르고도 남을 인물이 틀림없지만 위험부담이 너무 크다. 그가 직업과 편안한 삶과 가족까지 걸고 모험을 감행할 생각이 있을까?

나는 그 대답이 '아니요'이길 바란다. 하지만 확신하지는 않겠다.

뒷문을 닫고 안으로 들어간다. 냉기가 다시 느껴진다. 벽이 떠는 소리가 들린다. 냉기와 이 집의 끊일 줄 모르는 귀울음에 익숙해지고 있다. 사이먼의 단조로운 웅얼거림을 차단했던 것처럼 이것도 좋은 현상인지 아닌지 잘 모르겠다. 익숙해지면 안일해지고, 그러면 결탁하거나 소모되거나 둘 중 하나가 된다.

어슬렁어슬렁 거실로 다시 들어가 휴대전화를 꺼낸다. 브렌던의 번호를 누른다. 그는 두 번째 신호 만에 전화를 받는다.

"이번에는 또 뭐야?"

"네 감미로운 목소리를 듣는 것만으로도 충분하지 않을까?"

"지금 속옷을 입고 있길 바란다."

"부탁할 게 있어서."

"진심이야? 저기 있잖아, 나 지금 수염에 게르빌루스쥐 똥이 묻었거든?"

"햄스터라고 하지 않았어?"

"게르빌루스쥐건 햄스터건 뭔 상관이야. 이 꼬맹이들이 간밤에 밤새도록 내 머리 위로 똥을 발사했다고. 얼마나 더 이 집 신세를 져야 해?"

"내가 맡긴 여행 가방 가지고 있지?"

"여행 가방? 무슨 여행 가방?"

"하하하, 아이고, 배야."

"응, 가지고 있지."

"그걸 오늘 밤에 보내줄 수 있어?"

"조—"

"저기 있잖아, 내가 하고 싶은 말은 뭔가 하면, 너는 좋은 친구였어. 고맙다."

"감상적인 멘트 남발하지 마."

"뭐, 만일의 경우에 대비해서 얘기해두는 게 좋지 않을까 싶었어."

잠깐 정적이 흐르고 브렌던이 가슴에서 우러난 감정이 담긴 목소리로 말한다. "내가 이 염병할 게르빌루스쥐한테 오지 오즈번 같은 짓을 저지르기 전에 집어치워."*

그는 전화를 끊는다. 나는 손목시계를 확인한다. 오후 3시 30분이다. 쑥대밭이 된 거실을 둘러본다. 바닥에 떨어진 애비-아이스를 주워서 다시 안락의자에 올려놓는다. 그녀는 파란 한쪽 눈으로 차

---

* 헤비메탈 그룹 블랙 사바스의 보컬리스트 오지 오즈번이 공연 중 무대에서 박쥐의 목을 물어뜯는 퍼포먼스를 한 적이 있다.

갑게 나를 쳐다본다. 빈 눈구멍이 시커먼 입을 벌리고 있다. 주변을 둘러보지만 다른 쪽 눈이 보이지 않는다. 그 눈이 바쁘게 움직이는 딱정벌레들의 등에 얹혀서 옮겨지는 장면이 퍼뜩 떠오른다. 내 상상력이 고마워진다. 정말 필요했었는데.

전화벨이 울리자 나는 펄쩍 뛴다. 통화 버튼을 누른다.

"여보세요?"

"땡땡이치겠다는 얘기하려던 거였어요? 나도 따라갈걸."

베스다. 두말하면 잔소리다.

"내 번호 어떻게 알았어요?"

"안내 데스크의 대니얼 통해서요. 그녀의 남동생을 알거든요. 나랑 같은 술집 퀴즈팀이에요."

"그럼 무슨 일이 벌어졌는지 당신도 알겠네요?"

"해리는 당신이 휴직한다고 그러던데요."

"휴직이래요?"

"그럼 뭔데요?"

나는 머뭇거린다.

"그만두려는 거죠, 맞죠?"

"이미 그만둔 걸로 알아요."

"맙소사— 세계 신기록이겠어요."

"짧은 재직 기간으로 당신한테 감동을 줘서 기뻐요."

"동네방네 떠들고 다니지는 마요. 어제 제러미 허스트랑 있었던 일 때문이에요?"

"아뇨."

"그럼 뭔데요?"

"좀 복잡해요."

"얼마나 복잡한데요?"

"그게―"

"생맥주 몇 잔만큼 복잡해요 아니면 버번 몇 잔만큼 복잡해요?"

나는 고민한다. "확실히 두 번째요."

"좋아요, 7시에 폭스에서 만나요. 먼저 배 좀 채우고 있어요."

그녀는 작별 인사도 없이 전화를 끊는다. *사람들이 왜 계속 그러는 걸까?*

내 쪽에서 말을 꺼냈어야 한다. 물어볼 것들이 있었다. 하지만 잠시 묵혀도 된다. 나는 딱딱한 소파에 털썩 주저앉아서 커피를 끓일까 고민한다. 그러다 애비-아이스를 흘끗 쳐다본다. 아니, 이제는 애비-*아이*라고 해야 하나? 나는 몸서리를 떨쳐버린다. 결정이 내려졌다.

다시 문 밖으로 나가서 피시 앤드 칩스 가게까지 걸어간다.

25

폭스는 오늘 저녁따라 전보다 더 허름하고 쓰러질 듯이 보인다. 썩어가고 있네. 나는 생각한다. 나라는 존재가 일종의 연쇄반응이라도 일으킨 것 같다. 조그맣게 쪼그라든 이 마을이 계속 미라 상태로 있다가 금이 가면서 산소가 희박하던 공간에 약간의 공기가 유입되자 갑자기 모든 게 안에서부터 부패하기 시작했다.

나는 문을 열고 안으로 들어간다. 얼른 살펴보니 스티븐은 없고 그의 일당들도 마찬가지다. 나이 많은 단골 몇 명―그날 저녁에도 있었던 사람들일지 모른다―이 에일과 레모네이드를 살짝 넣은 라거를 물끄러미 바라보며 테이블에서 시간을 때우고 있다.

베스는 아직 오지 않았지만 낯익은 얼굴이 하나 보인다. 로런이 다시 바 카운터를 지키고 있는데, 무지개와 햇살과 지저귀는 새들을 연상시키는 분위기는 아니지만 최소한 「노스페라투」* 같은 무뚝뚝한 표정은 아니다.

나는 미소를 짓는다. "잘 지냈죠?"

그녀는 평생 처음 본 사람 대하듯 나를 빤히 쳐다본다.

"조 손이에요, 교사로 일하는. 폐광 앞에서 만난 적 있잖아요."

"아. 네. 그렇죠." 그녀의 얼굴이 살짝 움직인다. 미소를 짓는 것일 수도 있다. 짜증이 나서 살짝 씰룩인 것일 수도 있다. 잘 분간이 되지 않는다. "그래서, 뭐 드릴까요?"

"어, 버번요. 더블로."

"똑같은 거 한 잔 더요."

나는 고개를 돌린다. 베스가 내 옆에 서 있다. 풀어헤친 머리가 세미 레게 스타일로 어깨 근처까지 내려온다. 오버사이즈 가죽 재킷이 그녀의 자그마한 체구를 삼키고, 얼룩덜룩한 청바지에 닥터마틴을 신은 다리를 더욱 가늘어 보이게 만든다.

그녀는 코걸이를 반짝이며 나를 보고 씩 웃는다. "교무실에서 손 선생님이 화제의 인물이에요."

"그래요? 어쩐지 귀가 가렵더라니."

"뭐, 사이먼이 당신 인형을 핀으로 찔러서 그런 걸 수도 있어요."

"나를 너무 일찍 떠나보낸 슬픔에 어쩔 줄 몰라 하고 있겠네요."

"「오, 왓 어 뷰티풀 모닝(Oh, What a Beautiful Morning)」을 부르는 게 슬픔의 증거라면 맞아요."

---

* 1922년 독일에서 개봉된 사상 최초의 흡혈귀 영화.

로런이 바 카운터 위에 잔 두 개를 쿵 하고 내려놓는다. 태도가 퉁명스럽기는 했지만 흘끗 쳐다보니 양은 넉넉하게 주었다.

"9파운드요."

"고마워요." 나는 마지막 남은 20파운드로 계산하며 내 통장이 얼마나 마이너스 상태일지, 모든 신용카드가 사용 정지될 때까지 얼마나 남았을지 궁금해한다.

베스가 자기 잔을 든다. "갈까요?"

우리는 저쪽 구석의 테이블로 걸어간다. 폭스의 장점이 있다면 먼지를 뒤집어쓴 어두침침한 구석 자리가 많아서 남들 눈에 띄지도 않고 소리도 들리지 않게 숨을 수 있다는 것이다.

베스가 딱딱한 나무의자에 앉자 나도 따라서 앉는다. 우리는 술을 몇 모금 마신다. 내 잔이 그녀의 잔보다 조금 크다.

"자아아아." 그녀가 의미심장하게 운을 뗀다. "어떻게 된 건지 얘기해볼래요?"

"해리는 뭐래요?"

"당신이 개인적인 이유로 휴직한다고 했어요."

"들리는 소문으로는요?"

"아, 당신이 신경쇠약증에 걸린 적이 있다고도 하고, 허스트 2세 때문에 잘렸다고도 하고, 외계인들에게 납치된 적 있다고도 하고— 기타 등등요."

"그렇군요."

"그중 뭐예요?"

"사실 외계인이에요. 외계인들이 내 몸을 가져가서 진짜 나는 내 집의 고치 안에 들어 있어요."

"흐음, 하마터면 믿을 뻔했어요…… 오늘 허스트가 해리하고 같이 있는 걸 모두가 목격하지 못했더라면 말이에요."

나는 내 술잔을 내려다본다. "여기에 취직하려고 거짓말을 했거든요. 예전에 있던 학교에서 추천서를 받은 척 위조했어요. 훈훈하게가 아니라 쫓겨나듯 나온 곳이라. 그걸 해리가 알아차렸어요."

"그렇─군요. 예전 학교에서 뭐 그리 큰 잘못을 저질렀길래요?"

"사실 잘못한 건 없어요. 빚을 갚을 생각에 학교 금고에서 돈을 훔치려고 했을 뿐."

나는 그녀가 이 정보를 처리하는 걸 지켜본다. "그런데 훔치지는 않았다?"

"맞아요."

그녀는 생각하는 표정으로 고개를 끄덕인다. "그런데 해리가 무슨 수로─?" 그녀는 말을 하다 말고 한쪽 손을 든다. "아니에요, 잠깐. *사이먼.* 사이먼이 당신이랑 같은 학교에 근무했던 누굴 안다고 하지 않았어요?"

"맞아요. 그리고 사이먼하고 허스트도 아는 사이인 것 같아요."

"사이먼이 그랬을 줄은…… 하긴, 신분 상승에 조금이라도 도움이 된다고 하면 아무 궁둥이라도 쑤시고 다닐 똥거머리 같은 인간이긴 하죠."

"똥거머리요?"

그녀는 잔을 든다. "그 정도면 양호한 표현이에요."

"뭐, 똥거머리 노릇이 효과가 있네요. 내가 이렇게 현재 그리고 어쩌면 영원히 실업자가 됐으니까."

"나라면 그렇게 단언하지 않겠어요. 해리는 당신을 좋아해요. 아이들도 당신을 좋아하는 눈치고. 해리가 그 자리에 대학교를 갓 졸업한 햇병아리 말고 다른 사람을 앉히려고 얼마나 고생했는지 몰라요."

나는 고개를 젓는다. "해리가 나를 다시 부르도록 스티븐이 내버려두지 않을 거예요."

"당신하고 허스트의 관계는 지나간 과거가 아니죠? 둘 사이에 무슨 일이 있는 거예요?"

나는 잔을 내려놓고 테이블 너머로 그녀를 쳐다본다. 어두침침한 불빛 아래에서 그녀가 다시금 어려 보인다. 입가와 이마의 희미한 주름이 옅어졌다. 까만 눈은 아주 큼지막해 보이고 피부는 아주 부드럽고 창백해 보인다. 내 마음속에서 동요가 느껴진다. 내가 한 가지 바란 게 있다면 착하고 정직하게 사는 거였는데. 딱 한 가지 바란 게 있다면.

베스가 미간을 찌푸린다. "왜 그렇게 쳐다봐요? 내 얼굴에 뭐 묻었어요?"

"아뇨……" 나는 말을 잠깐 멈춘다. "아무것도 아니에요."

그녀는 의심스러워하는 눈빛으로 나를 계속 쳐다본다. 잠시 후에 그녀가 말한다. "당신이랑 허스트에 대해서 얘기하려던 참이었잖아요."

"내가요?"

"네."

"진실을, 모든 진실을, 오로지 진실만을 알고 싶어요?"

"그렇다고 보면 돼요."

"10대 때 철천지원수가 됐어요. 이제 와 생각해보면 바보 같은 짓이었는데. 여자 때문에 그랬거든요, 대개들 그렇지만."

"그 여자가 마리 깁슨이었어요?"

"맞아요."

거짓말이 자연스럽게 튀어나온다.

그녀는 술을 한 모금 마신다. "그녀가 당신 타입일 줄은 몰랐는데."

"왜요? 어떤 여자가 내 타입이라고 생각하는데요?"

"아니, 예쁘기는 하죠. 하지만―"

"하지만 뭐요?"

"내 얘길 오해하지는 마요―"

"알았어요."

"암이며 기타 등등을 겪고 있는 사람한테 이런 소릴 하면 쓰레기 같은 짓이라는 거 알지만 내가 보기에는 그전부터 좀 싸가지 없는 여자였거든요."

나는 살짝 충격을 받는다. "뭐, 맘 먹으면 터프해질 수 있는 성격이긴 했어요."

"터프한 게 아니라 싸가지가 없었다고요. 허스트를 등에 업고 얼마나 잘난 척했는데. 학부모 간담회 때 어떤 선생님을 울리는 걸 본 적 있어요. 한번은 자기 아들을 학교 폭력범으로 몰았다고 어떤 아이네 집에 찾아간 적도 있었고요. 그 집 엄마가 의회에서 파트타임으로 일을 했거든요. 다음 날로 계약이 종료됐어요."

나는 미간을 찌푸린다. 마리가 조금 다혈질이었을 수는 있다. 그리고 엄마는 자식의 단점을 잘 보지 못하는 법이다. 그래도 내가 기억하는 마리처럼 느껴지지 않는다.

"뭐, 사람들이 변하기도 하잖아요."

"그 정도로 변하지는 않죠."

"그리고 당시에는 내가 어리고 바보 같았고."

"지금은 어떤데요?"

"늙었고 냉소적이죠."

"같은 과네요."

아니지. 나는 생각한다. 마리는 순둥이인 척하고 있다. 하지만 나는 그걸 믿지 않는다. 그녀의 눈을 보면 알 수 있다. 번뜩임이 사라지지 않았다. 남아 있다. 아직까지는.

"그러고 보니." 나는 말한다. "당신은 어느 쪽인지 얘기하지 않았네요."

그녀의 이마에 주름살이 생긴다. "뭐가 어느 쪽이에요?"

"변화를 주도하고 싶은 쪽이에요 아니면 달리 갈 데가 없어요?"

"뭐, 어느 누가 이걸 마다하겠어요?" 그녀는 양팔을 벌린다.

"그러니까 변화를 주도하고 싶다?"

"이제 인터뷰가 시작되는 건가요?"

"아뇨, 그냥 궁금했어요."

"나에 대해서요?"

"에밀리 라이언에 대해서요."

그녀의 표정이 달라진다. 부드러운 느낌이 사라진다.

"당신이 얘기했던 학생이 에밀리 라이언이었죠? 자살했다고 했던."

"분위기에 찬물 끼얹는 법을 제대로 아시네요."

"당신이 가르친 학생이었다고 했잖아요. 하지만 에밀리가 죽었을 때 당신은 여기 선생님이 아니었어요."

"조사 좀 했나 봐요?"

"콜롬보 형사라고 불러줘요."

"다른 이름들도 생각이 나는데. 그리고 당신한테 얘기하기 싫으면 하지 않아도 되잖아요."

"맞아요."

"거의 알지도 못하는 사람인데."

"맞아요."

"이제 보니 당신, 서글서글하게 나오면 우라지게 밥맛이네요?"

"그뿐 아니라—"

그녀는 한쪽 손을 든다. "알았어요. 당신 말이 맞아요. 에밀리는 내가 가르친 학생이 아니었어요." 잠깐 정적이 흐른다. "조카였지. 나보다 몇 살 많은 언니가 있어요. 아빠는 집을 나가고 엄마는 올해의 어머니상을 수상할 만한 인물이 아니었기 때문에 우리는 서로 가깝게 지냈어요. 어렸을 때 에지퍼드에서 살았는데— 어딘지 알아요?"

"들어봤어요— 노팅엄에서 환경이 좋기로 손꼽히는 지역은 아니죠."

"아무튼 칼라 언니는 상당히 어린 나이에 임신을 했어요. 집안 전통에 따라 아빠는 가족들 곁을 떠났지만 언니는 훌륭한 엄마였어요. 간호사 공부를 하면서 에밀리를 키웠죠. 에밀리는 다정한 아이였어요. 제법 괜찮은 10대로 자랐고요."

"대단한 업적이네요."

"나는 더비의 학교에 있었기 때문에 두 사람을 보러 그렇게 자주 찾아가지는 못했어요. 하지만 에밀리하고 나는 문자도 하고 영상 통화도 했어요. 에밀리가 내 집에서 몇 번 자고 간 적도 있었고요. 둘이서 쇼핑도 하고 영화도 보러 가고 그랬어요. 나는 쿨한 이모였다고 생각해요."

"뭐, 쿨한 이모 좋다는 게 뭐겠어요."

그녀는 살짝 미소를 짓는다. "오해는 하지 마요. 에밀리는 열세 살이었고 가끔 땍땍거릴 때도 있었지만 전반적으로 같이 있으면 기분이 좋아지는 아이였어요. 밝고 재미있고 호기심이 많았거든요."

내 가슴이 살짝 무너진다. 애니는 어떤 10대가 됐을지 궁금하다. 시끄럽고 외향적이고 재미있고 운동을 좋아하는 아이? 아니면 수많은 아이들이 그렇듯 내성적인 성격으로 바뀌었을까?

"그러다 언니에게 일자리가 생겼어요. 좋은 일자리가. 그들 모녀는 이사를 했어요. 에밀리는 전학을 할 수밖에 없었고요."

"내가 알아맞혀볼게요. 안힐로 이사한 거죠?"

그녀는 고개를 끄덕인다. "일자리가 맨스필드에 있는 병원이었거든요. 안힐이 멀지도 않고 집값도 싸고 학교가 걸어 다닐 만한 거리에 있었으니까 합당한 선택처럼 느껴졌죠."

잘못된 선택들이 대부분 당시에는 그렇게 느껴진다.

"열세 살 때는 어떤 학교로 가든 전학을 하면 힘들 텐데." 내가
말했다.

"처음에는 괜찮은 것 같았는데―"

"그런데요?"

"너무 더할 나위가 없었어요. 아니―모든 게 그렇게 우라지게 훌
륭할 수는 없는 건데 말이죠."

"언니는 뭐랬어요?"

그녀는 한숨을 쉰다. "모르더라고요. 아니, 오해하지는 마요. 언
니는 그 아이를 뼛속까지 사랑했지만 뭐가 문젠지 보지 못하는 듯
했어요. 아니면 보고 싶지 않아 했든지."

나는 고개를 끄덕인다. 우리는 하나같이 너무 바쁘고, 하루하루
를 버티려는 노력―일을 하고 공과금과 주택담보대출을 해결하고
장을 보고―만으로도 너무 정신이 없어서 그보다 더 깊숙하게는
들여다보고 싶어 하지 않는다. 그럴 만한 용기가 없다. 그저 모든
게 괜찮길 바란다. '더할 나위 없길' 바란다. 그렇지 않으면 대처할
만한 정신적인 에너지가 없기 때문이다. 뭔가 안 좋은 일, 돌이킬
수 없는 일이 벌어진 다음에야 우리는 상황을 제대로 파악한다. 그
리고 그때는 이미 엎질러진 물이다.

"에밀리하고는 얘기해봤어요?"

"시도해봤죠. 심지어 여기까지 찾아오기도 했어요. 예전처럼 데
리고 나가서 피자를 사줬는데 예전하고 달랐어요."

"그게 무슨 소리예요?"

"이거 다 마셨어요?"

우리는 고개를 든다. 로런이 테이블 옆에서 맴돌고 있다.

"아, 네, 고마워요." 나는 말한다. "두 잔 더 마실 수 있을까요?"

그녀는 고개를 끄덕인다. "아마도요." 그녀는 다시 바 카운터 쪽으로 돌아간다.

베스가 나를 흘끗 쳐다본다. "로런이 당신을 좋아하나 봐요. 아무한테나 테이블로 찾아오지 않는데."

"내가 천부적인 매력이 있잖아요. 자, 하던 얘기 계속해요."

그녀의 표정이 다시 어두워졌다. "에밀리가 좋아하는 피자 가게에 갔는데 별로 먹지도 않더라고요. 땍땍거리고 빈정거리기만 하면서. 그 아이답지 않았어요."

"중고등학생이 되면 아이들이 달라지기도 하잖아요." 내가 말한다. "누가 스위치를 켜기라도 한 것처럼 호르몬이 최고 수치를 찍고 모든 게 종잡을 수 없게 되죠."

"이거 왜 이러세요. 나도 선생님인 거 잊었어요? 어떤 식인지 알죠. 영화 「외계의 침입자」."

그녀는 잔 받침을 집어서 한 겹씩 떼어내기 시작한다. "하지만 에밀리는 예전에 '사춘기'를 겪었을 때도 나하고는 얘기하고 싶어 했거든요. 나는 우리 둘의 관계는 다르다고 생각했어요."

"학교나 신경 쓰이는 문제에 대해 얘기하던가요?"

"아뇨. 그리고 내가 물어봐도 입을 그냥 다물어버리더라고요."

로런이 다시 와서 버번 두 잔을 추가로 쿵 내려놓는다. 그게 더

블이라면 눈이 삔 거다. 어쩌면 베스 말이 맞을지 모른다. 그녀가 나를 좋아하는지 모른다.

베스는 술을 한 모금 마신다. "이제 와 생각해보면 내가 밀어붙였어야 하는 거 아닌가 싶어요. 얘기를 하게 만들었어야 하는 거 아닌가."

"그건 아니죠. 10대 아이들을 너무 심하게 다그치면 껍데기 속으로 쪼르르 들어가버리잖아요."

"맞아요. 하지만 개떡 같은 게 뭔지 알아요? 잘 가라고 에밀리를 안아주지도 않았다는 거. 우리는 항상 헤어질 때 포옹을 했거든요. 그런데 그때는 에밀리가 그냥 가버렸어요. 그리고 나는 쿨한 이모답게 그냥 내버려두자고 생각했어요. 시간을 주자고. 알고 보니 시간이 없었더라고요. 그때 만난 게 마지막이었거든요. 2주 뒤에 에밀리가 죽었으니까." 그녀는 코를 훌쩍이고 씩씩대며 눈을 훔친다. "안아줬어야 하는 건데."

"그럴 줄 몰랐잖아요."

인생에는 사전 고지라는 게 없다.

"그래도 그랬어야 하는 건데. 나는 선생님이잖아요. 사춘기 아이들 특유의 뚱한 모습이 아닌 걸 알아차렸어야죠. 우울증의 징조를 감지했어야죠. 에밀리는 내 조카였어요. 그런데 내가 그 아이를 저버렸어요."

죄책감이 파도처럼 나를 덮친다. 그로 인해 잠깐 무기력해진다. 나는 침을 삼킨다.

"언니는 어떻게 됐어요?"

그녀는 고개를 저으며 마음을 추스른다. "여기 있지 못하겠다고 했어요. 그런 사건이 벌어진 그 집에서는요. 엄마하고 가까운 에지퍼드로 다시 이사 갔어요. 아직까지도 그걸 극복하느라 힘든 시간을 보내고 있어요. 가능한 한 자주 찾아가는데, 에밀리의 죽음이 무슨 장벽처럼 우리 둘 사이를 가로막고 있고 우리는 그걸 돌아가는 방법을 찾지 못하는 느낌이에요."

나는 그게 무슨 말인지 안다. 상심은 개인의 몫이다. 상자에 든 초콜릿처럼 나눌 수 있는 게 아니다. 온전히 자기만의 것이다. 발목에 쇠사슬로 연결된 삐죽빼죽한 쇠공이다. 어깨를 덮은, 스파이크 박힌 갑옷이다. 가시 면류관이다. 어느 누구도 내 고통을 느낄 수 없다. 깨진 유리 조각이 신발 가득 담겨 있어서 한 발짝 내디디려고 할 때마다 발바닥이 피투성이로 갈기갈기 찢기기 때문에 아무도 내 신발을 대신 신어줄 수 없다. 상심은 가장 끔찍한 형태의 고문이고 끝날 줄을 모른다. 그 지하 감옥이 평생 내 차지다.

"그래서 여기로 온 거예요?" 내가 묻는다. "에밀리 때문에?"

"두어 달 뒤에 빈자리가 생겼을 때 운명처럼 느껴졌어요."

그런 걸 보면 참 신기하다.

"왜 처음부터 사실대로 얘기하지 않았어요?"

"해리는 모르거든요. 내가 엉뚱한 이유로 여기 취직했을지 모른다는 오해를 심어주기 싫었어요."

"엉뚱한 이유라니 예를 들면 어떤 거요?"

"복수요."

"그런데 아니다?"

"처음에는 그랬을지 모르죠. 누군가가 에밀리의 죽음에 책임을 져주길 바랐거든요." 그녀는 한숨을 쉰다. "하지만 아무것도 찾을 수 없었어요. 적어도 특이한 구석은 없었어요. 그냥 가까워졌다가 멀어졌다 하는 그런 일상적인 친구 관계라면 모를까."

"제러미는요?"

"에밀리가 그 아이 얘기는 한 적이ㅡ"

"하지만?" 나는 옆구리를 찌른다.

"이 학교는 뭔가 문제가 있는데 제러미가 거기에 한몫하죠. 제러미 같은 아이가 그런 짓을 저질러도 제지하지 않으면 폭력이 일상인 분위기가 조성될 수밖에 없어요."

과연 그게 전부일까. 마커스가 한 말이 생각난다. 제러미가 폐광으로 아이들을 데리고 간다고 했던 것 말이다. 무리에 끼고 싶어 했던 아이들. 어쩌면 새로 전학 간 학교에서 친구를 사귀고 싶은 마음이 간절했던 여학생. 그 구덩이는 여러 가지 방식으로 영향을 미칠 수 있다. 크리스한테 그랬듯이 말이다.

"말이 없으시네요."

"역사는 반복되는 개 같은 습관이 있다는 생각이 들어서요." 나는 씁쓸하게 얘기한다.

"하지만 그러면 안 되잖아요. 안힐 아카데미 같은 학교는 안에서부터 달라지는 수밖에 없어요. 가르친다는 건 성적표와 교육청 평가가 다가 아니잖아요. 아이들이 좀 더 쓸 만하고 둥글둥글한 인간으로 성장할 수 있게, 10대를 무사히 통과할 수 있게 도와야죠. 이 시기에 아이들을 지키지 못하면 영영 지킬 수 없으니까요." 그녀는 살짝 어깨를 으쓱한다. "당신은 순진한 발상이라고 생각할지 몰라도."

"아뇨, 용감하고 칭찬받을 만한 발상이라고 생각하고 나는 아무 때나 당신한테 가운뎃손가락으로 경례를 받아도 할 말이 없고…… 네, 역시."

그녀는 손가락을 내린다. "냉소적이고 세상살이에 지친 사람처럼 헛소리를 늘어놓긴 해도 나를 거의 이해하는 눈치네요."

"맞아요. 아니, 오해는 하지 마요. 내가 여길 찾아온 이유는 그보다 훨씬 한심하니까."

"뭔데요?"

나는 머뭇거린다. 많고 많은 사람들 중에서 베스에게만은 진실을 털어놓고 싶다. 하지만 많고 많은 사람들 중에서 베스에게만은 잘 보이고 싶기도 하다.

"당신도 얘기했다시피 안힐을 찾아오는 교사는 딱 두 부류잖아요. 내 경우에는 달리 갈 데가 없었어요."

"우리 솔직해지기로 하지 않았나요?"

"솔직하게 얘기하고 있는데."

"아뇨." 그녀는 고개를 젓는다. "나한테 숨기는 게 있잖아요."

"없어요."

"표정을 보면 알아요."

"내 표정이 원래 그래요. 일종의 저주예요."

"좋아요. 얘기하지 마요."

"그래요."

"그러니까 다른 이유가 있는 거죠?"

"알았어요─ 내가 예전에 도박을 했어요. 그러다 엄청난 빚을 졌죠. 빚을 갚을 때까지 숨을 곳이 필요했어요. 나는 무슨 고귀한 뜻을 품고 낙향한 게 아니에요. 그냥 딱한 도박꾼이자 시시한 선생이자 의심스러운 인간이에요. 됐어요?"

그녀는 나를 노려본다. "뻥치시네. 당신은 등신일지 몰라도 여길 찾아온 이유가 있는 등신이에요. 뭔가 중요한 이유가. 그게 아니면 허스트 일당한테 맞았을 때 꽁무니를 뺐겠죠. 하지만 얘기하기 싫으면 하지 않아도 돼요. 우리 둘이 친구가 되어가고 있는 줄 알았는데 내가 착각한 모양이네요."

그녀는 자리에서 일어나 재킷을 집는다.

"가려고요?"

"아뇨. 자리를 박차고 나가려고요."

"아."

"당신이 구질구질한 찌질이처럼 보이게 나갈 거예요."

"산통 깨서 미안하지만 당신이 없어도 충분히 그렇게 보일 거예요."

그녀는 재킷을 걸친다. "당신한테는 누군가가 있어야 해요."

"우리 모두에게는 누군가가 있어야 하죠."

"의미심장하네요."

"블루스 브러더스가 한 말이에요."

"작작 좀 하세요."

그녀는 그 말을 끝으로 몸을 돌려서 술집을 박차고 나간다. 어느 누구도 술을 마시다 말고 고개를 들어서 흘끗 쳐다보지 않는다.

나는 구질구질한 찌질이처럼 테이블에 앉아 있다. 그래도 버번이 반쯤 남은 술잔이 두 개나 있는 구질구질한 찌질이다. 절망 속에도 희망은 있는 법이다. 베스의 술을 내 잔에 붓고 꿀꺽꿀꺽 마신다. 그런 다음 주머니 안에서 메모지를 꺼낸다. 그 위에 주소를 적는다.

가정 방문을 나설 시간이다. 누군가의 저녁에 활기를 불어넣을 시간이다.

카드 게임을 하다 보면 카드의 안쪽이 비치기라도 하는 듯 다른 사람들의 패가 보일 때가 있다. 그들이 어떤 카드를 쥐고 있는지 파악이 된다. 경우의 수가, 다음 수가 계산이 된다. 누군가가 허공에 형광 사인펜으로 써놓기라도 한 듯 선명하게 눈에 들어온다.

물론 대개는 착각이다.

다른 모든 꾼들을 파악하고 있고, 판이 어떤 식으로 전개될지, 어떤 식으로 패를 꺼내고 뺑을 치면 될지 알겠다는 생각이 들면 큰일 난 거다.

왜냐하면 바로 그럴 때 모든 게 머리 위로 와르르 무너진다.

나는 루스와 마커스의 관계를 파악했을 때 내가 똑똑한 줄 알았다. 뭐가 어떻게 된 건지 알겠다고 생각했다. 루스는 당시 여기서 살았고 나를 알았고 안힐을 알았다. 그리고 벤과 줄리아도 알았다. 그랬으니 그녀가 어찌어찌 내 이메일 주소와 연락처를 알아내 메일과 문자를 보낼 수 있었다. 전부 *가능한* 얘기였다. 하지만 왜 그랬을까?

이제 또 다른 가능성이 생겼다. 이쪽이 한참 더 그럴듯하지는 않다. 다른 꾼들이 어떤 카드를 쥐고 있는지 그건 잘 모르겠다. 하지만 내가 어떤 역할을 맡고 있는지는 알겠다.

앞으로 다가가 초인종을 누른다. 그런 다음 다시 뒤로 물러선다.

시간이 걸린다. 거실의 커튼 뒤로 불빛이 보이지는 않지만 나는 그녀가 집에 있다는 걸 안다. 내 짐작이 맞는다. 잠시 후 현관문에 달린 유리 너머로 현관에 불이 켜지는 게 보인다.

흐릿한 형체가 다가온다. 기침 소리와 코를 훌쩍이는 소리에 이어 열쇠 돌아가는 소리가 들리고 문이 조금씩 열리는데…….

"손 선생님."

그녀는 나를 보고 놀란 티를 내지 않는다. 하지만 침착하게 겉으로 감정을 드러내지 않는 기술을 연마하는 데 평생을 바쳤을 것이다. 그것 말고 또 뭐에 평생을 바쳤을까? 궁금하다.

나는 예의 바르게 미소를 짓는다. "안녕하세요, 미스 그레이슨."

26

1992년

"뼈잖아!!"

스티븐은 누군가가 바지를 홱 내리고 그 자리에서 당장 입으로
빨아주기라도 한 것처럼 좋아서 얼굴을 환하게 빛냈다.

나는 어느 정도 시간이 지난 다음에야 그게 뭘 연상시키는지 깨
달을 수 있었다. 황홀의 극치에 다다른 표정, 그의 얼굴을 비추는
광부용 전등의 불빛. 잠시 후에 나는 알아차렸다. 그건 영화 「레이
더스」에서 나치군이 성궤를 보았을 때…… 온갖 악령들이 쏟아져
나오고 그들의 얼굴이 녹아내리기 직전에 지은 표정이었다.

나는 그보다 더 겁에 질릴 수는 없을 거라고 생각했다. 그런데
늘 그렇듯 이번에도 내 생각이 틀렸다.

"뼈잖아!"이 말이 음산한 메아리처럼 그들을 에워싸고 몸서리

쳤다.

그들은 바위에 박힌 유골들을 빤히 쳐다보았다. 가까이서 보면 좀 더 누르스름한 것도 있었다. 더 오래돼서 그런 모양이었다. 작은 것도 있었다. 부러뜨리거나 깎아서 어떤 기호나 형체로 만들어진 유골도 있었고 온전한 유골도 있었다. 하나같이 정교하고 심지어 가냘파 보였다.

스티븐이 손을 내밀어 놀라우리만치 조심스럽게 유골 하나를 건드렸다. 손가락을 쑤셔 넣어 바위에서 끄집어냈다. 유골은 먼지 구름을 일으키고 바위 부스러기들을 바닥으로 떨어뜨려가며, 내가 생각했던 것보다 훨씬 쉽게 빠져나왔다. 스티븐은 유골을 빤히 쳐다보았다. 팔이네. 나는 생각했다. 조그만 팔이었다.

"쌍, 뭐야!" 닉이 고함을 질렀다. "너희 이거 봤어?"

우리는 고개를 돌렸다. 그가 누레진 돌멩이를 들고 있는데, 자세히 보니 돌멩이가 아니었다. 해골이었다. 조그만 해골이었다. 그의 손바닥을 간신히 채울까 말까 했다. 어른의 것이 아니었다. 어린아이의 것이었다. 분해된 유골들은 거의 대부분 아이들의 것이었다.

"이제 그만 나가는 게 좋겠어." 내가 말했지만 목소리가 멀게 느껴지고 힘이 없었다.

"지금 장난해?" 스티븐이 말했다. "여기 완전 대박이잖아. 게다가 우리 거고."

그때 나는 우리가 얼마나 난감한 지경에 이르렀는지 알아차렸다. 이런 건 소유할 수 있는 게 아니었다. 이런 곳은 소유할 수 있는 곳이 아니었다. 여기가 우리를 소유한다면 모를까.

닉이 씩 웃으며 마리를 향해 해골을 던졌다.

"병신." 그녀가 피하자 해골은 바닥에 부딪쳐 깔끔하게 둘로 쪼개졌다.

"으웩." 마리는 앓는 소리를 냈다. 그녀는 안색이 안 좋았다. 유골을 너무 많이 봐서 그런지 사과술의 취기가 돌기 시작해서 그런지 몰라도 얼굴이 창백한 납빛이었다.

스티븐은 동굴 안을 돌아다니며 쇠지렛대로 벽에 박힌 유골을 끄집어냈고 그럴 때마다 번번이 함성을 질렀다. 우렁차게 함성을 질렀다.

닉은 해골 몇 개를 축구하듯 발로 차서 동굴 저편으로 날렸다. 경악한 내 배 속이 뒤틀렸다. 하지만 나는 아무것도 할 수 없었다. 그저 가만히 서 있는 수밖에 없었다. 늘 그랬던 것처럼.

"던져!" 스티븐이 쇠지렛대를 휘두르며 고함을 질렀다. 닉은 해골을 하나 집어서 볼링공 잡듯 눈구멍에 손가락을 끼웠다. 그러고는 스티븐을 향해 높이 던졌다. 스티븐이 쇠지렛대를 휘둘렀다. 쇠와 해골이 만나자 쩍 하는 소리가 났다. 해골이 산산조각 났다. 내 배 속이 요동쳤다.

나는 도와달라는 뜻에서 크리스를 돌아보았지만 그는 팔을 양옆으로 늘어뜨리고 멍하니 바라보며 서 있을 따름이었다. 그가 뭘 발견했는지 확인하고는 충격으로 긴장병을 일으키기라도 한 듯이 그랬다.

마침내 내 목소리가 터졌다. "야 이 씨, 이거 다 죽은 애들 유골이잖아."

"그래서?" 닉이 나를 돌아보았다. "얘네들이 뭐라고 할 것도 아니고."

스티븐은 씩 웃고 그만이었다. "심각하게 생각하지 마, 소니. 그냥 재미있게 노는 건데, 뭐. 게다가 찾는 사람이 임자잖아."

그는 반으로 쪼개진 해골을 주웠다. "셰익스피어가 뭐라고 헛소리를 지껄였더라? '죽느냐 사느냐'?"

그는 해골을 허공으로 던져 쇠지렛대로 후려쳤다. 뼛조각들이 동굴 사방으로 날아갔다.

나는 움찔했지만 다른 데 정신이 팔렸다. 무슨 소리가 들린 것 같았다. 벽에서 났다. 묘했다. 긁는 소리는 아니었다. 그보다는 잽싸게 움직이며 딸깍거리는 소리에 가까웠다. 박쥐가 생각났다. 여기 박쥐가 있을까? 아니면 쥐. 쥐들은 어두컴컴한 지하 터널을 좋아하지 않나?

"무슨 소리 안 들려?" 내가 물었다.

스티븐은 미간을 찌푸렸다. "응."

"진짜? 무슨 소리가 들린 것 같은데. 박쥐 아니면 쥐 소리가."

"쥐라고?" 마리가 홱 하니 고개를 돌렸다. "젠장!" 그녀는 저쪽 구석으로 쏜살같이 달려가 요란하게 구역질을 했다.

"쌍." 닉이 말했다. "그러게 데려오는 게 아니었다니까."

스티븐의 얼굴에 힘이 들어갔다. 그가 닉을 몰아세울지 마리에게 고함을 지를지 알 수 없었다. 하지만 잠시 후에 다른 소리가 들렸다. 이번에는 좀 더 분명했다. 위쪽 디딤대에서 돌멩이들이 폭포처럼 쏟아져 내리는 소리였다.

우리는 일제히 고개를 돌렸다(한쪽 구석에서 앓는 소리를 내며 웩웩거리고 있던 마리만 예외였다). 동굴 안의 공기가 토사물과 땀 냄새로 무거워졌다. 그래도 나는 아까보다 시원해진 것 같다는 생각이 들었다. 심지어 춥게 느껴졌다. 하지만 정상적으로 추운 게 아니었다. 이상하게 추웠다. *섬뜩하게 추운 거지*. 나는 문득 생각했다. 이동하는 그림자처럼. 가만히 있지 않고. 살아서 움직이는.

우리는 소리가 들리는 쪽으로 손전등을 휙 돌렸다. 디딤대 쪽이었다. 디딤대들이 울퉁불퉁하게 어둠 속으로 이어졌다.

"어이!" 스티븐이 외쳤다. "거기 누구야?"

정적이 흐르다 다시 돌멩이들이 쏟아졌다.

"얼른 내려오는 게 좋을 거다. 안 그러면 내가 올라가서……."

그가 말끝을 흐렸다. 그림자 하나가 벽에서 튀어나왔다. 키가 크고 홀쭉하고, 길게 늘어난 손가락으로 젖먹이처럼 생긴 뭔가를 움켜쥐고 있는데…….

우리는 모두 침묵을 지켰고 심지어 마리의 앓는 소리마저 잦아들었다. 다른 소리가 다시 들렸다. 그 바쁘게 움직이며 딸깍거리는 소리가. 좀 전보다 가까이서 들렸다. 그림자가 모퉁이를 돌았다. 내 두피가 팽팽하게 당겨졌다. 스티븐은 쇠지렛대를 들었다. 그림자가 서서히 쪼그라들어서 하나의 형체로 뭉뚱그려졌다. 회색 후드 스웨터와 분홍색 잠옷 바지에 운동화를 신은 조그만 형체였다. 한 손에는 손전등을 들고 있었다. 다른 손으로는 플라스틱 인형을 잡고 있었다.

"이런 썅." 스티븐이 쇠지렛대를 내렸다.

"지금 장난하냐?" 닉이 중얼거렸다.

나는 애니를 빤히 쳐다보았다. "너 여기서 뭐 하는 거야?"

27

우리 둘은 안쪽 방으로 들어가서 앉는다. 희미한 조명이 비추고 가구라고는 튼튼한 가죽 안락의자 두 개와 책상과 독서용 테이블 밖에 없다. 빛이 바랬지만 비싸게 주고 샀을 카펫이 맨 마룻장을 덮고 있다. 높은 책장이 거의 모든 벽면을 덮었고, 등이 보기 좋게 갈라지고 너덜너덜한 책들이 그 안에 빽빽이 꽂혀 있다.

책장에 완전 새것 같은 책들을 꽂아놓거나 표지가 보이도록 책을 꽂아놓은 사람은 믿으면 안 된다. 그런 사람은 책을 좋아하는 사람이 아니다. 과시하길 좋아하는 사람이다. *내 이 엄청난 문학적 취향을 봐. 내가 보유하고 있는 이 걸작들 좀 봐, 대부분 절대 읽지는 않았지만.* 책을 좋아하는 사람은 책등에 금을 남기고 책장에 손자국을 남겨가며 모든 낱말과 어감을 흡수한다. 표지를 보고 책을 판단할 수는 없을지 몰라도 책의 주인은 분명하게 판단할 수 있다.

"자." 미스 그레이슨은 말문을 열며 내 옆 테이블에 커피 잔을 내려놓고, 렘십*이 담긴 머그잔을 들고 남은 안락의자에 앉는다. "나한테 묻고 싶은 게 있겠네요."

"두어 개요."

그녀는 의자에 등을 기댄다. "첫 번째 질문은 내가 혹시 시간이 남아도는 정신 나간 여자 아니냐는 거겠죠?"

나는 커피 잔을 들어서 한 모금 마신다. 그녀가 처음에 학교에서 가져다준 구정물하고는 다르게 이 커피는 그윽하고 진하다.

"그것도 있고요."

"그렇겠죠."

"이메일을 보낸 분이 미스 그레이슨이었나요?"

"맞아요."

"저를 어떻게 찾으셨어요?"

"소거법을 통해서요. 나는 손 선생님이 교사가 될 줄 알았어요. 마지막에 근무했던 학교를 추적해 선생님이 우리 학교에 지원하려고 하는데 연락처를 잃어버렸다고 했죠."

"하지만 그건 내가 이 학교에 지원하기 전이었잖아요."

"맞아요."

뭔가 생각이 난다.

"그 학교에서 내가 어떤 식으로 그만두었는지 얘기하던가요?"

---

* 물에 타 먹는 감기약.

"얘길 하다 보니 나왔어요."

"그럼 내가 제출한 추천서가 가짜라는 걸 아셨겠네요?"

그녀의 눈이 반짝인다. "창의력에 감탄했어요."

나는 이 사실이 머릿속에 접수되길 기다린다. 그녀는 처음부터 나를 데리고 장난을 치고 있었다.

"서류파일은요?"

"내가 수집한 자료예요. 마커스한테 시켜서 거기 놓고 가게 했어요. 그래야 눈에 덜 띌 것 같아서."

"하지만 문자는 마커스의 휴대전화로 보낸 거던데요?"

"쓰지 않는 예전 휴대전화였어요. 하지만 아이폰이 박살나는 바람에 예비 전화기가 필요해졌죠."

"왜 그러셨어요? 왜 그렇게 번거롭게? 이런 팬터마임을? 그냥 연락할 생각은 안 하셨어요? 우체국에서 편지라는 것도 배달해준다고 들었는데요."

"내가 그냥 연락했다면 여기로 돌아왔겠어요?"

"어쩌면요."

"우리 둘 다 아니라는 걸 알잖아요."

그녀의 목소리가 날카롭다. 나는 혼난 느낌이다. 거짓말을 하다가 들킨 아이처럼.

"나는 많은 걸 배웠어요." 그녀는 말을 잇는다. "오랫동안 아이들과 더불어 생활하면서. 첫째─절대 뭐든 직접적으로 묻지 말 것. 거짓말만 할 테니까. 둘째─항상 아이들이 생각해낸 아이디어인 척 포장할 것. 셋째─아주 재미있는 일인 척하면 아이들이 먼저 찾아오게 되어 있음."

"넷째를 빠뜨리셨네요. 절대 자기 방귀에 대고 불을 붙이게 내버려두지 말 것."

그녀는 살짝 미소를 짓는다. "선생님은 어렸을 때부터 비아냥거리는 게 방어기제였죠."

"제 어린 시절을 기억하시다니 뜻밖이네요."

"나는 모든 학생을 기억해요."

"대단하시네요. 저는 마지막 수업도 거의 기억하지 못하는데."

"스티븐 허스트―가학적이고 도덕관념이 없지만 영리했던 아이. 위험한 조합이죠. 닉 플레처―똑똑하지는 않지만 분노가 지나쳤던 아이. 그걸 좀 더 좋은 쪽으로 발산할 방법을 찾지 못했으니 안타까운 일이죠. 크리스 매닝―머리가 좋고 상처가 있고 길을 잃고 헤맸던 아이. 항상 찾을 수 없는 걸 찾아다녔죠. 그리고 선생님―다크호스. 말로 공격을 튕겨내는. 스티븐에게 진정한 친구와 가장 가까웠던 존재. 그에게는 선생님이 필요했어요, 선생님이 느꼈던 것보다 훨씬 더."

나는 침을 삼킨다. 목구멍이 까칠까칠하다.

"마리를 빼먹으셨네요."

"아― 겉보기보다 영리했던 예쁘장한 여학생. 그 당시부터 어떻게 하면 원하는 걸 손에 넣을 수 있는지 알았죠."

"하지만 우리는 이제 더 이상 어린애가 아니에요."

"우리 모두 내면은 어린아이예요. 똑같은 데 두려워하고 똑같은 데 기뻐하죠. 키가 더 자라고 이런저런 것들을 더 잘 감추게 됐을 뿐."

"선생님도 감추는 솜씨가 대단하신데요."

"선생님을 속이려고 그런 건 아니었어요."

"그럼 도대체 무슨 의도로 그랬는데요?"

"돌아오게끔 설득하려고 그랬죠. 그리고 성공했고요." 그녀는 기침이 터지자 소매춤에서 휴지를 한 장 꺼내 입을 막는다. 기침이 잦아들자 그녀가 말한다. "마커스를 통해서 알아냈겠죠?"

나는 고개를 끄덕인다. "그 아이는 선생님에게 문제가 생길까 봐 걱정했어요. 나는 그럴 일 없을 거라고 약속했고요…… 선생님이 진실을 밝히는 한."

그녀는 고개를 끄덕인다. "마커스는 착한 아이예요."

"선생님 생각을 많이 해요."

"내 대자니까요. 그 아이가 그렇다는 얘기도 했겠죠?"

"네. 선생님이 마커스의 엄마하고 잘 아는 사이인 줄은ー"

"루스가 학창 시절에 고생이 많았잖아요. 어느 날 괴롭힘을 당하는 그 아이를 구출한 다음부터 둘이 친구 비슷한 사이가 됐어요."

나는 그녀의 사무실에서 종종 보았던 아이들을 떠올린다. 그녀가 도우려고 했던 아이들을. 별건 아니었다. 하지만 학창 시절에는 괴롭힘을 당하고 겁에 질려 있다 보면 작은 친절이 세상 전부처럼 느껴진다.

"아무튼." 그녀는 말을 잇는다. "루스가 학교를 졸업한 뒤에도 우리 둘은 계속 연락을 주고받았어요. 로런과 마커스를 낳았을 때 루스가 나한테 대모가 되어달라고 했고요.

루스가 휴일에 일하러 나가면 내가 가끔 두 아이를 돌봐주곤 했어요. 나는 아이들과, 특히 마커스와 가깝게 지냈어요. 그 아이는 지금도 매주 두 번씩 차를 마시러 와요. 아주 똑똑한 아이고 우리 둘은 비슷한 관심사가 많죠."

"이 지역의 역사 같은 거요?"

그녀는 또다시 희미하게 미소를 짓는다. "그것도 그중 하나고요."

"그래서 그 아이를 이용하셨나요?"

"그 아이가 돕고 싶어 했어요. 내막을 전부 알지는 못해요, 선생님은 그렇게 생각할지 몰라도."

"아, 제가 무슨 생각을 하는지 전혀 모르실 텐데요."

"그럼 얘기해봐요."

나는 입을 열지만 내가 무슨 생각을 하는지 나도 전혀 모른다는 사실을 깨닫는다.

"자료 읽었어요?" 그녀가 감기약을 한 모금 마시며 묻는다.

"대부분요."

"재미있던가요?"

나는 어깨를 으쓱한다. "안힐의 역사는 암울하죠. 여러 마을이 그렇겠지만."

"하지만 여기처럼 역사가 오래된 마을은 많지 않아요. 다들 안힐은 탄광과 더불어 생겨난 줄 알지만 아니에요. 그 한참 전부터 있었어요."

"그래서요?"

"허허벌판에 어떤 마을이 생겨나는 이유가 뭘까요?"

"풍경이 좋아서?"

"마을이 어떤 장소에 생겨나는 데에는 이유가 있어요. 물이 깨끗하다든지, 땅이 비옥하다든지. 그리고 가끔 다른 이유가 있을 때도 있고요."

다른 이유. 갑자기 찬바람이 느껴진다. 얼음 같은 바람이 한 줄기 불어온다.

"예를 들면 어떤 거요?"

"마녀 재판과 이제커라이어 허스트에 관한 자료 읽었어요?"

"그건 신화죠, 도시의 전설."

"하지만 종종 그런 데 일말의 진실이 있죠."

"안힐에 얽힌 진실은 뭔데요?"

그녀는 양손으로 머그잔을 감싸쥔다. 튼튼한 손이라고 나는 생각한다. 유능하고. 흔들림 없다.

"선생님은 묘지에 갔었잖아요. 뭐가 없는지 알아차렸어요?"

"아이들. 젖먹이들요."

그녀는 고개를 끄덕인다. "그건 누가 봐도 *빤하게* 없는 거고요."

"빤하게요?"

"선생님도 얘기했다시피 안힐의 역사는 암울하죠. 죽은 사람들이 많아요. 하지만 묘지에 묻힌 사람은 90명뿐이에요."

"어느 정도 시간이 지나면 무덤을 재활용하지 않나요?"

"맞아요. 하지만 그걸 감안하더라도, 그리고 1946년 이후에는 대개 다른 묘지에 묻혔고 그보다 더 최근에는 화장했다는 걸 감안하더라도 모자라요. 직설적으로 표현하자면 죽은 사람들에 비해 무덤의 숫자가 부족해요. 그렇다면 그들은 어디 있을까요?"

나는 그녀의 수법을 문득 깨닫는다. 그녀가 멀찌감치 돌아서 워낙 천천히, 조심스럽게 이곳으로 유도했기 때문에 나는 이 길의 끝을 모르고 있었다. 방금 전까지 말이다.

"나는 그들이 다른 곳에 안치됐을 거라고 생각해요." 그녀가 말한다. "마을 주민들이 특별하게 여긴 곳에." 그녀는 그 말이 잠깐 허공에 머물도록 한다. "그리고 25년 전에 선생님과 선생님의 친구들이 그곳을 발견했다고 믿어요."

공간에도 비밀이 있지. 나는 생각한다. 사람들처럼. 파헤치기만 하면 된다. 땅을, 인생을, 한 사람의 영혼을.

"그걸 어떻게 아셨어요?"

"나는 이 마을에서 예전부터 젊은 친구들을 숱하게 보았죠. 그들이 자라서 결혼을 하고 아이를 낳는 걸. 그 단계까지 가지 못한 아이들도 있었어요. 예를 들면 크리스처럼."

나는 나지막한 쿵 소리에 대해 생각한다. 다홍색 그림자에 대해 생각한다.

"크리스는 가끔 내 방에 앉아 있곤 했어요. 스티븐이 자기 패거리로 데려가기 전에."

"저는 기억이 안 나—"

"나한테 셔츠 자락 삐져나왔다, 운동화 신었다 잔소리 듣기 싫어서 허둥지둥 지나가느라 바빠서 못 봤겠죠."

나는 하마터면 미소를 지을 뻔한다. 과거란. 나는 생각한다. 과거와 현재의 거리는 무심코 던진 몇 마디밖에 안 된다. 다만 미스 그레이슨은 무심코 던진 말이 한마디도 없을 것이다. 그녀는 이 말을 하기 위해 오래전부터 기다려왔다.

"죽기 며칠 전에." 그녀가 말한다. "크리스가 나를 찾아왔어요. 얘기할 사람이 필요했던 거예요. 자기가 찾은 것에 대해."

"그 친구가 자초지종을 얘기하던가요?"

"조금요. 하지만 남은 얘기가 있죠. 그렇죠, 선생님?"

항상 남은 얘기가 있다. *파헤치기만 하면 된다.* 그리고 파헤치면 파헤칠수록 그 얘기는 점점 암울해진다.

나는 고개를 끄덕인다. "네."

"나한테 얘기해주면 안 될까요?"

28

1992년

애니는 조그만 얼굴 가득 휘둥그레 눈을 뜨고 동굴을 두리번거렸다.

"오빠를 따라왔어."

"어이가 없네. 무슨 생각으로 그런 거야?"

"오빠가 뭘 하려는 건지 확인하고 싶었어. 저거 해골이야? 진짜 해골이야?" 그녀의 목소리가 살짝 떨렸다. 그녀는 좁은 가슴에 대고 애비-아이스를 끌어안았다.

"너 이제 그만 가자." 나는 절뚝거리며 앞으로 다가가 그녀의 팔을 잡았다. "얼른 따라와."

"잠깐." 스티븐이 우리를 가로막고 나섰다.

"왜?"

"네 동생이 나불대면 어쩌려고?"

"얘 여덟 살이야."

"그러니까."

"아무 말도 하지 않을게." 애니가 중얼거렸다.

"들었지? 이제 얘 데리고 나갈 수 있게 비켜주라."

우리의 시선이 부딪쳤다. 마리가 그때 한쪽 구석에서 앓는 소리를 내지 않았다면 내가 무슨 짓을 저질렀을지 잘 모르겠다. "속이 안 좋아, 스티브. 집에 가고 싶어."

"한심한 계집애 같으니라고." 닉이 내뱉었지만 건성이었다.

나는 스티븐이 고민에 빠졌다는 걸 알 수 있었다. 그는 애니와 나를 쳐다보았다가 다시 마리 쪽으로 시선을 돌렸다.

"좋아." 그는 으르렁거렸다. "가자. 하지만 다시 올 거야. 그리고 기념품을 챙겨야겠어."

"안 돼!" 크리스가 처음으로 입을 열었다. "그러면 안 돼. 여기서 아무것도 가져가면 안 돼."

스티븐은 그에게 다가갔다. "쌍, 왜 안 되는데, 밀가루 반죽? 여긴 이제 우리 거야. 우리가 주인이라고."

아니야. 나는 또다시 생각했다. 이곳은 누가 소유할 수 있는 공간이 아니었다. 이곳은 그렇게 착각하도록 내버려둘지 몰랐다. 심지어 그렇게 착각해주길 *바랄* 수도 있었다. 하지만 그게 이곳의 수법이었다. 이곳은 그런 식으로 사람을 끌어들였다. 그런 식으로 소유했다.

"크리스 말이 맞아." 내가 말했다. "아무것도 들고 나가면 안 돼.

사람 뼈가 어디서 났느냐고 누가 물으면 어쩔 건데?"

스티븐이 쇠지렛대를 다시 들었다. 애니가 움찔하는 게 느껴졌다. 나는 그녀를 더 세게 붙잡았다.

스티븐의 얼굴 위로 서서히 미소가 번졌다. "네 배낭 좀 쓸게."

그는 대답을 기다리지도 않고 내가 짊어진 배낭을 벗겨서 닉에게 던졌다.

"전리품 챙기자. 여기다 양초를 꽂아서 핼러윈 때 사람들을 기겁하게 만들 수도 있겠어."

배낭을 잡은 닉이 무릎을 꿇고 앉아서 해골을 몇 개 더 모았다. 스티븐은 벽 쪽으로 돌아가 쇠지렛대로 미친 듯이 헤집어 뼈를 끄집어냈다.

애니가 내 팔을 잡았다. "애비-아이스가 여기 싫대."

"애비-아이스한테 괜찮다고 얘기해. 이제 곧 갈 거라고."

그녀는 내게 기대 부르르 떨었다. "애비-아이스는 괜찮지 않대. 그림자 때문이래. 그림자들이 움직이고 있다고." 그녀는 홱 고개를 돌렸다. "이게 무슨 소리야?"

이번에는 빠르게 움직이며 딸깍거리는 소리가 틀림없었다. 온 사방이 그 소리였다. 쥐가 아니었다. 박쥐도 아니었다. 그 둘은 너무 컸다. 너무 둔중했다. 이 소리는 날카롭고 분주했다. 작지만 무수히 많은 뭔가가 내는 소리였다. 곤두세운 껍데기와 총총히 움직이는 다리로 이루어진 무더기가 내는 소리였다.

나는 그 사태가 벌어지기 직전에 알아차렸다. 벌레야. 나는 생각했다. 벌레.

스티븐이 쇠지렛대를 바위에 꽂고 유난히 말을 듣지 않는 뼛조각을 후벼팠다. "잡았다!"

벽이 반짝이는 검은색 몸뚱이들의 바다로 폭발했다.

"쌍!"

딱정벌레들이 살아 있는 기름처럼 번들거리는 물결로 쏟아져나왔다. 수백 마리였다. 수백 마리가 구멍을 뚫고 바닥으로 떼 지어 이동했다. 몇 마리는 쇠지렛대를 타고 스티븐의 팔로 기어갔다. 그는 쇠지렛대를 떨어뜨리고 광기 어린 춤을 추는 사람처럼 몸을 흔들기 시작했다.

동굴 저편에서는 닉이 비명을 질렀다. 그가 들고 있던 해골이 손위에서 빙글빙글 돌며 눈구멍과 떡 벌린 입에서 딱정벌레들을 쏟아냈다. 바닥에 있던 해골들은 수백만 개의 조그만 다리에 떠밀려 이리저리 움직였다.

닉은 해골을 옆으로 내동댕이치고 벌떡 일어났다. 그러느라 손전등을 떨어뜨렸다. 손전등이 바닥에 부딪치면서 꺼지자 동굴의 절반이 어둠 속으로 곤두박질쳤다.

마리가 날카롭고 히스테릭하게 비명을 질렀다. "아무것도 안 보여. 젠장, 젠장, 젠장. 이것들이 날 덮쳤어. 도와줘. 도와줘!"

내 목구멍에서도 비명이 차올랐지만 애니 생각을 해야 했다. 그녀는 내게 매달린 채 그대로 얼어붙어서 아무 말도 하지 못했다. 나는 그녀를 감싸안고 귀에 대고 속삭였다.

"괜찮아. 그냥 딱정벌레야. 여기서 나가자."

크리스가 가만히 서서 늘어뜨린 손전등이 부질없이 움직이는 땅바닥을 한 조각 비추고 있었다. 나는 계단 쪽으로 발을 질질 끌며 다가갔다. 딱정벌레들이 우리 발에 밟혀서 으드득 부서졌다. 탁, 우지직, 퍽. 묵직한 부츠를 신고 윗도리를 청바지 안으로 넣어 입길 잘했다는 생각이 들었지만 부은 발목이 가죽 안에서 아프게 욱신 거리는 게 느껴졌다. 애니는 내 옆에서 겁에 질린 동물처럼 낑낑거렸다.

거의 도착했을 때 어둠 속에서 무언가가 튀어나왔다. 스티븐이었다. 광부용 헬멧 전등에 비친 그의 얼굴이 누렇고 땀으로 번들거렸다. 겁에 질린 표정이었다. 나는 그 어떤 것보다 그 표정에 덜컥 겁이 났다.

"헬멧 이리 내."

그가 헬멧을 잡고 나를 벽 쪽으로 내동댕이쳤다. 그 바람에 나는 애니를 놓쳤다.

"이거 놔!"

"불 내놔."

그가 세게 밀치는 바람에 나는 바위에 머리를 부딪혔다. 내 헬멧 안에서 쾅 하는 소리가 났다. 뭔가가 갈라지는 소리였다. 불빛이 깜빡이며 머뭇거리다 아예 꺼져버렸다. 암흑이 축축한 망토처럼 우리를 덮었다.

"이 등신 새끼야!" 나는 스티븐을 밀쳤다. 절망이 내 목젖을 할퀴었다. 우리는 여기서 탈출해야 했다. *지금 당장.* "애니?"

"조이? 오빠, 안 보여." 울음을 참는 목소리였다. 그래도 아직은 용감하게 버티려고 열심히 노력하고 있었다.

나는 동생의 목소리가 들리는 쪽으로 절뚝절뚝 다가갔다. "나 여기 있어. 네가 들고 온 손전등 켜봐."

"없어. 잃어버렸어."

"괜찮아—" 나는 손을 뻗었다. 내 손가락이 그녀의 손가락을 스치고 지나갔다.

어둠 속에서 마리가 비명을 질렀다. "안 돼애애애애!"

뭔가가 내 얼굴 앞을 훅 하고 가르는 게 느껴졌다. 나는 급하게 몸을 수그리느라 한쪽 팔꿈치를 바닥에 세게 부딪혔다. 쓰고 있던 헬멧이 날아갔다. 통증이 팔을 갈기갈기 찢었다. 하지만 바로 그때 고통으로 얼룩진 날카롭고 끔찍한 비명소리가 들렸기 때문에 다른 데 신경 쓸 겨를이 없었다.

"애니?"

나는 딱딱한 껍데기와 종종거리는 다리 사이로 허우적거리며 기어갔다. 손끝에 금속제의 뭔가가 닿았다. 애니의 손전등이었다. 집어보니 배터리가 뒤에 대롱대롱 매달려 있었다. 배터리를 넣고 스위치를 켜서 좌우로 비추었다.

눈앞이 아득해졌다. 심장이 접히는 동시에 부풀었다가 산산이 부서졌다. 애니가 애비-아이스를 움켜쥔 채 조그맣고 쭈글쭈글하게 웅크리고 바닥에 쓰러져 있었다. 잠옷 바지가 위로 올라가서 얼룩덜룩하게 흙이 묻은 가느다란 다리가 드러났다. 얼굴과 머리카락이 시커멓고 빨갛고 끈적끈적한 뭔가로 덮여 있었다.

나는 동생에게로 엉금엉금 기어가 서툴게 품에 안았다. 애니는 뼈만 앙상해서 여기저기가 뾰족했다. 샴푸와, 치즈와 양파 맛 감자칩 냄새가 났다. 온 사방에서 우글거리던 딱정벌레 떼가 임무를 완수하고 뒤로 뿔뿔이 흩어져 벽 속으로 녹아들어 가기 시작했다.

"실수였어……."

손전등을 들었다. 스티븐이 몇 미터 멀리 서 있고 마리가 그의 팔에 매달려 있었다. 쇠지렛대가 그의 발치에 놓여 있었다. 뭔가가 내 얼굴 앞을 훅 하고 지나갔던 게 생각났다. 나는 머리에서 피를 흘리는 애니를 다시 내려다보았다.

"*야 이 새끼야, 무슨 짓을 한 거야?*"

분노가 화끈거리는 시커먼 쓸개즙처럼 목구멍으로 치밀어올랐다. 그에게 달려들어 머리를 잡고 부서진 뼛조각과 곤죽밖에 남지 않을 때까지 바위에 대고 박살내고 싶었다. 쇠지렛대를 집어서 그의 배 속에 꽂고 싶었다.

하지만 뭔가가 나를 막았다. 애니. 발목이 여전히 욱신거렸다. 나 혼자 그 계단을 올라가는 것만으로도 고역일 것이었다. 애니까지 안고 갈 여력이 없었다. 옮기는 게 맞는 건지도 알 수 없었다. 스티븐과 다른 친구들의 도움이 필요했다.

"지혈하게 아무 거라도 줘봐."

스티븐이 머리에 묶었던 넥타이를 주섬주섬 풀어서 내게 던졌다. 그의 얼굴에 힘이 없었다. 악몽을 꾸고 일어났다가 꿈이 아닌 걸 알아차린 사람 같은 표정이었다.

"그럴 생각이 아니었는데……."

애니를 칠 생각은 아니었겠지. 나를 칠 생각이었겠지. 하지만 지금은 그걸 따질 계제가 아니었다. 나는 애니의 머리에 난 상처에

대고 넥타이를 눌렀다. 넥타이가 쑥 들어갔다. 불길했다. 불길했다.

"죽었어?" 닉이 물었다.

아니야. 나는 생각했다. *아니야, 아니야, 아니야. 내 동생이 그럴 리 없어. 애니가 그럴 리 없어.*

"구급차 불러야겠다."

"하지만…… 뭐라고 얘기해?"

"그게 무슨 상관이야?"

넥타이가 손 안에서 흠뻑 젖었다. 나는 넥타이를 옆으로 던졌다.

"닉 말이 맞아." 스티븐이 중얼거렸다. "그럴듯한 얘기가 필요해. 사람들이 이것저것 물어볼 텐데—"

"얘기가 필요하다고?" 나는 그를 노려보았다. "야 이 씨."

크리스가 움직이는 게 곁눈으로 보였다. 그는 허리를 숙여 땅바닥에서 뭔가를 집었다. 그런 다음 다시 그림자 속으로 들어갔다.

"뭐라고 둘러대도 좋아." 나는 다급하게 말했다. "도움을 요청하자. 지금 당장."

"이미 죽었으면 무슨 소용인데?" 다시 닉이었다. 염병할 닉이었다. "숨소리가 안 들리잖아. 숨이 끊겼어. 쟤를 봐. 쟤 눈을 보라고."

나는 보고 싶지 않았다. 이미 봤기 때문이었다. *그냥 정신을 잃은 거라고* 나는 속으로 중얼거렸다. *그냥 정신을 잃은 거라고. 그런데 왜 눈을 까뒤집고 있어? 왜 가녀린 몸이 벌써부터 차갑게 느껴져?*

스티븐이 한손으로 머리칼을 쓸어넘기며 고민했다. 조짐이 안 좋았다. 그가 고민하기 시작하면, 자기 안위를 걱정하기 시작하면 골치가 아파졌다.

"이것저것 물어볼 거 아냐. 경찰이."

"부탁할게." 나는 애원했다. "얘는 내 동생이야."

"스티브." 마리가 그의 팔을 건드렸다. 나는 그녀의 존재를 거의 잊고 있었다.

스티븐은 그녀를 쳐다보았다. 뭔가가 그 둘 사이에서 오가는 듯했다. 그가 고개를 끄덕였다. "알았어. 가자."

나는 마리를 쳐다보며 고맙다는 뜻을 전하려고 했지만 그녀가 내 눈을 피했다. 그녀는 여전히 얼굴이 창백했고 아파 보였다. 친구들이 일제히 계단 쪽으로 주춤주춤 다가갔다. 심지어 크리스마저 나와 같이 있어주겠다고 하지 않았다. 하지만 상관없었다. 그들이 여기 남는 건 나도 원치 않았다. 나와 애니, 단둘이. 늘 그랬던 것처럼.

계단 발치에 다다랐을 때 스티븐이 걸음을 멈추었다. 무슨 말을 하려는 눈치를 보였다. 그가 뭐라고 한마디라도 했다면 나는 달려들어 맨손으로 심장을 뜯어냈을 것이다. 하지만 그는 하지 않았다. 말없이 고개를 돌려서 어둠 속으로 사라졌다.

나는 내 무릎 위에서 축 늘어진 애니를 감싸안고 차가운 바닥에 계속 무릎을 꿇고 앉아 있었다. 상향등처럼 손전등을 위로 해서 바위에 받쳐놓았다. 짓이겨져 죽은 딱정벌레들이 우리를 에워싸고 있었다. 다른 녀석들이 내는 소리가 벽 속에서 계속 희미하게 들렸다. 나는 거기에 대해서 생각하지 않으려고 했다. 친구들이 계단을 올라가는 소리에만 귀를 기울이려고 했다. 들려야 하는데 들리지 않는 소리에 대해서는 신경 쓰지 않으려고 했다.

숨이 끊겼어.

친구들은 올라가는 속도가 더뎠다. *서둘러.* 나는 생각했다. *좀 더 서둘러줘.* 어느 정도 시간이 지나자 휘청거리는 발소리가 점점 멀어졌다. 지금쯤 입구 근처에 다다랐을 거라고 나는 생각했다. 분명 그랬을 것이다. 조금 있으면 마을이나 집이나 공중전화 부스로 달려갈 수 있을 것이다. 999에 연락할 수 있을 것이다. 병원까지는 족히 20킬로미터 거리였지만 구급차가 경광등과 사이렌을 울릴 테고 어린아이라는 걸 알면…….

무슨 소리가 들렸다. 무슨 소리라기보다 메아리에 더 가까웠다. 멀지만 여기까지 들릴 만큼 요란했다. 쿵. 무거운 뭔가를 떨어뜨리는 소리였다. 쿵. 아니면 쇠문을 세게 닫는 소리였다. 쿵.

아니면 해치를 덮는 소리였다.

쿵.

나는 어둠 속을 멍하니 올려다보았다.

"안 돼." 나는 속삭였다.

친구들이 그럴 리 없었다. 그러면 안 되는 거였다. 아무리 스티븐이라도. 그렇지 않은가.

다들 아무 소리하지 마. 그럴듯한 얘기가 필요해. 사람들이 이것저것 물어볼 테니까.

쿵.

누가 알아줄까? 누가 우리를 찾아줄까? 누가 얘기해줄까?

나는 논리적으로 접근하려고 애써 노력했다. 내가 착각한 것일 수 있었다. 친구들은 우리를 안전하게 보호하려고 아니면 잘못해서 추락하는 사람이 없도록 해치를 닫았을 것이다. 나는 노력했다.

내 자신을 설득하려고 죽도록 노력했다. 하지만 그 묵직한 쇳소리로 계속 되돌아갔다.

쿵.

바로 그 순간 나는 열다섯 살짜리라면 모르고 지나가야 할 사실을 깨달았다. 인간의 본성에 대해. 자기 보호 본능에 대해. 절망에 대해. 해일처럼 밀려든 공포에 목구멍이 막혀서 숨을 쉬기가 힘들었다. 나는 동생을 더욱 으스러져라 부둥켜안고 앞뒤로 흔들었다.

애니, 애니, 애니.

쿵.

이제 다른 소리가 들렸다. 빠르게 움직이며 딸깍거리는 소리였다. 딱정벌레들이었다. 녀석들이 다시 벽에서 기어나오고 있었다. 우리한테로 되돌아오고 있었다.

그 생각이 들자 나는 마비 상태에서 깨어났다.

여기서 기다릴 수는 없었다. 오지도 않을 지원군을 기다리며 시간을 버릴 수는 없었다.

움직여야 했다. 여기서 빠져나가야 했다.

나는 애니를 조심스럽게 바닥에 내려놓고 억지로 몸을 일으켰다. 체중을 왼발에 싣고 얼추 일어섰다. 허리를 숙이고 겨드랑이 아래로 손을 넣어서 애니를 들어 올렸다가 손전등을 쥘 손이 없다는 사실을 깨달았다. 당황스러웠다. 딱정벌레들이 바쁘게 움직이고 있었다. 나는 손전등을 집어서 이로 물었다. 그런 다음 애니를 다시 들고, 바위로 덮인 벽에 기대 중심을 잡고 축 늘어진 그녀를 질질 끌어가며 비틀비틀 처음 몇 계단을 올라갔다. 그녀는 가냘팠지만 나도 마찬가지였다. 그녀의 모자가 자꾸 벗겨져서 보드라운 살갗이 거친 돌계단에 쓸렸다. 계속 걸음을 멈추고 모자를 다시 씌우려고 했지만 바보 같은 짓이었다. 나는 시간과 기운을 낭비하고 있었다.

애니를 끌고 계단을 세 개 더 올라갔다. 발목이 찌릿했다. 머리가 빙글빙글 돌았다. 나는 멈추고 숨을 몰아쉬며 애니를 다시 잡았다. 그런 다음 뒤로 계단을 디뎠다. 계단이 내 뒤꿈치 아래에서 바스러졌다. 발이 미끄러졌고 다리가 꺾였다. 나는 떨어졌다. 또다시. 애니를 꼭 붙잡았지만 추락을 막을 방법이 없었고, 쩍 하는 요란한 소리와 함께 뒤편의 돌계단에 머리를 부딪혔다. 눈앞이 흔들리면서 어둠이 나를 집어삼켰다.

이번에는 달랐다. 어둠이. 더 깊고. 더 차가웠다. 어둠이 내 주변에서, 내 안에서 움직이는 걸 느낄 수 있었다. 내 살갗 위로 스멀스멀 움직이며 목구멍을 채우고 깊숙이 파고들어······.

나는 번쩍 눈을 떴다. 두 손을 마구 휘둘러 머리와 얼굴을 문지르고 때렸다. 모든 게 멀어지는 게 희미하게 느껴졌다. 속닥거리던 반짝이는 껍데기의 파도가 또다시 바위 속으로 후퇴했다. 손전등이 내 옆에서 누리끼리한 빛을 희미하게 발산했다. 수명이 얼마 안 남았다. 내가 얼마나 의식을 잃었을까? 몇 초? 몇 분? 그보다 더 길었을까? 나는 끝에서 두 번째 계단에 대자로 쓰러져 있었다. 몸이 이상하게 가벼웠다. 무거운 짐을 내려놓은 느낌이었다.

애니.

애니가 내 위에 누워 있지 않았다. 나는 일어나서 앉았다. 내 옆에도, 내 근처에도, 계단 아래에도 없었다. 이게 무슨—

나는 손전등을 집고 간신히 일어섰다. 발목이 여전히 아팠지만 아까만큼 심하지는 않았다. 감각이 마비됐거나 내가 통증에 무뎌져가고 있는 걸지 몰랐다. 뒤통수가 화끈거렸다. 손으로 건드려보았다. 조그맣게 혹이 났다. 그걸 걱정할 때가 아니었다.

애니.

나는 조심스럽게 다시 동굴 안으로 발을 내디뎠다. 뼈와 해골이 여전히 여기저기 바닥에 흩뿌려져 있었다. 조그만 조각들이 내 발 아래에서 딱 소리와 함께 부러졌다.

"애니?"

내 목소리가 메아리로 되돌아왔다. 아무것도 없었다. 공허했다. *여기 우리밖에 없어.* 공허한 메아리는 이렇게 대꾸하는 듯했다. *우리 겁쟁이들밖에 없어.*

그럴 리 없었다. 하지만 애니가 여기 없다면 이유는 하나일 수밖에 없었다. 빠져나간 거였다.

애써 기억을 더듬어보았다. 나는 그녀가 맞는 걸 보지 못했다. 그녀가 피를 많이 흘렸고 의식을 잃기는 했지만 원래 머리를 다치면 피가 많이 나지 않는가. 어디에선가 그렇다고 읽은 적이 있었다. 조금 찢어지기만 해도 피가 철철 난다고 말이다. 어쩌면 그녀는 내가 생각했던 것보다 심하게 다치지 않았는지 몰랐다.

그래? 몸이 싸늘했던 건 어쩔 건데? 숨을 쉬지 않았던 건 어쩔 건데?

판단 착오였다. 내가 오버했다. 우리 모두 잔뜩 겁에 질렸다. 어두컴컴했다. 내가 공황에 빠져서 과하게 반응했다. 그리고 다른 뭔가가 또 있지 않나? 나는 동굴을 다시 한번 둘러보았다. *애비-아이스*. *애비-아이스*가 없었다. 내가 여기 바닥에 두었는데 보이지 않았다. 애니가 들고 간 게 분명했다.

나는 동굴을 마지막으로 체크하고 다시 계단 쪽으로 걸음을 옮겼다. 이번에는 좀 더 빠르게 허둥지둥 올라와서―희망과 절박감이 원동력이었다―바위 틈새를 빠져나왔다. 작은 동굴을 얼른 훑어보니 아무도 없었다. 손전등 불빛이 깜빡거렸다. 집에 갈 때까지 배터리 수명이 남아 있을 수도 그렇지 않을 수도 있었다.

집. 애니는 무사히 집에 도착했을까?

우리 집에서 폐광까지는 기껏해야 걸어서 10분 거리였다. 여기까지 무사히 왔다면 무사히 돌아갈 수도 있지 않았을까? 어쩌면 이미 도착해서 아빠한테 전부 고자질했기 때문에 내가 집에 들어가면 허리띠로 두들겨 맞을 각오를 해야 할지 몰랐다. 그때 심정 같아서는 기쁘게 맞을 수 있었다.

사다리를 올라갔다. 해치가 조금 열려 있었다(어쩌면 내가 그 부분에 대해서도 오해했을 수 있었다). 활짝은 아니었지만 애니가 빠져나갈 수 있을 만큼, 내가 빠져나갈 수 있을 만큼은 됐다. 나는 시원하고 상쾌한 밤공기 속으로 들어섰다. 밤공기를 들이마시자 목이 따끔거렸다. 몸이 살짝 흔들리고 눈앞이 흐릿해지는 게 느껴졌다. 허리를 숙이고 두 손을 무릎에 얹었다. 정신을 차려야 했다. 집에 도착할 때까지만이라도.

허우적허우적 광석 찌꺼기 더미를 내려와서 주변을 뱅 두른 울타리 틈새로 빠져나왔다. 반쯤 갔을 때 급기야 손전등이 나갔다. 하지만 가로등이 있었고 어쩌다 한번씩 거실 커튼 사이로 스탠드 불빛이 보였기에 상관없었다. 몇 시쯤 됐을까? 우리가 그 동굴에 얼마나 있었을까?

우리 집 뒤편의 골목길을 후닥닥 통과해 대문을 지났다. 마당에서 나는 걸음을 멈추었다. 아직까지 아빠의 재킷에 아빠의 부츠를 신고 있었다. 젠장. 얼른 벗어서 헛간에 쑤셔넣은 다음 구멍 난 양말 차림으로 절뚝절뚝 뒷문까지 걸어갔다. 문손잡이를 돌렸다. 열려 있었다. 아빠가 술에 너무 취해서 잠그는 걸 깜빡깜빡했기 때문에 자주 있는 일이었다.

부엌에서 나는 멈칫했다. 거실에서 불빛이 어른거렸다. 텔레비전 불빛이었다. 아빠가 그 앞 안락의자에 반은 앉고 반은 대자로 누워서 코를 골고 있었다. 맥주 캔 몇 개가 발치에 옹기종기 모여 있었다.

나는 까치발을 하고 계단으로 다가가 한 손으로 난간을 잡고 기운이 소진된 몸을 위로 끌어올렸다. 피곤하고 속이 울렁거렸다. 하지만 애니를 보아야 했다. 집에 잘 왔는지 확인해야 했다. 나는 동생의 방문을 살그머니 열었다.

안도감. 엄청났다. 압도적이었다.

조그맣게 웅크린 모양으로 불룩하게 솟은 마이 리틀 포니 이불이 복도 불빛에 비쳐 보였다. 헝클어진 까만 머리 꼭대기가 이불 위로 삐져나왔다.

애니는 여기 있어. 집에 무사히 왔어. 전부 아무 일 없었어.

그 순간만큼은 지금까지 벌어진 모든 일이 끔찍한 악몽이라고 믿을 수도 있을 것 같았다.

나는 문을 닫으려다······

멈칫했다. 내가 그때 애니가 아빠를 깨우지도 않고, 나를 위해 도움을 청하지도 않고 침대로 직행하다니 이상하다는 생각을 단 1초만이라도 했을까? 그녀가 괜찮은지 들어가서 확인해볼까 하고 아주 잠깐이라도 고민했을까? 이러니저러니 해도 머리를 다치지 않았는가. 나는 그녀를 깨워서 의식이 있는지, 횡설수설하지는 않는지 확인했어야 했다.

그랬어야 했다, 그랬어야 했다, 그랬어야 했다.

하지만 나는 그러지 않았다.

문을 닫고 비틀비틀 내 방으로 들어갔다. 지저분한 옷을 벗어서 빨래 바구니에 던져 넣었다. 전부 괜찮을 거라고 속으로 중얼거렸다. 아침에 전부 해결하면 된다고. 오늘 밤에 무슨 일이 있었는지 얘기를 지어내면 된다고. 스티븐에게 다시는 그들과 어울려 다니지 않겠다고 얘기할 것이다. 애니와 좀 더 많은 시간을 보낼 것이다. 그녀에게 만회할 것이다. 반드시 그럴 것이다.

나는 침대 위로 쓰러졌다. 흐릿한 회색 나방 같은 것이 내 머릿속에서 잠깐 퍼덕였다. 침대에 누워 있는 애니와 연관 있는 것이었다. 중요한 뭔가가 없었다. 하지만 그 나방은 내가 미처 붙잡지도 못했을 때 다시 사라져버렸다. 먼지 속으로 흩어져버렸다. 나는 턱까지 이불을 끌어올리고 눈을 감았다······

29

"그런데 아침에 보니까 애니가 사라졌어요?"

"애니는 처음부터 돌아오지 않았어요. 이불이 불룩했던 건 장난감 더미였어요. 머리칼은― 인형이었고요." 나는 고개를 젓는다. "빌어먹을 장난감 더미였어요. 내가 들여다봤어야 하는 건데. 확인했어야 하는 건데."

"듣자 하니 선생님도 뇌진탕을 일으켜서 정신이 없었던 것 같은데요."

하지만 뭐가 없는지 알아차렸어야 했다. 애비―아이스. 침대 위에 애비―아이스가 없었다. 애니가 인형을 거기 두고 왔을 리 없었다. 돌아왔다면 들고 왔을 것이었다.

"그러고 나서 어떻게 됐어요?" 미스 그레이슨이 묻는다.

"부모님이 경찰에 연락했어요. 수색대가 편성됐고요. 나는 얘기하려고 했어요. 애니가 가끔 탄광까지 나를 따라올 때가 있었다고. 거길 찾아봐야 한다고."

"그런데 얘기하지 않았어요?"

"얘기하고 싶었죠. 하지만 그 무렵에는 스티븐이 전날 밤에 다 같이 자기 집에 있었다고 경찰에 얘기한 다음이었어요. 그의 아빠가 증인으로 나섰고요. 아무도 내 말을 믿지 않을 게 분명했어요. 그와 나의 증언이 엇갈리면."

미스 그레이슨은 고개를 끄덕이고 나는 생각한다. 아는 거야. 내가 거짓말쟁이에 겁쟁이인 걸 아는 거야.

"다시 가서 동생을 찾아보지 않았어요?"

"근처에 갈 수가 없었고 경찰에서 수색대에 넣어주지 않았어요. 나는 계속 사람들이 해치를 발견할 거라고 생각했어요. 애니를 찾을 거라고. 그럴 수밖에 없을 거라고."

"가끔은 어떤 공간이 누가 찾아주길 원할 때도 있죠. 사람들처럼."

무슨 헛소리냐고 일축하고 싶은 마음이 굴뚝같다. 하지만 나는 그녀의 말이 맞는다는 걸 안다. 크리스가 해치를 발견한 게 아니었다. 해치가 그를 발견했다. 그리고 해치가 아무도 안으로 들이고 싶지 않으면 어느 누구도 두 번 다시 그걸 찾을 수 없다.

"자백하려고 했어요." 내가 말한다. "경찰서에 찾아가서 전부 다 얘기하려고 했어요."

"그런데 왜 안 그랬어요?"

"애니가 돌아왔거든요."

그리고 그들은 다 같이 행복하게 살았습니다.

문제가 있다면 그런 일은 없었다는 거다. 동생은 돌아왔다. 애비-아이스를 으스러져라 끌어안고 엄청 큰 담요를 두르고 다리를 흔들며 경찰서에 앉아 있었다. 그리고 나를 보며 미소를 지었다.

그때 나는 알았다. 그때 나는 뭐가 이상한지 알았다. 뭐가 끔찍하고 무시무시하게 이상한지.

애니의 머리. 상처가 어디 갔을까? 피는? 보이는 거라고는 이마에 조그맣게 생긴 빨간색 흉터뿐이었다. 나는 그 흉터를 빤히 들여다보았다. 그렇게 금세 나을 수도 있나? 내가 잘못 알았나? 실제보다 훨씬 심하게 맞았다고 착각했을까? 알 수 없었다. 더 이상 아무것도 알 수 없었다.

"조?"

"동생한테 무슨 일인가가 벌어졌어요." 나는 느릿느릿 얘기한다. "뭐였는지 설명은 못 하겠어요. 동생이 돌아왔을 때 전과 같지 않다는 걸 그냥 알 수 있었거든요. *내 동생 애니가 아니었어요.*"

"무슨 말인지 알겠어요."

"아니에요, 모르세요. 아무도 몰라요. 그리고 저는 25년 동안 그걸 잊으려고 애를 쓰며 살아왔어요." 나는 성난 눈빛으로 그녀를 바라본다. "선생님은 내 동생한테 무슨 일이 벌어졌는지 안다고 했죠? 사실은 아무것도 모르면서."

그녀는 평가하는 듯한 냉정한 눈빛으로 나를 마주 본다. 그러다 자리에서 일어나 책상 앞으로 간다. 서랍을 열어서 셰리주와 잔 두

개를 꺼낸다.

양쪽 잔을 끝까지 채워서 한 잔은 내게 건네고 다른 한 잔을 쥐고서 다시 자리에 앉는다. 나는 셰리주를 별로 좋아하지 않지만 그래도 한 모금 마신다. 크게 한 모금 마신다.

"나도 동생이 있었어요." 그녀가 말한다.

"그런 줄 미처—"

"사산아였어요. 사산된 직후에 보았죠. 그냥 잠을 자고 있는 것 같더라고요. 물론 숨도 쉬지 않고 아무 소리도 내지 않았지만요. 마을 산파가—나이 많은 여자였어요—동생을 둘둘 싸서 어머니 품에 안겼던 게 기억나요. 그런 다음 당시 나로서는 이해하지 못할 얘기를 했죠. '이대로 방치할 필요 없어요. 이 아이를 어디로 데려가면 되는지 알아요. 아이를 되살릴 수 있어요.'"

나는 신랄한 말을 내뱉고 싶다. 뭔가 압축적이면서도 유치한 말을. 그녀가 애라서 잘못 알아들은 거라고 얘기하고 싶다. 기억은 시간이 지나면 흐릿해지기 마련이라고 얘기하고 싶다. 머릿속에 든 반죽처럼 원하는 대로 만들 수 있다고.

그런데 그러질 못하겠다. 그 차가운 바람이 다시 불어온다. 어딘가 창문이 열린 모양이다.

"그래서 어머니는 어떻게 하셨어요?"

"산파한테 나가라고 했어요. 그런 얘기는 두 번 다시 꺼내지도 말라고."

"그 뒤로 동생에 대해서 물어본 적 있나요?"

"부모님은 동생 얘기를 한 번도 꺼낸 적이 없어요. 생각해보면 죽음을 입에 담는 사람은 거의 없잖아요, 안 그래요? 추잡한 비밀이죠. 하지만 어떻게 보면 죽음은 삶의 가장 중요한 부분이에요. 그게 없으면 우리라는 존재를 상상할 수도 없죠."

나는 남은 셰리주를 입 안에 털어넣는다. "왜 제가 다시 돌아오길 바라셨어요?"

"역사가 반복되는 걸 막고 싶거든요."

"그건 불가능해요. 역사는 원래 반복되기 마련이에요. 우리는 과거를 보고 배운 척하는 걸 좋아하지만 그건 흉내일 뿐이죠. 늘 이번에는 다를 거라고 생각하지만 절대 달라지지 않아요."

"진심으로 그렇게 믿는다면 선생님은 지금 이 자리에 있지 않았겠죠."

나는 웃음을 터뜨린다. "지금으로서는 제가 뭘 믿는지, 왜 이 자리에 있는지 전혀 모르겠는데요."

"그럼 내가 도와줄게요. 내가 생각하기에는 제러미 허스트가 그 동굴로 들어가는 또 다른 방법을 찾은 것 같아요. 아이들을 거기로 데려가고 있죠. 벤을 데려갔을 때 선생님의 여동생이 그랬듯 그 아이한테 무슨 일인가가 벌어졌어요."

"저도 그 사건에 대해 안타깝게 생각해요, 아시겠어요? 벤에 대해서도 안타깝게 생각하고. 줄리아에 대해서도 안타깝게 생각해요. 하지만 제가 뭘 어떻게 해주길 바라시는지 모르겠―"

"벤과 줄리아만의 문제가 아니에요."

"그럼 도대체 누구의 문제인데요?"

"스티븐 허스트요."

본능적으로 내 턱에 힘이 들어간다.

"그 친구가 이 일하고 무슨 상관이죠?"

"공원 공사를 몇 달째 방해하고 있어요. 개발업자들이 부지로 접근하지 못하게 막으면서."

"왜요?"

"마리가 많이 아프거든요."

"암이죠. 알아요."

"말기예요. 남은 날이 몇 달, 어쩌면 몇 주밖에 안 돼요. 죽어가고 있어요."

나는 술집에서 느꼈던 두려움의 파도가 생각난다.

마리는 죽지 않아. 내가 그렇게 내버려두지 않을 거야.

"아뇨." 나는 고개를 젓는다. "아무리 스티븐이라도 그 정도로 미치지는 않았을 거예요."

"하지만 절박한걸요. 그리고 절박한 사람들은 지푸라기라도 잡게 되어 있어요. 기적을 찾으러 다니고요." 그녀는 몸을 앞으로 구부려 차갑고 건조한 손을 내 손 위에 얹는다. "물론 그들이 기적을 찾는 경우는 거의 없죠. 이제 내가 선생님이 돌아와주길 바란 이유를 알겠어요?"

알겠다. 그 깨달음이 내 안에 깊고 서늘한 균열을 만든다.

"스티븐은 마리를 살리고 싶어 하죠." 내가 말한다.

"그리고 나는 그를 막을 수 있는 사람이 손 선생님밖에 없다고 생각해요."

30

나는 버번 잔과 카드 한 벌을 내 앞 커피 테이블에 올려놓고 소
파에 앉아 있다. 둘 다 아직 건드리지 않았다. 난로는 켜지 않았고
거실은 어둠에 휩싸여 있다. 나는 외투도 아직 벗지 않았다. 춥다.
하지만 내가 춥지 않았던 적은 없었다.

부엌 창문 사이로 스며들어 온 희미한 달빛이 맞은편 안락의자
에 앉아서 새로워진—그리고 한층 섬뜩해진—시선으로 나를 물끄
러미 바라보는 애비-아이스를 비춘다.

그녀만 있는 게 아니다. 가까이서 그들이 느껴진다. 이제는 익숙
해진 바쁘게 움직이며 딸각거리는 소리뿐만이 아니다. 다른 친구
들도 있다. 말없이 지켜보는 친구들이. 나는 카드를 꺼내—한참 만
에 처음 있는 일이다—섞기 시작한다.

"내 잘못이 아니야, 알아?"

나는 어둠에 대고 이렇게 내뱉고 반박을 기다린다. 녀석은 아무 대꾸도 하지 않지만 내 위에 꽂힌 시커먼 시선이 느껴진다.

"나도 예전에 막으려고 시도해봤어. 효과가 없었다고."

내가 짜증나는 말을 내뱉기라도 한 듯 어둠은 발끈하고, 딸각거리는 소리는 거세어진다. 나는 카드를 나누어준다. 보이지 않는 네 명의 꾼들에게. 그런 다음 잔을 집어서 단숨에 비운다. 술김에 부리는 객기라는 말이 있다. 바보 같은 표현이다. 어떤 식으로 포장하든 그 객기는 가짜다.

"나는 스티븐한테 빚진 거 없어. 그러니까 그냥 내버려둬. 교훈을 얻을 수 있게. 나는 관심 없어."

하지만 어둠이 짜증부리는 아이를 대하는 부모처럼 꾸짖는다. *진심이 아니잖아. 안 그래, 조? 왜냐하면 이건 스티븐만의 문제가 아니니까. 마리의 문제이기도 하니까. 한때 네가 관심 있었던 아이. 죽어가는 여자. 평화롭게 죽을 권리가 있는 사람. 세상에는 죽음보다 더 끔찍한 것들도 있거든. 예전 모습 그대로 살아 돌아오는 게 아니라서. 그리고 그걸 막을 수 있는 사람이 너밖에 없어.*

나는 어둠을 노려본다. 하지만 어둠은 꿈쩍하지도, 눈 하나 깜빡하지도 않는다. 오히려 달갑지 않은 애인처럼 더 가까이 다가와 내게 바짝 몸을 붙이려는 듯이 느껴진다. 이제 그 주름 안에 숨어 있는 다른 뭔가가 보인다. 형체들, 그림자 안의 그림자들이다. 망자는 절대 우리 곁을 떠나지 않는다. 우리 안에 그들이 있다. 우리가 하는 모든 일 안에 그들이 있다. 우리의 꿈 속에, 악몽 속에. 망자는 우리의 일부다. 그리고 다른 뭔가의 일부이기도 할 것이다. 이 공간의. 이 땅의.

하지만 땅이 썩으면 어떻게 될까? 거기 심은 식물이 독초로 자라면 어떻게 될까? 나는 똑같은 눈사람을 절대 만들 수 없는 것에 대해, 아빠의 친구가 복사한 비디오테이프는 항상 화면이 부옇고 정상적이지 않았던 것에 대해 생각해본다. 이 세상의 어떤 것들—아름답고 완벽한 것들—은 다시 만들면 반드시 망가지게 되어 있다.

뭔가가 움직이는 소리가 들린다. 끼익 하고 문이 열리는 소리, 나지막이 바닥을 디디는 발소리. 나는 마음의 준비가 되어 있다.

"나한테 원하는 게 뭐야?" 내가 묻는다. "내가 뭘 어떻게 해주길 바라는 거야?"

"글쎄, 먼저 빌어먹을 불부터 켜면 어떨까?"

내가 움찔하며 몸을 돌린 순간 거실 위로 불빛이 쏟아진다.

"망할." 나는 이글거리는 새벽 햇살에 노출된 흡혈귀처럼 눈을 가린다.

실눈을 뜨고 손가락 사이를 내다본다. 브렌던이 군용 재킷, 헐렁한 스웨터, 코듀로이 바지에 너덜너덜한 그린 플래시 운동화를 휘황찬란하게 차려입고서 문 근처에 서 있다. 어깨에 큼지막한 여행 가방을 짊어지고 있다.

까치집을 지은 머리칼과 덥수룩한 수염에 얼굴이 파묻히다시피 한 그가 나를 쳐다본다. "염병할, 뭐 하는 거야? 어두컴컴한 데 앉아 혼자 중얼거리기나 하고."

나는 그를 그저 빤히 쳐다본다. 그러다 고개를 젓는다.

"요즘은 노크를 하는 사람이 나밖에 없나?"

브렌던은 커피를 진짜 못 끓인다. 게다가 지금은 자정이 지났다. 커피를 마시기에 좋은 시간은 아니다. 하지만 너무 피곤하고 혼란스러워서 옥신각신할 기운이 없다.

그가 머그잔 두 개를 들고 부엌에서 나와 한 잔을 내 앞에 탁 내려놓더니 자기 잔을 들고 앉을 만한 곳을 찾느라 두리번거린다.

"여기 인테리어 마음에 든다."

"이런 걸 해체주의라고 하지."

"이런 걸 부르는 명칭이 다 있네."

나는 안락의자를 턱으로 가리킨다. "앉아. 애비-아이스가 같이 있어주는 친구를 좋아하거든."

그는 인형을 쳐다본다. "누가 들어도 빤한 소리일지 모르겠지만 혼잣말하는 것보다 여기 앉아서 눈이 한 개밖에 없는 인형한테 말을 거는 게 더 섬뜩하다."

그는 몸서리를 치며 애비-아이스를 집어서 바닥에 내려놓은 다음 의자에 앉아서 머그잔을 감싸쥔다. 여행 가방이 그의 발치에 놓여 있다. 나는 가방을 내려다본다.

"택배로 보낼 줄 알았지, 직접 들고 올 줄은 몰랐어."

"응, 뭐, 기름 값이 더 싼 것 같더라고."

"차도 없잖아."

"누나한테 빌렸어."

"일은 어쩌고?"

"이삼일 쉬어도 돼. 그리고 쉬길 잘했네. 너 얼굴이 완전 개판이야. 시골 공기가 너하고는 안 맞나 봐."

나는 눈을 문지른다. "어차피 오래 마시지도 않을 거야."

이러나저러나.

"네가 세운 계획이 결실을 맺으려는 모양이네?"

"그 비슷하다고 보면 돼."

"그래서 카드를 꺼낸 거야?"

나는 테이블에 펼쳐놓은 카드 패를 흘끗 쳐다본다.

"그냥 시간 때우는 중이었어."

"도박으로 돈을 따서 갚으려는 건 아니지?"

"아니야. 절대 아니야."

"다행이다. 내 얘기 꼬아서 듣지 않았으면 좋겠지만 너, 카드 열라 못 치거든."

"누가 내 다리로 성냥개비를 만들기 전에 그 얘길 해주지 그랬어?"

"네가 귀담아 들을 생각이 없었잖아." 그는 여행 가방을 내려다본다. "그럼—내가 이걸 추론한다 한들 셜록 홈스가 기분 나빠할 것 같지는 않은데—이 가방 안에 든 물건이랑 연관이 있겠네?"

"대단한데, 친애하는 왓슨."

"어떤 식으로?"

나는 한쪽 눈썹을 추켜세운다. 적어도 추켜세워 보려고 애를 쓴다. 오늘 밤에는 그마저도 조금 힘이 든다.

"그걸 들고 경찰서에 찾아가지 않는 조건으로 누군가한테서 거금을 받아낼 거야." 나는 몸을 앞으로 숙여서 여행 가방을 커피 테이블에 올려놓는다. "안에 뭐가 있는지 봤어?"

"네가 보여주고 싶으면 보여주겠거니 했지."

나는 지퍼를 열고 낡은 스웨트셔츠로 감싼 부피가 큰 물건을 조심스럽게 꺼낸다. 스웨트셔츠를 펼치자 투명 비닐봉지 안에 조심스럽게 보관된 물건 두 개가 드러난다.

쇠지렛대와 군데군데 피를 흡수한 부분이 짙게 변한 파란색 교복 넥타이다. 내 동생의 피다. 새겨진 이름이 딱 보인다. S. 허스트.

"염병할, 이게 뭐야?" 브렌던이 묻는다.

"원금 회수."

31

1992년

높은 데서 떨어지는 동안에는 죽지 않는다. 그게 멈추면 죽는다. 크리스가 내게 했던 말이다.

사람들은 아주 높은 데서 떨어지면 바닥에 부딪히기 전에 뇌가 작동을 멈춘다고 생각한다.

그건 아니다. 뇌가 정보를 처리하는 속도가 있기 때문에 실질적인 충돌을 의식적으로 인지할 겨를이 없을 수는 있다. 하지만 그렇다고 해서 추락하는 내내 뇌가 미친 듯이 돌아가지 않는 건 아니다.

마지막으로 으스러지기 직전까지 말이다.

크리스가 떨어졌던 날에는 영문학관에서 들은 영어 수업이 그날 나의 마지막 수업이었다. 우리는 『동물 농장』을 읽었다. 나는 그 작품을 좋아했던 적이 없었다. 나는 예나 지금이나 상징이 지나친 작품은 좋아하지 않는다.

열다섯 살인 내가 보기에는 동물로 분장하지 않고 인간을 등장시켜도 충분히 할 수 있는 얘기였다. 요지가 뭔지 알 수 없었다. 그 장치가 마음에 들지 않았다. 저자가 저 잘난 맛에 취해 작품의 허세를 아무도 간파하지 못할 거라고 착각하는 듯했다. 하지만 아니었다. 게다가 장치가 영리하지도 않았다. 어떤 속임수를 쓰는지 빤히 알겠는데 자기 스스로는 솜씨가 끝내준다고 생각하는 마술사를 보는 듯했다.

오웰은 별로 끝내주지 않았다. 하지만 『1984』는 좋았다. 그 작품에는 허세가 없었다. 그저 냉혹하고 섬뜩하고 잔인했다.

솔직히 그 수업시간에는 그 작품에 대해 별 생각이 없었다. 나는 딴 데 정신이 팔려 있었다. 지난 몇 주 동안 계속 그 상태였다.

애니가 돌아온 지 거의 한 달이 지났다. 맨 처음 느꼈던 희열과 관심은 희미해졌다. 그래도 행복한 시기였어야 맞는 거였다. 모든 게 정상으로 돌아가고 있어야 하는 거였다. 그런데 그렇지가 않았다. 나는 이제 정상이 뭔지도 잘 모르겠는 지경이었다.

처음 며칠 동안은 애니에게 말을 걸어보려고 했다. 그날 밤에 무슨 일이 있었는지 알아내려고 했다. 하지만 그녀는 무슨 소린지 알아듣지 못하는 사람처럼 멍한 눈빛으로 나를 쳐다보기만 했다. 그러다 어쩌다 한번씩 아무 이유 없이 미소를 짓거나 키득거렸다. 전에는 그녀의 웃음소리를 들으면 가슴속이 항상 따뜻해졌는데 이제는 누가 못으로 칠판을 긁기라도 하는 듯 신경이 날카로워졌다.

엄마는 낙상한 이후로 '컨디션이 안 좋은' 할머니를 간병하느라 여전히 자주 집을 비웠다. 아빠는 애니가 다시 학교에 다닐 수 있을 때까지 보살펴야겠다며 휴직계를 냈다. 아빠 말로는 그랬다. 하지만 그건 거짓말이었다. 나는 어느 날 저녁에 아빠의 재킷 주머니에서 삐져나온 서류를 본 적이 있었다. 맨 위에 'P49'라고 적혀 있었다. 나는 그게 무슨 뜻인지 알았다. 아빠가 회사를 그만두었거나 잘렸다는 뜻이었다. 나는 그 서류를 좀 더 깊숙이 쑤셔넣고 엄마한테는 아무 말도 하지 않았다.

엄마에게 하지 않은 얘기는, 엄마에게 할 수 없었던 얘기는 그것 말고도 많았다. 엄마가 걱정하는 건 싫었다. 엄마가 우울해지는 것도 싫었다. 엄마가 내 말을 믿지 않을까 봐 겁이 났다.

나는 엄마에게 아빠는 벌써 술에 취해 있고 집에서는 냄새가 진동하기 때문에 학교 수업이 끝나도 집에 가기 싫어졌다는 얘기를 하지 않았다. 술 냄새뿐만이 아니었다. 그보다 더 끔찍한 냄새가 났다. 시큼한 고린내가 났다. 뭔가가 마룻장 밑으로 기어들어가 죽었을 때 날 법한 냄새였다. 심지어 엄마는 어느 날 저녁에 죽은 쥐가 있는지 찾아보라며 아빠와 내 등을 떠밀기까지 했다. 우리가 아무것도 발견하지 못하자 엄마는 눈을 부라리며 말했다. "이러다 없어지겠지."

나는 엄마에게 그럴 리 없다고 얘기하지 않았다. 그건 죽은 쥐 냄새가 아니었다. 우리 집에 둥지를 튼 다른 뭔가의 냄새였다.

나는 엄마에게 거의 매일 밤마다 바로 옆 애니의 방에서 나는 소리 때문에 잠을 자지 못한다고 얘기하지 않았다. 가끔 같은 노래가 몇 번이고 반복될 때도 있었다.

"*그녀가 온다면 산을 돌아서 올 거야, 그녀가 온다면 산을 돌아서 올 거야.*"

그게 아닌 날은 끔찍한 고함 소리와 비명 소리가 들렸다. 나는 워크맨 헤드폰을 쓰거나 베개로 귀를 막는 등 소리를 죽일 수 있는 모든 수단을 동원했다. 아침이 되면 애니의 방으로 들어가 오줌으로 흠뻑 젖은 시트를 벗겨내 세탁기에 넣고 세탁 버튼을 누른 다음 학교에 갔다. 엄마는 내가 아빠를 도우려는가 보다고 생각했을 것이다. 그리고 솔직히 내가 빨래를 돌리지 않았다면 애니의 시트는 그대로 방치됐을 것이다. 하지만 그게 실질적인 이유는 아니었다.

내가 그랬던 이유는 책임감을 느꼈기 때문이었다. 이건 내 몫이었다. 참회였다. 내가 저지른 일에 대한 처벌이었다. 아니면 내가 행동으로 옮기지 않은 일에 대한 처벌이었다. 나는 그녀를 구하지 않았다.

가끔 내 시트도 벗길 때가 있다는 얘기는 아무한테도 하지 않았다. 집에서 삐걱거리는 소리가 들릴 때마다, 고개를 돌리면 애니가 애비-아이스를 부둥켜안고 거기 서 있을까 봐 움찔한다는 얘기도 하지 않았다. 아무 말도 하지 않고, 여덟 살짜리치고는 너무 음울하고 나이 들어 보이는 눈빛으로 나를 쳐다보며 웃고 있을까 봐 두렵다고 말이다.

내 동생이 가끔 죽도록 무서울 때가 있다고는 심지어 내 자신에게조차 실토하고 싶지 않았다.

수업의 끝을 알리는 종이 울렸다. 나는 가방에 책을 넣고 의자를 뒤로 밀었다. 내 옆자리에는 아무도 없었다. 원래는 거기가 크리스의 자리였다. 하지만 이제 그는 뒷문 근처의 남는 책상에 혼자 앉았다.

나로서는 다행이었다. 그에게 말을 걸고 싶지 않거나 그날 밤에 보인 행동에 대해 변명이나 사과를 듣고 싶지 않았기 때문만은 아니었다. 그게 아니라 크리스에게도 무슨 일인가가 벌어지고 있기 때문이었다. 게다가 느낌이 안 좋았다. 행색이 그 어느 때보다 후줄근했다. 말을 더듬는 습관이 더 심해졌다. 콧노래를 부르고 혼잣말을 중얼거렸다. 어떨 때는 걸어가다가 갑자기 멈추고 보이지 않는 먼지를 털어내려는 사람처럼 미친 듯이 팔을 쓸었다. 아니면 보이지 않는 벌레를 털어내려는 사람처럼.

대개는 수업이 끝나면 그가 제일 먼저 허둥지둥 교실을 빠져나갔다. 그래야 욕을 하고 일부러 발을 걸고 밀치는 아이들을 피할 수 있었다. 이제 그는 스티븐과 어울려 다니지 않았기 때문에(우리 둘 다 그랬다) 보이지 않는 방패가 사라진 셈이었다.

나는 그를 옹호하지 않았다. 내게도 나만의 고민거리가 있었다. 나만의 걱정거리가 있었다. 그랬기 때문에 그날 오후에 그가 미적미적 남는 걸 보았을 때, 그가 황급히 계단을 내려가는 나를 어기적어기적 따라나섰을 때 나는 짜증을 냈다.

"왜?"

"너-너한테 보-보-보여줄 게 이-이-있어."

이를 닦지 않았는지 그의 입에서 냄새가 났다. 셔츠에서는 암내가 진동했다.

"뭔데?"

"여-여기서는 얘-얘-얘기 못 해."

"왜?"

"사-사-사람들이 너-너-너무 많아."

우리는 1층에 도착했다. 나는 밖으로 나가는 문을 열었다. 다른 아이들이 여기저기서 하교시간답게 북적북적 와자지껄하게 떠들고 있었다. 크리스의 얼굴이 벌게졌다. 무슨 말을 하려고 끙끙대고 있다는 걸 알 수 있었다. 나도 모르게 그가 안쓰러워졌다.

"심호흡을 해봐. 응?"

그는 고개를 끄덕이고 숨을 몇 번 크게 쉬었다. 나는 기다렸다.

"묘-묘지. 거-거-거-거기서 만나. 6시에. 중요한 일이야."

나는 안 된다고 핑계를 대고 싶었다. 하지만 달리 할 일이 없었다. 아빠가 담배를 피우다 잠이 들어서 집에 불이 나지 않았는지 감시하기? 동생이 없어지지 않았는지 확인하기? 여전히 애니로 돌아오지 않았는지 체크하기?

"알았어." 나는 한숨을 쉬었다. "진짜 중요한 일 아니면 알지?"

크리스는 고개를 끄덕였고 몸을 숨길 곳을 찾는 사람처럼 고개를 숙이고 총총히 모퉁이를 돌아서 사라졌다. 나는 좌우를 흘끗 확인했다. 스티븐이 번들거리는 그림자처럼 닉을 거느리고 영문학관에서 나와 있었다. 스티븐은 죽 훑어보더니 능글맞게 웃으며 닉에게 뭐라고 속삭였다. 둘이서 킬킬대는 광경이 내 눈에 들어왔다.

나는 손톱이 손바닥을 파고들도록 주먹을 쥐고 억지로 몸을 돌렸다. 덤벼봐야 골치만 더 아파질 것이다. 엄마만 속상해질 것이다.

아빠한테 허리띠로 맞기만 할 것이다. 스티븐이 이길 것이다. 또다시. 그러니 무슨 소용일까? 나는 고개를 숙이고 단호하게 교문 쪽으로 발걸음을 옮겼다.

곧장 집에 가지는 않았다. 이제는 절대 그러지 않았다. 길거리를 쏘다니고, 버스 정거장에서 프렌치프라이를 먹고, 놀이터에서 시간을 때우며(스티븐과 닉이 없을 때) 현관문을 열고 그 냄새와 지긋지긋한 어둠과 나를 스멀스멀 감싸는 한기와 맞닥뜨려야만 하는 순간을 최대한 미루었다.

오늘은 주머니에 동전 몇 개밖에 없었다. 그래서 피시 앤드 칩스 가게나 과자 가게에 갈 수 없었기에 빈 탄산음료 병을 차며 큰길에서 미적거렸다. 광부 황동상이 있는 조그만 잔디밭을 지났다. 그 옆에 벤치가 있었다. 대개 그 벤치에는 아무도 없었다. 오늘은 오버사이즈 군용 재킷을 입은 사람 하나가 고개를 숙인 채 쏟아진 까만 머리로 얼굴을 덮고 앉아 있었다. 마리였다.

우리는 그날 밤 동굴에서 헤어진 이후로 서로 말을 한 적이 없었다. 솔직히 내가 생각하기에 마리는 그날의 일을 거의 잊어버렸을 것 같았다. 그래서 그녀가 한심하게 보였다고 말할 수 있으면 얼마나 좋을까. 그녀를 더 이상 우러러보지 않게 됐다고 말할 수 있으면 얼마나 좋을까. 하지만 아니었다. 그녀를 보면 여전히 내 심장과 몸의 다른 부분들이 벌렁거렸다.

나는 우물쭈물 그 옆에서 서성였다.

"괜찮아?"

마리가 머리카락 사이로 나를 올려다보았다. "조?"

그녀는 훌쩍이며 코를 닦았다. 이제 보니 울고 있었다. 나는 머뭇거리다가 어깨에 메고 있던 가방을 내리고 그녀의 옆에 앉았다.

"왜 그래?"

그녀는 고개를 젓고 눈물과 콧물 때문에 잠긴 목소리로 얘기했다. "내가 바보 같았어."

"왜?"

"미안해. 네 동생 그렇게 된 거 말이야."

"괜찮아." 나는 괜찮지 않았지만 그렇게 말했다.

"거기서 우리가 제정신이 아니었나 봐. 너희 동생이 잘못된 줄 알았다니—"

나는 치밀어오르는 무언가를 꿀꺽 삼킨다. "알아."

그녀는 다시 고개를 젓는다. "내가 너한테 얼마나 얘기하고 싶었는지 너는 모를 거야. 하지만 무서웠어."

"무서웠다고? 뭐가?"

그녀는 의식적으로 머리카락을 당겨서 얼굴을 덮었다. "아무것도 아냐."

하지만 아무것도 아닌 것 같지 않았다. 떨리는 목소리하며 머리카락으로 얼굴을 가리는 것하며. 문득 어떤 예감이 느껴졌다.

"너 눈 다쳤어?"

"아냐, 그게 아니라—"

나는 앞으로 몸을 숙여서 그녀의 머리카락을 귀 뒤로 넘겼다. 그녀는 나를 말리지 않았다. 오른쪽 눈이 짙은 남색으로 부어 있었다.

"이거 왜 이래?"

"둘이 좀 싸웠어. 걔가 일부러 그런 건 아니야."

치밀어오른 분노가 뜨거운 공처럼 내 목구멍을 막았다. "스티븐이 이랬다고?"

스티븐이 개자식이긴 해도 여자한테 주먹을 휘두를 줄은 몰랐다. "그냥 모른 체해."

"걔한테 맞은 거잖아. 알려야지."

"부탁이야, 조. 아무한테도 얘기하지 말아줘." 그녀는 내 손을 잡았다. "약속해."

나는 선택의 여지가 없었다. "알았어. 하지만 다시는 이런 일 없게 하겠다고 약속해."

"알았어."

"무슨 일로 싸웠는데?"

"크리스 때문에."

"크리스?"

"스티브는 크리스가 동굴에 대해서 소문을 낼까 봐 걱정하고 있어. 걔가 요즘 하도 이상하게 굴어서. 스티브 말로는 걔가 가지고 있으면 안 되는 걸 가지고 있다면서 걔를 처리해야겠대. 나는 그냥 내버려두라고 했어. 그러고는 헤어지자고 했더니—"

"그랬더니 너를 때렸어?"

"나더러 나쁜 년이라면서 아무도 자기 곁을 떠날 수 없대."

마리의 눈에 다시금 눈물이 고였다. 나는 두 팔로 그녀를 감싸고 바짝 당겨서 안았다. 그녀의 머리카락 때문에 간지러웠다. 헤어스프레이와 담배 냄새가 풍겼다.

"조." 그녀가 속삭였다. "우리 어쩌면 좋을까?"

"내가 해결할게." 내가 말했다. "6시에 묘지에서 크리스를 만나기로 했거든. 걔한테 경고하면 돼."

그녀는 살짝 몸을 뗐다. "네가 걔한테 얘기해봐. 아무 소리도 하지 말라고. 정신 나간 사람처럼 굴지 말라고."

"글쎄."

"너는 말 잘하잖아."

"알았어, 해볼게."

"고마워." 그녀는 허리를 숙여서 내 입술에 자기 입술을 갖다 댔다. 그런 다음 벌떡 일어섰다. "가야겠다."

나는 충격으로 멍하니 고개만 끄덕였다.

"내가 바래다줄까?" 내가 물었다.

"아니야. 엄마 심부름해야 해."

"아, 알았어."

"나중에 보자."

"나중에 보자."

나는 멀어져가는 그녀를 지켜보며 내 입술을 간질이는 입맞춤의 기억을 되새김질했고 스티븐을 어떻게 하고 싶은지 상상했다.

그래서 방금 전에 내가 뭐라고 얘기했는지 까맣게 잊어버렸을 것이다.

집에 들어가보니 아빠는 텔레비전 앞에서 비몽사몽이었다. 애니는 자기 방에 있는 듯했다. 엄마가 냉장고에 먹을거리를 챙겨놓고 갔다. 나는 라자냐를 꺼내 전자레인지에 넣었다. 별로 배가 고프지 않았지만 그래도 억지로 조금 먹고 콜라로 입가심을 한 다음 아빠에게 부엌에 저녁이 있다고 외치고 옷을 갈아입으러 2층으로 올라갔다.

애니의 방문 앞에서 걸음을 멈추었다. 예전에는 가끔 여기 서서, 바비 인형과 나한테 물려받은 액션맨으로 목소리를 바꿔가며 역할극을 하는 그녀의 모습을 훔쳐보는 걸 좋아했었다. 이제는 그녀의 방문이 항상 닫혀 있었고 안에서 들리는 목소리도 달랐다.

이날 저녁에는 아무 소리도 들리지 않았다. 정적이 더 끔찍했다. 나는 머뭇거렸다. 하지만 간식을 먹을 시간이었고 애니는 배가 고플 것이었다. 아빠가 그녀를 알아서 챙길 리 없었다.

나는 손을 들어서 문을 두드렸다. "애니?"

대답이 없었다.

"애니?"

문이 몇 센티미터 열렸다. 나는 냄새에 움찔하지 않으려고 애를 쓰며 문을 좀 더 열었다. 애니는 저쪽 끝에 서서 창밖을 내다보고 있었다. 달려와서 문을 열고 다시 달려간 게 분명했다. 하지만 장담할 수는 없었다. 나는 더 이상 아무것도 장담할 수 없었다.

나는 방 안으로 들어섰다.

"라자냐 좀 데워놨어."

그녀는 꼼짝하지 않았다. 나는 그녀가 낡은 스웨트셔츠만 입고 있을 뿐 청바지도 속바지도 입지 않았다는 사실을 문득 깨달았다.

"혹시 먹고 싶으면—"

그녀가 몸을 돌렸다. 나는 얼굴이 벌게졌다. 애니는 아직 어린애였지만 나는 아기였을 때 이후로 그녀의 알몸을 본 적이 없었다. 어쩔 줄 몰라 하는 내 심정을 감지한 듯 그녀가 미소를 지었다. 음흉하고 끔찍한 미소였다. 그러더니 한 걸음 앞으로 다가와 다리를 벌리고 카펫 위로 뜨겁고 노란 오줌 줄기를 뿜어냈다.

목구멍을 타고 치밀어오르는 분노가 느껴졌다. 애니는 웃음을 터뜨렸다. 나는 방에서 뛰쳐나와 등 뒤로 문을 세게 닫고 계단을 달려내려갔다. 옷을 갈아입고 싶은 생각이 사라졌다. 동생에게서 멀리 도망치고 싶을 뿐이었다.

애니의 웃음소리가 집 밖까지 나를 쫓아왔지만 이제는 내 발뒤꿈치를 향해 달려드는 비명 소리에 가깝게 느껴졌다.

크리스는 묘지에 없었다. 나는 문을 열고 잡초가 제멋대로 자란 길을 따라 걸었다. 그가 어디 숨어 있을 경우에 대비해 교회를 한 바퀴 돌았다. 희한하기는 하지만 상상할 수 없는 일은 아니었다.

크리스는 보이지 않았다. 개미 한 마리 없었다. 나는 한숨을 쉬었다. 크리스다웠다. 그는 미쳐가고 있었다. 그것도 아주 심각하게. 하지만 나도 그즈음에는 멀쩡하게 잘 지낸다고 볼 수 없었다.

애니의 모습을 머릿속에서 지울 수가 없었다. 그녀의 알몸. 비쩍 마른 다리를 타고 흐르던 오줌. 집에 다시 들어갈 수 없었다. 오늘 저녁은 그랬다. 다시 들어간다는 발상 자체가 납득이 되지 않았다.

어쩌면 애니는 다시 병원에 가야 할지 몰랐다. 머리를 맞아서—분명 머리를 맞았다고 장담할 수 있었다.—뇌에 이상이 생겼을지 몰랐다. 그녀는 기억을 상실했다. 그 48시간 동안 어디 있었는지 기억하지 못했다. 다른 데 이상이 생겼을 수도 있었다. 그래서 그렇게 이상하게 행동하는 걸지 몰랐다. 내가 엄마한테 얘기해야 했다. 엄마가 그녀를 병원으로 데려가면 된다. 병원에서 그녀를 치료할 수 있을 것이다. 병을 고칠 수 있을 것이다. 다시 애니로 만들어놓을 수 있을 것이다.

내가 진심으로 그렇게 믿었는지 의심스럽지만 그래도 조금은 위안이 됐다. 그게 교회의 존재 이유 아닌가. 거짓말에 불과하다는 걸 속으로는 아는 사람에게도 위안을 주는 것 말이다.

나는 기우뚱한 묘지 벤치에 앉아서 한쪽으로 기운 회색의 비석들 너머를 내다보았다. 몸을 앞으로 숙여서 팔꿈치를 무릎에 얹고 발을 아래로 집어넣었다. 그때 벤치 아래에 뭔가가 있다는 걸 알아차렸다. 허리를 숙여서 그걸 끄집어냈다. 가방이었다. 크리스의 가방이라는 걸 한눈에 알 수 있었다. 다른 친구들은 아디다스 아니면 퓨마를 들고 다녔지만 크리스는 「닥터 후」와 「스타 트렉」 스티커로 뒤덮인 브랜드 없는 낡은 여행 가방을 들고 다녔다.

오늘 저녁에는 거기 다른 것도 있었다. 내 이름이 적힌 봉투가 테이프로 붙어 있었다. 나는 봉투를 떼어내서 열었다. 크리스가 공책을 뜯어서 삐죽삐죽한 악필로 적은 편지가 들어 있었다.

조, 이 가방에 든 거 너 가져. 이걸로 뭘 하면 되는지는 네가 알 겠지. 다른 것들은— 나중에 필요할 수도 있겠다는 생각이 들어. 왠 지는 모르겠어. 그냥.

전부 내 탓이야. 내가 거길 찾지 말았어야 하는 건데. 거기는 불길한 곳이야. 이제는 알겠어. 너도 그렇겠지만.

미안해. 애니가 그렇게 된 거. 모두 다.

나는 단어의 배치가 달라져서 앞뒤가 맞는 문장이 되길 기다리는 사람처럼 그 편지를 쳐다보았다. 이건 정말이지 개똥 같은 헛소리였다. 그가 왜 이걸 나한테 남겼을까? 왜 직접 오지 않고?

가방 지퍼를 열었다. 맨 처음 보인 건 큼지막한 다 죽었어 스타일의 폭탄 더미였다. 구할 수 있는 루트를 알지 못하는 이상, 신분증이 있어야 살 수 있는 그런 종류였다.

나는 미간을 찌푸리며 좀 더 뒤져보았다. 그 아래에 다른 게 있었다. 투명한 비닐봉지로 꼼꼼하게 싸놓은 좀 더 묵직한 물건이었다. 그걸 꺼낸 순간 내 배 속이 뒤집혔다. 뭔지 한눈에 알 수 있었다. 나는 그걸 빤히 쳐다보았다. 그런 다음 조심스럽게 다시 넣고 가방 지퍼를 잠갔다.

크리스의 집은 마을 반대편에 있었다. 나는 어깨에 가방을 메고 걷기 시작했다. 그와 얘기를 나누어야 했다. 왠지 모르게 마음이 급했다. 뭔가 중요한 일이 있는데 벌써 늦은 것처럼 이상하게 초조했다. 나는 발걸음을 재촉했다. 편지의 단편들이 내 머릿속에서 계속 펄럭였다.

거기는 불길한 곳이야.

마리가 내게 입을 맞추었던 벤치를 지났다. 내 머릿속의 벽을 덮친 검은 그림자처럼 뭔가가 확 타올랐다가 다시 사라졌다.

네가 걔한테 얘기해봐.

학교 정문이 보였다. 당시에는 방과 후 동아리 활동이 끝나고 선생님들이 퇴근한 이후에도 대개 교문을 열어놓았다. 학교를 가로질러서 수위 모르게 저쪽 담장을 넘으면 크리스의 집까지 가는 길을 단축할 수 있었다.

나는 잽싸게 주차장을 가로지르고 과학동을 지나서 영문학관을 향해 걸어갔다. 시커먼 거석이 은빛 하늘을 배경으로 내 앞에 우뚝 등장했다. 모퉁이를 돌자 돌풍이 내 얼굴을 때리고 머리칼을 낚아챘다. 나는 몸서리를 쳤다. 그러다 잠시 후에 걸음을 멈추었다. 무슨 소리가 들린 것 같았다. 사람 목소리였다. 바람에 실려 왔다. 운동장에서 실려 왔나? 아니었다. 좀 더 가까웠다. 나는 주변을 두리번거렸다. 그러다가…… 위를 올려다보았다.

그가 보였다. 이미 추락하고 있었다. 그가 슈욱 하고 허공을 가르는 게 느껴졌다. 그가 바닥에 부딪히자 둔중하게 쿵 하는 소리가 들렸다. 그 사이의 간격은 영원이자 눈 깜빡할 새였다. 그는 느꼈을지 궁금했다. 마지막에 으스러지는 것을.

처음에는 본능적으로 도망치고 싶었다. 멀리 달아나고 싶었다. 하지만 그럴 수가 없었다. 그렇게 쓰러진 그를 두고 떠날 수가 없었다. 아직 살아 있다면 어쩔 것인가.

부들부들 떨리는 다리로 다가갔다. 그는 눈을 뜨고 있었고 입가에서 가는 핏줄기가 흘러나오고 있었다. 그의 아래에서는 더 많은 피가 금발을 중심으로 진홍색 후광처럼 번졌다. 희한했던 건 그가 늘 찾던 걸 드디어 찾은 사람처럼, 어쩌면 그의 짧은 인생 사상 처음으로 차분해 보였다는 것이다.

나는 어깨에 멨던 가방을 스르르 떨어뜨리고 바닥에 주저앉았다. 한낮의 온기가 희미해져가는 가운데 차가운 콘크리트 바닥에 무릎을 꿇고 그의 곁을 지켰다. 눈물이 뺨을 타고 흘러내렸다. 나는 그의 부드럽고 텁수룩한 머리카락을 조심스럽게 쓰다듬었다. 네 탓이 아니라고 얘기했다.

나중에—왜냐하면 크리스는 항상 타이밍이 늦었다. 어쩌면 이 세상에는 항상 그런 아이들도 있는지 모른다—일어나서 바지에 묻은 흙을 털고 공중전화 부스로 걸어갔다. 구급차를 불렀다. 아이가 떨어졌다고 알렸다. 누군지는 얘기하지 않았다. 내 이름도 밝히지 않았다.

그리고 그들에게도, 어느 누구에게도 그날 저녁에 내가 또 무얼 보았는지 얘기하지 않았다.

영문학관에서 달려나온 두 번째 인물이 있었다. 시커먼 그림자에 불과했다. 하지만 나는 알았다. 바로 그때부터.

걔를 처리해야겠대.

스티븐 허스트였다.

32

다음 날 나는 계획을 세운다. 나답지 않은 짓이다. 나는 사전 계획의 효용성을 믿지 않는다. 나로 말할 것 같으면 계획이 어떤 식으로 재앙을 예보하고 운명의 장난을 도발하는지 두 눈으로 목격한 사람이다.

하지만 이번에는 준비를 해야 한다. 행동 방침을 세워야 한다. 게다가 백수가 됐으니 달리 할 일도 별로 없다.

브렌던은 오늘 새벽 2시 직전에 떠났다. 내가 남는 방에서 자고 가라고 했지만 그가 거절했다.

"기분 나쁘라고 하는 얘기가 아니라 여기 있으니까 염병하게 오싹하다."

"네가 미신을 믿는 줄 몰랐네."

"나는 아일랜드 출신이야. 당연히 미신을 믿지. 죄책감과 더불어서 우리 유전자에 들어 있어." 그는 외투를 걸쳤다. "조금만 가면 나오는 민박집에 방 잡아놨어."

그 농가 말이로군. 나는 생각한다. 뭔가가 잠깐 내 머릿속에 스치듯 떠올랐다가 뭔지 파악하기도 전에 스치듯 지나가버렸다. 중요한 것인 듯했다. 하지만 내 인생의 중요한 것들이 대부분 그렇듯 이제는 영영 사라져버렸다.

주전자에 남은 물로 진한 블랙커피를 끓이고 담배 두 대를 후딱 피운 다음 작업에 착수한다. 조그만 식탁에 앉아서 메모를 하기 시작한다. 금방 끝난다. 내 계획은 복잡하지 않다. 적어야 할 필요성을 느낀 이유도 잘 모르겠다. 하지만 나는 교사다. 글에서 편안함과 안정감을 느낀다. 펜과 종이에서. 매달릴 수 있는 유형의 어떤 것에서. 아니면 단순한 지연 수법일 수도 있다. 내가 계획을 세우는 것과는 다르게 질질 끄는 건 잘한다.

다음 차례로 수화기를 들어 몇 군데 전화를 건다.

첫 번째 번호는 음성 사서함으로 넘어간다. 나는 메시지를 남긴다. 두 번째 번호는 좀 더 까다롭다. 그녀가 전화를 받을지조차 잘 모르겠다. 데드라인이 이미 지났다. 그런데 그녀의 목소리가 들린다. 나는 뭐가 필요한지 설명한다. 그녀가 알겠다고 할지 어쩔지 알 수 없다. 나는 사실 뭘 부탁할 입장이 아니다.

글로리아는 한숨을 쉰다. "시간이 걸린다는 건 알지? 내가 아무리 연줄이 많기로서니 우라질 요정 할머니는 아니잖아."

나는 담배를 만지작거리며 조바심을 낸다. "얼마나 걸리는데?"

"두어 시간."

"고마워." 나는 말하지만 전화가 이미 끊긴 뒤다. 나는 이걸 불길한 징조로 받아들이지 않으려고 애를 쓴다.

세 번째는 국제전화다. 약간의 조사 끝에 알아낸 번호다. 어쩌면 이럴 필요까지는 없었는지 모른다. 하지만 씨를 뿌렸으니 알아내야 한다. 나는 가장 전문적인 말투를 동원한다. 내가 누구이며 뭘 확인하고 싶은지 설명한다. 아주 깍듯한 미국 안내데스크 직원이 아주 깍듯한 미국 방식으로 꺼지라고 얘기하는 걸 듣는다. 좋은 하루 보내라는 그녀의 인사를 받아들이고―그럴 가능성은 없어 보이지만―전화를 끊는다.

조금 무거워진 가슴을 달래며 전화기를 잠깐 쳐다본다. 커피를 한 잔 더 끓이려고 일어선다. 마지막 전화는 나중에 걸 것이다. 이건 질질 끄는 게 아니다. 그에게 계획을 세우거나 따까리들을 소집할 시간을 너무 많이 허락하고 싶지 않기 때문이다.

주전자의 물이 끓길 기다리는 동안 전화벨이 울린다. 나는 얼른 전화를 받는다.

"여보세요."

"메시지 들었어요."

"그런데?"

"수업이 있어요."

"평생 땡땡이쳐본 적 없니?"

"지금 저더러 수업을 빼먹으라는 거예요?"

"이번 한 번만. 오늘 오후에만. 중요한 일이야."

한숨 소리가 들린다. "이 일 때문에 학교에서 잘린 거예요?"

"아니. 이보다 훨씬 심각한 일 때문이었어."

나는 기다린다.

"알았어요."

나는 덤불이 우거진 잔디밭에 앉아서 거친 풍경을 내다본다. 이런 곳은 아름다워지거나 한 폭의 그림 같아질 일이 절대 없을 거라는 생각을 한다. 어린나무를 있는 대로 심고 야생화 씨앗을 잔뜩 뿌려도 소용없다. 놀이터와 안내센터를 아무리 지어도 어딘지 모르게 황량하고 비타협적인 분위기를 풍길 것이다.

이런 곳은 개발을 원하지 않는다. 버려져서 동면이나 사망 모드로 있는 걸 좋아한다. 잃어버린 삶, 잃어버린 꿈, 분탄, 해골들의 무덤. 우리는 이 땅의 표면만 스치고 지나갈 뿐이다. 하지만 이 땅에는 여러 층이 있다. 그리고 가끔 너무 깊숙이 파고들면 안 되는 때도 있다.

"여기 계시네요."

나는 고개를 돌린다. 마커스가 뒤편의 조그마한 언덕 비탈에 서 있다.

"응. 평소보다 두 배 못생긴 얼굴로."

그는 웃지 않는다. 그의 감정 목록에는 유머나 행복한 기분이 없는 모양이다. 하지만 그래도 괜찮다. 행복은 과대평가되었다. 일단 수명이 너무 짧다. 만약 그걸 아마존에서 구입한다면 환불을 요구하게 될 것이다. 한 달 만에 고장 나서 수리가 안 된다. 다음번에는 불행을 사봐야겠다. 듣자 하니 그건 수명이 평생이라던데.

그는 걸어와서 내 옆에 어색하게 선다. "여기서 뭐 하세요?"

"경치를 감상하면서 이걸 먹고 있었지." 나는 씹고 있던 웹 바를 들어 보인다. 그러면서 계속 씹는다. "먹을래? 두 개 들고 왔는데."

그는 고개를 젓는다. "아뇨, 괜찮아요."

나는 반짝이는 분홍색의 쫀득이를 쳐다본다. "예전에 내 친구가 이걸 자주 먹었거든. 널 보면 걔가 생각나."

"어떤 점에서요?"

"그 친구는 학교 생활에 잘 적응하지 못했어. 우리 둘 다 그랬지. 그는 이런저런 것에 대해 알아내는 걸 좋아했어. 찾아내는 것도. 너도 그런 데 재주가 있지 않을까 싶다만, 마커스. 출입 통제가 되는 교문을 통과하는 방법을 알아냈던 것처럼 말이다."

그는 아무 대꾸도 하지 않는다.

"제러미가 동굴을 발견했다고 미스 그레이슨에게 알린 사람이 너니?"

"걔가 발견했으니까요."

"아니야." 나는 고개를 젓는다. "그건 아니라고 본다. 스스로 발견되길 원해야 찾아지는 곳도 있거든. 그러려면 특별한 사람이 필요하지. 제러미 같은 사람이 아니라 너 같은 사람이."

그는 고민하다가 말문을 연다. "제러미도 동굴에 대해서 알고 있었어요. 소문을 들어서 아는 애들이 많았어요. 걔는 내가 여길 드나든다는 걸 알았어요. 그래서 내가 들어가는 입구를 찾아주길 바랐어요."

나는 고개를 끄덕인다. "그리고 너는 찾았고."

"그냥 지나가다가 우연히 발견한 거예요."

"맞아. 그런 식이지."

그는 내 옆에 앉는다.

"제가 안내해주길 바라시는 거죠?"

"바라는 게 아니야. 너한테 요구하려는 거지."

"중요한 일이라고 하셨죠."

"맞아."

그는 배낭을 이제야 발견한 눈치다. "그 안에 뭐가 들어 있어요?"

"모르는 편이 좋을 거다."

정적이 흐른다. 잠시 후에 그가 자리에서 일어선다. "가요."

나는 몸을 일으킨다. 뒤따라 언덕을 내려가는데, 그가 얘기한다. "있잖아요, 모르는 아이한테는 사탕을 주면 안 돼요."

어쩌면 그도 유머감각이라는 게 있을지 모른다.

이번에는 해치가 아니다. 내 눈앞에 등장한 것은 나지막하게 튀어나온 암반 아래에 있는 두툼한 반원형의 쇠창살이다. 쇠에 녹이 슬어서 거의 흙색이 되었고 웃자란 잡초와 가시덤불로 뒤덮였다. 마커스가 잡초와 가시덤불을 치우고 조심스럽게 창살을 옮긴다. 무거워 보이고, 억지로 열었을 때 가장자리에 파인 홈이 남아 있다.

어느 시점에 이르렀을 때 마을 주민들이 입구를 봉쇄하려고 했을 것이다. 하지만 그들이 구덩이를 잠재우지는 못했다. 부르는 소리를 막지는 못했다. 크리스를, 마커스를 부르는 소리는 말이다.

나는 들고 온 손전등을 꺼내 구멍을 비춘다. 이 터널은 내가 어렸을 때 보았던 것만큼 가파르지 않다. 하지만 더 작아서 높이가 60센티미터가 될까 말까 하다. 기어가야 할 것이다. 별로 탐탁지 않은 발상이다.

"한 5분쯤 가면 뻥 뚫리면서 계단이 나와요." 마커스가 얘기한다. "바닥까지 그걸 밟고 내려가면 돼요."

"고맙다."

"아무도 내려가지 못하게 막으시려는 거예요?"

"내 계획상으로는 그렇다만. 그래도 괜찮겠니?"

"아마도요." 그는 나를 빤히 쳐다본다. "있잖아요, 선생님은 특이한 선생님이에요."

"나는 특이한 인간이지. 하지만 특이한 게 꼭 나쁜 것만은 아니야. 그걸 기억해라."

그는 살짝 고개를 끄덕인다. 그리고 잘은 모르겠지만, 그가 몸을 돌려서 성큼성큼 멀어지기 전에 미소가 언뜻 그의 입가를 스치고 지나간 것 같기도 하다.

흐릿한 태양이 언덕 꼭대기에서 그를 붙잡는다. 햇살이 환한 후광으로 그의 머리카락을 비춘다. 순간 그가, 내가 예전에 알았던 소년의 유령처럼 느껴진다. 잠시 후에 그가 그림자 속으로 내려가자 유령과 소년 모두 사라져버린다.

나는 게처럼 천천히 터널을 이동한다. 아픈 쪽 다리가 계속 욱신거린다. 몇 번이고 멈춰서 돌아갈까 고민한다. 하지만 몸을 돌리는 것도 일이라 목을 죄어오는 폐소공포증과 싸우고 등에 짊어진 배낭이 터널 천장에 부딪힐 때마다 움찔거려가며 포복 자세로 질질 전진한다.

몇십 년처럼 느껴지는 시간이 지난 다음에야—그동안 나는 무릎이 까지고 척추가 굽었다—허리를 수그리긴 해도 일어설 수 있을 만큼 터널이 넓어진다. 단단한 돌벽처럼 보이는 곳까지 가파른 계단이 이어진다. 나는 손전등으로 돌벽을 비추어본다. 깊은 그림자 속에 거의 감추어져 있다시피 한 좁은 틈이 보인다. 그럴 수밖에. 드나들 수 있는 또 다른 통로다. 애니가 어떤 식으로 사라졌는지 이제 알겠다. 내가 왜 그녀를 발견하지 못했는지. 나는 그 사이로 들어간다.

25년의 세월이 떨어져 나간다. 나는 어린 시절의 악몽 속에 등장했던 동굴에 서 있다. 그때보다 살짝 작아 보인다. 어른의 눈높이라 쪼그라든 것처럼 느껴진다. 천장이 그렇게 높지도, 대성당 같지도 않다. 안이 그렇게 넓지도 않다. 그렇다 한들 머리카락이 쭈뼛 서기는 마찬가지다.

으스러진 우드페커 캔과 담배꽁초와 함께 해골 몇 개가 바닥에서 뒹군다. 스티븐과 닉이 제멋대로 부순 벽에 구멍이 뚫려 있지만, 그 위쪽의 바위에는 누렇고 하얀 유골들이 여전히 정교하게 박혀 있다. 나는 그 유골들을 물끄러미 쳐다본다. 돌아오지 않은 영혼들. 섬뜩한 장식이나 어쩌면 일종의 제물로 쓰인 것들.

이곳의 역사가 궁금해진다. 수백 년, 수천 년 전부터 있었을까? 석탄을 그렇게 채굴했는데도 파괴가 되지 않았다니 놀라울 따름이다. 아니면 그 반대라고 해야 하나? 나는 안힐 탄광 참사를 떠올린다. 다각도의 수사에도 불구하고 완벽하게 구명되지 않았다. 책임 소재가 밝혀지지 않았다. 다른 사건들은 또 어떤가? 동굴 아래에 갱도가 있었을 것이다. 광부들이 너무 가까이 접근했을까? 그들이 이전에 형성된 고대 동굴을 위협했을까? 수 세기 동안 동면 상태로 기다리고 있었던 곳을?

나는 심호흡을 하고 평정심을 유지하려고 애를 쓰며 이리저리 천천히 걸음을 옮긴다. 이건 동굴에 불과하다. 죽은 자들이 우리를 해칠 수는 없다. 유골은 유골일 뿐이다. 그림자는 그림자에 불과하다. 하지만 그림자는 그냥 그림자인 적이 없다. 그림자는 어둠의 가장 깊숙한 부분이다. 그리고 어둠의 가장 깊숙한 부분에 괴물들이 숨어 있다.

얼른 해치워야 한다.

글로리아가 가져다준 물건을 배낭에서 꺼낸다. 손이 떨리고 온몸이 땀범벅이다. 물건이 손에서 미끄러지자 나는 욕을 하며 잠깐 멈춘다. 제대로 처리해야 한다. 자칫 잘못했다가는 내 몸이 산산조각 날 것이다. 그 물건을 조심스럽게, 아주 조심스럽게 동굴 한가운데에 내려놓는데, 붕대를 감은 손 때문에 한심하도록 어설프게 느껴진다. 그런 다음 뒷걸음질을 친다. 억지로 몸을 돌린다. 이제 그것들이 딸깍거리는 소리가 들린다. 경고다. 협박이다. 나는 틈새를 빠져나와 최대한 빨리 절뚝거리며 계단을 올라간다. 조심하라고, 서두르느라 덤벙거리는 게 그것들이 원하는 바라고 속으로 중얼거린다. 예전에 그랬듯이 발을 헛디뎌서 떨어지면 저 아래로 다시 거

꾸러질 것이다.

터널에 다다라 기어가기 시작한다. 적어도 이제는 배낭 안에 아무것도 없다. 그 안에 뭐가 들어 있었는지 생각만 해도—계획한 대로 될지 장담할 수 없다는 갑작스러운 공포와 함께—전진에 박차가 가해진다.

땀으로 젖은 몸을 부들부들 떨며 흐물거리는 다리를 끌고 상쾌한 바깥으로 나와서 돌바닥 위로 쓰러진다.

숨을 헐떡이며 그대로 누워서 서늘한 바람으로 땀을 식힌다. 잠시 후에 일어나 앉아 더듬더듬 주머니에서 담배를 꺼낸다. 한 대에 불을 붙이고 산소마스크라도 되는 양 뻐끔거린다. 꽁초에 대고 다시 한 대 불을 붙일까 하다가 손목시계를 확인하고 어쩔 수 없이 담배를 다시 주머니에 넣는다.

대신 휴대전화를 꺼낸다. 그의 연락처를 알아내는 건 어렵지 않았다. 나는 통화 버튼을 누르고 기다린다. 그는 세 번째 신호에 전화를 받는다. 거의 항상 세 번째 신호다. 그는 그걸 알고 있을까?

"여보세요."

"나다."

정적이 흐른다. 잠시 후에 나는 조잡한 스릴러물의 등장인물이 된 듯한 심정을 느끼며 이렇게 말한다. "우리, 얘기를 좀 해야 할 것 같은데."

33

그는 행색이 번드르르하다. 누가 돈을 많이 벌었거나 성공한 티가 나면 우리는 이렇게 표현한다. 대개는 큰 집이나 비싼 양복이나 반짝이는 새 차를 보고 하는 말이다.

우리의 평가 기준은 참 희한하다. 큼지막한 건물이나 차가 막힐 때 가장 기름을 많이 잡아먹는 교통수단을 살 수 있는 능력을 이 행성에 사는 얼마 안 되는 기간 동안 거둔 업적의 궁극적인 표출 방식으로 간주하니 말이다. 문명이 이렇게 발전했는데도 여전히 벽돌과 옷과 마력을 기준으로 남을 판단한다.

그래도 이런 관점에서 보았을 때 스티븐 허스트는 확실히 '행색이 번드르르하다'.

그에게 벽돌은 안힐 외곽으로 8백 미터 가면 나오는 농가를 개조한 집이다. 예전 건축물의 특징을 없애고 체계적으로 잘근잘근 밟은 다음 다량의 강철과 유리와 빌어먹을 이중문을 추가했다.

오늘 저녁에는 자갈이 깔린 진입로에 서 있는 차가 한 대뿐이다. 새로 산 레인지 로버다. 마리는 제러미와 함께 노팅엄에 갔다. 운동화를 산 다음 피자를 먹을 거다. 뒤편에는 기다란 마당과, 온탕과 투광 조명이 달린 수영장이 있다. 지역의회 의원의 수입만으로는 온탕과 수영장을 갖출 수 없다.

그래서 마리가 떠나지 않았을지 모른다. 하지만 결국에는 이 모든 게 아무 의미가 없다. 온탕과 수영장을 만끽할 수 있었던 세월이 상상보다 짧지 않았던가. 어쩌면 그 시간 동안 여길 떠나서 자유를 만끽하는 편이 나았을지 모른다. 이 이중문을 얼마만큼 원하는지, 그걸 위해 얼마만큼 희생할 용의가 있는지에 달린 문제가 아닐까 싶다.

손목시계를 확인한다. 8시 27분이다. 나는 잠깐 망설이다 억지로 팔을 들어 초인종을 누른다.

안에서 멀리 초인종 소리가 들린다. 나는 기다린다. 발소리. 그리고 문이 열린다.

인간이 며칠 새 늙는 건 불가능한 일일 것이다. 하지만 장담하건대 바로 그런 사태가 벌어졌다. 눈부신 보안등 아래에 선 스티븐은 전보다 훨씬 늙어서, 심지어 연금을 받을 수 있는 노인처럼 보일 정도였다. 얼굴은 젖은 걸레처럼 늘어졌고 두 눈은 겹겹이 접힌 회색 피부 안에 박힌 핏발이 선 단춧구멍과도 같았다. 그는 손을 내밀거나 인사를 건네지 않는다.

378

"서재는 이쪽이야." 그가 이렇게 얘기하고 등을 돌리자 나는 알아서 문을 닫는다.

집은 내 예상과 다르다. 꽃무늬가 조금 많이 쓰였을지 몰라도 생각보다 안목이 있다. 윤기 나는 벽지와 모조 페르시아 꽃병은 마리의 손길이 남긴 흔적인 듯하다.

그가 복도를 따라서 앞장선다. 앞쪽으로 오픈 플랜식의 널찍한 거실 겸 식당이 언뜻 보인다. 오른쪽에는 대리석과 크롬으로 이루어진 반질반질한 부엌이 있다. 스티븐이 왼편의 또 다른 문을 연다. 서재다. 지금까지 숨어 있던 분노의 파도가 나를 관통하는 게 느껴진다. 온갖 짓을 저지른 스티븐이 이 많은 걸 차지하고 있다니.

거기다 암으로 죽어가는 아내까지.

나는 그를 따라 방 안으로 들어간다. 서재는 집의 다른 부분에 비해 좀 더 미니멀리즘에 가깝다. 큼지막한 오크 책상이 대부분의 공간을 차지하고 있다. 벽에는 흑백 사진이 몇 점 걸려 있다. 유리로 된 장식장에는 크리스털 잔과 비싼 위스키가 진열되어 있다.

책상에 놓인 묵직한 유리 서진에 이르기까지 신사의 서재를 서투르게 흉내 낸 공간이다. 스스로 아주 잘나간다고 믿어 의심치 않는 남자의 서재다.

다만 지금은 그가 그렇게 보이지 않는다. 지금은 비싼 맞춤복 안에서 무너져가고 있는 남자처럼 보인다.

"한잔할래?" 그가 장식장 앞으로 다가가 반쯤 고개를 돌리고서 묻는다. "위스키?"

"좋아."

그는 반짝이는 크리스털 잔에 위스키를 두 잔 넉넉히 따라서 책상 위에 올려놓는다.

"앉아."

그는 책상 앞의 안락의자를 향해 손짓한다. 나는 가방을 의자 옆 바닥에 내려놓는다. 스티븐이 등받이가 높은 중역용 가죽 리클라이너에 앉을 때까지 기다렸다가 뿌드득거리는 소리가 나는 가죽의자에 앉는다. 이로써 내 위치가 그보다 낮아진다. 그가 어떤 걸로 우월감을 느끼든 상관없다. 결정적인 패는 내가 들고 있다.

잠깐 동안 우리는 아무 말도 하지 않고 아무것도 마시지 않는다. 그러다 동시에 잔을 향해 손을 내민다.

"원하는 게 뭐야?"

"너도 알 거라고 본다만."

"다시 일을 할 수 있게 해달라고 빌러 왔나?"

나는 웃음을 터뜨린다. "내가 그래주면 좋겠지?"

"아니. 나는 네가 집으로 돌아가 주었으면 좋겠어. 우리 모두 평화롭게 지낼 수 있게."

"평화롭게 지낼 자격이 없는 사람도 있거든."

"너는 항상 나를 가장 안 좋은 쪽으로 생각했지."

"네가 항상 가장 안 좋은 짓을 저질렀으니까."

"나는 그때 어렸어. 우리 모두 그랬다고. 오래전 얘기야."

"마리는 어때?" 내가 묻는다.

내 질문에 그가 당황했다는 걸 알 수 있다.

"마리 얘기는 하고 싶지 않은데."

"나한테 마리를 보낸 사람이 너였잖아."

"마리가 가겠다고 한 거였어."

그녀가 한 얘기하고 다르다. 하지만 상대는 스티븐이다. 숨 쉬는 것만큼 자연스럽게 거짓말을 할 수 있는 녀석이다.

"대화를 통해서 너를 정신 차리게 만들 수 있을지 모른다고 생각했거든. 불쾌한 사태를 더 이상 유발할 필요 없이."

"예를 들면 닉의 아들들을 보내서 나를 폭행하는 거? 내 집을 쑥대밭으로 만들어놓는 거? 그런 종류의 불쾌한 사태를 말하는 건가?"

옅은 미소가 채찍처럼 예리하게 그의 얼굴을 스치고 지나간다. "그게 무슨 소린지 잘 모르겠네."

"그 녀석들이 못 찾았지? 그래서 정말 열 받았겠네."

그는 고개를 젓고 술을 한 모금 마신다. "너는 그렇게 생각할지 몰라도 나는 그 당시 일에 그 정도로 신경 쓰지 않아."

"그날 저녁에 영문학관까지 크리스의 뒤를 밟을 정도는 됐지. 어떻게 된 거였어? 둘이 싸웠어? 네가 그 친구를 떠밀었어?"

그는 서글픈 정신병자 대하듯 고개를 젓는다.

"무슨 헛소리를 하는 거야. 있잖아, 나는 네가 불쌍하다. 너 그럭저럭 잘 살았잖아, 직업도 있었고. 그런데 그걸 전부 내동댕이치려고 하고 있어. 뭘 위해서? 원한을 갚으려고? 있지도 않은 해답을 찾으려고? 그냥 잊어버려. 상황이 더 나빠지기 전에 이쯤에서 떠나."

나는 술잔을 집어서 천천히 길게 한 모금 마신다.

"내가 널 봤어. 거기 있었잖아."

"나는 크리스를 해치지 않았어. 구하려고 했지."

"그렇군."

"나는 개를 설득하려고 했어. 하지만 말이 통하지 않더라고. 횡설수설. 헛소리만 늘어놓으면서. 그러더니 뛰어내렸어. 내가 도망치긴 했지, 그건 인정해. 근처에서 얼쩡거리면 사람들이 멋대로 엉뚱한 결론을 내릴 테니까."

스티븐이 일부러 무신경하게 '멋대로'라는 단어를 선택한 건지 궁금해진다. 하지만 그건 아니라고 본다. 그리고 그가 거짓말을 하는 것 같지도 않다. 나도 속으로는 스티븐이 크리스를 떠밀었다고 믿지 않았던 것 같다. 그렇게 믿고 싶기는 했다. 그래야 그를 증오할 또 하나의 이유가 추가될 테니. 그리고 어쩌면 책임을 모면하는 도피 수단이 될 수도 있었다. 크리스가 스스로 뛰어내렸다면 내가 그의 기대를 저버렸다는 뜻이 되기 때문이다. 애니한테 그랬듯이.

물론 스티븐이 크리스를 구하려고 했다는 말도 믿지는 않는다. 스티븐이 구하고 싶어 하는 사람이 있다면 자기 자신뿐이다. 내가 그거 하나를 믿고 온 거다.

"내가 여기서 지내는 걸 그렇게 무서워하는 이유가 뭐야?"

"무서워하지 않아. 그냥 넌더리가 나는 거지."

"아하, 그런데 희한하게 너 안색이 안 좋다?"

"피곤해서 그래. 암 환자가 있으면 모두가 타격을 입거든. 자. 행복하나? 알고 보면 내가 사는 게 그렇게 완벽하지도 않아. 그 소릴 듣고 싶어?"

나는 그를 물끄러미 쳐다본다. 어쩌면 그의 말이 맞을지 모른다.

어쩌면 그는 일이 별로 잘 안 풀렸을지 모른다. 나는 미스 그레이슨이 했던 말을 생각해본다.

하지만 절박한걸요……그를 막을 수 있는 사람은 손 선생님밖에 없다고 생각해요.

나는 그를 완벽하게 막을 작정이다. 하지만 그것 때문에 이 집을 찾아온 건 아니다. 먼저 다른 볼일이 있다. 스티븐도 알 만한 일이다. 우선 나부터 화를 면해야 한다.

나는 가방을 집어서 책상 위에 쿵 하고 올려놓는다. 그의 눈이 휘둥그레진다. 그는 너덜너덜하고 아무 브랜드 없는 그 가방을 알아본다. 색이 바래고 가장자리가 말린 「닥터 후」와 「스타 트렉」 스티커를.

"이게 도대체 뭐야?"

"너도 알 거라고 본다만. 하지만 배심원단을 위해 소개하자면―" 나는 가방을 열어서 안에 든 물건들을 그의 앞에 조심스럽게 꺼내놓는다. "네가 내 동생 머리를 박살 냈을 때 썼던 쇠지렛대하고 내 동생의 피와 네 DNA로 범벅이 된 네 교복 넥타이야."

그는 입을 우물거리며 이를 갈고, 쓴 약이라도 되는 듯 이 정보를 씹는다. "이게 뭘 입증하는 증거가 될 수 있는데? 네 동생은 발견됐어. 산 채로."

"사실은 그게 아니라는 걸 우리 둘 다 알고 있지."

"경찰서에 가서 얘기해보시지. 그럼 근사하고 편안한 구속복을 입을 수 있을 거다."

"좋아. 그럼 이건 어떨까. 내 동생은 이틀 동안 실종됐어. 48시간 동안. 그때 어디 있었을까? 내가 이 증거를 제출하면 경찰이 어떻게 할 것 같아? 네가 내 동생을 데려갔고 그 애를 해쳤다는 증거를 제출하면? 마을 주민들은 어떻게 받아들일까, 의원 친구?"

그는 쇠지렛대와 교복 넥타이를 한참 동안 바라보았다. 그러더니 시선을 들었다.

"다시 물을게. 원하는 게 뭐야?"

"3만 파운드."

나는 기다린다. 잠시 후 그의 얼굴에 어떤 변화가 생긴다. 나는 그가 분노하거나 딱 잡아뗄 줄 알았다. 아니면 협박할 줄 알았다. 대신에 그는 의자에 기대앉고 어떤 소리를 요란하게 터뜨린다. 웃음소리다.

내가 예상한 온갖 시나리오 중에 이건 없었다. 나는 불안한 눈빛으로 창문 쪽을 흘끗 쳐다본다. 창밖은 어둠뿐이다. 긴장이 고조되는 게 느껴진다.

"뭐가 그렇게 웃긴지 모르겠네."

그는 허리를 펴고 자세를 바로잡는다. "너. 네가 예전부터 웃긴 놈이었잖아."

"좋아." 나는 쇠지렛대와 넥타이를 집어서 다시 가방에 넣는다. "그럼 지금 당장 이걸 들고 경찰서를 찾아가야겠다."

"아니, 그러지는 못할 거야."

"아주 자신만만해하는 것처럼 들린다?"

"맞아."

"나를 저지하려고 들거나 네 따까리들을 부를 생각이라면 경고

하는데ㅡ"

"헛소리 좀 작작해라." 그가 내 말허리를 자른다. "나는 너를 해칠 생각이 전혀 없어. 그게 너의 문제야. 항상 공격할 사람을 찾는 거. 탓할 사람을 찾는 거. 이게 다 네가 자초한 일이라는 생각은 절대 하질 않지."

"그게 무슨 뜻인지 도무지 모르겠다만."

"나는 그 충돌 사고의 진상을 알아."

"뭘 안다는 거야? 사고였어. 내 동생하고 아버지는 목숨을 잃었고."

"그날 밤에 어딜 가려고 나선 길이었어?"

"기억이 안 나."

"참 편리하기도 하지."

"진짜야."

"신문사에서는 무슨 일이 생겨서 너희 아버지가 차를 몰고 병원으로 가던 중이었다고 추측했지. 그 사고가 나기 얼마 전에 너희 집에서 누군가가 999에 연락하려고 했기 때문에."

그가 무슨 수로 그걸 알아냈는지, 더욱 중요하게는 그걸 굳이 알아낸 이유가 뭔지 궁금해진다.

"그냥 본론을 얘기하지 그래?"

"너희 아버지는 그날 밤에 실수로 나무를 들이받지 않았어."

"아니야. 아버지가 브레이크를 밟으려고 했다는 증거가 있었어. 충돌을 막으려고 했다는 증거가."

"아, 사고가 아니었다고 얘기하려는 게 아니야. 너희 아버지가 낸 사고가 아니라는 거지."

그가 미소를 짓자 내 카드로 만든 집이, 거의 확실했던 결정적인 패가 무너져 바닥으로 펄럭펄럭 떨어지는 게 느껴진다.

"네가 낸 사고였잖아, 조. 네가 운전대를 잡고 있었지."

34

과거는 진짜가 아니다. 우리가 스스로에게 하는 이야기일 뿐이다. 그리고 가끔 우리는 거짓말을 한다.

나는 내 동생을 사랑했다. 끔찍이 사랑했다. 하지만 내가 사랑했던 동생은 사라지고 없었다. 몸이 잘 안 맞기라도 한 것처럼 휘청휘청 집 안을 걸어다니는 모습은 보였지만 애니는 보이지 않았다. 애니처럼 생겼고 애니처럼 말을 하는 무언가는 보였다. 하지만 그건 가짜였다. 조잡한 모조품이었다.

나는 가끔 부모님에게 악을 쓰고 싶었다. 모르시겠어요? 이건 애니가 아니에요. 어떤 사건이 벌어져서 애니는 죽었어요. 사고가 있었어요. 아주 끔찍한 사고가. 이게 되살아서 애니의 자리를 꿰찼어요. 애니의 거죽을 걸치고 애니의 눈으로 쳐다보지만, 마주 보면 그 안에 들어 있는 건 애니가 아니에요.

하지만 그러지 않았다. 미친 헛소리처럼 들릴 것이기 때문이었다. 게다가 그것 말고도 부모님이 감당해야 할 일들은 많았다. 내가 우리 가족을 산산이 무너뜨리는 최후의 결정타가 되고 싶지는 않았다. 내가 이 문제를 해결해야 했다. 이 문제를 바로잡아야 했다. 그랬기 때문에 어느 날 등교하기 전에 부들부들 떨리는 손으로 수화기를 집어 들고 병원에 전화를 걸었다. 가장 그럴듯한 목소리로 손이라고 하고, 딸아이를 위해서 예약을 하고 싶다고 말했다. 사무적이고 유능했지만 통찰력은 뛰어나지 않았던 안내 데스크 직원은 그날 오후 4시 30분으로 예약을 잡아줄 수 있다고 퉁명스럽게 말했다. 나는 고맙다고, 딱 좋다고 했다.

학교에서 집으로 갔을 때 아빠에게 엄마가 애니의 진료 예약을 잡아놓은 게 방금 전에 생각났다고 말했다. 다행히 아빠는 이제 겨우 두 캔째 마시는 중이었다. 아빠가 투덜거리자 나는 괜찮다고, 예약 취소하기로 했다고 엄마한테 얘기하면 된다고 했다. 이 수법이 효과 만점이었다. 아빠는 엄마의 심기를 건드려서 화를 돋우고 싶은 마음이 없었다. 아빠는 재킷을 걸치고 애니에게 내려오라고 소리를 질렀다. 나도 따라가겠다고 했다. 나는 학교에서 집으로 오는 길에 가게에 들러서 박하사탕을 샀다. 아빠에게 한 개 권했다. 아빠는 두 개를 먹었다.

의사는 코가 시뻘건 핏줄로 뒤덮였고 몇 가닥 안 되는 푸석푸석한 머리카락으로 반짝이는 두피를 가린 뚱뚱한 남자였다. 상당히 친절했지만 피곤해 보였고, 발치에 서류 가방을 이미 대기시켜놓고 퇴근할 준비를 마친 상태였다.

그는 애니를 검진하고 눈에 대고 뭘 비추고 무릎을 두드렸다. 애니는 복화술 인형처럼 뻣뻣하게 의자에 앉아 있었다. 의사는 검사를 마친 뒤에 신체적으로는 아무 문제점도 발견하지 못했다고 찬찬히 설명했다. 하지만 애니는 충격적인 사건을 경험했다. 이틀 동안 실종됐다. 길을 잃고 어딘가에 갇혀 있었을 수도 있었다. 무슨 일이 있었는지 아무도 알 수 없었다. 오줌을 싸고 악몽을 꾸고 이상한 행동을 보이는 건 예측 가능한 반응이었다. 인내심을 발휘하며 그녀에게 시간을 주어야 했다. 전혀 호전되지 않으면 심리치료사를 연결시켜줄 수도 있었다. 그는 그러면서 미소를 지었다. 그럴 필요까지는 없을 것이었다. 애니는 어렸다. 어린아이들은 놀라울 정도로 회복력이 뛰어났다. 그녀가 금세 예전의 모습으로 돌아올 거라고 장담할 수 있었다.

아빠는 고맙다고 인사하고 그와 악수했다. 아빠는 손을 상당히 떨었다. 나는 박하사탕을 사길 잘했다는 생각이 들었다. 우리는 다시 집까지 걸어갔다. 애니는 가는 길에 옷에 오줌을 쌌다.

정신적인 충격. 시간을 주세요. 장담할 수 있습니다.

나는 장담할 수 없었다. 내가 보기에 그건 다 헛소리였고 왠지 모르겠지만 시간이 없는 듯한 느낌이 들었다.

나는 여기에 한술 더 떠서 크리스의 죽음에 대처하고 있었다. 아니, 정확히 표현하자면 그의 죽음에 대처하지 못하고 있었다. 화장터에서 장례식이 열렸다. 현실처럼 느껴지지가 않았다. 고개를 돌리면 평소처럼 금발머리가 삐죽 솟은 크리스가 내 옆에 서서 용광로의 온도가 섭씨 760도에서 980도 사이라고, 두 시간 반이면 시신이 재가 된다고, 화장터에서는 1주일에 약 50구의 시신을 처리한다고 얘기할 것만 같았다.

크리스의 어머니가 앞에 앉아 있었다. 다른 가족은 없었다. 아버지는 그가 어렸을 때 집을 나갔고 형은 그가 태어나기도 전에 암으로 죽었다.

그의 어머니도 크리스처럼 백발이 이리저리 삐죽 솟았다. 후줄근한 검은색 원피스를 입고 휴지 더미를 움켜쥐고 있었다. 하지만 울지 않았다. 계속 앞만 똑바로 바라보았다. 가끔 뭐라고 중얼거리며 미소를 지었다. 목 놓아 우는 것보다 그게 더 섬뜩했다.

나는 그 뒤로도 크리스의 어머니를 몇 번 보았다. 그녀는 계속 같은 옷을 입고 다녔다. 말을 건네야 할 것 같았지만 뭐라고 하면 좋을지 알 수가 없었다. 크리스의 집 앞을 지날 때마다 보면 항상 커튼이 쳐져 있었다. 몇 주 뒤에 '매물' 푯말이 내걸렸다.

나는 학교 수업이 끝난 뒤에도 마을을 정처 없이 배회하다가 영문학관 아래에서 위를 올려다보며 그 먼 거리를 그 정도 속도로 추락하면 어떤 기분일지 궁금해했다. 사람들이 꽃과 조문을 두고 갔다. 스티븐이 두고 간 것도 있었다. 그걸 갈기갈기 찢어 밟아 뭉개고 싶은 유혹이 견딜 수 없을 지경이었다.

하지만 그러지 않았다. 그날 어쩌다 그를 보았는지 아무한테도 얘기하지 않았던 것처럼.

크리스의 죽음으로 나는 마비 비슷한 상태가 됐다. 가방은 헛간에 숨겨두었지만 그걸로 뭘 어쩌면 좋을지 알 수가 없었다. 아무 생각도 할 수가 없었다. 머릿속이 뒤죽박죽인 듯했다. 가방을 떠올릴 때마다 바닥에 쓰러진 크리스와 이상하게 오므라든 그의 몸과 끈적끈적하고 시커먼 피가 생각났다. 피가 너무 많았다. 그러고 나면 동생이 생각났다.

가끔 미쳐가고 있는 사람은 내가 아닌가 싶을 때도 있었다. 애니한테는 아무 문제가 없을지 몰랐다. 바닥에 머리를 부딪히는 바람에 *내* 머리가 이상해진 걸지 몰랐다. 전부 내 상상에 불과한 걸지도 몰랐다.

학교 수업에 제대로 집중할 수 없었다. 끼니를 챙겨 먹고 샤워를 하고— 이런 게 더 이상 중요하게 느껴지지 않았다. 한참 동안 몇 번이고 마을을 배회하는 시간이 점점 길어졌다. 어느 날 밤에는 경찰관이 나를 붙잡고 이제 그만 집에 들어가라고 한 적도 있었다. 거의 자정이 다 된 시각이었다.

하룻밤에도 몇 번씩 잠에서 깨 악몽에서 탈출하느라 허공을 할퀴었다. 한번은 꿈속에서 크리스와 애니가 눈 덮인 언덕에 서 있었다. 아롱진 캔디핑크색 하늘이 그들 뒤에서 어른거렸다. 태양은 일식이라도 벌어진 것처럼 은빛을 두른 검은색이었다. 크리스와 애니는 다시 완벽하고 온전해진 것처럼 보였다. 죽기 전의 모습과 같았다.

그들 주변이 온통 눈사람 천지였다. 큼지막하고 둥그스름하고 폭신하고 하얀 눈사람들이 팔 대신 기다란 나뭇가지를, 눈과 입 대신 반짝이는 검은색 석탄 조각을 꽂고 있었다. 내가 지켜보는 가운데 그들의 삐딱한 미소가 으르렁거림으로 일그러졌다.

너 여기 있으면 안 돼. 여기는 우리 눈사람들만 있을 수 있는 곳이야. 돌아가. 돌아가!

태양이 지평선 아래로 곤두박질쳤다. 크리스와 애니가 사라졌다. 캔디핑크색 하늘이 부글거리며 끓더니 짙은 빨간색으로 어두워졌다. 눈발이 날리기 시작했다. 하지만 하얀색이 아니었다. 빨간색이었다. 산성 물질처럼 화끈거리는, 큼지막하고 뚱뚱한 핏방울이었다. 나는 바닥에 쓰러졌다. 살갗이 뼈에서 녹아내렸다. 뼈가 녹아서 땅바닥으로 스며들었다. 내가 흔적도 없이 용해되는 동안 눈사람들은 차갑고 까만 눈으로 지켜보았다.

다음 날 아침이 되자 뭘 해야 하는지 알 수 있었다.

나는 평소처럼 교복으로 갈아입었다. 평소와 같은 시각에 집을 나섰다. 하지만 교과서 아래에 다른 몇 가지 물건을 조심스럽게 챙겨서 가방에 담았다.

씩씩하게 집을 나섰다. 학교 쪽으로 걸어가지 않았다. 폐광 쪽으로 향했다. 사람들이 구멍 난 울타리를 고쳐놓았다. 심지어 경고 푯말까지 설치했다. 위험. 접근 금지. 무단 침입 시 형사 처벌함. 드나드는 아이들이 없도록 의회에서 인력을 배치해 순찰을 돌기로 했다. 하지만 오늘 아침에 가장자리를 따라 천천히 걸으며 확인해보니 아무도 없었다. 별로 보안이 든든해 보이지 않았다. 울타리는 여전히 조금 흔들거렸고 철망 사이에 몇 군데 틈이 있었다. 내가 들어갈 수 있을 만큼 넓은 틈을 발견하기까지 그리 오랜 시간이 걸리지 않았다. 그래도 간신히 통과할 수 있을 만한 수준이었다. 교복 재킷이 날카로운 철사에 걸렸다. 빼려고 잡아당기자 찢어지는 게 느껴졌다. 나는 욕을 내뱉었다. 엄마한테 엄청 야단맞게 생겼다. 예전 같았으면 그랬을 것이다. 하지만 지금은 엄마가 알아차리지조차 못할 수도 있다.

터벅터벅 언덕을 올라갔다. 오늘 아침에는 전과 달라 보였다. 날은 추워도 햇살이 반짝이고 있었다. 덕분에 분위기가 밝아지지는 않았지만 그래도 날카롭고 황량했던 모서리들이 부드러워졌다. 그리고 나도 살짝 당황스러워졌다. 해치가 어느 쪽이었더라? 다음번 가파른 오르막이 시작되는 지점이었나 아니면 그다음이었나? 나는 서서 주위를 둘러보았다. 하지만 보면 볼수록 더 헷갈렸다. 공포가 내 뱃속을 가장자리부터 갉아먹기 시작했다. 얼른 해치워야 했다. 학교에 늦으면 안 됐다.

나는 이쪽으로 걸음을 옮겼다가 생각을 바꿔서 반대 방향으로 되돌아갔다. 모든 게 똑같아 보였다. 젠장. 크리스라면 어떻게 했을까? 그는 무슨 수로 거길 발견했을까? 그러다 문득 생각이 났다. 그가 그곳을 찾은 게 아니었다. 그곳이 그를 찾았다.

나는 걸음을 멈추고 천천히 숨을 쉬었다. 애써 아무 생각도 하지 않고 쳐다보지도 않았다. 나를 그냥 내려놓았다.

그런 다음 발걸음을 옮겨 왼쪽으로 기슭을 하나 넘어서 이번에는 좀 더 가파른 언덕으로 올라갔다. 울퉁불퉁한 돌 비탈을 허우적허우적 내려갔다. 밑바닥에 관목 덤불로 가려진, 조그맣게 움푹 들

어간 곳이 있었다. 찾았다. 나는 생각했다. 보이지는 않았다. 보이
는 것이라고는 자갈과 돌멩이뿐이었다. 하지만 여기라는 걸 알 수
있었다. 느껴졌다. 내 발밑에서 땅이 웅웅거리는 게 느껴졌다.

나는 조심스럽게 다가갔다. 눈으로 바닥을 훑지 않으려고 했다.
너무 열심히 쳐다보지 않으려고 했다. 그 방법이 주효했다. 흙 사이
로 해치의 형체가 문득 눈에 들어왔다. 나는 허리를 수그렸다. 가까
이서 보니 완전히 닫혀 있지 않았다. 손가락을 넣어서 움직일 만한
틈이 있었다. 해치를 들어서 나 혼자 움직일 수 있다는 걸 뿌듯하
게 확인한 다음 다시 내려놓았다. 지금 바로 내려갈 생각은 없었다.
흙과 분탄을 뒤집어쓰고서 학교에 갈 수는 없었다. 게다가 지나가
던 사람이 보고 무슨 일인지 확인하러 오는 위험부담을 감수할 수
도 없었다.

나중에 다시 와야 했다. 어둑어둑할 때. 어느 누구의 방해도 없
이 해야 하는 일을 할 수 있을 때.

지금 당장은 가방에 조심스럽게 들고 온 물건들을 꺼내 관목 덤
불 아래에 숨기기만 했다. 그런 다음 나중에 다시 왔을 때 해치를
찾을 수 있게 챙겨 온 빨간 양말을 나뭇가지에 걸쳤다. 그러면 될
것이었다. 계획의 전반부가 완료되자 나는 폐광을 다시 빠져나와
학교로 향했다.

두려운 순간을 기다리고 있으면 늘 그렇듯 하루가 길게 늘어지
는 동시에 쏜살같이 지나갔다. 치과나 병원에 가야 하는 때처럼 말
이다. 오늘 저녁에 계획한 그 일 대신 이를 뽑으라면 기꺼이 뽑을

수 있겠다는 생각이 들었다.

마침내 종이 울렸고 나는 교실에서 빠져나왔다. 누가 내 이름을 부르거나 붙잡을까 싶어 걱정하는 마음이 반, 그래주길 바라는 마음이 반이었다. 그런 사람은 없었다. 하지만 나는 서두르지 않았다. 날이 어둑어둑해지기 전까지 아직 시간이 있었다.

평소처럼 큰길을 걸었다. 전날 저녁에 아빠의 지갑에서 슬쩍한 현금이 있었기에 배가 고프지 않지만 프렌치프라이를 샀고 버스정 거장에서 먹다가 절반을 쓰레기통에 버렸다.

조금 더 돌아다니다 아무도 없는 놀이터의 그네에 잠깐 동안 앉아 있었다. 깜짝 놀란 주황색 눈처럼 가로등이 켜지기 시작했을 때 폐광 쪽으로 걸음을 옮겼다.

가방에 손전등을 챙겼고 같이 넣어 온 아빠의 털모자를 거의 눈을 덮을 지경으로 눌러썼다. 경비가 있는지 일대를 확인했지만 길거리에 아무도 없고 고요했다. 상황이 달라지기 전에 얼른 울타리를 통과했다.

거의 10월의 마지막이라 날이 빠르게 저물었지만 아직은 손전등이 필요 없었다. 사람들 눈에 띄는 건 원치 않는 바였다. 게다가 왠지 모르겠지만 날이 저물면 길을 더 잘 찾을 수 있을 것 같은 예감이 들었다. 두어 번 발을 헛디디고 넘어지긴 했지만─이번에는 교복 바지가 찢어졌다─내 짐작이 맞았다. 가파른 비탈의 밑바닥에 다다르자 덤불 위에 걸쳐진, 어두워서 색이 더 짙어진 빨간 양말이 눈에 들어왔다.

내가 해냈다. 다시 찾아오고 보니 진땀이 났다. 얼른 해치우지 않으면 겁에 질려서 포기할 게 분명했다. 나는 손마디 살갗을 쓸려가며 해치를 들어서 옆으로 옮겼다. 그런 다음 덤불 아래에 숨겨놓은 폭탄을 다시 가방에 넣고 손전등을 꺼냈다.

마지막으로 흘끗 주변을 확인한 다음 해치 안으로 들어가 계단을 내려갔다.

오래 걸리지 않았다. 폭탄의 도화선에 불을 붙이고 허둥지둥 계단을 다시 올라와 해치를 닫았을 때 희미하게 첫 번째 폭발음이 들렸다. 나는 가방을 집고 일어섰다. 쇠로 된 해치가 위로 들렸다가 주변에 먼지 구름을 일으키며 쨍그랑 하는 소리와 함께 다시 내려앉았다. 그리고 잠시 후에는 땅속으로 그냥 무너졌다.

나는 뒷걸음질을 쳤다. 겨우 몇 발짝 옮겼을 때 지축이 요동치는게 느껴졌고 우르르 하는 굉음이 내 운동화 바닥을 뚫고 가슴으로 전해졌다. 나는 그게 무슨 소리인지 알았다. 내가 애니만 한 나이였을 때 탄광에서 낙석 사고가 있었다. 다친 사람은 없었지만 나는 저 깊은 곳에서 땅이 접히면서 나는 그 우르르 하는 굉음을 기억하고 있었다.

끝났다. 나는 생각했다. 나로서는 그거면 충분하길 바라는 수밖에 없었다.

나는 8시가 거의 다 됐을 때 집에 도착했다. 피곤했고 온몸이 흙투성이였지만 이상하게 기분이 짜릿했다. 뒷문을 열기 전 아주 잠깐 동안, 모든 게 괜찮아질 거라는 말도 안 되는 착각이 나를 사로

396

잡았다. 내가 주문을 깨고 용을 죽이고 악령을 내쫓았다. 애니는 다시 원래 모습으로 돌아올 테고 엄마는 차를 준비하고 있을 테고 아빠는 기분이 좋을 때 가끔 그랬듯이 라디오에서 나오는 노래를 따라 부르며 신문을 읽고 있을 것이었다.

두말하면 잔소리지만 모두 허튼 착각이었다. 안으로 들어가 보니 아빠는 평소의 그 자세 그대로 텔레비전 앞에 뻗어 있었다. 안락의자 위로 고수머리의 꼭대기만 보였고 이미 취해서 정신을 잃은 게 분명했다. 애니는 1층에 없는 걸 보면 다시 방에 틀어박힌 모양이었다. 집에서 나는 악취가 그 어느 때보다 심했다. 나는 입을 막고 2층 화장실을 향해 달려 올라갔다.

계단 꼭대기에 다다랐을 때 나는 걸음을 멈추었다. 애니의 방문이 활짝 열려 있었다. 요즘 들어 없던 일이었다. 나는 앞으로 다가갔다.

"애니?"

안을 들여다보았다. 늘 그렇듯 방 안은 어둑어둑했다. 아주 희미한 미명이 얇은 커튼 사이로 새어나왔다. 침대는 엉망이었다. 1층의 냄새가 지독했다면 여기는 거의 감당할 수 없는 수준이었다. 퀴퀴한 지린내, 달짝지근한 썩은 내, 상한 달걀과 토사물 비슷한 냄새가 한데 섞였다. 방에는 아무도 없었다.

내 방을 들여다보았다. 거기도 아무도 없었다. 나는 화장실 문을 두드렸다.

"애니? 너 여기 있어?"

아무 소리도 들리지 않았다. 화장실 문에는 잠금장치가 없었다.

애니가 어렸을 때 안에서 갇힌 이후로 아빠가 떼어 버렸다.

그때 엄마와 나는 밖에 앉아서 노래를 부르며 그녀를 달랬다. 그러는 내내 아빠는 잠금장치를 문에서 떼어내느라 끙끙댔다. 마침내 우리가 문을 벌컥 열고 들어갔을 때 애니는 기저귀와 티셔츠 차림으로 화장실 바닥에 웅크리고 잠을 자고 있었다.

나는 닫힌 문을 쳐다보았다. 이상하게 끈적거리는 문손잡이를 돌려서 문을 열고 불을 켰다. 눈앞이 빙빙 돌았다.

빨간색. 온 사방이 빨간색이었다. 세면대에도. 거울 위에도. 바닥에도 얼룩덜룩하게 자국이 남았다. 짙은 선홍빛으로 번들거렸다.

뻔히 응시하는데, 속이 울렁거렸다. 나는 손을 쳐다보았다. 손바닥이 시뻘겠다. 몸을 돌려서 반은 달리고 반은 비틀거려가며 다시 계단을 내려갔다. 이제 보니 벽과 난간에도 빨간 얼룩이 남아 있었다.

"애니! 아빠?"

나는 마지막 계단에서 뛰어내려 거실로 달려갔다. 아빠는 계속 내 쪽을 등지고 안락의자에 고꾸라져 있었다.

"아빠?"

나는 안락의자를 따라 돌았다. 아빠의 얼굴이 시야에 들어왔다. 눈을 반쯤 감고 입을 반쯤 벌리고 조그맣게 그르렁그르렁 휘파람 소리를 내고 있었다. 낡은 웻 웻 웻* 스웨트셔츠를 입고 있었다. 지역 라디오 프로그램에서 받은 상품이었다(아빠가 받고 싶어 했던 상품

---

* 영국의 밴드.

은 스페인 여행권이었다). 이런 때 어떤 부분들이 눈에 들어오는지 생각해보면 희한하다. 예를 들면 아빠의 가슴 한복판에서 마티 펠로의 얼굴 아래로 큼지막한 얼룩이 번져가고 있었다. 무슨 잉크 얼룩처럼. 내가 만년필 뚜껑을 닫지 않았을 때 생긴 얼룩처럼. 다만 이건 크기가 너무 컸다. 그리고 파란색이 아니었다. 빨간색, 그것도 짙은 빨간색이었다. 잉크가 아니었다. 피였다. *욋, 욋, 욋.*

나는 공포를 떨쳐버리려고 애를 썼다. 논리적으로 생각해보려고 애를 썼다. 칼. 아빠가 칼에 찔렸다. 애니는 행방불명이었다. 경찰에 연락해야 했다. 999에 연락해야 했다. 나는 벽에 걸린 전화기 앞으로 달려가 수화기를 들었다. 부들부들 떨리는 손가락으로 전화를 걸었다. 벨이 울리고 또 울린 끝에 누군가가 명랑한 목소리로 물었다. "어떤 도움이 필요하신가요?"

나는 입을 열었지만 말이 나오지 않았다. *피. 빨간색. 선홍빛.*

"여보세요? 어떤 도움이 필요하신가요?"

화장실. 바닥 위의 얼룩. 하지만 그냥 얼룩이 아니었다. 어떤 형체였다. 하나는 큼지막하고 다섯 개는 작았다.

발자국이다. 작은 발자국.

"여보세요? 듣고 계신가요?"

나는 수화기를 떨구었다. 뒤에서 무슨 소리가 들렸다. 조그맣게 키득거리는 소리였다. 나는 전화를 끊고 고개를 돌렸다.

애니가 문 앞에 서 있었다. 계단 아래에 달린 벽장에 숨어 있던 모양이었다. 알몸이었다. 출정을 앞두고 얼굴이나 몸을 색칠했던 인디언처럼 몸과 얼굴에 핏자국이 묻어 있었다. 발과 좁은 가슴

애니가 돌아왔다

에 난 상처가 보였다. *자기 몸도 자해를 했구나.* 애니는 눈을 반짝반짝 빛냈다. 한 손에는 큼지막한 식칼을 들고 있었다.

나는 숨을 쉬려고, 비명을 지르며 창밖으로 뛰쳐나가지 않으려고 애를 썼다.

칼. 아빠. 윗, 윗, 윗.

"애니. 괜찮아? 나는—나는 누가 몰래 들어온 줄 알았어."

혼란스러워하는 눈빛이 그녀의 얼굴을 스치고 지나갔다.

"이제 걱정 마. 내가 왔으니까. 내가 지켜줄게. 너도 알지? 나는 네 오빠잖아. 내가 항상 지켜줄 거야."

칼이 흔들렸다. 그녀의 표정이 어딘지 모르게 달라졌다. 이제는 거의 *내 동생* 애니처럼 보였다. 예전의 그 모습처럼 보였다. 내 심장이 조이는 게 느껴졌다.

"칼 내려놔. 이 문제는 우리 둘이서 해결할 수 있어." 나는 팔을 벌리고 눈물 때문에 잠긴 목소리로 말했다. "얼른."

애니는 미소를 지었다. 사납게 으르렁거리며 나를 향해 돌진했다. 나는 준비가 되어 있었기에 옆으로 피하며 그녀를 세게 떠밀었다. 그녀는 앞으로 튕겨 나갔다가 벽난로 앞에 깔린 카펫에 발이 걸려서 넘어졌다. 나는 난롯가에서 부지깽이를 집었지만 그럴 필요도 없었다. 애니는 벽난로 모서리에 머리를 부딪히고 칼을 떨어뜨리며 바닥으로 쓰러졌다.

나는 부들부들 떨며 서서 기다렸다. 애니가 당장 벌떡 일어나지 않을까 싶었다. 하지만 그녀는 쓰러진 채로 계속 꼼짝하지 않았다. 그 안에 뭐가 들었는지 몰라도 껍데기는 여전히 여덟 살짜리의 몸이었다. 여덟 살짜리의 몸은 가녀렸다. 쉽게 부러졌다.

나는 아빠를 돌아보았다. 병원으로 옮겨야 했다. 나는 전화기를 흘끗 확인하고 부엌으로 달려갔다. 예전에 아빠에게 운전을 배운 적이 있었다. 골목길을 몇 번 오르락내리락했다. 당시에 안힐에서 는 열다섯 살짜리가 운전대를 잡아도 아무도 신경 쓰지 않았다. 내 가 운전을 잘하지는 못했다. 하지만 기본은 알았다.

그리고 아빠의 차 키가 어디 있는지도 알았다.

아빠는 무거웠다. 그새 살이 쪘다. 나는 아빠를 현관까지 끌고 가서 문을 살짝 열고 밖을 흘끗 확인했다. 주변에 아무도 없었다. 커튼들도 쳐져 있었다. 호킨스 부인 같은 참견 대장이 레이스 커튼 사이로 내다보고 있지 않은지 장담할 수 없었지만 운에 맡기는 수 밖에 없었다.

짧은 진입로를 지나 차까지 아빠를 끌고 갔다. 아빠를 뒷문에 기 대어 앉혀놓고 조수석 문을 열었다. 몸부터, 그리고 다리와 발 순 서로 우악스럽게 차에 실었다. 그런 다음 뒤로 물러섰다. 손과 교복 앞섶이 피범벅이었다. 거기에 대해 걱정할 겨를이 없었다. 병원은 20킬로미터 거리의 노팅엄에 있었다. 얼른 움직여야 했다. 나는 허 둥지둥 운전석 쪽으로 건너가다 말고 멈추었다. 집을 돌아보았다. 애니.

그녀를 두고 떠날 수는 없었다.

걔가 아빠를 찔렀잖아.

그래도 아직 어린애잖아.

더는 아니야.

죽을지도 몰라.

그래서?

그냥 두고 떠날 수는 없어. 두 번 다시 그럴 수는 없어. 예전처럼.

나는 집 안으로 다시 달려 들어갔다. 주인공의 손에 죽은 줄 알았던 악당이 사라졌다가 다시 나타나 전기톱을 휘두르는 공포영화처럼 애니가 사라졌을지 모른다는 생각이 들었다. 하지만 애니는 넘어진 그 자리에 그대로 누워 있었다. 알몸으로. *젠장.* 나는 생체시계처럼 쿵쾅거리는 심장을 달래는 한편 시간이 없다는 사실을 상기하며 2층으로 달려 올라갔다. 애니의 방에 있는 하얀색의 조그만 옷장 문을 홱 열고 잠옷을 집어서—흰색 양이 그려진 분홍색이었다—계단을 다시 달려 내려갔다.

내가 잠옷을 입히는 동안 애니는 꿈쩍하지 않았지만 희미하게 숨을 쉬는 걸 느낄 수 있었다. 나는 새끼 사슴처럼 가냘픈 애니를 들어올렸다. 내게 닿는 느낌이 차가웠다. 내 마음속 한구석에서는 혐오감으로 치가 떨리는 걸 참을 수가 없었다.

문 앞에 거의 다다랐을 때 길을 따라서 다가오는 그림자가 보였고 흥분해서 숨을 헐떡이는 소리가 들렸다. 누가 개를 데리고 산책을 나온 것이었다. 나는 뒤로 물러나 그들이 지나갈 때까지 어둠 속에서 기다렸다. 개가 문 근처에서 걸음을 멈추고 코를 쿵쿵거리더니 움찔하고는 줄을 당기며 주인을 재촉했다.

"알았어, 알았어, 여우 냄새를 맡은 모양이지?"

아니. 나는 생각했다. 하지만 *뭔가의* 냄새를 맡은 건 맞아.

애니를 차 뒷자리에 실었다. 그런 다음 앞쪽으로 달려가 운전석에 올라탔다. 손이 하도 심하게 떨려서 세 번 만에야 키를 꽂을 수 있었다.

다행히—기적적으로—첫 번째 시도 만에 시동이 걸렸다. 기어를 넣었다. 퍼뜩 안전벨트가 생각났다. 벨트를 매고 휘청거리며 도로로 진입했다. 계속 도로의 오른쪽으로 달리되 연석에 부딪히지 않는 데 온 신경을 집중했다. 덕분에 가는 도중에 아빠가 죽으면 어떻게 할지, 목숨을 부지하면 뭐라고 얘기해야 할지 고민할 겨를이 없었다.

그럴듯한 사연이 필요했다. 애니에게 했던 얘기가 생각났다. 불청객. 누가 무단 침입한 거였다. 사람들은 그 말을 믿을 것이다. 그래야만 했다. 목숨을 부지하면 아빠가 진실을 공개할 수 있을 것이다.

이제 안힐을 벗어났다. 시커먼 시골길이 내 앞에서 번들거리는 뱀처럼 구불구불 이어졌다. 가로등도 없고 오로지 야간 반사 장치밖에 없었다. 상향등을 찾을 수가 없었다. 옆길에서 나온 차가 내 뒤를 바짝 쫓았다. 너무 바짝 쫓았다. 백미러에 반사된 불빛 때문에 눈이 부셨다. *경찰이면 어쩐다? 999를 역추적해서 내 뒤를 쫓고 있는 거라면?* 잠시 후에 그 차가 깜빡이를 켜고 경적을 울리며 내 옆을 쌩하니 지나갔다.

속도계를 흘끗 확인했다. 속도제한이 90킬로미터인 도로에서 겨우 55킬로미터로 달리고 있었다. 그러니 아까 그 운전자가 짜증을 낼 법도 했다. 게다가 내가 이 차로 이목을 집중시키고 있었다. 길이 어두컴컴한 데다 운전대를 잡은 손에 힘이 없었지만 하는 수 없이 액셀러레이터를 더 세게 밟았다. 바늘이 60, 70으로 올라가는 걸 지켜보았다. 백미러를 다시 한번 흘끗 확인했다.

애니가 나를 빤히 쳐다보았다.

내가 운전대를 트는 바람에 바퀴가 도로변에 부딪혔다. 나는 있는 힘껏 다시 방향을 돌렸다. 타이어에서 끼이익 하는 소리가 났지만 어찌어찌 지면 위에서 안정을 되찾았다. 아빠가 쿵 하고 내 위로 쓰러졌다. 망할. 아빠에게 안전벨트를 채우는 걸 깜빡했다. 나는 한 손으로 운전대를 잡고, 다른 손으로 아빠를 다시 조수석으로 밀쳤다.

애니가 뒷좌석에서 달려들었다. 손으로 내 얼굴을 뜯고, 머리카락을 쥐고 내 머리를 홱 잡아당겼다. 나는 남은 한 손으로 그녀를 쳐서 떼어내려고 했지만 손아귀 힘이 놀라우리만치 셌다. 손톱이 내 살을 할퀴는 게 느껴졌다. 내 두피는 비명을 질렀다. 나는 주먹을 쥐고 애니의 얼굴을 세게 때렸다. 그녀는 뒤로 나가떨어졌다.

내가 다시 운전대를 잡았을 때 반대편 차로에서 전조등이 번쩍이며 지나갔다. 빌어먹을. 나는 액셀러레이터를 더 세게 밟았다. 병원에 가야 했다. *그래야만 했다.* 속도가 110킬로미터까지 올라갔다. 애니가 다시 일어나 앉는 게 보였다. 내가 팔꿈치로 찍으려고 했지만 그녀는 옆으로 피하고 손으로 내 눈을 덮었다. 그녀의 손가락이 눈을 파고들었다. 나는 비명을 질렀다. 눈에서 뭔가가 쏟아져서 앞을 볼 수가 없었다. 어둠과 빛이 명멸할 뿐이었다.

손가락을 떼어내려고 운전대를 잡았던 한쪽 손을 놓았다. 발이 액셀러레이터에서 미끄러졌다. 엔진이 비명을 질렀다. 차가 돌고,

바퀴가 아스팔트에서 벗어나 풀로 덮인 길가에 부딪히는 게 느껴졌다.

차가 덜커덩거렸다. 애니의 손가락이 풀렸다. 눈앞에 거대하고 시커먼 그림자가 등장했다. 나무였다. 나는 운전대를 다시 잡고 브레이크를 밟으려고 했다. 하지만 가망이 없었다.

충돌. 거대한 충격. 우그러지는 차체. 내 몸이 앞으로 쏟아졌고 코가 운전대를 세게 들이받았다. 안전벨트가 나를 다시 뒤로 내동댕이쳤다. 정신이 없었다. 무언가가 나를 지나 앞 유리창 밖으로 날아갔다. 아팠다. 가슴이. 얼굴이. 다리가. 내 다리! 비명소리가 들렸다. 내 목소리였다.

어둠이 내렸다.

35

"우리가 너희를 발견했을 때 그랬거든."

"우리?"

"나하고 아빠. 축구 야간 경기를 보고 돌아가는 길이었어. 아빠가 나무에 부딪혀서 완전히 박살난 자동차를 발견했지.

도울 방법이 있나 싶어서 차를 한쪽 옆으로 세웠어. 너희 아빠는 돌아가셨다는 걸 한눈에 알 수 있었어. 네 동생은 차에서 조금 멀리 떨어진 곳에 있었고. 어떻게 도울 방법이 없었지……" 그는 말을 잠깐 멈추었다가 다시 잇는다. "내가 다시 차가 있는 쪽으로 돌아갔더니 아빠가 그랬어. '이 아이는 아직 살아 있어.' 그러고는 이렇게 덧붙였지. '그런데 아주 난처하게 됐네, 안 그러냐?'

그게 무슨 소린지 한눈에 알 수 있었어. 너는 겨우 열다섯 살이었잖아. 운전을 하면 안 되는 나이였지.

우리는 너를 옮기기로 했어. 너를 조수석으로, 너희 아빠를 운전석으로 옮겨서 경찰에서 너희 아빠가 운전한 걸로 간주하게."

"왜? 번거롭게 왜 그랬어?"

"왜냐하면 우리 아빠는 아무리 서로 생각이 다르더라도 같은 편은 챙겨야 한다고 생각했거든. 너는 나랑 어울려 다녔잖아. 너희 아빠는 광부였고— 배신자이기는 했지만. 같은 편을 짭새한테 넘기면 되겠냐?

원래는 병문안을 가서 입을 맞추라고 할 생각이었어. 그런데 알고 보니까 네가 나름대로 사연을 만들었더라고. 간호사한테 들었어, 네가 사고에 대해서 아무것도 기억하지 못한다고. 진짜 그랬냐, 조?"

나는 그를 빤히 쳐다본다. 거짓말이었지. 나는 생각한다. 세상에 선의의 거짓말이라는 건 없다. 거짓말은 절대 검은색 아니면 흰색이 아니다. 전부 회색이다. 진실을 가리는 안개다. 가끔은 그 안개가 너무 짙어서 우리 자신조차 진실을 볼 수가 없다.

무엇보다 내 기억이 맞는지 확신할 수가 없었다. 경찰과 의사가 하는 얘기에 맞장구를 치는 편이 더 쉬웠다. 눈을 감고 어떻게 된 건지 모르겠다고 하는 편이 더 쉬웠다. 사고가 기억나지 않는다고 하는 편이.

엄마에게는 얘기한 적이 없었다. 하지만 엄마도 묻지 않았다. 그 어떤 것에 대해서도. 엄마도 궁금했던 점들이 있었을 것이다. 그 핏자국을 엄마가 닦았을 것이다. 그럼에도 엄마는 한마디도 하지 않았다. 딱 한 번 내가 얘기를 꺼내려고 했을 때도 멍이 생길 정도로 내 손목을 세게 붙잡고 이렇게 말했다. "그 집에서 벌어졌던 일은 뭐가 됐건 사고였어, 조. 그 충돌 사고하고 같아. 모르겠니? 나는 그렇게 믿어야 해. 너까지 잃을 수는 없어."

나는 그때 비로소 알아차렸다. 엄마는 내가 저지른 짓이라고 생각하고 있었다. 어찌됐건 내 책임이라고 말이다. 그럴 만도 했다. 나는 몇 주 동안 이상하게 굴었다. 거의 먹지도 않고 말도 하지 않고 최대한 집에 늦게 들어갔다. 그리고 어떻게 보면 내 책임이 맞았다. 내가 자초한 일이었다. 모두 다.

으스러진 다리에 철심을 박고 목발을 짚고 퇴원해보니 집은 상쾌하고 깨끗했고 애니의 방은 페인트칠이 새로 되어 있었다. 모든 게 예전과 똑같았다.

나는 엄마의 착각을 바로잡으려 들거나 사실은 어떻게 된 영문인지 밝히지 않았다. 엄마도 눈빛에 담긴 본심을 절대 말로 표현하지 않았다. 엉뚱한 아이가 희생됐다는 것을. 내가 그렇게 됐어야 했다는 것을. 엄마는 죽는 날까지 나를 사랑하는 척했다.

그리고 나는 엄마가 나를 사랑하지 않는다는 걸 모르는 척했다.

나는 헛기침을 한다. 혼탁한 의식 속에서 상반된 생각들이 엎치락뒤치락하느라 머릿속이 너무 복잡하다.

"내가 고맙다는 인사라도 해주길 바라냐?" 나는 묻는다.

스티븐은 고개를 젓는다. "아니. 이걸 들고 가서—" 그는 쇠지렛대와 넥타이를 가리킨다. "—트렌트 강에 던져주길 바란다. 그런 다음 영영 꺼져주길 바란다."

구역질이 난다. 패자의 구역질이다. 상대방의 카드를 보고 내가 당했다는 걸 알게 됐을 때 찾아오는 느낌이다. 내가 끝장났다는 걸, 거의 끝장났다는 걸 알게 됐을 때 말이다.

"경찰이 너한테도 질문을 할걸? 나를 왜 옮겼느냐고. 왜 이제 와서 실토하느냐고. 너는 사고 현장을 훼손했잖아. 그것도 범죄야."

그는 고개를 끄덕인다. "맞아. 하지만 나는 그때 어린애였어. 그건 아빠의 아이디어였고. 이제 나이를 먹고 머리도 굵어지니까 이런저런 것들을 되돌아보게 됐어. 그래서 실토해야겠다는 생각이 들었고. 정 안 되겠으면 이런 식으로 얘기하면 돼. 그럼 경찰은 내 말을 믿을 거야. 나는 이 마을에서 존경받는 주민이니까. 반면에 너는? 뭐, 지금 네 꼴을 봐. 현재 직장에서는 직무정지를 당했지. 예전에 근무했던 학교에서는 절도범으로 의심을 받았지. 너는 모범적인 시민이라고 볼 수 없잖아."

맞는 말이다. 그리고 경찰에서 좀 더 많은 걸 궁금해하기 시작하면 어쩔 것인가. 사건을 재수사하겠다고 하면. 아빠의 상처에 의구심을 품으면.

"자." 스티븐이 말한다. "교착 상태라는 건 이런 때를 두고 하는 말이 아닌가 싶은데."

나는 고개를 끄덕이고 자리에서 일어선다. 조심스럽게 싸놓은 물건들을 다시 여행 가방 안에 집어넣는다. 달리 선택의 여지가 없다. 그런 다음 주머니에서 휴대전화를 꺼낸다.

스티븐이 휴대전화를 빤히 쳐다본다. "그래도 경찰에 연락하려고?"

"아니."

나는 연락처를 띄우고 휴대전화를 귀에 갖다댄다. 그녀는 첫 번째 신호에 전화를 받는다.

"안녕, 조."

"당신이 이 친구하고 직접 통화해야겠어." 나는 전화기를 스티븐에게 내민다.

그는 수류탄이라도 되는 양 전화기를 쳐다본다. 수류탄이 맞는다. 어떻게 보면.

"누구랑 통화하라는 건데?" 그가 묻는다.

"내가 여기서 3만 파운드를 들고 나가지 않으면 네 부인하고 아들을 죽일 여자."

그는 전화기를 받고 나는 그의 얼굴이 흙빛으로 변하는 걸 지켜본다. 글로리아에게는 그런 능력이 있다. 마리와 제러미가 바로 지금 시내에서 저녁 식사를 마친 사진을 전송하기 전인데도 그렇다.

그는 전화기를 다시 내게 돌려준다.

"그 돈 꼭 받는 게 좋을 거야." 글로리아가 얘기한다. 그러고는 이렇게 덧붙인다. "두 사람 나온다. 뒤를 밟아야 해."

나는 통화를 종료하고 스티븐을 쳐다본다. "3만 파운드. 그 돈을 지금 당장 이체하면 네 눈앞에서 영영 사라져줄게."

그는 나를 물끄러미 쳐다보기만 한다. 멍한 표정이다. 지구는 평평하고 외계인이 존재하며 예수가 재방문차 부활하는 중이라는 얘기를 방금 전에 한꺼번에 들은 사람 같다.

글로리아에게는 그런 능력도 있다.

"너 도대체 무슨 짓을 저지른 거냐?" 그가 쉰 목소리로 묻는다.

"그냥 돈만 주면 돼."

그의 눈이 초점을 찾는다. 눈물이 그렁그렁하다. "없어."

"못 믿겠는데. 집 앞에 세워져 있는 차만 아무리 못해도 60만 파운드는 될 거다."

"리스야."

"이 집."

"근저당 설정이 두 건이야."

"포르투갈에 있는 빌라."

"팔았어, 간신히 본전치기로."

다시 구역질이 난다. 이번에는 더 심하다. 쥐가 내 배 속에서 날뛰는 느낌이다. 위벽을 갉아먹는 느낌이다. 대장으로 향하는 느낌이다.

"글로리아가 그 소리를 들으면 좋아할 것 같지 않은데."

그는 완벽하게 모양이 잡힌 머리카락을 한 손으로 쓸어넘긴다.

"진짜야. 3만 파운드 없어. 2만도, 만도, 빌어먹을 5천 파운드도 없어."

"뻥치시네."

"다 썼어. 마리가 미국에서 치료를 받느라. 기적의 치료법이 얼마인지 알아?" 그는 씁쓸하게 빙긋 웃는다. "75만 파운드가 넘어. 그 정도 금액이야. 있던 돈을 다 썼어. 남은 게 없어."

"거짓말." 나는 고개를 젓는다. "예전하고 똑같네. 어떻게든 무사히 빠져나갈 궁리만 하는 게. 너는 거짓말쟁이야."

"진짜야."

"아니. 내가 미국의 병원으로 전화해봤어. 마리한테 들었거든. 그랬더니 뭐라는지 알아? 그쪽에서는 너나 마리 이름을 들어본 적이 없대. 마리는 기적의 암 치료는커녕 빌어먹을 내향성발톱으로도 진료 예약을 한 적 없대."

나는 의기양양하게 그를 쳐다보며 그가 시비조로 으르렁거리겠거니 생각한다. 거짓말을 하다가 들켜서 화가 난 남자. 그런데 그는 다른 반응을 보인다. 예상치 못했던 반응이다. 혼란스러움. 공포.

"그럴 리 없어. 마리가 치료비를 결제했어. 내가 이체해줬다고."

"계속 거짓말을 늘어놓네. 언제쯤 그만둘 작정이냐? 무슨 꿍꿍인지 내가 모를 줄 알고?"

"입출금내역서 보여줄 수 있어. 계좌번호도."

"그래. 당연히 그러시겠지─" 나는 말을 하다 말고 갑자기 멈춘다. 그를 빤히 쳐다본다. "*마리가* 결제했다고?"

"응. 마리가 병원을 알아냈어. 예약도 전부 알아서 했고. 호텔이며 비행기며."

"돈을 전부 마리한테 이체했다고?"

"우리 공동 계좌로. 그러면 마리가 거기서 결제했어."

"하지만 너는 병원하고 연락하지 않았고? 돈을 받았는지 확인하지도 않았고?"

"나는 아내를 믿어. 그리고 마리가 뭐 하러 거짓말을 하겠어? 절박한데. 죽고 싶지 않을 텐데. 이 치료가 유일한 희망이었다고."

그리고 절박한 사람들은 지푸라기라도 잡게 되어 있어요.

나는 차분하게 생각을 해보려고 한다. "공원 설립을 계속 저지하는 이유가 뭐야?"

"그 땅에 집을 지어야 수익성이 더 좋으니까."

"지하에 그런 게 묻혀 있는데도?"

그는 비웃는다. "오래전에 낙석 사고로 봉인이 됐는걸."

"나도 그러길 바랐지. 하지만 너희 아들이 다른 입구를 찾은 모양이던데?"

"*제러미가? 그럴 리가. 그리고 그거랑 이거랑 무슨 상관이야?*"

"우리가 뭘 발견했는지 너희 아들한테 얘기 안 했어?"

"거기 올라가지 말라고 했지. 얼씬도 하지 말라고."

"애들이 부모님이 하는 얘기를 잘 듣나?"

"당연히 아니지. 사실 제러미는 내가 뭐라건 귓등으로도 듣지 않아. 하지만 마리 얘기는 들어. 어렸을 때부터 그랬어. 엄마를 위해서라면 뭐든 할 거야. 엄마 아들이거든."

나는 침을 삼키지만 유리 가루를 삼키는 느낌이다.

엄마를 위해서라면 뭐든 할 거야. 엄마 아들이거든.

피는 못 속인다는 말이 괜히 있는 게 아니다.

내가 지금까지 헛다리를 짚었다.

전화벨이 울린다. 나는 전화를 받는다. "여보세요?"

"어떻게 돼가고 있어?"

나는 스티븐을 흘끗 쳐다본다. "잘돼가고 있어. 그 두 사람, 집으로 돌아오기 전까지 시간이 얼마나 남았을까?"

"내가 전화한 이유가 그 때문이야. 그 둘이 돌아가지 않을 눈치라."

"뭐라고?"

"시내에서 떠나긴 했어. 친구들을 만나기로 했는지 마리가 아들을 큰길에서 내려줬어. 그러고는 지금 너희 집 쪽으로 가고 있어."

"내 집?"

"아니다, 잠깐, 끊지 마. 차를 세웠다. 차에서 내리고 있어. 흠, 희한하네. 손전등이랑 배낭을 들고 있어."

젠장.

"탄광." 내가 말한다. "탄광으로 가려는 거야."

36

나는 운명을 믿지 않는다.

하지만 살다 보면 가끔 피할 수 없는 측면이, 바꾸기 힘든 항로가 등장한다.

그 모든 건 바로 여기 탄광에서 시작됐다. 그리고 여기서 끝날 듯하다.

내가 상상했던 그림은 아니다. 내가 계획한 바도 아니다. 하지만 그게 계획의 문제다. 생각한 대로 되는 경우가 없다는 것. 내 계획은 절대 그대로 된 적이 없는 듯하다.

스티븐과 나는 그의 레인지 로버에 올라탄다. 그는 짧은 거리를 가는 동안 한마디도 하지 않는다. 하지만 내 눈에는 그의 멍한 눈빛과, 새롭게 알게 된 정보를 소화시키느라 힘이 들어갔다 풀렸다 하는 턱이 보인다. 그는 마리가 어떻게 자신을 배신할 수 있는지, 어떻게 자신에게 거짓말을 할 수 있는지 이해하려고 애를 쓰는 중이다.

나는 그가 화를 낼 줄 알았다. 하지만 상처를 받은 것처럼 보일 뿐이다. 쪼그라든 것처럼 보일 뿐이다. 내가 그를 잘못 알고 있었다. 마리는 그에게 집이나 차와 같은 전리품에 불과한 줄 알았다. 그런데 스티븐은 마리를 사랑하고 있었다. 처음부터 줄곧. 그리고 이 모든 사태에도 여전히 그녀를 살리고 싶어 한다.

내가 길가에 아무렇게나 주차된 노란색 미니를 발견한다. 글로리아나 그녀의 차는 보이지 않는다. 그래서 걱정해야 하는지 다행으로 여겨야 하는지 잘 모르겠다.

우리는 차에서 내린다.

"어디 있지?" 스티븐이 묻는다.

"모르겠어." 나는 손전등으로 울타리를 둘러보다가 내가 일전에 지나간 틈새를 발견한다. "따라와."

내가 틈새로 들어간다. 스티븐이 뒤따라온다. 그가 욕을 하는 소리가 들린다. 세월이 흐르는 동안 두툼해진 건 그의 지갑만이 아니다.

"늦었네."

나는 펄쩍 뛴다. 글로리아가 울타리 옆 그림자 안에서 걸어나온다. 그녀답지 않게 평소 입고 다니는 파스텔색 옷 위로 까만 외투를 걸치고 있다. 오늘의 임무를 위한 옷차림이다.

나는 좌우를 두리번거린다. "마리는?"

"내 차 트렁크 안에."

"야 이 나쁜 년아." 스티븐이 말한다.

글로리아는 그를 돌아본다. "스티븐 허스트, 맞지? 사실 농담이야. 20분쯤 전에 저 언덕을 넘어서 갔어."

내가 얼른 끼어든다. "글로리아, 마리가 네 돈을 가지고 있어. 3만 파운드가 아니야. 75만 파운드가 넘어. 마리를 쓰러뜨려야 해."

그녀는 스티븐을 쳐다본다. "이자는 어쩌고?"

"이자는 어쩌냐니?"

"이자의 부인 마리가 돈을 가지고 있다며."

"응."

"그럼 이자는 아무 짝에도 쓸모가 없잖아."

"글로리아─"

"내 생각은 그래."

그녀가 어찌나 빠르게 움직이는지 총이 거의 보이지도 않는다. 펑 하는 소리에 이어 스티븐이 갑자기 비명을 지르는 동시에 자기 다리를 움켜쥐며 땅바닥으로 쓰러져 몸부림치고 있다. 상처에서 검붉은 피가 콸콸─그야말로 콸콸─쏟아진다. 나는 그의 옆으로 무릎을 꿇고 앉는다. 그의 팔을 잡는다.

"맙소사!"

나는 두리번거린다. 울타리 저편의 길은 인적이 끊겼다. 주변에 아무도 없다. 심지어 지나가는 차량의 전조등 불빛도 어둠 속에 있는 우리를 비추지 못할 것이다.

"넓적다리 동맥이야." 글로리아가 끝에 큼지막한 소음기가 달린 총을 내리며 말한다. "세게 지혈하더라도 대략 15분에서 20분이 지나면 과다출혈로 죽을 거야."

스티븐이 나와 눈을 맞춘다. 글로리아가 내 팔을 잡고 일으켜 세운다. "시간 없어. 가서 우라질 내 돈이나 받아와."

"하지만—"

그녀는 내 입술에 손가락을 대고 누른다. "째깍째깍."

내가 허우적허우적 언덕을 올라가자 손전등이 위아래로 미친 듯이 까딱이며 앞을 비춘다. 별로 소용은 없다. 육감과 공포가 길잡이다. 지팡이 없이 왔기 때문에 휘청거리고 절뚝거리고 허우적거리며 울퉁불퉁하고 미끄러운 언덕 비탈을 오르내린다. 다친 쪽 다리가 거의 끊길 줄 모르는 고통의 반주를 연주한다. 갈비뼈가 타악기로 합류한다. 하지만 나의 또 다른 일부는 까만 머리를 산발한 키가 크고 마른 남자가 흡연자답게 쌕쌕거리며 술 취한 부랑자처럼 시골길을 비틀비틀 헤매는 모습을 위에서 내려다보는 듯이 느껴지기도 한다.

이 황당한 상황에 웃고 싶어진다. 비명이 나올 때까지 웃고 싶다. 모든 게 끔찍하고 섬뜩한 꿈처럼 느껴진다. 하지만 나의 마음속 깊은 곳에서는 이것이 끈질긴 현실이라는 걸 안다. 25년 전에 시작된, 깨어 있는 악몽이다.

그 악몽이 오늘 밤에 막을 내린다.

언덕 기슭에 다다르자 입구에 책상다리를 하고 앉아 있는 마리가 보인다. 옆에는 캠핑용 전등이, 발치에는 배낭이 놓여 있다. 머리를 스카프로 감싸고 춥지 않게 옷에 달린 모자를 썼다. 몸을 웅크리고 있기에 순간 기도를 하는가 보다는 생각이 든다. 하지만 잠시 후에 허리를 펼 때 보니 담배에 불을 붙이고 있다.

나는 손전등을 끄고 그녀를 지켜본다. 하지만 그녀를 보는 게 아니다. 열다섯 살짜리 소녀를 보고 있다. 예쁘고 똑똑하고…… 냉혹했던 그녀. 전에는 왜 알아차리지 못했는지 모르겠지만 열다섯 살짜리 호르몬 덩어리가 예쁜 얼굴에 혹하면 많은 단점을 알아차리지 못하기 마련이다. 그 얼굴 아래에 뭐가 있는지 상관하지 않는다. 그 어둠을. 그 썩은 뼈를.

나는 한 발짝 앞으로 다가간다. "마리?"

그녀는 고개를 돌리지 않는다. "너일 줄 알았어. 늘 그랬지. 어렸을 때부터 너는 눈엣가시였어."

"성도 그렇고 천성도 그렇고."*

"집으로 돌아가, 조."

"알았어. 너랑 같이 갈게."

"꿈 깨셔."

"나랑 같이 가지 않으면 어떤 정신 나간 여자가 네 남편을 죽일 거야. 그래도 괜찮아?"

"그 말을 내가 믿는다 한들 그게 무슨 상관이니? 이 일이 마무리되면 제러미하고 나는 스티븐과 이 거지 소굴을 떠날 거야. 영원히."

"미친 짓이라는 걸 너도 알잖아."

---

* 주인공의 성인 Thorne이 가시라는 뜻의 thorn과 발음이 같다.

"이 방법밖에 없어."

"미국의 그 병원이 유일한 방법이었지. 거기 갈 생각은 있었던 거야? 아니면 단순히 돈을 빼돌리기 위한 술책이었어?"

마침내 그녀가 내 쪽으로 고개를 돌린다. 전등 불빛에 비친 그녀의 얼굴은 끔찍하리만치 홀쭉하고 섬뜩하리만치 차분하다.

"완치율이 몇 퍼센트였는지 알아? 30퍼센트였어. 겨우 30퍼센트."

"나는 그보다 낮은 확률에도 돈을 건 적 있는데."

"그래서 땄어?"

나는 대답하지 않는다.

"그럴 줄 알았다. 나는 그 정도 확률에 기대고 싶지 않아. 죽고 싶지 않다고."

"우리 모두 언젠가는 죽을 수밖에 없는 운명이야."

"말이야 쉽지, 네가 당사자가 아닐 때는." 그녀는 연기를 뱉는다. "어떤 심정인지 네가 알기나 해? 매일 밤마다 눈을 감으면서 오늘이 마지막 날인지 궁금해하는 심정이? 마지막 날이었으면 좋겠다 싶을 때도 있어, 겁이 나고 괴로워서. 그게 아닌 날은 잠을 설치며 거부하지. 어둠 속으로 추락하는 게 너무 무서워서."

그녀의 눈이 내 눈과 만난다. 전등에 비친 두 눈이 열에 들뜬 듯 이글거린다.

"죽음에 대해 생각해본 적 있어? 진지하게 생각해본 적 있어? 아무 느낌도 소리도 감각도 없어. 존재하지 않아. 영원히."

아니. 나는 생각한다. 우리는 누구나 죽음에 대해 생각하지 않으려고 한다. 그게 삶의 숙명이다. 심연을 들여다볼 필요가 없도록 계속 바쁘게 생활하며 시선을 피하는 것. 그걸 들여다보았다가는 광기에 휩싸일 것이기에.

"자기에게 주어진 날이 얼마나 되는지 아는 사람은 없어."

"나는 준비가 되어 있지 않아."

"그건 네가 결정할 문제가 아니야. 우리한테는 선택의 여지가 없잖아."

"하지만 만약 선택의 여지가 있다면? 그럼 너는 어떻게 할래?"

"이렇게는 하지 않겠어."

"그건 네 생각이고." 그녀는 터널 쪽을 흘끗 쳐다본다. "저 아래에 뭐가 있는지 우리 둘 다 알잖아."

"유골." 나는 침착한 말투를 유지하려고 애를 쓴다. "저 아래에는 그게 있지. 약도 화학 요법도 진통제도 없던 시절에 죽은 사람들의 유골. 신과 악마와 기적을 믿었던 사람들의 유골. 우리는 이제 알잖아. 그게 *진짜*가 아니라는 걸."

"가르치려 들지 마, 조. 너도 거기 가봤잖아. 우리 모두 가봤잖아."

"마리, 너는 환자야. 그래서 판단력이 흐려졌어. 이러지 마. 저 아래에는 너한테 도움이 될 만한 게 아무것도 없어. 아무것도. 내 말 믿어."

"좋아." 그녀는 담배를 비벼서 끄고 배낭 안으로 손을 집어넣는다. 보드카 한 병과 수면제를 꺼낸다. "정말 그렇게 믿는다면 날 말리지 마. 이걸 먹으면 전부 끝날 거야. 적어도 선택은 *내가* 해야겠어."

나는 아무 대꾸도 하지 않는다.

그녀는 미소를 짓는다. "못 그러겠지, 그렇지? 왜냐하면 너는 아니까. 네 동생이 어떻게 됐는지."

"내 동생은 다쳤어. 실종됐어. 그랬다가 돌아왔어."

"어디에서?"

나는 목에 걸린 단단한 덩어리를 삼킨다. "내 동생은 죽지 않았어."

마리는 웃음을 터뜨린다. 웃음소리에 장난기나 인간미라고는 전혀 없고, 소름 끼치고 귀에 거슬릴 뿐이다. 내 머릿속 한구석에서는 그녀가 예전부터 이랬는지 궁금해진다. 아니면 다 같이 저기에 내려갔던 그날 밤을 기점으로 달라진 걸까? 어쩌면 우리 모두 뭔가가 달라졌을지 모른다. 우리는 죄책감과 후회만 안고 돌아온 게 아닐지 모른다.

"그렇게 믿지 않잖아." 그녀는 말한다.

"아니야. 그렇게 믿어."

"뻥치시네." 그녀의 입술이 실룩인다. "네 동생은 죽었어. 그렇게 맞고 목숨을 부지했을 리 없어. 나는 알아, 왜냐하면—"

그녀는 말끝을 흐린다. 나는 얼어붙는다. 모든 신경이 갑자기 곤두서서 웅웅거린다.

"왜냐하면 뭐?"

"아니야. 아무것도 아니야."

하지만 거짓말이다. 그건 아무것도 아닌 게 아니라 전부다. 퍼뜩 그날의 광경이 눈앞에서 재현된다. 자그맣게 웅크리고 쓰러진 애니. 조금 옆에 서 있는 스티븐. 바닥에 놓인 쇠지렛대. 스티븐의 팔에 매달린 마리. 하지만 마리가 조금 전에도 그 자리에 서 있지는 않았다. 그쪽으로 자리를 옮긴 거였다. 그 전에는 더 가까이 있었다. 나와, 애니와.

"너였구나." 내가 말한다. "내 동생을 친 사람이 너였어."

"일부러 그런 거 아니야. 나는 겁에 질렸어. 실수였다고."

"그래놓고 스티븐한테 뒤집어씌웠군. 그가 너를 감싸주고 보호했어."

"나를 사랑하니까."

이제 모든 게 이해가 된다. 그녀가 왜 떠나지 않았는지. 그들이 왜 결혼했는지. 스티븐은 마리를 사랑했다. 하지만 그녀의 약점을 쥐고 있기도 했다. 마리는 스티븐에게서 벗어날 수 없었다. 그리고 어쩌면 수영장과 이중창도 도움이 됐을 것이다. 조금은.

"정말로 우리를 저기 내버려두고 떠날 작정이었어?"

"나는 걔를 설득하려고 했어."

하지만 그건 사실이 아니다. 마리가 스티븐의 팔에 손을 얹었던 게 기억이 난다. 둘이 주고받았던 눈빛. 나는 그녀가 우리를 도우려는 줄 알았다. 하지만 지금은 잘 모르겠다. 이제는 더 이상 아무것도 잘 모르겠다.

"그럼 크리스는? 내가 그날 저녁에 어디서 걔를 만날 건지 너한테 얘기했잖아. 네가 스티븐을 보냈어? 그것도 네 아이디어였어?"

"아냐. 그런 거 아니었어. 스티븐이 어땠는지 알잖아. 나는 걔를 무서워했다고."

나는 멍이 들었던 그녀의 눈을 생각한다. 오른쪽 눈이었다. 이번에는 나에게 위스키를 따라주었던 스티븐을 떠올린다. 오른손잡이였다. 그녀에 대한 환상이 다시금 와르르 무너진다.

"스티븐은 너한테 손을 댄 적이 없었지?"

"그게 중요해?"

"응."

"좋아. 맞아, 허스트는 그런 적 없었어. 방과 후에 앤지 고든이랑 싸우다 그렇게 된 거였어."

"그럼 그것도 거짓말이었네."

"야, 25년 전의 일이야. 지나간 일은 지나간 일이라고. 내가 바꿀 수도 없잖아. 바꿀 수 있으면 좋겠지만." 그녀는 동굴 입구를 흘끗 쳐다본다. "부탁이야, 조. 나를 그냥 보내줘."

"안 돼."

"뭐든 할게. 돈은 물론이고 네가 원한다면 뭐든 줄 수 있어."

"뭐든?"

"응."

나는 흙바닥 위에서 피를 흘리며 죽어가고 있는 스티븐을 생각한다. 내가 진 빚을 생각한다. 눈이 내린 화창한 아침에 눈을 동그랗게 뜨고 창밖을 내다보던 애니와 동굴 바닥에 웅크리고 쓰러져 있었던 그녀의 조그만 몸을 생각한다.

내가 저 아래에 설치한 폭탄과 주머니에 들어 있는 휴대용 기폭 장치를 생각한다. 마리를 쳐다본다. 증오가 눈부시게 이글거린다.

"너한테 듣고 싶은 얘기가 있는데." 내가 얘기한다.

"뭐든 말만 해."

"빌어먹을 눈사람들은 전부 어디 있을까?"

마리가 입을 연다. 그녀의 옆통수가 무너진다. 뼈와 피와 뇌가 허공으로 폭발해 꽃가루처럼 쏟아져내린다. 그녀의 두개골은 한쪽이 뚫린 분화구가 되고 뼈는 갈기갈기 박살난 곤죽이다.

그녀는 놀라서 눈을 휘둥그레 뜨지도 못한다. 너무 갑작스러운 사태다. 무슨 일인지 짐작하거나 파악할 겨를이 없다. 방금 전까지만 해도 그녀는 살아 있었다. 하지만 누가 스위치를 내리기라도 한 것처럼 일순간에 숨통이 끊겨 볼품없이 바닥으로 고꾸라진다. 누가 전원을 차단하기라도 한 것처럼. 꺼버리기라도 한 것처럼.

"젠장!" 나는 몸을 돌린다.

글로리아가 총을 들고 뒤에 서 있다.

"네가 죽였잖아!"

"저 여자는 너한테 뭐든 줄 생각이 없었어. 저런 년들은 내가 상대해봐서 알아."

"스티븐은?"

"알고 봤더니 남들보다 피를 흘리는 속도가 빠르더라고."

스티븐이. 죽다니. 나는 이 정보를 처리하려고 애를 쓴다. 나는 내가 예전부터 그가 죽길 바라는 줄 알았다. 심지어 죽길 소원하는 줄 알았다. 하지만 이렇게 서 있는 지금은 신물이 나고 피곤하다는 것 말고는 아무것도 느껴지지 않는다. 그리고 겁이 난다. 이제는 나와 글로리아밖에 남지 않았기 때문이다.

"그를 죽게 내버려둘 필요는 없었ㅡ"

"그런데 그래버렸네? 하지만 좋게 생각해. 시신 두 구를 처리해야 하기 때문에 너를 여유롭게 죽일 수 없게 됐잖아." 그녀는 나를 향해 총을 겨눈다. "마지막으로 하고 싶은 얘기 있어?"

"쏘지 말라는 얘기?"

"나도 그럴 수 있으면 좋겠네."

빌어봐야 소용없다. 글로리아한테는 그렇다. 시도는 해볼 수 있을 것이다. 나는 교사라고. 교사들은 총에 맞지 않는다고. 우리가 그렇게 흥미로운 종족은 못 된다고. 우리는 남들이 이미 죽었을 거라고 짐작한 시점에서 몇 년이 지난 뒤에야 서서히 죽는다고. 나한테 다른 계획이 있다고 얘기해볼 수도 있을 것이다. 그녀와 같이 도망치고 싶다고 얘기해볼 수도 있을 것이다. 나는 아직 마음의 준비가 되지 않았다고 얘기해볼 수도 있을 것이다. 하지만 아무 소용 없을 것이다.

나는 눈을 감는다.

총의 공이치기가 당겨진다. "댄스 슈즈를 신고 있길 바란다."

나는 휴대용 리모컨을 잡고…… 폭파 버튼을 누른다.

이번에는 우르르거리지 않는다. 포효한다. 지축을 뚫고 올라와 내가 서 있는 땅을 뒤흔든다. 나는 눈을 뜬다. 글로리아가 휘청거리고 총이 흔들리는 게 보인다. 내가 그녀에게 달려들 틈이 있을까? 그녀가 다시 돌아본다. 총을 든 손의 떨림이 멈춘다. 손가락이 방아쇠를 감싸고…….

집행유예는 없어. 최후의 탈출도 없어. 두 번째 기회도 없어.

글로리아가 지면 사이로 추락한다.

구멍에 떨어진 토끼처럼, 우물에 떨어진 동전처럼. 심지어 비명 소리 하나 없이. 사라진다. 없어진다. 나는 충격을 달래며 그녀가 서 있었던 자리를, 방금 전에 생긴 싱크홀을 멍하니 쳐다본다.

절뚝절뚝 다가간다. 어른어른한 분홍색과 금발 한 가닥이 보인다. 지축이 다시 흔들린다. 내 운동화 아래에서 흙과 잡초가 분리되기 시작한다. 나는 비틀비틀 뒷걸음질을 친다. 바로 그때 구멍이 오그라들며 자갈과 흙과 돌멩이가 그녀의 몸 위로 좀 더 쌓인다.

나는 멍한 느낌과 구역질을 달래며 깊은 틈새를 들여다본다. 시야가 흔들린다. 뜨끈한 뭔가가 귀를 지나 뺨을 타고 흘러내린다. 머리가 아프다. 손을 들어서 건드려본다. 눈 위쪽이 끈적끈적하고 이상하게 말랑말랑하다. 왜 그런지 고민할 겨를이 없다. 아래에서 다시 으르렁거리는 소리가 들린다. 경고다. 얼른 빠져나가지 않으면 글로리아의 곁으로 갈 것이다. 저 아래로. 어둠 속으로. 죽은 자들의 유골 사이로.

그리고 또 다른 것들 사이로.

돌아가기까지 한참이 걸린 듯하다. 몸의 균형 감각이 사라졌다. 나는 비틀비틀 휘청거리며 오르막과 내리막을 지난다. 몇 번 넘어진다. 왼쪽 귀가 울리고 한쪽 눈은 초점이 제대로 잡히지 않는다. 조짐이 좋지 않다. 아주 좋지 않다.

폐광 입구에 거의 다다랐을 때 지면을 뚫고 마지막 여진이 전해진다. 나는 걸음을 멈추고 뒤를 흘끗 돌아본다. 시커먼 연기가 잿빛 하늘과 한데 뒤엉킨다.

뭔가가 내 얼굴 위로 떨어진다. 느낌이 눈송이 같다. 나는 잠시 후에야 그것이 흰색이 아니라 검은색이라는 걸 알아차린다. 석탄 가루다. 나는 잠깐 서서 온 사방으로 떨어지는 석탄 가루를 맞는다.

그러고는 바닥에 주저앉는다. 의식의 선상에서 내린 판단이 아니다. 뇌에서 더 이상 지시를 내리지 않듯 다리에도 그냥 힘이 풀려버렸다. 업무를 종료해버린 것이다. 어쩌면 영원히. 피곤하다. 왼쪽 눈이 붉은색으로 덮였다. 문득 다시 일어나지 못할 수도 있겠다는 생각이 든다. 상관없다.

돌바닥에 드러눕는다. 하늘을 올려다보지만 시커멓고 깊은 구멍을 내려다보는 듯한 느낌이다. 어둠이 나를 잡아당긴다.

누군가가 내 팔을 잡는다…….

37

2주 뒤

"나는 감정적인 작별 인사를 좋아하지 않아요."

"이하동문이에요."

"우리 서로 한번 안아줄까요?"

"그러고 싶어요?"

베스는 나를 째려본다. "별로요."

"이하동문이에요."

"사람들이 포옹을 두고 뭐라는지 알아요?" 그녀가 묻는다.

"뭐라는데요?"

"얼굴을 가리기 위한 평계에 불과하대요."

"뭐, 그럴 수 있어서 다행인 사람들도 있겠네요."

"엿이나 드시죠."

애니가 돌아왔다

"그럴 수 있는 기회를 놓쳤어요."

"아쉬움을 잊을 수 있을 거예요."

"너무 슬퍼서 정신 못 차리는 줄 알았더니."

베스는 내 쪽을 향해 잔을 들어보인다. "건배."

나는 그녀의 맥주잔에 콜라를 부딪친다.

"당신이 후폭풍 처리를 나한테 맡기고 꺼져주기 때문에 오늘 저녁에 내가 술을 사는 거라고 생각하지는 마요."

"'후폭풍'이라 하면 당신이 교감으로 승진한 거요?"

"맞아요. 뭐, 그게 그거죠."

"그게 그거라뇨. 무슨 말씀을."

그녀는 내게 손가락을 들어 보인다.

해리가 며칠 전에 사이먼 손더스와 동반 사임했다. 잘은 모르겠지만 경찰이 스티븐 허스트의 컴퓨터에서 뇌물 공여와 비리를 입증하는 이메일을 발견한 모양이다. 그는 해리에게 부당한 위압을 행사했고, 사이먼 손더스에게 대가를 지불하고 아들의 성적을 조작했다. 둘 다 아주 유감스러운 일이다.

교장 대리를 맡은 미스 하디(역사 담당 수전)가 베스를 교감으로 임명했다. 그 둘은 훌륭한 팀이 될 거라고 본다. 사실 내가 낙관론자였다면 여기서 한 걸음 더 나아가, 무엇보다도 가장 골칫거리였던 제러미 허스트가 돌아올 기약이 없으니 그 둘이서 손을 잡고 안힐 아카데미를 변화시킬 수 있을 거라고 본다고 얘기했을지 모른다.

그는 현재 위탁 가정에서 지내며 심리치료사의 상담을 받고 있다. 부모님의 갑작스럽고 처참한 죽음으로 충격을 받은 상태다. 나도 제러미가 안됐다고 얘기하고 싶다. 하지만 벤저민 모턴을 떠올린다.

장담할 수는 없지만 제러미가 그를 동굴로 데려갔을 것이다. 장난 삼아 아니면 '입회 절차' 삼아. 거기서 벤에게 어떤 일이 벌어졌다. 나쁜 일이. 어쩌면 그가 처음이 아닐 수도 있었다. 나는 베스의 조카 에밀리를 생각한다. 달라진 또 다른 아이. 비극적으로 갑자기 막을 내려버린 또 다른 인생.

그리고 제러미는 아무한테도 얘기하지 않았다. 어쩌면 그의 어머니만 예외였을 것이다.

스티븐과 마리의 시신은 폐광에서 발견됐다. 경찰은 그들이 사망에 이른 정황을 계속 수사 중이다. 스티븐의 주변에는 수상한 패거리가 있었고 적이 한두 명이 아닌 데다 트렁크에 피 묻은 쇠지렛대가 담긴 여행 가방까지 있었으니 그걸 전부 파헤치려면 시간이 걸릴 것이다. 추가 정보가 입수되지 않는 한 경찰에서는 이 사건을 절대 해결하지 못할 것 같은 예감이 든다.

싱크홀은 금세 메워질 것이다. 공원 개발 계획이 검토에 들어갔다. 그 땅에 집은 지어지지 않을 것이다. 어떤 의회도 그걸 승인하지 않을 것이다.

두말하면 잔소리지만 경찰이 나를 찾아왔다. 테일러 순경과 덩치가 큰—덩치가 아주 큰—게리 반스 경사였다. 그들이 스티븐의 차에 탄 적 있느냐고 묻자 나는 그렇다고 시인했다. 그가 어느 날 밤에 나를 집까지 태워다준 적이 있었다고 했다. 하지만 그 부분이 해결되자 나머지는 형식적인 질문처럼 느껴졌다.

"그럼 저는 용의자가 아닌가요?" 나는 그들을 배웅하며 물었다.

테일러가 한쪽 눈썹을 추켜세웠다. "이번 사건은 그렇습니다만."

덩치 큰 경사가 껄껄대고 웃었다. 경찰식 유머였다.

"전문가의 솜씨인 것 같습니다." 그가 말했다. "제가 보기에 선생님은 청부 살인자 유형이 아니고요."

나는 그들에게 청부 살인자도 종류가 다양하다고 얘기할 수 있었다. 하지만 그러지 않았다. 미소를 지었다.

"펜이 칼보다 강하다고 하죠." 내가 얘기했다.

그가 나를 쳐다보았다. 교사식 유머였다.

베스는 미심쩍다는 듯이 내 콜라를 쳐다본다. "정말 오늘 떠나야 해요? 이건 작별의 술자리라고 볼 수도 없잖아요. 와인 한 병 주문해도 되는데. 그걸로 오후를 멋지게 장식하면 어때요?"

나는 베스를 쳐다본다. 그녀를 쳐다보던 게 그리워질 것이다. 우리 둘이 화해해서 다행이다. 나는 그녀에게 스티븐이 크리스의 자살에 원인을 제공했다고 생각했기 때문에 안힐로 돌아왔다고 얘기했다. 몇 명의 영혼을 편히 잠재울 필요가 있었다고 말이다. 어느 정도는 맞는 말이었다. 대개의 거짓말이 그렇다. 가끔은 그걸로도 충분하다.

"솔깃하긴 하지만." 내가 말한다. "가야 해요. 아무튼 중요한 건 누구랑 마시느냐잖아요."

그녀는 얼굴을 찡그린다. "못 말려. 화장실 다녀올게요."

그녀는 으스대며 저쪽으로 걸어간다. 나는 멀어져가는 그녀의 호리호리한 체구를 바라본다. 검은색 스키니진에 닥터 마틴을 신고 구멍이 숭숭 뚫린(좀이 열심히 갉아먹은 게 아니라 패션 선언이라고 본다) 헐렁한 줄무늬 점퍼를 입고 있다. 울컥하고 조금 후회가 된다. 나는 베스가 좋다. 많이 좋다. 그리고 감히 추측건대 그녀도 나를 좋아하는 것 같다. 그녀는 좋은 사람이다. 나는 아니다. 그렇기에 그녀에게서 가능한 한 멀리 떠나려는 거다.

"감자튀김 같이 먹어요."

나는 고개를 든다. 로런이 감자튀김이 수북이 담긴 그릇을 테이블에 쿵 내려놓는다.

나는 미소를 짓는다. "고마워요."

"별말씀을요."

"감자튀김뿐만이 아니고요."

그녀는 나를 빤히 쳐다본다.

"기억해요." 나는 말한다. "그날 밤에 폐광에서 나를 발견한 사람이 당신이었잖아요."

침묵이 길게 이어진다. 아무 말도 하지 않으려나 보다는 생각이 들려는 찰나 그녀가 말을 한다. "개를 데리고 마지막으로 산책을 나갔을 때예요."

노견이었지. 나는 생각한다. 엄마가 키우던. 목에 털이 한 움큼 없었던. 그리고 무는 습관이 있었던.

"아무튼 다시 한번 고마워요." 내가 말한다. "집에 데려다줘서. 아무 말도 하지 않아줘서. 그리고 다른 모든 것도. 자세한 부분은 잘 기억이 안 나거든요."

"내가 한 일도 별로 없어요."

"그건 아닌 것 같은데요."

그녀는 어깨를 으쓱한다. "머리는 어때요?"

나는 손을 들어서 이마를 만진다. 관자놀이에 조그맣고 빨간 흉터가 남았는데 멍이 남은 흔적처럼 살짝 따갑다. 하지만 그게 전부다. "쓰러지면서 부딪혔나 봐요."

"쓰러지지 않았어요."

"아니에요?"

"완전히는 아니에요."

로런은 몸을 돌려서 바 카운터로 성큼성큼 돌아간다. 나는 그녀의 뒷모습을 쳐다본다.

베스가 다시 테이블 앞에 앉는다. "무슨 얘기했어요?"

"아뇨. 아무것도 아니에요." 나는 소스 봉지를 집는다. "케첩 줄까요?"

"고마워요." 그녀는 케첩을 받고 나서 말한다. "아, 까먹기 전에."

그녀는 가방에서 조그만 신발 상자를 꺼내 테이블 위에 놓고 내쪽으로 민다.

"구했어요?"

"생물을 가르치는 크래덕 부인이 구해줬어요."

"고마워요." 나는 상자를 열고 안을 들여다본다.

"털 뭉치를 공개합니다." 베스가 말한다.

"사인이⋯⋯ 설마?"

"아뇨오오. 자연사예요."

"다행이다. 고마워요."

"아무 설명도 하지 않을 거죠?"

"맞아요."

"수수께끼 같은 남자라니까."

"'국제적인'이라는 단어를 덧붙여야죠."

"보고 싶을 거예요."

나는 미소를 짓는다. "나도요."

"이제 그거 좀 치워줄래요? 입맛 떨어지는데."

나는 상자를 가방 안에 넣는다. "됐어요?"

"나는 바보 같은 미소를 얘기한 거였는데."

내가 북서쪽으로 돌아가기 위해 차에 올라탄 시각은 3시였다. 베스와 나는 전화번호를 교환하고 계속 연락하자고 약속한다. 우리가 문자를 주고받는 친구로 지낼 수 있는 성격은 아니기에 아마 그럴 일은 없겠지만 그래도 상관없다.

포옹도, 눈물도, 진하고 낭만적인 마지막 키스도 없다. 멀어지는 내 차를 쫓아서 달려오지도 않는다. 그녀는 백미러를 통해 두 개의 손가락을 보여주고 다시 술집 안으로 사라진다. 모두 괜찮다.

나는 큰길을 따라 달린다. 하지만 멀리 가지는 않는다. 그 길의 끝에 다다르자 성 유다 앞에서 차를 세운다.

차에서 내려 교회 문을 연다. 그녀는 기우뚱한 나무 벤치에 앉아 있다. 아무 무늬 없는 회색 재킷과 파란색 원피스를 입고 차분한 분위기를 풍긴다. 내가 다가가자 그녀가 고개를 돌린다.

"작별 인사를 하러 만나기에는 특이한 곳이죠?" 미스 그레이슨이 얘기한다.

"하지만 어울리는 것 같습니다."

"나도 그렇게 생각해요."

우리는 묘지 너머를 바라본다.

"여기 묻히지 않았죠?" 내가 묻는다.

"누구요?"

하지만 그녀는 누군지 안다.

"선생님의 여동생요."

"이 묘지는 오랫동안 쓰이지 않았어요."

"이 근처 어느 묘지에도 묻히지 않았던데요. 제가 알아봤어요."

"부모님이 화장을 했어요."

"화장터에도 기록이 없던데요. 사실 사망 기록이 전혀 없었어요."

긴 침묵이 이어진다. 한참 만에 그녀가 얘기한다.

"아이를 잃으면 상상할 수 없을 만큼 고통스럽죠. 내가 보기에는 상심도 일종의 정신병이에요. 평소 같으면 생각도 하지 않을 만한 일을 저지르게 만들거든요."

"여동생은 어떻게 됐나요?" 내가 묻는다.

"부모님이 어느 날 밤에 데리고 나갔어요. 하지만 다시 데려오지 못했어요. 아니, 적어도 집으로 데려오지는 못했어요."

"안힐의 역사와 그 동굴에 대한 관심이 지대했던 이유가 그 때문이었죠? 애니한테 어떤 일이 벌어졌는지 안다고 했던 이유가?"

그녀는 고개를 끄덕이고 묻는다. "나무를 들이받은 건 진짜 사고였어요?"

"네." 나는 대답한다. "진짜 사고였어요."

그녀는 생각에 잠긴 표정을 짓는다. "살아 있는 것들은 저마다 살길을 찾는다고들 하잖아요. 가끔은 죽음도 그렇지 않나 싶어요."

결국 모든 카드를 쥐고 있는 쪽은 죽음이라는 생각이 든다.

"이제 그만 가야겠네요." 나는 손을 내민다. "안녕히 계세요, 그레이슨 선생님."

그녀는 서늘하고 반질반질한 손바닥으로 내 손을 쥔다. "잘 가요, 손 선생님."

나는 일어나서 걸음을 옮긴다. 문 앞에 거의 다다랐을 때 그녀가 부른다. "조?"

"네?"

"고마웠어요. 돌아와줘서."

나는 어깨를 으쓱한다. "가끔은 선택의 여지가 없을 때도 있죠."

38

구불구불한 시골길은 어두컴컴하다. 나는 천천히, 조심스럽게 운전한다. 굼벵이 속도로 왔는데도 예상했던 것보다 시간이 덜 걸린다. 퇴근길 정체 시간을 피한 덕분이다. 내 머릿속은 복잡하다. 너무 복잡하다.

브렌던과 함께 지내는 아파트에서 몇 건물 옆 골목길에 차를 세운다. 차에서 내려 이쪽, 저쪽을 살핀다. 그 길의 끝으로 곧장 걸어갔을 때 그걸 발견한다. 뒷좌석에 카시트 두 개가 있고 뒷유리창에 '꼬맹이 괴물들이 타고 있어요'라는 스티커를 붙인, 살짝 낡은 포드 포커스다.

나는 그 차를 잠깐 물끄러미 바라보다 좀 더 천천히 길을 건너 동네 단골집으로 골목길 두 개를 더 걸어간다. 훌륭한 단골집이다.

끝내주는 스테이크 앤드 키드니 파이를 판다.

문을 열고 들어서자 저쪽 구석의 우리 테이블에 앉아 있는 그가 한눈에 들어온다. 나는 맥주와 감자칩 한 봉지를 주문하고 어슬렁어슬렁 다가간다. 그가 고개를 든다. 우락부락한 얼굴 위로 미소가 번진다.

"아니, 이게 누구야."

나는 테이블에 맥주를 내려놓는다. 그는 일어나서 팔을 벌린다. 우리는 포옹한다. 그는 내 얼굴을 보지 못한다.

마침내 우리는 자리에 앉는다. 브렌던이 마시던 오렌지 주스 잔을 들어 보인다. "돌아와서, 그것도 무사히 돌아와서 기뻐."

나는 맥주를 한 모금 마신다. "고마워."

"이제 무슨 염병할 일이었는지 얘기해줄 거야?"

"금발 여자가 더 이상 괴롭히지 않을 거야."

"그래?"

"죽었어. 사고로."

나는 그를 지켜본다. 하지만 그는 호락호락하지 않다.

"그리고 네 빚은?"

"조만간 탕감될 거야."

"사랑하는 우리 엄마라면 이런 때 뭐라고 할지 알아?"

"뭐라고 하실 건데?"

"현명한 사람은 마지막 여우를 죽일 때까지 자기 닭의 숫자를 세지 않는 법이다."

"해석하자면?"

"그 여자는 처리했을지 몰라도 정말 그걸로 끝이라고 생각해?"

나는 감자칩 봉지를 열어서 브렌던에게 권한다. 그는 배를 두드리며 고개를 젓는다. "다이어트 중이잖아, 기억 안 나?"

"아. 맞아. 예전에는 덩치가 훨씬 컸었지? 술을 마시던 시절에는."

브렌던은 씩 웃는다. "지금 같은 꽃미남이 아니었지."

"그 당시에는 뚱뚱했었다?"

미소가 사라진다. "왜 이래, 조?"

"글로리아가 죽기 전에 했던 말이 있거든. 혹시 궁금해할까 봐 알려주자면 금세 숨이 끊겼어. 너랑 가까운 사이였다는 거 알아."

"가까운 사이? 무슨 얘기하는 건지 전혀 모르겠네. 나는 네 친구야. 항상 네 곁을 지켰던 친구. 병원으로 몇 주 동안 병문안을 갔던 친구."

"병문안은 두 번 왔잖아. 하지만 사업을 관리하느라 바빴겠지. 도박, 고문, 살인."

"사업? 너 지금 브렌던 얘기하는 거 맞아?"

"아니. 나는 지금 팻맨 얘기하는 거야."

우리는 서로 쳐다본다. 그는 소용없다는 사실을 깨닫는다. 모든 패가 공개됐다. 그가 팔을 벌린다.

"젠장. 내가 졌네. 전부터 네가 워낙 예리했지. 그게 내가 널 좋아하는 이유긴 하지만."

뱀이 허물을 벗듯 심한 아일랜드 억양이 사라진다.

"그래서 글로리아를 보내 나를 불구로 만들었나?" 내가 묻는다.

"사업은 사업이고. 우정은 우정이니까."

"네가 우정에 대해서 뭘 안다고?"

"네가 아직 숨이 붙어 있잖아. 그런 게 바로 우정이지."

"왜 그랬어? 왜 내 친구인 척했어? 왜 아파트에 들어와서 살라고 하고?"

"너를 도우려고 그랬던 거야. 빚을 갚을 기회를 주려고. 하지만 너는 점점 더 깊은 수렁 속으로 빨려 들어가기만 하더군. 그리고 하늘에 대고 솔직히 맹세하는데, 너랑 같이 지내서 좋았어. 나 같은 처지가 되고 보면 가까운 친구가 많지 않거든."

"친구들이 사고를 자주 당하는 경향이 있지?"

그는 빙그레 웃는다. "가끔 어쩔 수 없는 경우도 생기지."

어쩔 수 없는 경우. 어련하실까.

그는 의자에 기대고 앉는다. "그래서, 얘기해봐. 글로리아가 뭐라고 했는데?"

"댄스 슈즈를 신고 있길 바란다. 그 당시에는 알아차리지 못했어, 그녀가 내 머리에 총을 겨누고 있었을 때는. 하지만 나중에 기억이 나더군."

그는 꾀죄죄한 머리를 흔든다. "언젠가는 내가 얘기한 격언들이 내 뒤통수를 칠 줄 알았어야 하는 건데."

"그뿐만이 아니었어. 하마터면 글로리아가 한 말을 무시하고 지나갈 수도 있었는데ㅡ"

그러고 싶었다. 진심으로 그러고 싶었다. 하지만 다른 게 있었다.

"차 말이야." 내가 말했다.

"차?"

"카시트가 장착된 검은색 포드 포커스가 민박집 앞에 주차된 걸 본 적 있거든, 나한테 가방을 가져다주려고 차를 몰고 왔다는 얘기를 너한테서 듣기 전에. 낯이 익었는데 어디서 봤는지 가물가물했어. 그러다 생각이 났지. 예전에 아파트 앞에서 그 포드 포커스를 본 적 있었거든. 너는 누나한테 빌린 차라고 했지만."

"아."

"진짜야?"

"아니. 등잔 밑이 어둡다고 하잖아, 친구. 이 술집 손님 절반은 팻맨에 대해서 들어봤을 거야. 그가 거의 매일 저녁마다 여길 찾는다는 걸 아는 사람은 없지. 개과천선한 주정뱅이자 아일랜드 출신의 익살꾼 브렌던을 두 번 쳐다보는 사람도 없고.

차도 마찬가지야. 애를 태우고 다니는 차에는 아무도 신경을 쓰지 않거든. 뭔가 안 좋은 일이 생겨서 얼른 도망쳐야 할 때 애들을 데리러 포드 포커스를 몰고 느릿느릿 달리는, 후줄근해 보이는 아이 아빠는 경찰이 검문하지 않아. 변장용으로 완벽하지."

"아닐 수도 있고."

"뭐, 인간은 누구나 실수를 저지르잖아. 여기로 다시 돌아온 게 너의 실수야. 너 때문에 내가 난처해졌거든. 네가 나한테 진 빚은 여전해. 내 여자친구는 죽었고. 내가 조, 너를 어찌해야 하는 거냐?"

"나를 그냥 보내면 되지."

그는 웃음을 터뜨린다. "그럴 수야 있지. 하지만 그래봐야 필연적인 결과를 늦추는 것에 불과해."

"너는 나를 죽이지 않을 거야."

"어째서?"

"먼저 두 가지만 묻자. 나더러 경찰에 신고하라고 한 이유가 뭐야?"

"신고하지 않을 거라는 걸 알았으니까. 청개구리 심리로."

"그리고 모든 게 거짓말이었어? 네가 얘기한 모든 게?"

그는 고민한다. "흠, 어디 보자. 우리 엄마가 아일랜드 사람이기는 하지만 사랑스럽지는 않아. 예전에 뚱뚱하기는 했어. 술을 끊은 알코올중독자이기도 하고. 아, 그리고 실제로 누나도 있고—"

"조카도 둘 있지. 데이지하고 시오."

그는 나를 빤히 쳐다본다. 그의 한쪽 눈이 실룩거린다.

"그들은 알트링엄에 살지. 아이들 아빠는 공항에서 일하고. 엄마는 개인 병원 안내 데스크 직원. 데이지와 시오는 헌팅던 초등학교에 다녀. 1주일에 3일은 너희 누나가 데리러 가고, 늦게까지 근무하는 화요일과 금요일에는 베이비 시터가 데리러 가고. 아, 그리고 아이들이 키우는 애완동물은 게르빌루스쥐가 아니야. 햄스터지."

나는 술잔을 집어서 한 모금 마신다. "지금까지 내 실력 어때?"

"아니 도대체—"

"내가 하는 일이 없잖아. 그래서 시간이 좀 남거든. 자, 내가 하고 싶은 말은 이거야. 네가 나를 건드리면 나는 너희 누나와 그 가족을 가만두지 않겠다는 거."

으르렁거리느라 그의 입가가 일그러진다. "너는 그럴 만한 성격이 못 돼."

"그래?"

나는 주머니에서 조그만 갈색의 털북숭이를 꺼낸다. 그 죽은 햄스터를 그의 주스에 넣는다.

"네가 사랑하는 엄마가 깡패 짓을 두고 했던 말처럼 내 안에 어떤 면모가 감추어져 있는지 너는 염병, 절대 모를 거야."

브렌던은 햄스터를 쳐다본다. 그러다가 나를 쳐다본다. 나는 미소를 짓는다. 그의 표정이 바뀐다.

"여기서 나가. 네 그 상판대기를 두 번 다시 보고 싶지 않으니까."

나는 의자를 뒤로 민다.

"멀리, 아주 멀리 가라." 그가 덧붙인다.

"보츠와나가 괜찮다고 하더라."

"편도 티켓을 끊어. 엽서라도 한 장 보내면 죽은 목숨인 줄 알아. 알겠어?"

"알겠다."

나는 몸을 돌려서 술집을 가로지른다. 뒤를 돌아보지 않는다.

어쩐 일인지 모르겠지만 다리도 절지 않는다.

에필로그

헨리는 거기에서 놀지 말라는 얘기를 들었다. 이사한 이래 엄마는 계속 그 얘기뿐이다. 위험하다고 한다. 다치거나 길을 잃거나 땅속 구멍에 빠질 수 있다고 한다. 구멍에 빠지고 싶은 건 아니지, 그렇지?

헨리는 구멍에 빠지고 싶지 않지만 엄마의 말을 항상 잘 듣는 것도 아니다. 가끔은 엄마가 하는 얘기가 단어의 나열에 가까울 때도 있다. 들리기는 하지만 무슨 뜻인지 알아듣지 못하는 것이다. 언뜻 보기엔 그의 자폐증 때문이다. 그러니까 공감 능력(뭔가를 제대로 느끼는 능력)이 부족해서 그렇다.

하지만 꼭 그렇지만은 않다. 그는 사람들을 상대할 때 어려움을 겪는다. 동물은 별로 그렇지 않다. 그리고 공간은. 그는 공간을 느

낄 수 있다. 예를 들어 폐광. 이사한 순간부터 그걸 느꼈다. 그곳이
그를 불렀다. 마치 많은 사람들이 모여서 얘기하는 방 옆에 서 있
는 느낌이다. 하지만 그들이 뭐라고 하는지는 잘 모르겠다.

헨리는 엄마에게 목소리가 들린다는 얘기를 하지 않는다. 그는
'엄마가 걱정하기' 때문에 얘기하지 않는 게 많다. 엄마는 그 말을
자주 한다. 그를 별 탈 없이 키울 수 있을지 걱정된다고. 혼자 보내
는 시간이 너무 많아서 걱정된다고. 새로 사귄 친구들 얘기를 했을
때 엄마가 그렇게 기뻐했던 이유도 그 때문이다. 헨리는 지금까지
친구를 사귄 적이 없었고 엄마가 거기에 대해서도 걱정한다는 걸
안다.

오늘 엄마는 2층에서 페인트칠을 하고 있다. 이 시골집을 재단
장하는 중이다. 엄마 말로는 모든 벽이 연미색이라 세몰리나 푸딩
통조림 안에서 지내는 기분이라고 한다. 엄마는 가끔 우스운 소리
를 했다. 헨리가 생각하기에 그는 엄마를 사랑한다.

그래서 그는 몰래 빠져나갈 때 어떤 기분을(죄책감일까?) 살짝
느낀다. 하지만 발길을 멈출 정도는 아니다. 그게 문제다. 헨리는
자신의 행동이 남들에게 어떤 영향을 미칠지 고민하지 않는다(의
사들 말로는 그렇다고 했다). 오로지 현재에 산다.

이 현재는 훌륭하다. 햇살은 화창하다. 하지만 녹은 버터처럼 부
드러운 여름의 화창함은 아니다. 쨍하게 화창하다. 겨울처럼 화창
하다. 건드리면 손을 베일 듯이 윤곽선이 선명하다. 헨리는 그래서
좋다. 그는 두툼한 더플 코트로 몸을 감싸는데, 그 안은 안전하고
따뜻하며 주변 세상과 단절되어 있다. 헨리는 그것도 좋다.

헨리는 보안용 울타리가 시작되는 지점까지 걸어간다. 그는 틈새가 어디 있는지 안다. 어딜 들어가는 방법을 찾는 데 재주가 있다. 그는 틈새 너머로 들어가 주변을 둘러본다.

친구들이 어디 있는지 모르겠다. 대개 여기서 만나고는 했는데. 잠시 후에 그들이 보인다(생각을 했더니 친구들이 등장하기라도 한 것처럼 그렇다). 그들이 손을 흔들고 그를 향해 조그만 언덕을 내려온다. 여자아이는 헨리와 나이가 비슷하다. 남자아이는 좀 더 나이가 많은데, 말랐고 금발이다. 여자아이는 가끔 인형을 들고 나온다.

그들은 덤불이 우거진 폐허를 같이 돌아다닌다. 가끔 헨리는 걸음을 멈추고 돌멩이나 오래된 나사나 쇳조각을 줍는다. 그는 물건 수집하는 걸 좋아한다.

어느 정도 시간이 지났을 때―시계를 볼 줄 모르기 때문에 얼마나 지났는지는 모른다―그는 태양이 전처럼 쨍하고 화창하지 않다는 걸 알아차린다. 하늘 저편으로 많이 기울었다. 헨리는 엄마가 지금쯤 페인트칠을 마쳤을지 모르는데, 자신이 집에 없으면 엄마가 걱정할 거라는 생각이 든다.

"이제 가야겠다." 헨리가 말한다.

"아직은 안 돼." 남자아이가 말한다.

"좀 더 있다가 가." 여자아이가 말한다.

헨리는 고민한다. 그도 좀 더 있다가 가고 싶다. 배 속에서 움찔거리는 게 느껴진다. 그의 머릿속에서 탄광이 웅웅거리는 소리가 들린다. 하지만 엄마가 속상해하는 건 싫다.

"안 돼." 그가 말한다. "갈 거야."

"잠깐." 남자아이가 말한다. 좀 전보다 다급한 목소리다.

"너한테 보여줄 게 있어." 여자아이가 말한다.

여자아이가 헨리의 팔을 건드린다. 손이 차갑다. 그녀는 얇은 잠옷만 입고 있다. 남자아이는 티셔츠와 반바지를 입고 있다. 둘 다 맨발이다.

헨리는 좀 이상하다는 생각이 든다. 하지만 그 생각은 잠시 후 속삭이는 목소리에 눌려서 사라진다.

그는 다시 한번 시도한다. "진짜 가야 해."

남자아이는 미소를 짓는다. 까만 뭔가가 그의 머리카락에서 떨어져 종종거리며 사라진다.

"너는 다시 오게 될 거야." 남자아이가 말한다. "우리가 장담해."

감사의 말

맙소사, 두 번째 책이라니. 불과 얼마 전까지만 해도 책은 평생 출간하지 못하려나 보다고 포기하고 있었는데 두 권째라니. 이제는 거의 명실상부한 작가가 된 느낌인데, 이 자리에 오기까지 고마운 사람이 정말 많다.

환상적인 나의 에이전트 매들린 밀번. 그녀가 없었다면 나는 지금도 노팅엄에서 개를 산책시키고 있었을 것이다.

탁월한 편집자 맥스. 그는 나의 글을 본능적으로 '이해'하고 어떻게 하면 그걸 훨씬 괜찮게 발전시킬 수 있는지 안다. 마찬가지 이유에서 네이트. 훌륭한 편집자이자 온 지구를 통틀어 가장 선한 사람.

마이클 조지프 앤드 크라운의 전 직원. 더불어 내 작품을 출간하는 세계 각국의 출판사.

내 파트너 닐. 당신에게 바치는 헌사는 이미 앞쪽에 썼어.

삶에서 진정으로 중요한 게 뭔지 깨닫게 해주는(그건 바로 반짝이라는 사실!) 우리 딸 베티.

엄마 그리고 아빠. 두 분이 없었다면 저는 말 그대로 존재할 수 없었을 거예요.

우정과 응원과 알딸딸한 점심을 함께했던 레이디킬러스. 그중에서도 가장 고마웠던 건 알딸딸한 점심이었어!

예전에 내게 이런 말씀을 해주셨던 웹스터 영어 선생님. "네가 수상이나 베스트셀러 작가가 되지 않으면 정말 실망스러울 거다."

스티븐 킹. 내게 끊임없는 영감을 선물하는 작가.

다 같이 노팅엄셔 광산촌의 종합중등학교에 다니던 시절부터 내가 얼마나 작가가 되고 싶어 했는지 아는 오랜 친구들 커스티, 수전, 줄리 그리고 클레어.

그리고 당연히 이 책을 읽어주신 독자 여러분. 여러분이 없다면 내가 계속 이 일을 할 수 있을까요. 고마워요. 여러분은 경이로운 존재예요!

C. J. 튜더의 전작 『초크맨』은 엄청난 성공을 거둔 히트작이었다.《선데이 타임스》베스트셀러로 선정됐고, 영국 범죄작가협회에서 시상하는 스틸 대거상과 전영도서상 최종 후보였고, 40개국으로 수출됐다. 따라서 『애니가 돌아왔다』는 전작과 비교를 피할 수가 없는 운명인데, 우리의 저자는 과연 2년 차 징크스의 제물이 되었을까?

일단 『애니가 돌아왔다』는 『초크맨』과 비슷한 구석이 여러 군데 있다. 학교 선생님인 주인공. 네 명의 어린 시절 친구. 불길한 사건들로 인해 더럽혀지는 어린 시절의 순수. 고향을 떠났다가 문득 다시 찾아와 잔잔했던 수면에 파문을 일으키는 한 사람. 그로써 파헤쳐지는 과거의 음울한 비밀. 누가 보냈는지 모를 섬뜩한 메시지. 강럴한 도입부. 고조되는 긴장감. 막판의 극적인 반전. 과거와 현재를 오가는 구성. 그리고 여전히 마지막 책장을 덮을 때까지 독자를 놓아줄 생각이 없는 작가. 이렇듯 『애니가 돌아왔다』는 『초크맨』과 공유하는 DNA가 많지만 리얼리즘에 기반한 전작과 다르게 초자연적인 영역으로 이야기의 지평을 넓혔고, 한층 음산하고 신비주의적인 요소를 갖추고 있다. 앞으로 뚜껑이 닫힌 변기를 보고 잠깐 멈칫거릴 사람이 나 하나뿐일까? 그리고 이 안에는 여러 장르가 혼재되어 있다. 공포. 미스터리. 스릴러. 그뿐 아니라 심리소설이기도 하다.

저자는 이 안힐과 비슷한 탄광촌에서 어린 시절을 보냈고, 안힐 아카데미와 비슷하게 학업성취도가 떨어지는 학교에 다녔고, 엄청난 이슈가 되었던 광산노조파업이 한 마을을 갈기갈기 찢어놓는 과정을 몸소 체험했다고 한다. 그때 석탄산업과 지역 공동체와 광부들의 죽음을 목격하면서 과연 죽음을 되돌릴 수 있는 방법이 있을까 하는 궁금증이 생겼다는데, 당시에 얻은 깨달음이 이 작품의 주인공 조 손의 입을 빌려서 다음과 같이 표현됐을지 모른다. "하지만 모두의 인생이 그렇다. 희망이다. 확약은 아니다. 우리는 미래에 우리 자리가 마련돼 있다고 믿고 싶어 하지만 예약만 되어 있을 뿐이다. 그 자리가 경고나 환불도 없이, 얼마만큼 가까이 왔는지에 상관없이 당장이라도 취소될 수 있는 게 인생이다. 경치를 감상할 시간조차 없이 달려왔더라도 말이다."

저자는 이번에도 또다시 후속작을 완성해놓았다. 어떻게 작품의 분위기만 닮은 게 아니라 작업 속도까지 스티븐 킹을 빼다박을 수가 있다. 그녀의 소개에 따르면 일인칭 시점이 아니라 여러 명의 삼인칭 시점이고 섬뜩한 미스터리라기보다 스릴러에 더 가깝다는 데, 내 컴퓨터에는 그 작품의 전자 원고가 저장되어 있다. 그렇다. 어느 누구보다 먼저 신작을 접할 수 있는 것이 번역가라는 직업의 여러 가지 매력 가운데 하나라고 지금 자랑하는 거다. 모쪼록 이 세 번째 작품도 전작들 못지않은 매력덩어리로 판명이 나서 조만간 우리나라 독자들에게 소개될 수 있었으면 좋겠다.

2019년 6월
이은선

옮긴이 **이은선**

연세대학교에서 중어중문학을, 국제학대학원에서 동아시아학을 전공했다. 편집자, 저작권 담당자를 거쳐 전문 번역가로 활동 중이다. 옮긴 책으로는 『우리와 당신들』, 『베어타운』, 『하루하루가 이별의 날』, 『할머니가 미안하다고 전해달랬어요』, 『브릿마리 여기 있다』, 『위시』, 『미스터 메르세데스』, 『사라의 열쇠』, 『셜록 홈즈: 모리어티의 죽음』, 『딸에게 보내는 편지』, 『11/22/63』, 『통역사』, 『그대로 두기』, 『누들 메이커』, 『몬스터』, 『리딩 프라미스』, 『노 임팩트 맨』 등이 있다.

애니가 돌아왔다

초판 1쇄 발행 2019년 6월 24일
초판 6쇄 발행 2021년 7월 20일

지은이 C. J. 튜더
옮긴이 이은선
펴낸이 김선식

경영총괄 김은영
콘텐츠사업2팀장 김정현 **콘텐츠개발2팀** 박하빈, 김보람, 이상화
마케팅본부장 이주화 **마케팅3팀** 이미진, 박태준, 유영은
미디어홍보본부장 정명찬 **홍보팀** 안지혜, 김재선, 이소영, 김은지, 박재연, 오수미, 이예주
뉴미디어팀 김선욱, 허지호, 염아라, 김혜원, 이수인, 임유나, 배한진, 석찬미
저작권팀 한승빈, 김재원
경영관리본부 허대우, 하미선, 박상민, 윤이경, 권송이, 김민아, 이소희,
　　　　　　　 김재경, 최완규, 이우철, 이지우, 김혜진
디자인 문성미 **크로스교정** 조세현, 이상화

펴낸곳 다산북스 **출판등록** 2005년 12월 23일 제313-2005-00277호
주소 경기도 파주시 회동길 490
대표전화 02-704-1724 **팩스** 02-703-2219 **이메일** dasanbooks@dasanbooks.com
홈페이지 www.dasanbooks.com **블로그** blog.naver.com/dasan_books
종이 (주)한솔피앤에스 **인쇄** 민언프린텍 **제본** 정문바인텍 **후가공** 평창 P&G

ISBN 979-11-306-2228-6 (03840)